古典新知

解味红楼：曹雪芹的旧梦与悲歌

张庆善 著

人民文学出版社

图书在版编目(CIP)数据

解味红楼：曹雪芹的旧梦与悲歌／张庆善著.
北京：人民文学出版社，2024. --（古典新知）.
ISBN 978-7-02-018882-6

Ⅰ．I207.411

中国国家版本馆 CIP 数据核字第 2024PB9455 号

责任编辑　胡文骏
装帧设计　刘　远
责任印制　张　娜

出版发行　人民文学出版社
社　　址　北京市朝内大街 166 号
邮政编码　100705

印　　刷　河北博文科技印务有限公司
经　　销　全国新华书店等

字　　数　276 千字
开　　本　880 毫米×1230 毫米　1/32
印　　张　14.875　插页 13
版　　次　2024 年 8 月北京第 1 版
印　　次　2024 年 8 月第 1 次印刷

书　　号　978-7-02-018882-6
定　　价　59.00 元

如有印装质量问题，请与本社图书销售中心调换。电话：010-65233595

目 录

曹雪芹的"秦淮旧梦"与"燕市悲歌"

为曹雪芹正名 　　　　　　　　　　　　　3
《红楼梦》：曹雪芹的"乡愁" 　　　　　　61
蒜市口十七间半：这里是曹雪芹写《红楼梦》的地方　　81
曹雪芹、《红楼梦》与张家湾 　　　　　　95
不能把"曹雪芹传说"当成"曹雪芹传" 　　113
香山正白旗39号旗下老屋里的"题壁诗"
　　与曹雪芹毫无关系 　　　　　　　127
高鹗与《红楼梦》后四十回续书 　　　　151
"红学""曹学"不该分家 　　　　　　　184

传神文笔梦中人

天上掉下个林妹妹
　　——宝黛爱情的心路历程及其悲剧　　199
不是冤家不聚头
　　——《红楼梦》第二十九回赏析　　　236

是是非非说宝钗	257
恨凤姐，骂凤姐，不见凤姐想凤姐	290
怎样看探春对待赵姨娘的态度	317
探春远嫁猜想	324
宝玉"第一个得用的"人	335

于细节处见精彩

《红楼梦》色彩描写的文化意蕴	
——从贾宝玉"爱红"的"毛病"谈起	349
"摇摇"与"摇摇摆摆"	
——林黛玉走路应该什么样	374
这"芙蓉"不是那"芙蓉"	396
这"香袋"不是那"春囊"	402
三次葬花	411
漫谈大观园	416

附录

人民文学出版社与《红楼梦》	
——写在人民文学出版社建社七十周年之际	433
《红楼梦》校注组始末	442

曹雪芹的"秦淮旧梦"与"燕市悲歌"

为曹雪芹正名

《红楼梦》作者是谁？当然是曹雪芹，至于曹雪芹是谁的儿子，是曹顒的儿子，还是曹頫的儿子，至今人们无法确定，因为缺少直接的文献依据。我个人则比较倾向于他是曹頫的儿子。

为什么说他不可能是曹顒的儿子呢？

（一）康熙五十四年（1715）初曹顒去世，康熙皇帝为了照顾曹寅一家的生活，就让曹寅弟弟的儿子曹頫过继为子，继任江宁织造职务。曹頫于康熙五十四年三月初七日在给皇帝的《江宁织造曹頫代母陈情折》中说："奴才之嫂马氏，因现怀妊孕已及七月，恐长途劳顿，未得北上奔丧，将来倘幸而生男，则奴才之兄嗣有在矣。"由此，有学者推断曹雪芹就是曹顒的遗腹子，生于康熙五十四年（1715）。但问题是马氏要生的孩子是男孩女孩，谁也不知道。就是男孩也极可能是曹天佑，在《五庆堂重修曹氏宗谱》曹顒名下有曹天佑，是州同，而目前没有任何文献资料能证明曹雪芹当过官，从他的人生阅历看，从他在右翼宗学的情景看，不像是当过"州同"的人。

（二）如果曹雪芹是曹颙的"遗腹子"，那么他的母亲就是马氏，而《红楼梦》里恰恰有一个坏透顶的马道婆。如果曹雪芹是马氏的儿子，他怎么会写一个姓马的道婆呢？姓什么不行，偏偏姓马？这是不可能的。

（三）从脂砚斋批语看，作者曹雪芹是有"严父"的。《红楼梦》一开头说过"背父兄教育之恩，负师友规训之德"（本书征引《红楼梦》正文，依据中国艺术研究院红梦楼研究所校注本，人民文学出版社 2022 年第四版，后文不再一一标明），民间也有作者有"严父"的传说。

由此我推断曹雪芹不可能是曹颙的儿子，他的父亲是曹頫，极有可能就是畸笏叟。当然这是"大胆假设"，目前还拿不出直接的文献依据，谨供大家进一步讨论参考。

我们说《红楼梦》作者是曹雪芹，可这些年来，否定曹雪芹著作权的声音一直不绝于耳，越说越玄，不仅曹雪芹不是《红楼梦》的作者了，甚至连曹雪芹这个人都不存在了。令中国人民感到无比骄傲的伟大文学家曹雪芹，竟是一个"化名"，是一个虚构的小说人物，这真够得上"石破天惊"了！当然这一切都是"荒唐言"，是无根之谈，任何人都不可能剥夺曹雪芹的著作权。

前些年，有人说《红楼梦》作者是写《长生殿》的洪昇，可他们根本拿不出一点文献史料为证，仅仅凭着猜测和"分析"，就否定曹雪芹的著作权，令人感到不可思议。康熙四十三年(1704)，曹雪芹的爷爷曹寅在南京排演全本《长生殿》，一时传为佳话。不幸的是洪昇看过《长生殿》以后，在返回杭州的时候，因醉酒落水而死，这是很令人惋惜的。《红楼梦》第十六回，贾琏的奶妈赵嬷嬷因元妃省亲，说到江南甄家四次接驾一事，她说："还有如今现在江南的甄家，嗳哟哟，好势派！独他家接驾四次，若不是我们亲眼看见，告诉谁谁也不信的。"这里说的"江南的甄(真)家"当然是隐指京城的"贾(假)家"，正所谓"假作真时真亦假"，是《红楼梦》中一种特殊的艺术表现手法。《红楼梦》不是曹雪芹的自叙传，但又确实与曹雪芹的家世及其人生阅历有着密切的关系，《红楼梦》和脂砚斋批语中就透露出不少曹雪芹家的历史信息，譬如这里赵嬷嬷讲的江南甄家四次接驾之事，就是一个非常明显的事例，因为历史上只有曹雪芹的爷爷曹寅四次接驾康熙帝南巡，所以脂砚斋在此处有批语："借省亲事写南巡，出脱心中多少忆昔感今。"这无疑为《红楼梦》作者是曹雪芹提供了重要依据。洪昇落水去世是1704年，这个时候曹寅也仅仅接驾了两次，即第三次南巡(1699)、第四次南巡(1703)。第五次南巡(1705)和第六次南巡(1707)曹寅接驾时，洪昇已经落水死了，怎么会知道"独他家接驾四次"呢？可见，没有文献依据的主观猜测，顾此失彼，漏洞百出，根本经不住检验。

这两年"洪昇说"的声音小了许多，因为没有几个人相信洪昇是《红楼梦》的作者，又有人出来说江苏如皋人冒辟疆是《红楼梦》作者了，就是那个与秦淮名妓董小宛闹出爱情故事的大名士，而董小宛自然也就成了林黛玉的原型，更是令人瞠目结舌。每每听到林黛玉的原型竟是秦淮名妓董小宛，感情上真是受不了。还有大约几年前就有《红楼梦真本横空出世，红学大厦轰然坍塌》的假新闻，说什么在苏州动物园狮虎山改造工程时打通一座古墓，发现了一部《吴氏石头记增删试评本》，《红楼梦》的原创者是吴梅村，曹雪芹是一个化名等等，这条假新闻隔一段时间就冒出来"谣言"惑众。我曾说这不仅是假新闻，是谣言，更是一场闹剧，要命的是还真有人相信这些奇谈怪论，常常向我求证，令我哭笑不得。有鉴于此，关于曹雪芹是《红楼梦》作者的老话题就不能不再说说，这就是老生常谈还要谈的原因。

在否定曹雪芹著作权，认定冒辟疆是《红楼梦》作者的文章中，顾浩先生的文章无疑影响比较大（顾浩《〈红楼梦〉的作者到底是谁?》，2019年11月22日《扬子晚报》）。我认真拜读了顾浩先生的大作，让我感到吃惊的是，一篇否定曹雪芹著作权，论证冒辟疆是《红楼梦》作者的长篇文章，竟没有一条文献史料的证明，整篇文章全凭所谓的分析、主观猜测来论证，这是令人难以置信的。而已有的可以证明《红楼梦》作者是曹雪芹的可靠文献史料，如与曹雪芹同时代的人永忠的记载、明义的记载、脂砚斋的批语以及其他文献史料等等，顾浩先生的文章中又一句也不提，好像这些文献史料都不存在一样，这也是令人难以理解的。值得注意的是，这些年来否定曹雪芹著作权的文章，几乎都是这样，他们不需要文献史料的证明，一百多年来诸多文史大家和红学家发现的那么多有关曹雪芹及其家世的文献史料，他们置若罔闻，提都不提，而只要发挥自己的"主观能动性"就行了。

《红楼梦》的著作权问题不是不能讨论，曹雪芹的著作权不是不能怀疑，问题是论证《红楼梦》著作权，怀疑曹雪芹的著作权，一定要以对历史负责、对学术负责、对广大读者负责的态度来进行。什么是"负责"的态度？就是要"摆事实讲道理"。"摆事实"就是要有文献史料依据；"讲道理"就是根据可靠的文献史料，本着实事求是的态度进行科学论证。要论证《红楼梦》的作者是谁（其实不管论证哪一部古代文学经典的作者是谁）都要靠文献史料说话，不能做无稽之谈，不能仅仅靠分析猜测，这是最基本的学术规范和学术要求。在这里我要指出，说《红楼梦》作者是曹雪芹，有充分的可靠的文献史料为证，而洪昇说、冒辟疆说以及其他种种说法，都没有一条文献史料的证明。

曹雪芹不是"化名"

我真想不到,讨论《红楼梦》的著作权,竟能把曹雪芹"讨论"没了。一些否定曹雪芹著作权的文章,甚至连"曹雪芹"的存在都否认了。《红楼梦》第一回中说:"后因曹雪芹于悼红轩中披阅十载,增删五次,纂成目录,分出章回,则题曰《金陵十二钗》。并题一绝云:满纸荒唐言……"过去否定曹雪芹著作权的人,仅仅说这里的曹雪芹只是做了"披阅""增删"的工作,他是一个"编辑"。现在的否定者则干脆说这个"曹雪芹"只是一个化名,是小说中虚构的人物,顾浩先生就是这样"彻底"否定曹雪芹的。他说:

> 《红楼梦》中描述的人物有五百多个,个个都是"假语村言",没有一个是真姓实名,"曹雪芹"也不例外。此人虽然只在首尾两回中一闪而过,但也给读者留下了深刻印象,成为《红楼梦》整个故事情节发展过程中的一个不可或缺的人物,然而决不可误认为他就是此书真姓实名的作者。(顾浩《〈红楼梦〉的作者到底是谁?》,《扬子晚报》2019 年 11 月 22 日)

看了顾浩先生的文章,我很吃惊,也很疑惑,那么多有关曹雪芹的文献史料，顾浩先生难道不知道吗？如果知道为什么提都不提一句呢？即使你认为那些文献史料都是假的，也应该说一说，至少要论证这些有关曹雪芹的记载史料都是假的，从而否定以往学术界论证曹雪芹是《红楼梦》作者的依据，这是最起码的学术要求。那么，"曹雪芹"是一个真实存在的人物，还是一个"化名""小说人物"？这是我们为曹雪芹"正名"时，不得不首先要论证的问题。

这里我要告诉大家："曹雪芹"这个名字不仅仅出现在《红楼梦》中，还出现在大量的文献史料中，曹雪芹是实实在在的人物，绝不是一个虚构的小说人物，论证曹雪芹著作权还是要靠文献史料说话。

（一）敦诚的记载。敦诚（1734—1791），字敬亭，号松堂，宗室子弟，敦敏的胞弟。据考，敦诚在右翼宗学读书时结识了曹雪芹，并成为一生的好朋友，其所著《四松堂集·鹪鹩庵笔麈》中有一些诗篇涉及他与曹雪芹的交游，是研究曹雪芹生平事迹的珍贵资料。

（1）敦诚《四松堂集·鹪鹩庵笔麈》记载："余昔为白香山《琵琶行》传奇一折，诸君题跋，不下数十家。曹雪芹诗末云：'白傅诗灵应喜甚，定教蛮素鬼排场。'亦新奇可诵。曹平生为诗大类如此，竟坎坷以终。余挽诗有：'牛鬼遗文悲李贺，鹿车荷锸葬刘伶'之句，亦驴鸣吊之意也。"（转引自蔡义江《红楼梦诗词曲赋鉴赏》，487页，中华书局

2001年10月版）"白傅诗灵应喜甚，定教蛮素鬼排场"，这是曹雪芹唯一传世的两句诗。《红楼梦》中虽然有大量的诗词曲赋，但那都是曹雪芹为《红楼梦》中的人物写的，严格地说不能算是曹雪芹的诗，那是贾宝玉、林黛玉、薛宝钗……的诗。当然，《红楼梦》那么多诗词曲赋，已经成为《红楼梦》有机组成的一部分，充分显示出曹雪芹具有极高的艺术才华。

（2）敦诚《寄怀曹雪芹霑》诗云："扬州旧梦久已觉雪芹曾随其先祖寅织造之任，且着临邛犊鼻裈……当时虎门数晨夕，西窗剪烛风雨昏。接䍦倒着容君傲，高谈雄辩虱手扪。"（原载敦诚《四松堂集》抄本，转引自蔡义江《红楼梦诗词曲赋鉴赏》，488页）这首诗写于乾隆二十二年丁丑（1757），当时敦诚在喜峰口替他父亲瑚玐做松亭关征税的差使，曹雪芹此时已经移居北京西山。"虎门"即右翼宗学，敦敏、敦诚兄弟大约在乾隆十三、十四年在右翼宗学与曹雪芹相识。诗人回忆当年他与曹雪芹在右翼宗学常常秉烛夜谈，曹雪芹高谈阔论、放浪形骸的形象让敦诚难以忘怀。尤其"扬州旧梦久已觉"及小注"雪芹曾随其先祖寅织造之任"一句，是论证《红楼梦》作者是曹雪芹的重要依据。

（3）敦诚《佩刀质酒歌》诗前小注："秋晓遇雪芹于槐园，风雨淋涔，朝寒袭袂。时主人未出，雪芹酒渴如狂。余因解佩刀沽酒而饮之。雪芹欢甚，作长歌以谢余，余亦作此答之。"这首诗说的是乾隆二十七年壬午(1762)秋天的一个清早,敦诚与曹雪芹在敦敏的槐园相遇,此时主人敦敏还没有起来,曹雪芹"酒渴如狂",可巧他与敦诚都没有带钱,敦诚就把自己的佩刀解下来抵押换酒喝。曹雪芹非常高兴,即兴作长诗答谢。很可惜,曹雪芹的长诗我们见不着了,但幸运的是敦诚作答的诗保留了下来,这就是《佩刀质酒歌》,诗云:"曹子大笑称快哉!击石作歌声琅琅。知君诗胆昔如铁,堪与刀颖交寒光。"(同上,492页)曹雪芹的性格、为人和才华都跃然纸上。

(4)敦诚《赠曹雪芹》。这首诗大约写于乾隆二十六年辛巳(1761)。诗中有句:"满径蓬蒿老不华,举家食粥酒常赊。衡门僻巷愁今雨,废馆颓楼梦旧家。"(原载敦诚《鹪鹩庵杂记》抄本,转引自蔡义江《红楼梦诗词曲赋鉴赏》,491页)由此可见,曹雪芹晚年移居西山以后,生活穷困潦倒,连吃饭、喝酒都成了问题。

(5)敦诚《挽曹雪芹》。《鹪鹩庵杂记》抄本有《挽曹雪芹》诗两首,其一云:"四十萧然太瘦生,晓风昨日拂铭旌。肠回故垄孤儿泣,前数月,伊子殇,因感伤成疾。泪迸荒天寡妇声。"《四松堂集》诗集卷上有改稿:"四十萧然付杳冥,哀旌一片阿谁铭。孤儿渺漠魂应逐,前数月,伊子殇,因感伤成疾。新妇飘零目岂瞑。"(同上,497—498页)根据敦诚的挽诗,曹雪芹大约死于乾隆二十七年壬午岁末(1763)或乾隆二十八年癸未(1764)。

(6)在敦诚的《四松堂集》付刻底本和《四松堂诗抄》里，还有《荇庄过草堂命酒联句，即检案头〈闻笛集〉为题，是集乃余追念故人录辑遗笔而作也》，其中有句"诗追李昌谷"注"谓芹圃"，又句"狂于阮步兵"注"亦谓芹圃"（转引自周汝昌《红楼梦新证》，752页，人民文学出版社1976年4月版）。这个记载告诉我们，敦诚认为曹雪芹具有李贺（李昌谷）和阮籍（阮步兵）的才华。

(7)敦诚《四松堂集》刻本卷四《哭复斋文》里，有这样一条记载："未知先生与寅圃、雪芹诸子相逢于地下，作如何言笑，可话及仆辈念悼亡友之情否？"（同上）

(8)敦诚《四松堂集》刻本卷三《寄大兄》文中说："每思及故人，如立翁、复斋、雪芹、寅圃、贻谋、汝猷、益庵、紫树，不数年间，皆荡为寒烟冷雾。"（同上，753页）

（二）敦敏的记载。敦敏(1729—1796)，字子明，号懋斋，是敦诚的哥哥，也是曹雪芹的好朋友，所著《懋斋诗抄》中有些诗篇叙及他与曹雪芹的交游事迹。

(1)敦敏《芹圃曹君霑别来已一载余矣，偶过明君琳养石轩，隔院闻高谈声，疑是曹君，急就相访，惊喜意外，因呼酒话旧事，感成长句》，这首诗记了这样一件事，乾隆二十五年庚辰(1760)敦敏在明琳的宅子中与曹雪芹相遇，他们已经有一年多没有相见了。诗中云："秦淮旧梦人犹在，燕市悲歌酒易醵。"（原载《懋斋诗抄》抄本，转引自蔡义江《红楼梦诗词曲赋鉴赏》，499—500页）耐人寻味，他们是好朋友，尤其值得注意，明琳是明义的表兄，而明义也有关于曹雪芹的记载。

（2）敦敏《题芹圃画石》，这首诗写于乾隆二十五年庚辰（1760），曹雪芹工诗善画，这是敦敏为曹雪芹的画所题诗："傲骨如君世已奇，嶙峋更见此支离。醉余奋扫如椽笔，写出胸中块垒时。"（同上，501页）曹雪芹喜欢画石，《红楼梦》就是从大荒山无稽崖青埂峰下一块顽石写起的，这首"题画石诗"不正是曹雪芹形象的写照吗？

（3）敦敏《赠芹圃》，这首诗写于乾隆二十六年辛巳（1761）秋天，敦诚去西郊访曹雪芹，诗中有句："燕市哭歌悲遇合，秦淮风月忆繁华。"（同上，502页）敦诚、敦敏兄弟与曹雪芹交往的诗中一再说"秦淮风月忆繁华""扬州旧梦久已觉""废馆颓楼梦旧家""秦淮旧梦人犹在"，意味深长，这无疑与曹雪芹的家世、人生经历以及创作《红楼梦》有着重要的关系。

（4）敦敏《访曹雪芹不值》，这首诗写于乾隆二十六年辛巳（1761）初冬，敦敏再次到西郊访曹雪芹。（同上，503页）

（5）敦敏《小诗代简寄曹雪芹》，乾隆二十八年癸未（1763）二月末，敦敏以诗代简，请曹雪芹到自己家槐园喝酒赏春，因为三月初一是敦诚三十岁生日，但曹雪芹没有赴约，因为居住在西山的曹雪芹很可能已经去世了，而住在城里的敦敏可能不知道。（同上，503页）

（6）敦敏《河干集饮题壁兼吊雪芹》，这首诗写作时间，一说写于甲申（1764）春天，一说写于乾隆三十年乙酉（1765）暮春三月，写的是敦敏在通惠河庆丰闸旁的酒楼与友人饮酒，凭吊不久前逝世的曹雪芹。（同上，505页）

（三）张宜泉的记载。张宜泉是曹雪芹移居西山以后认识的好朋友，生卒年不详，汉军旗人，著有《春柳堂诗稿》，其中有与曹雪芹交游的诗篇。

（1）张宜泉《怀曹芹溪》，此诗所作确切时间不可考，诗中有句："何当常聚会，促膝话新诗。"（同上，507页）

（2）张宜泉《和曹雪芹西郊信步憩废寺原韵》，诗中有句："寂寞西郊人到罕，有谁曳杖过烟林？"（同上，508页）

（3）张宜泉《题芹溪居士》，诗前小注："姓曹名霑，字梦阮，号芹溪居士，其人工诗善画。"诗云："爱将笔墨逞风流，庐结西郊别样幽。……借问古来谁得似？野心应被白云留。"这首诗写作的具体时间不可考，但诗中说"爱将笔墨逞风流"，可见他对曹雪芹"笔墨"的敬佩。（同上，510页）

（4）张宜泉《伤芹溪居士》，诗前小注："其人素性放达，好饮,又善诗画,年未五旬而卒。"(同上,511页)张宜泉笔下的曹雪芹与敦诚、敦敏笔下的曹雪芹性格、特点、爱好等等完全一样,证明他们所说的曹雪芹是同一个人。

(四)明义的记载。明义(1740?—?),姓富察氏,号我斋,满洲镶黄旗人,都统傅清的儿子。明义与永忠、敦诚等都有来往,他称敦氏兄弟的叔叔墨香为姐丈。明义著有《绿烟锁窗集》,内有《题红楼梦》诗二十首,诗前小序云:"曹子雪芹出所撰《红楼梦》一部,备记风月繁华之盛。盖其先人为江宁织造;其所谓大观园者,即今随园故址。惜其书未传,世鲜知者,余见其钞本焉。"这二十首诗的写作时间不可考,据有关专家推测,有可能在曹雪芹逝世前一两年或再晚一些时候。(蔡义江《红楼梦诗词曲赋鉴赏》,514—517页)请注意,明义说曹雪芹的《红楼梦》"备记风月繁华之盛"与敦敏的诗句"秦淮风月忆繁华"意思完全一样。

(五)永忠的记载。永忠(1735—1793),姓爱新觉罗,字良辅,又字静轩,号臞仙、蕖仙,康熙十四子胤禵的孙子,著有《延芬室集》,其中有《因墨香得观〈红楼梦〉小说吊雪芹三绝句姓曹》诗三首,其一云:"传神文笔足千秋,不是情人不泪流。可恨同时不相识,几回掩卷哭曹侯。"这首诗写于乾隆三十三年戊子(1768),那时曹雪芹已经去世几年,永忠从曹雪芹的好朋友敦诚、敦敏的叔父墨香那里借到《红楼梦》,虽然他不认识曹雪芹,但看完《红楼梦》非常感动,

15

赞不绝口。他万分懊悔的是，他本来是有机会认识曹雪芹的，但现在曹雪芹已经去世，一切都晚了，所以永忠吟出"可恨同时不相识，几回掩卷哭曹侯"的诗句。（同上，512页）

（六）裕瑞的记载。裕瑞（1771—1838），清朝宗室，其舅辈明义、明琳等"前辈姻亲"都与曹雪芹有直接或间接的交往。裕瑞著有《枣窗闲笔》，书中记述，其从"前辈姻亲"那里听到有关曹雪芹的事情，说曹雪芹"其人身胖头广而色黑，善谈吐，风雅游戏，触境生春，闻其奇谈娓娓然，令人终日不倦，是以其书绝妙尽致"。尽管有人对其把曹雪芹说成是一个黑胖子耿耿于怀，其实作者长什么样与写什么样的小说是没有必然关系的。裕瑞的记载的价值在于他不是捕风捉影，而是从其"前辈姻亲"那里听到的。他笔下的曹雪芹与敦氏兄弟诗中的曹雪芹性格特点又是那样的相似，从而证明裕瑞的记载是可靠的。

我想任何一位认真的学者，在论证《红楼梦》著作权的问题时，绝不能对以上有关曹雪芹的记载熟视无睹，更不能以这些记载中的曹雪芹与曹寅无关、与《红楼梦》无关而轻易地予以否定。当然这些可靠的文献记载无可辩驳地证明曹雪芹的存在，曹雪芹不是化名，曹雪芹不是与曹寅没有关系、与《红楼梦》没有关系。

其实以上这些资料都是《红楼梦》研究中很容易看到的，

对许多《红楼梦》研究者来说都是很熟悉的。但否定曹雪芹著作权的人根本不提有这些可靠的文献史料的存在，就像顾浩先生的文章一样。而对许许多多读者来说，他们并不熟悉这些资料，为了让更多关注《红楼梦》作者问题研究的读者知道真实的情况，我们只能不厌其烦地再说一遍，这就是"摆事实"。

曹雪芹是曹寅之孙

毋庸置疑，否定曹雪芹著作权的人根本无法否定曹雪芹的存在，而面对这么多可靠的文献史料怎么办呢？他们这个时候不提"曹雪芹是化名"了，他们说敦诚、敦敏、张宜泉笔下的这个曹雪芹，都与"江南曹家"没有关系，与曹寅没有关系，与《红楼梦》没有关系。敦氏兄弟虽然为这个"曹雪芹"写了那么多诗，但没有提《红楼梦》一个字，更没有提这个曹雪芹就是《红楼梦》的作者，这不证明这个曹雪芹不是写《红楼梦》的曹雪芹了吗？甚至还有人说，敦诚、敦敏、张宜泉、永忠、明义他们所说的"曹雪芹"不是一个人，有两个，甚至有三个曹雪芹，这些叫曹雪芹的人是重名了。

怎么能说敦氏兄弟笔下的曹雪芹与曹寅没有关系呢？敦诚《寄怀曹雪芹_霑》一诗中明明写着"扬州旧梦久已觉_{雪芹曾}

随其先祖寅织造之任"，这难道不是有力的证明吗？否定者干脆说这条记载是假的，是靠不住的。因为按红学家们考证，这个曹雪芹出生在曹寅去世之后，他怎么可能"曾随其先祖寅织造之任"。由此他们就轻易地说这个记载是假的。的确，这里说曹雪芹曾随其先祖曹寅织造之任，是错了，但这个错误不等于说曹雪芹的先祖是曹寅的记载也是错的，因为有不少可靠的资料能证明曹雪芹确确实实是曹寅的孙子。

为什么会出现这样的错误呢？胡适对此有一个回答："关于这一点，我们应该声明一句。曹寅死于康熙五十一年（1712），下距乾隆甲申，凡五十一年。雪芹必不及见曹寅了。敦诚《寄怀曹雪芹霑》的诗注说'雪芹曾随其先祖寅织造之任'，有一点小误。雪芹曾随他的父亲曹頫在江宁织造任上。曹頫做织造，是康熙五十四年到雍正六年（1715—1728）；雪芹随在任上大约有十年（1719—1728）。曹家三代四个织造，只有曹寅最著名。敦诚晚年编集，添入这一条小注，那时距曹寅死时已七十多年了，故敦诚与袁枚有同样的错误。"（胡适《跋〈红楼梦考证〉》，《胡适红楼梦研究论述全编》，135页，上海古籍出版社1988年3月版）原来是敦诚晚年整理诗集的时候，距离与曹雪芹交游的年代比较远，距离曹寅逝世更有七十多年了，而且在曹家就数曹寅的名气最大，所以记忆出了错误。

冯其庸先生也对此有过解释，他说："这句话的重要性是最早指出了曹雪芹是曹寅的孙子,并且指出曹雪芹幼年是在南京江宁织造府里生活的(西清在《桦叶述闻》里也有同样的说法)。这两点对于研究曹雪芹的血统关系和他的创作都是十分重要的关键性的问题。当然敦诚说曹雪芹曾随先祖曹寅在织造任上,这一点他把时代弄错了;但这一错误也给予我们另一启发,即是曹雪芹在江宁织造署生活的时间是比较接近于曹寅的时代的,曹寅死于康熙五十一年,曹雪芹的生年距离这个年代大概不致太远(所以我们定他为康熙五十四年)。"(《冯其庸文集》卷十五《曹雪芹家世新考》下,371页,青岛出版社2012年1月版)

我认为胡适、冯其庸的说法是正确的,合情合理。虽然敦诚说曹雪芹曾随曹寅在织造之任有些错误,但曹雪芹的先祖是曹寅没有错,因为有其他可靠的资料可以证明曹雪芹的先祖就是曹寅,如上文所举明义《题红楼梦》诗前小注就是一个非常有力的证明,这与敦诚的诗注是可以互证的,从而证实敦敏记载曹雪芹的先祖是担任过江宁织造的曹寅这条资料的可靠性,除非你能证明明义的记载也是假的。袁枚著《随园诗话》卷二有这样的记载:"康熙间,曹练(楝)亭为江宁织造,每出,拥八驺,必携书一本……其子雪芹撰《红楼梦》一部,备记风月繁华之盛。明我斋读而羡之……"袁枚的记载也有错误,认为曹雪芹是曹寅的儿子,但他这条记载证明明义所说是存在的,明义所说曹雪芹"其先人为江宁织造"是不误的。另外，永忠《因墨香得观〈红楼梦〉小说吊雪芹三绝句姓曹》诗，也是一个有力的证明，因为借给他《红楼梦》的墨香就是敦氏兄弟的叔叔，证明敦氏兄弟笔下的曹雪芹与永忠、明义提到的写《红楼梦》的曹雪芹完全是一个人。难以想象，在那样一个小的朋友圈子里，明义认识一个写《红楼梦》的人叫曹雪芹，他的朋友敦诚、敦敏的叔叔墨香也认识一个写《红楼梦》的曹雪芹，但他们竟不是同一个人，而是两个曹雪芹，甚至是三个曹雪芹，他们重名了，这可能吗？看了这些文献史料，你还能说敦诚、敦敏诗中的曹雪芹与曹寅没有关系、与《红楼梦》没有关系吗？

其实，论证敦氏兄弟和张宜泉笔下的曹雪芹，就是曹寅的孙子，是《红楼梦》的作者，可靠的证据还有很多，如《红楼梦》庚辰本第五十二回写晴雯补裘，在"只听自鸣钟已敲了四下"一句之下有双行批："按四下乃寅正初刻，寅此样（写）法，避讳也。"这位批者显然知道作者与曹寅的关系，虽然批者所说并不符合《红楼梦》的实际，因为《红楼梦》中许多处出现"寅"字，并没有避讳，说明此处并不是为了避讳曹寅的名字才写的，但这条批语透露出曹寅确实是作者曹雪芹祖父的消息。

许兆桂在《〈绛蘅秋〉序》中说，他于乾隆五十五年（1790）秋到北京："余至都门，詹事罗碧泉告余曰：'近有《红楼梦》，其知之乎？虽野史，殊可观也。'维时都人竞称之,以为才。余视之,则所有景物皆南人目中意中语,颇不类大都。……既至金陵,乃知作者曹雪芹为故尚衣后……"这条记载也可以证明,他在乾隆五十五年到南京的时候,就知道了写《红楼梦》的曹雪芹是曹寅的后人,"故尚衣"即指曹寅。

敦氏兄弟的诗中为什么没有曹雪芹创作《红楼梦》的记载

与曹雪芹关系密切的敦诚、敦敏兄弟,在他们的诗文中为什么没有关于曹雪芹写《红楼梦》的任何文字记载?我认为主要有两个原因:一是敦氏兄弟等都是宗室诗人,在宗室诗人的圈子里很有地位,而在当时的社会写小说是不登大雅之堂的,写诗作文才是正经事,所以在敦氏兄弟的诗文中不提曹雪芹写《红楼梦》,是不奇怪的。但我们注意到,在敦氏兄弟的诗文中却多次赞赏曹雪芹的诗写得好,有诗才,称赞曹雪芹有才华;二是有所顾忌,这可以从弘旿在永忠诗上的批语看到端倪。我们前面提到永忠有《因墨香得观〈红楼梦〉小说吊雪芹三绝句姓曹》,在这首诗上,弘旿有一段眉批极为重要:"此三章诗极妙。第《红楼梦》非传世小说,余闻之久矣,而终不欲一见,恐其中有碍语也。"弘旿是乾隆皇帝的堂兄弟、永忠的堂叔父。从弘旿的批语中,我们清楚了这样几件事：一、当时《红楼梦》只是在一个比较小的圈子里传阅，"非传世小说"（明义也说"惜其书未传，世鲜知者"）；二、这些宗室子弟早就知道了有《红楼梦》这样的小说，但不敢去借阅，"恐其中有碍语"。这与这些人的身份，与当时的政治氛围，也与写书人的背景和《红楼梦》的内容有关系，毕竟写《红楼梦》的曹雪芹家被雍正皇帝抄了家，是戴罪之身。而曹雪芹的姑姑就是一位王妃，她的丈夫即曹雪芹姑父纳尔苏也被削了王位。我想这恐怕就是敦氏兄弟的诗文中不明确提曹雪芹创作《红楼梦》的最主要原因。联系到《红楼梦》第一回作者在交代"来历"时，也一再说"亦非伤时骂世之旨""毫不干涉时世"等语，就不难理解为什么敦氏兄弟的诗文中不提曹雪芹创作《红楼梦》了。

说敦诚、敦敏兄弟在诗文中一点也没有提到曹雪芹创作《红楼梦》，其实也不尽其然。在二敦兄弟与曹雪芹交游的诗文中，有些内容很是耐人寻味。一是敦氏兄弟极力赞赏曹雪芹的诗才，如"爱君诗笔有奇气，直追昌谷破篱樊"（敦诚《寄怀曹雪芹霑》）、"诗才忆曹植，酒盏愧陈遵"（敦敏《小诗代简寄曹雪芹》）；二是透露了曹雪芹"著书"的消息，如"劝君莫弹食客铗，劝君莫叩富儿门。残杯冷炙有德色，不如著书黄叶村"（敦诚《寄怀曹雪芹霑》）、"开箧犹存冰雪文，故交零落散如云"（敦诚《挽曹雪芹》）、"醉余奋扫如椽笔，写出胸中块垒时"（敦敏《题芹圃画石》）；三是常提"秦淮旧梦",如"扬州旧梦久已觉,且着临邛犊鼻裈"(敦诚《寄怀曹雪芹霑》)、"秦淮旧梦人犹在,燕市悲歌酒易醺"(敦敏《芹圃曹君……感成长句》)、"燕市哭歌悲遇合,秦淮风月忆繁华"(敦敏《赠芹圃》)。为什么敦诚、敦敏兄弟一再说"秦淮旧梦""忆繁华"这类诗句?把二敦兄弟这些耐人寻味的诗句,与曹雪芹创作《红楼梦》的其他证据联系起来,与曹雪芹的家世,与他们的叔叔墨香把《红楼梦》借给永忠等联系起来看,还能说二敦兄弟没有提到曹雪芹写《红楼梦》吗?

余英时先生曾写过一篇《敦敏、敦诚与曹雪芹的文字因缘》的文章,似乎没有引起红学界太多的关注,不像他的《近代红学的发展与红学革命——一个学术史的分析》《〈红楼梦〉的两个世界》这两篇文章那样有影响。其实这篇文章对研究曹雪芹及其《红楼梦》创作,是很值得重视的一篇力作。余英时先生说:"我最近细看《四松堂集》和《懋斋诗钞》,发现其中与《红楼梦》及所谓脂批颇有相互照应之处。我的初步结论是:不但曹雪芹在撰写《红楼梦》时曾受到他和二敦的文学交游的影响,而且所谓脂批中可能杂有二敦的手笔。"余英时在这篇文章中,列举了"破庙残僧""太虚幻境""二丫头""绿蜡""借景""庄子""口舌香""二贤之恨""近之女儿""梨园子弟"等十个例子,探索曹雪芹与敦敏、敦诚的文字因缘,他认为有的是曹雪芹受到了二敦兄弟文字的影响，有的则是二敦兄弟受到了《红楼梦》文字的影响，这对探索曹雪芹与《红楼梦》创作是很有意义的。如"破庙残僧"的例子。《红楼梦》第二回，写到贾雨村：

> 这日，偶至郭外，意欲赏鉴那村野风光。忽信步至一山环水旋、茂林深竹之处，隐隐的有座庙宇，门巷倾颓，墙垣朽败……想着走入，看时只有一个龙钟老僧在那里煮粥，雨村见了，便不在意。及至问他两句话，那老僧既聋且昏，齿落舌钝，所答非所问……

敦诚《鹪鹩庵杂志》第十六：

> 独居南村，晚步新月，过一废寺，微微闻梵声，见枯僧坐败蒲上，因与之小语移时……

又，敦诚《四松堂文集》上《寄大兄》云：

> 抵南村，便觅一庵下榻。榻近颓龛，夜间即借琉璃灯照睡。僧既老且聋，与客都无酬答，相对默然。

这个材料的对比首见于周汝昌先生1953年初版的《红楼梦新证》第七章"新索隐"。周汝昌先生认为上面《红楼梦》中的描写与敦诚的描写"所叙盖极相似。雪芹必实有此经验，始能假以写于雨村，此则小说虽虚亦实之处"。余英时则认为，敦诚的《寄大兄》写于曹雪芹卒后，"周汝昌推测雪芹亦有类似经验，固可备一说。但我则认为敦诚是受了《红楼梦》第二回的暗示，遇到类似的情景，便不免特加注意"。余英时还认为，《寄大兄》中提到的曹雪芹的名字，"全书思想感情极与《红楼梦》契合，似非偶然。所以我认为此书可看作是敦诚曾读过《红楼梦》的证据"。

又如"太虚幻境"的例子。《红楼梦》第五回写贾宝玉梦游太虚幻境，而在敦诚的《午梦记》中居然也写到了"太虚幻境"：

> 余非至人，往往多梦，梦觉思之，是想是因，亦不知其所以然也。丁丑夏，客松亭山，鸡窗无聊，每于午后便效坡翁摊饭，手持一卷，卧仰屋梁，俄而抛书遽然入梦。觉来未及反侧，梦境尚迩，静而思之，渺焉茫然，若有若无。……嗟乎！如非梦人则已，若同一梦也，何不听乐钧天而忘味帝侧，又何不直入太虚看鞭龙种瑶草，俯瞰下界，九点一泓。不然如邯郸道上黄粱富贵，亦可差快一时。或如巫山之游，枕席高唐，亦可风流朝暮。即漆园之蝶，郑人之鹿，亦无不可。今数者不得其一，徒以至幻之身，入至幻之境。人生大梦，而大

梦复梦，又于梦中说梦。梦觉圆梦，吾不知幻之至于何地而后止。(《四松堂集》卷四)

余英时认为敦诚的梦及其所入之"至幻之境"多少受了《红楼梦》的暗示，认为："这是敦诚深悉《红楼梦》内容的另一条证据。"并指出，敦诚的《午梦记》写于丁丑之夏，同年的秋天他便写了《寄怀曹雪芹霑》的长诗，诗中恰有"扬州旧梦久已觉""不如著书黄叶村"之句。因此认为："敦诚的'梦'和雪芹的'梦'之间殆有文字上的因缘，不是单纯的偶合，更是信而有征了。"

再看"绿蜡"的例子。《红楼梦》在元春省亲的描写中，写宝玉咏怡红院五言诗，有句"绿玉春犹卷"，宝钗让他把"绿玉"改为"绿蜡"，余英时发现敦诚、敦敏兄弟的诗也有用"绿蜡"一典的。敦敏的《芭蕉》五律有句："绿蜡烟犹冷，芳心春未残。"敦诚《未放芭蕉》有句："七尺当轩绿蜡森。"余英时认为曹雪芹改"绿玉"为"绿蜡"很可能是受了二敦影响，他说："我们试把雪芹的'绿蜡春犹卷，红妆夜未眠'与敦敏的'绿蜡烟犹冷，芳心春未残'对照看，立即可看出它们之间必有渊源，因为句法和遣词吻合到这种地步极少可能是偶然碰巧。"

余英时说："以上我列举了十项证据来说明二敦和《红楼梦》以及所谓脂批的关系。从最严格的考证标准来看，这些证据当然并不是最理想的，因为它们都属于所谓'间接性的证据'。而且作为证据而言，它们之间的力量强弱也并不完全相等。但是就红学考证的特殊情况来说，则它们都已可说是很具说服力的证据了。……曹雪芹生前在文学上关系最深的人便是二敦。现在我们从二敦的诗文中找出了这许多和《红楼梦》及其批语有关合的线索，这决不可等闲视之，尤不可以'偶然巧合'解之……总之，以二敦与雪芹交谊之深，再加上他们所流传下来的诗文数量之少，而其间居然有这许多足以和《红楼梦》及其批语相互参证之处，这是考证红学者所必须特别注目之所在。"余英时的见解是很重要的。如果我们把这些文字与《红楼梦》第一回的"后因曹雪芹于悼红轩中披阅十载，增删五次，纂成目录，分出章回"的叙述联系起来看，与那么多条说曹雪芹是作者的脂批联系起来看，再联系到永忠、明义的文献记载，再联系到二敦兄弟一再所说的"秦淮旧梦""忆繁华"等，曹雪芹与敦氏兄弟的这些"文字因缘"，是不是可以作为曹雪芹是《红楼梦》作者的佐证呢？

这里我们还可以再举出一条材料，据《红楼梦大辞典·下编·曹雪芹家世交游·贻谋》条：

贻谋（1741—1776），名宜孙，字贻谋，以字传。恒仁长子，桂圃（宜兴）胞兄，敦敏、敦诚从堂弟。生于乾隆六年辛酉，卒于乾隆四十一年丙申。……二十七年壬午，贻谋、敦诚、敦敏等文友雅集于此（贻谋家东轩）。贻谋拿出所藏宋元明名家书画数十轴，请各位品鉴题诗。敦诚、敦敏各题诗四首。敦诚第四首诗是题明代著名画家仇实父《东山携妓图》。《四松堂集》付刻前底稿本中有一条杂记记载："贻谋家藏古画数十轴，皆宋元明人名迹。一日在东轩焚沉香，瀹佳茗，命余一一品题，各为小诗。内有……仇实父《东山携妓图》，人物飘逸，上有王文肃公题句……"《红楼梦》第五十回说贾母房中挂一幅"仇十洲《双艳图》"。第七回"送宫花贾琏戏熙凤"故事上甲戌本有眉批："余素所藏仇十洲《幽窗听莺暗春图》，其心思笔墨，已是无双，今见此阿凤一传，则觉画工太板。"

贻谋是不是诸多早期批书人之一？这是很可能的。喜欢收藏仇十洲画的贻谋，请敦氏兄弟欣赏品鉴。而在《红楼梦》中偏偏就写到了"仇十洲《双艳图》"，这与敦氏兄弟能没有关系吗？曹雪芹创作《红楼梦》，素材不仅来自于他本人的阅历，也有可能来自他的家人以及朋友，未必事事都是亲身经历了才能写出来。王熙凤说："可恨我小几岁年纪，若早生二三十年，如今这些老人也不薄我没见世面了。说起当年太祖皇帝仿舜巡的故事，比一部书还热闹，我偏没造化赶上。"王熙凤没赶上"接驾",但她对祖上"接驾"的事一点也不陌生,这是他们家的"盛事","鲜花着锦"的喜事,她怎么能不知道呢?还有家里的长辈、有赵嬷嬷这样经历过的老人不是也能说说吗?认为曹雪芹没有经历过曹家繁华兴盛的生活,就写不出《红楼梦》,是没有道理的。生于1828年的托尔斯泰也没有经历过1812年的俄罗斯卫国战争,但他仍能写出伟大的战争史诗《战争与和平》。同样的道理,曹雪芹没有经历接驾康熙帝南巡,也能写出元妃省亲这样的故事。更何况,说曹雪芹完全没有经历过江南曹家繁华兴盛的生活,也是值得讨论的问题。如果曹雪芹十三四岁离开南京,那么"秦淮旧梦""忆繁华"还有什么可奇怪的呢?

否定曹雪芹著作权的人或许还会质疑,你说有曹雪芹这个人,那为什么他们家的宗谱上没有他的名字?我不禁要问,我们发现了曹家家谱了吗?质疑者说的一定是《五庆堂重修曹氏宗谱》,准确地说,这是一部"辽东曹氏宗谱",是清同治年间由辽东曹氏第三房即五庆堂这一支重修的,曹雪芹家这一支是第四房。所以在这个辽东曹谱上,五庆堂这一支比较详细,曹雪芹家这一支就不那么详细,在曹雪芹他们家这一支到曹颙、曹頫、曹天佑,以下就没有了。在五庆堂辽东曹氏宗谱中,曹颙名下有曹天佑,官州同,这显然不可能是曹雪芹,因为曹雪芹根本就没有当过官,而曹雪芹极有可能是曹頫的儿子。但在五庆堂谱中,曹頫之下就没有了，这恐怕和曹頫是获罪之身，而曹雪芹又没有"身份"有很大的关系。由此可见，《五庆堂重修曹氏宗谱》中没有"曹雪芹"，并不能成为否定曹雪芹存在的根据，更不能成为否定曹雪芹是《红楼梦》作者的根据。

另外，还有的人质疑，如果说曹雪芹是曹寅的孙子，曹寅有号"雪樵"，那么他的孙子怎么还能号"雪芹"呢？其实，古人对名、字是比较讲究的，对"号"不是那么严格，一个人也可能有几个、十几个乃至更多的号，所以曹寅有一个"雪樵"的号，他的孙子有一个号"雪芹"，根本不算什么问题。

《红楼梦》不是反清复明

在列举了那么多文献史料以后，曹雪芹的存在是无论如何也否认不了了，这时否认者又找出一个理由：曹雪芹如果是曹寅的孙子，他们祖上为清王朝打天下立下汗马功劳，又与清王朝的最高统治者皇帝有那么密切的关系，他能写出"反清复明"的《红楼梦》吗？其实否定曹雪芹著作权的人，拿出这么一条理由，是很滑稽的。你们不是说曹雪芹是"化名"吗？不是说这个曹雪芹与曹寅没有任何关系吗？这样否定曹雪芹著作权的理由从何而谈呢？我们姑且不去理论这些"矛盾"的理由，就来谈谈所谓"反清复明"的话

《康熙南巡图》(第十卷局部)"江宁府较场"

解味红楼:
曹雪芹的旧梦与悲歌

题吧。

顾浩先生的文章一开始就主观预设了这样一个前提：《红楼梦》的主题是反清复明，因此曹雪芹不具备创作《红楼梦》的条件。顾浩文章说：

> 要弄清《红楼梦》的作者是哪个，首先要弄懂《红楼梦》的主题思想是什么。……《红楼梦》从问世之日起，人们就认为，这不是一部简单的言情小说，更是一部社会小说。它运用"史家之曲笔"，通过描述一个贵族家庭的生活及其衰败过程，生动地、深刻地表达了反清悼明的主题思想。……相比之下，北京西山"曹雪芹"，根本不具备写作以反清悼明为主题思想的《红楼梦》的基本条件。所谓"曹雪芹"的五世祖曹振彦是一个被满清豢养的杀人魔头……清朝对于曹家来说，可算得上"恩重如山"，后人怎么可能写出这么一部反清悼明的巨著来呢！

说《红楼梦》的主题是"反清复明"，其实是在炒冷饭，早在一百多年前蔡元培就说了，他说："《石头记》……作者持民族主义甚挚。书中本事在吊明之亡，揭清之失，而尤于汉族名士仕清者寓痛惜之意。"（蔡元培《石头记索隐》，转引自《胡适红楼梦研究论述全编》）而早在一百年前就被胡适批驳了。胡适指出蔡元培的"索隐"是很牵强的附会。新红学一百年来，大量的研究成果证明，说《红楼梦》是反清复明，完全站不住脚。余英时在《近代红学的发展与红学革命——一个学术史的分析》中谈到索隐派的"反满说"时，有一段话很有说服力：

> 照我个人的推测，索隐派诸人，自清末以迄今日，都是先有了明、清之际一段遗民的血泪史亘于胸中，然后才在《红楼梦》中看出种种反满的迹象。自乾隆以来，《红楼梦》的读者不计其数，而必待清季反满风气既兴之后而"民族主义"之论始大行其道，这其间的因果关系是值得追究的。而且，如果《红楼梦》作者的用意真是在保存汉人的亡国之恨的话，那么我们必须说，《红楼梦》是一部相当失败的小说。因为根据我们现有的材料来判断，在这部书流传之初，它似乎并不曾激起过任何一个汉人读者的民族情感。更费解的是早期欣赏《红楼梦》的读者中反而以满人或汉军旗人为多，如永忠、明义、裕瑞、高鹗等皆是显例。所以，在清代末叶以前，誉之者或称《红楼梦》为"艳情"之作，毁之者则或斥其为"淫书"。满人中之最深文周内者，亦不过谓其"诬蔑满人"或"糟蹋旗人"而已。但却未见有人说它是"反清复明"的政治小说。（余英时《红楼梦

的两个世界》，联经出版事业公司1996年2月版）

的确是这样，说《红楼梦》"反清复明"，是索隐派的"猜笨谜"，是主观臆测，完全没有依据。相反倒有不少文献史料证明，许多满族文人、贵族乃至清王朝的最高统治者——皇帝都是喜欢《红楼梦》的。据赵烈文《能静居笔记》记载：

> 于翁（宋于庭，即宋翔凤）言：曹雪芹《红楼梦》，高庙末年，和珅以呈上，然不知所指。高庙阅而然之，曰："此盖为明珠家作也。"

高庙即乾隆皇帝。这说的是和珅进呈《红楼梦》给乾隆皇帝，乾隆挺喜欢，并认为《红楼梦》写的是清初重臣明珠家的事情。这条记载是可信的，相传和珅喜欢《红楼梦》，他听说随园即大观园故址，就派人去画随园图，照随园的样子造他的园子。袁枚在《八十自寿》自注云："甲辰（乾隆四十九年）春，圣驾南巡，和致斋（和珅字致斋）相公遣人来画随园图。"孙星衍《故江宁县知县前翰林院庶吉士袁君枚传》："相国某柄政，极豪侈，至命工图绘其园，仿而作第。"有趣的是，清代以来，就有北京恭王府（即和珅府邸）后花园（翠锦园）是《红楼梦》大观园的说法，著名红学大家周汝昌先生也认为北京恭王府后花园是大观园的蓝本，看来这个

33

"传说"还是有些原因的。不管这些"传说"和记载是否可靠，至少证明了乾隆、和珅都是喜欢《红楼梦》的。

还有材料记载，慈禧太后也是喜欢《红楼梦》的。据徐珂《清稗类钞》记载：

> 京师有陈某者，设书肆于琉璃厂。光绪庚子，避难他徙。比归，则家产荡然，懊丧欲死。一日，访友于乡，友言："乱离之中，不知何人遗书籍两箱于吾室。君固业此，趣视之，或可货耳。"陈检视其书，乃精楷钞本《红楼梦》全部，每页十三行，（行）三十字。钞之者各注姓名于中缝，则陆润庠等数十人也。乃知为禁中物。亟携之归，而不敢示人。阅半载，由同业某介绍，售于某国公使馆秘书某。陈遂获巨资，不复忧衣食矣。其书每页之上，均有细字朱批，知出于孝钦后之手，盖孝钦最喜阅《红楼梦》也。

"孝钦后"即慈禧太后。抄书的陆润庠则是同治十三年（1874）甲戌科状元，光绪时官至工部尚书和吏部尚书。慈禧太后让陆润庠组织人抄了一部《红楼梦》，慈禧不仅读还有"细字朱批"，可见是真喜欢《红楼梦》。据说，慈禧还自称"老祖宗"。至今在故宫长春宫中，还保留着十八幅《红楼梦》壁画，这是为了庆贺慈禧太后五十大寿绘上的。据说，颐和园的长廊绘画中也有《红楼梦》的题材。

写出"传神文笔足千秋"诗句的永忠是清宗室诗人、康熙皇帝的重孙辈；说《红楼梦》"备记风月繁华之盛"的明义是满洲镶黄旗人。如果《红楼梦》的主旨是"反清复明"，他们怎么会大唱赞歌？诚如余英时所说，如果《红楼梦》是写"反清复明"的小说，结果人们都看不出来，还能说这是一部成功的伟大的小说吗？《红楼梦》到底是写给谁看呢？

《红楼梦》产生于清乾隆年间是有充分根据的

《红楼梦》是什么时间问世的，这当然是研究《红楼梦》作者是谁的重要依据。根据现有的曹雪芹生平资料和《红楼梦》早期抄本以及关于《红楼梦》成书研究的成果，《红楼梦》产生于乾隆年间是毫无疑问的。顾浩先生却认为《红楼梦》是产生在康熙年间：

> 《红楼梦》何时问世？这是判断此书作者的一个关键问题。《红楼梦》最早流传到社会上的手抄本上有"甲戌年"字样，后被称为"甲戌本"。因为这属干支纪年，需要我们弄明白，是指康熙甲戌年(1694)，还是乾隆甲戌年(1754)？这一前一后，整整六十年时间。

我们不能因为认为北京西山"曹雪芹"著作《红楼梦》，就把这"甲戌年"说成乾隆甲戌年；也不能因为认为冒辟疆著作《红楼梦》，就把这"甲戌年"说成康熙甲戌年。要把这个"甲戌年"搞清楚，没有其他路可走，只能从《红楼梦》全书中找答案了。书中提供的大量依据表明，上述的"甲戌年"是康熙甲戌年，这是无可置疑的。

顾浩先生所说的"无可置疑"的"大量依据"，其实没有一条可靠的文献史料依据，还只是靠"分析"和"猜测"，这种靠主观猜测的立论是靠不住的。在《红楼梦》的早期抄本上，不仅有"甲戌"这么一个"系年"，还有丙子、丁丑、己卯、庚辰、壬午、甲申、乙酉、丁亥等等批语系年，顾浩先生只说甲戌本上的"至脂砚斋甲戌抄阅再评仍用《石头记》"的"甲戌"，是康熙年间的"甲戌"，这还很不够，他还应该把《红楼梦》批语中出现的己卯、庚辰、丁亥等等系年，都证明是康熙年间的时间才行。不能只盯着一个"甲戌"，而对其他那么多的"系年"熟视无睹。

《红楼梦》最初只是在曹雪芹的亲朋好友之中传阅评点的，到甲戌年是"再评"，之前可能有"初评"，之后有三评、四评，如己卯本、庚辰本都是"凡四阅评过"的本子，这些本子的批语评阅时都在乾隆年间。如甲戌本第一回眉批：

> 能解者方有辛酸之泪，哭成此书。壬午除夕，书未成，芹为泪尽而逝。

这个"壬午"是乾隆二十七年（1762），因为曹雪芹确实逝世于乾隆二十七年壬午或乾隆二十八年癸未，不管是"壬午年"还是"癸未年"，都不可能是康熙年间，这有前文提到的敦敏两首《挽曹雪芹》为证，不再赘述。

庚辰本第二十五回末尾批语：

> 叹不能得见宝玉悬崖撒手文字为恨。丁亥夏，畸笏叟。（丁亥年是乾隆三十二年，1767年）

庚辰本第二十二回批语：

> 此回未成而芹逝矣！叹叹！丁亥夏，畸笏叟。

庚辰本第七十五回前批语：

> 乾隆二十一年五月初七日对清。缺中秋诗，俟雪芹。（乾隆二十一年是1756年）

这里已经清清楚楚地写明"乾隆二十一年"了,总不能把"乾隆二十一年"改为"康熙二十一年"吧?

靖本第四十一回眉批:

> 尚记丁巳日春日谢园送茶乎?展眼二十年矣。丁丑仲春,畸笏。(丁丑年是乾隆二十二年,1757年)

己卯本上有"己卯冬月定本"的记载,庚辰本上有"庚辰秋月定本"的记载。现存己卯本、庚辰本的底本,是脂砚斋凡四阅评本。甲戌是乾隆十九年(1754),是再评,一般两三年评阅一次,到己卯年、庚辰年则是四阅评本了。庚辰本上有"壬午"的批语四十二条,有"乙酉冬"的批语一条(乙酉年是乾隆三十年,1765年),有"丁亥"的批语二十七条(丁亥年是乾隆三十二年,1767年),靖本第十八回上有"戊子孟夏"的批语一条(戊子年是乾隆三十三年,1768年),靖本四十二回上有"辛卯冬月"的批语一条(辛卯年是乾隆三十六年,1771年)。这些批语的系年无一例外都是乾隆年间,怎么"甲戌"竟跑到了康熙年间呢?

除了上述早期脂本上的批语"系年"可以证明《红楼梦》确实创作于乾隆年间外,比较早记载《红楼梦》问世的还有永忠、明义的诗。永忠《因墨香得观〈红楼梦〉小说吊雪芹三绝句姓曹》，作于乾隆三十三年戊子(1768)。明义《题红楼梦》二十首诗，写作的时间可能还要早一些，蔡义江先生推测在曹雪芹逝世前后，大约在乾隆二十七(1762)、二十八(1763)或二十九(1764)年。

另外，现存多种《红楼梦》早期脂本，也能为《红楼梦》诞生在乾隆年间提供有力的证据。如：

现存早期脂本"戚本"，因卷首有戚蓼生序得名。戚蓼生是浙江德清人，乾隆三十四年己丑(1769)的进士。

现存早期脂本甲辰本，又称梦觉本，因有梦觉主人于甲辰年作序得名，"甲辰"即乾隆四十九年(1784)。

现存早期脂本舒元炜序本，又称己酉本，经《红楼梦》版本研究专家确认，舒元炜于乾隆五十四年己酉(1789)写的序，是其亲笔，证实这是一部乾隆年间的原抄本。

周春《阅红楼梦随笔》记载：

> 乾隆庚戌秋，杨畹耕语余云，雁隅以重价购抄本两部，一为《石头记》，八十回；一为《红楼梦》，一百廿回，微有异同。爱不释手，监临省试必携带入闱，闽中传为佳话。

乾隆庚戌秋即乾隆五十五年(1790)，雁隅即福建巡抚徐嗣曾。这条记载非常重要，对研究《红楼梦》流传，研究后四十续书作者是不是高鹗，都是非常重要的。

乾隆五十六年辛亥（1791）程伟元、高鹗摆印《红楼梦》，高鹗在程甲本"叙"中说：

> 予闻《红楼梦》脍炙人口者，几廿余年。

第二年，即乾隆五十七年壬子（1792），程伟元、高鹗又摆印了程乙本，程伟元、高鹗在引言中说：

> 是书前八十回，藏书家抄录传阅几三十年矣……

高鹗在1791年说《红楼梦》已经流传了"几廿余年"，第二年程伟元、高鹗又说《红楼梦》"抄录传阅几三十年矣"，根据这两个时间概念，可以说当时《红楼梦》已经流传了将近三十年，从乾隆五十七年（1792）往前推三十年，是乾隆二十七年壬午（1762），这与永忠、明义看到《红楼梦》的时间相差不多，这是《红楼梦》为乾隆年间作品无可辩驳的证据。

郝懿行《晒书堂笔录》卷三"谈谐"条：

> 余以乾隆、嘉庆间入都，见人家案头必有一本《红楼梦》，今二十余年，此本亦无矣。

裕瑞《枣窗闲笔》云：

此书自抄本起至刻续成部，前后三十余年，恒纸贵京都，雅俗共赏……

许兆桂在《〈绛蘅秋〉序》中说，他于乾隆五十五年（1790）秋到北京：

余至都门，詹事罗碧泉告余曰："近有《红楼梦》，其知之乎？虽野史，殊可观也。"维时都人竞称之，以为才。余视之，则所有景物皆南人目中意中语，颇不类大都。……既至金陵，乃知作者曹雪芹为故尚衣后……嘉庆丙寅季夏云梦许兆桂题于白下之西楼。

毛清臻《一亭考古杂记》：

乾隆八旬盛典以后，京版《红楼梦》流行江浙，每部数十金。至翻印日多，低者不及二两。

汪堃《寄蜗残赘》：

《红楼梦》一书，始于乾隆年间……相传其书出于汉军曹雪芹之手。

《批本随园诗话》卷二引舒敦云：

乾隆五十五、六年间，见有钞本《红楼梦》一书，或云指明珠家，或云指傅恒家。书中内有皇后，外有王妃，则指忠勇公家为近是。

本衙藏版《新镌全部绣像红楼梦》有题记云：

《红楼梦》一书，向来只有抄本，仅八十卷。近因程氏搜辑刊印，始成全璧。

梦痴学人《梦痴说梦》云：

《红楼梦》一书，作自曹雪芹先生……嘉庆初年，此书始盛行。嗣后遍于海内，家家喜阅，处处争购，故《京师竹枝词》有云："开口不谈《红楼梦》，此公缺典定糊涂。"……

逍遥子《后红楼梦序》：

曹雪芹《红楼梦》一书，久已脍炙人口，每购抄本一部，须数十金，自铁岭高君梓成，一时风行，几于家置一集。（乾、嘉间刊本）

《红楼梦》第十七回至十八回写元妃省亲的情景：

半日静悄悄的。忽见一对红衣太监骑马缓缓的走来……一对对龙旌凤翣，雉羽夔头，又有销金提炉焚着御香；然后一把曲柄七凤黄金伞过来，便是冠袍带履。又有值事太监捧着香珠、绣帕、漱盂、拂尘等类。一队队过完，后面方是八个太监抬着一顶金顶金黄绣凤版舆，缓缓行来。

这里写到元春归省仪仗，有"曲柄七凤黄金伞"，有"金顶金黄绣凤版舆"，而据《雍正会典》，其时皇后以下皆用红缎，无黄缎之制。乾隆十年乙丑（1745）二月，规定皇贵妃、贵妃仪仗内红缎曲柄伞改用金黄色，妃嫔仪仗内添用红缎曲柄伞一，这是《红楼梦》写于乾隆十年以后的又一铁证。冒辟疆在康熙三十二年（1693）就去世了，他如何知道皇贵妃、贵妃可以用"曲柄七凤黄金伞"呢？（见周汝昌《红楼梦新证》，708页）

又，张书才先生对《红楼梦》前八十回中出现的"曲柄七凤黄金伞"、八人抬"金顶金黄绣凤版舆"、"协理军机"（军机处学习行走）、"时宪书"等清代典制的始置时间也有深入考察、辨析，证明了《红楼梦》前八十回的写作时间上限在乾隆十年前后，有力地证明了生活在康熙年间的冒辟疆绝不可能是《红楼梦》的作者。

这里再细说"协理军机"和"时宪书"这两个证据。《红楼梦》第五十三回"宁国府除夕祭宗祠，荣国府元宵开夜宴"写道：

> 当下已是腊月，离年日近，王夫人与凤姐治办年事。王子腾升了九省都检点，贾雨村补授了大司马，协理军机参赞朝政，不题。

第九十五回"因讹成实元妃薨逝，以假混真宝玉疯癫"中还写道：

> 那日正在纳闷，忽见贾琏进来请安，嘻嘻的笑道："今日听得军机贾雨村打发人来告诉二老爷说，舅太爷升了内阁大学士，奉旨来京，已定明年正月二十日宣麻。"

前面一段引文中提到贾雨村"补授了大司马，协理军机参赞朝政",后一段引文中我们看到,贾雨村已经从"协理军机"升为"军机"了,"军机"即军机处。张书才先生指出:"雍正帝初设军需房、军机房,原为办理西北两路军务;雍正十年(1732)春铸颁'办理军机印信'、正式定名'办理军机处'之后,职权范围逐步扩大,遍及军务、八旗及东北、蒙古、西藏等边疆藩属事务,但内阁、议政处(议政王大臣会议)仍然在许多方面具有中枢机构的职权和作用。乾隆帝即位之初,设总理事务处,撤销军机处;乾隆二年十一月释服之后,罢总理事务处,复设军机处……乾隆十四年十二月,监察御史冯元钦奏请军机处'改名枢密院,蒙简用者即以原衔掌理院事'……乾隆十五年正月、四月、十一月先后命40岁的工部右侍郎刘纶、43岁的刑部侍郎兆惠、41岁的兵部尚书舒赫德在军机处行走。"由此断定,军机处设置"军机处学习行走"一职,当始于乾隆二十一年八月初七日。则《红楼梦》中"贾雨村补授了大司马,协理军机参赞朝政"这句话,只能写于乾隆十五年至二十一年前后,而不可能出现在康熙年间。

再看有关"时宪书"的文献记载。《红楼梦》第六十二回"憨湘云醉眠芍药裀,呆香菱情解石榴裙"曾提到"时宪书",原文是:

湘云便说:"酒面要一句古文,一句旧诗,一句骨牌名，一句曲牌名，还要一句时宪书上的话，共总凑成一句话。酒底要关人事的果菜名。"

在乾隆皇帝即位之前，历代都称历书作"某某历"。张书才先生指出：顺治元年十月初一日，"上以定鼎燕京，亲诣南郊告祭天地，即皇帝位。……颁顺治二年时宪历"。从此，清朝前期独有的"时宪历"，除康熙三年（1664）后的五年内因历法之争一度暂停外，每年十月朔日（初一），钦天监都要将第二年的时宪历颁行全国，直至雍正十二年（1734）十月初一日"颁雍正十三年时宪历"。所以，在雍正十三年之前作者已经过世的著作中，只会出现或使用"时宪历"，而不可能出现或使用作者死后才有的"时宪书"。雍正帝病逝后，皇四子宝亲王弘历即皇帝位，以次年为乾隆元年。在封建时代，皇帝的名字是"国讳"，是必须避的。正由于此，《高宗实录》雍正十三年九月壬寅（初六日）载明：

> 总理事务王大臣等奏："孟冬颁朔，'时宪'下一字，今拟易'书'字，称'大清乾隆元年时宪书'，下礼部、钦天监行之。"

从此，"时宪书"一名取代了"时宪历"，成为清朝中后期历书的专称。

张书才先生认为：通过对"曲柄七凤黄金伞""金顶金黄绣凤版舆""协理军机"即"军机处学习行走""时宪书"始置时间的讨论辨析，四者互为佐证，相互支撑，已经形成了证据链，当可证明《红楼梦》前八十回确实写于乾隆年间，其时间上限则在乾隆十年前后。（张书才《从清代典制看〈红楼梦〉的写作年代——以前八十回为中心》，《曹雪芹研究》2014年第2期）

《红楼梦》是在乾隆年间问世的，这有太多的文献史料可以证明，但却找不到一条能证明《红楼梦》是在康熙年间问世的文献史料。

曹雪芹是《红楼梦》作者的证明

在我们做了以上的论证以后，再来谈"曹雪芹是《红楼梦》作者的证明"，似乎有些多余了。但为了进一步为曹雪芹"正名"，我们不妨从几个方面做一次比较全面的梳理。

在《红楼梦》产生之初，作者是谁并不是一个问题。那时书稿还只是在亲朋好友中传阅评点，这些亲朋好友当然都知道《红楼梦》的作者是曹雪芹。

清宗室子弟永忠的《延芬室集》有《因墨香得观〈红楼梦〉小说吊雪芹三绝句姓曹》，其一云："传神文笔足千秋，不是情人不泪流。可恨同时不相识，几回掩卷哭曹侯。"这是大家都熟知的一首诗，前文已述。这里需要注意的是永忠的身份和借给他《红楼梦》的墨香与曹雪芹的关系。永忠是康熙皇帝的重孙，他的爷爷就是康熙皇帝的第十四子胤禵。民间传说，康熙皇帝本来是要传位给这位十四子的，但由于四阿哥胤禛把康熙帝的遗诏"传位十四子"改为"传位于四子"，故得以登大位。这当然是"民间故事"，不足凭信。但这位十四子确实十分得康熙帝的宠爱，是皇位有力的竞争者。胤禵与胤禛虽是一母所生，但在皇位的争夺中却与胤禛不是一派。因此胤禛当上皇帝以后，就把胤禵禁锢起来。胤禵的命运对其子孙影响非常大，他的儿子即永忠的父亲弘明一生小心翼翼，生怕宫廷争斗的不幸遭遇影响到儿孙。他曾给几个儿子每人一套棕衣、帽、拂，永忠深知父亲的良苦用心，所以给自己起了一个栟榈道人的号。我们了解了永忠的身世，就会对他写的这首诗有更深切的感受了。那墨香是谁呢，他是曹雪芹的好友敦诚、敦敏的叔父，当过乾隆帝的侍卫。我们知道敦诚、敦敏是曹雪芹一生的好友，彼此有诗歌唱酬。虽然永忠不认识曹雪芹，但他与敦氏兄弟是宗室诗友，而墨香却极有可能是认识曹雪芹的。永忠知道《红楼梦》的作者是曹雪芹，毫无疑问是从墨香那里知道的，所以永忠看了《红楼梦》以后写诗"吊雪芹"，还特别注明"姓曹"。永忠的诗体现他读《红楼梦》十分动情，除了他祖上的遭遇及其家族命运，引起了他的情感共鸣以外，另一个重要的原因就是他原本是有机会认识曹雪芹的，但在读到《红楼梦》的时候，曹雪芹却已经离世。永忠的诗写于乾隆三十三年，即公元1768年，这时距离曹雪芹去世仅四五年，所以他感到万分遗憾，才发出了"可恨同时不相识，几回掩卷哭曹侯"的感慨。试想，如果曹雪芹不是《红楼梦》的作者，永忠为什么要"吊雪芹"，为什么因"同时不相识"而感到"可恨"呢？又为什么要"掩卷哭曹侯"呢？

再看明义《绿烟琐窗集》，其中有《题红楼梦》绝句二十首，诗前小序说：

> 曹子雪芹出所撰《红楼梦》一部，备记风月繁华之盛。盖其先人为江宁织造；其所谓大观园者，即今随园故址。惜其书未传，世鲜知者。余见其钞本焉。

明义的记载更直截了当，《红楼梦》就是曹雪芹所撰。敦敏《懋斋诗钞》中《芹圃曹君霑别来已一载余矣，偶过明君琳养石轩，隔院闻高谈声，疑是曹君，急就相访，惊喜意外，因呼酒话旧事，感成长句》一诗中的两句诗是很值得琢磨的，这就是大家同样很熟悉的诗句："秦淮旧梦人犹在，燕市悲歌酒易醺。"原来在乾隆二十五年庚辰(1760)，敦敏在明琳的宅子与曹雪芹意外相遇，他们已经有一年没有见面了，所以"惊喜意外"。明义的《题红楼梦》诗，大约写于乾隆三十五年，即 1770 年，这时距离曹雪芹去世也仅六七年。明义与敦诚、敦敏、永忠都有来往。他的堂哥明琳又是曹雪芹的好朋友，而从明义诗注中的语气看（"曹子雪芹出所撰《红楼梦》一部"），他本人极有可能认识曹雪芹。即使他不认识曹雪芹，他看的《红楼梦》也有可能是从敦氏兄弟、或是墨香、或是明琳、或是永忠那里得到的，所以他也清楚《红楼梦》的作者是曹雪芹。从明义的身份及其与明琳的关系和写诗的时间看，这条材料的可靠性是毋庸置疑的。

以上这么多材料，是否可以论证：《红楼梦》最初在亲朋好友中传阅评点的时候，它的作者是谁不是一个问题。可有人又提出质疑，程伟元在程甲本叙中说："《石头记》是此书原名，作者相传不一，究未知出自何人，惟书内记雪芹曹先生删改数过……"程伟元明明说"作者相传不一"，你怎么能说《红楼梦》作者不是一个问题呢？这位质疑者弄错了，我说的是《红楼梦》产生之初，在亲朋好友中传阅评点的时候，不是说程甲本摆印之初，这是两个时间概念，不是一回事。程伟元和高鹗摆印程甲本的时候，《红楼梦》已经在社会上流传了"几三十年"了。高鹗《红楼梦》序中说："予闻《红楼梦》脍炙人口者几廿余年。"程伟元、高鹗《红楼梦》引言中说："是书前八十回，藏书家抄录传阅几三十年矣。"

《红楼梦》产生之初在朋友圈里传阅时，阅评者都认识曹雪芹，都清楚他是《红楼梦》的作者。因此永忠、明义说曹雪芹是《红楼梦》的作者，这就是铁证。而二三十年以后，程伟元根本不认识曹雪芹，所以他不清楚也不能确定《红楼梦》作者是谁，这是很自然的事。程伟元说"作者相传不一"是老实话，也反映出当时《红楼梦》在社会上流传过程中人们对作者了解的实际情况。因此，不能用程伟元"作者相传不一"的话否定曹雪芹的著作权，也不能用程伟元的话否定曹雪芹同时代人的文献史料记载。

脂批就是铁证

除了永忠、明义的记载有力地证明《红楼梦》作者是曹雪芹，还有哪些材料可以证明？有，大量的脂批可以证明。虽然我们今天还无法确切地知道脂砚斋、畸笏叟等早期评点人的身份，但有一点可以肯定，脂砚斋、畸笏叟和其他的早期评点人，或是曹雪芹的亲人，或是曹雪芹的朋友，他们对曹雪芹创作《红楼梦》的情况很了解，因此批语中透露出大量的关于作者的信息是十分珍贵的。

雪芹旧有《风月宝鉴》之书，乃其弟棠村序也。今棠村已逝，余睹新怀旧，故仍因之。（甲戌本第一回）

能解者方有辛酸之泪，哭成此书。壬午除夕，书未成，芹为泪而逝。余尝哭芹，泪亦待尽。每意觅青埂峰再问石兄，奈余不遇獭（癞）头和尚何？怅怅。今而后惟愿造化主再出一芹一脂，是书何本（幸），余二人亦大快遂心于九泉矣。甲午八日泪笔。（甲戌本第一回）

这是第一首诗，后文香奁闺情皆不落空。余谓雪芹撰此书中，亦为传诗之意。（甲戌本第一回）

只此一诗便妙极。此等才情自是雪芹平生所长。（甲戌本第二回）

"秦可卿淫丧天香楼"，作者用史笔也。老朽因有魂托凤姐贾家后事二件，嫡（的）是安富尊荣坐享人能想得到处，其事虽未漏，其言其意则令人悲切感服，姑赦之，因命芹溪删去。（甲戌本第十三回回末批）

此回未成而芹逝矣。叹叹。丁亥夏，畸笏叟。（庚辰本第二十二回回末批）

乾隆二十一年五月初七日对清。缺中秋诗，俟雪芹。（庚辰本第七十五回回前批）

若云雪芹披阅、增删，然后（则）开卷至此这一篇楔子又系谁撰？足见作者之笔狡猾之甚。后文如此处者不少，这正是作者用画家烟云模糊处，观者万不可被作者瞒蔽了去，方是巨眼。（甲戌本第一回）

前批知者聊聊，不数年，芹溪、脂砚、杏斋诸子皆相继别去，今丁亥，只余朽物一枚，宁不痛杀。（靖本第二十二回）

可以证明曹雪芹是《红楼梦》作者的脂批还很多，但以上所引已足够说明问题。再把这些批语和永忠、明义的记载以及《红楼梦》中所说"曹雪芹于悼红轩中披阅十载，增删五次，纂成目录，分出章回"联系起来看，作者是谁不是清清楚楚吗？什么是"披阅十载，增删五次"，就是说写了十年，做了五次重大修改，这不是作者又能是谁呢？我们说曹雪芹是《红楼梦》的作者，不是凭一条两条材料，而是有许多可靠的材料。这三方面的材料又是可以互证的，从而加强了说服力。

《红楼梦》中透露出曹雪芹家世的历史信息

我们说《红楼梦》不是曹雪芹的自传，但毫无疑问，《红楼梦》带有"自传"的性质，曹雪芹家世及其人生经历成为《红楼梦》重要的素材来源，《红楼梦》中许多描写有意无意地透露出曹雪芹家的历史信息，这些信息与文献史料"互证"，也是我们论证《红楼梦》作者是曹雪芹的重要依据。

《红楼梦》中有很多内容都和曹雪芹家世有关，第十三回写到贾珍为了给秦可卿办丧礼风光一些，就想给他的儿子贾蓉"捐个前程"，贾珍给贾蓉写的履历是：

> 江南江宁府江宁县监生贾蓉，年二十岁。曾祖，原任京营节度使世袭一等神威将军贾代化；祖，乙卯科进士贾敬；父，世袭三品爵威烈将军贾珍。

我们知道，曹雪芹家族自从曾祖父曹玺担任江宁织造开始，曹家在江南生活了五十八年，主要生活在南京，也就是江宁。现存《康熙上元县志》《乾隆上元县志》中都有曹雪芹的曾祖曹玺传。上元是南京的别名之一，清代设江宁府，把南京分为上元和江宁两县，而上元县是江宁府的首县。贾蓉的履历给我们透露出这样的信息：京城贾家就是江南曹家，这与贾母要带贾宝玉回南京老家等描写一样，正是"假作真时真亦假"，这进一步证明了《红楼梦》创作与曹家的密切关系。

在《红楼梦》的"内容"中，最能"透露"曹家信息的就是"元妃省亲","元妃省亲"的情节就是从康熙皇帝南巡的史实中化出来的。甲戌本有一条触目惊心的批语:"借省亲事写南巡,出脱心中多少忆昔感今。"已点出二者之间的关系。康熙皇帝六次南巡,曹雪芹家接驾四次,当时曹雪芹的爷爷曹寅担任江宁织造。《红楼梦》第十六回中描写大小姐元春要回家省亲了,贾府上上下下正忙着建大观园,这时候,王熙凤的丈夫贾琏的奶妈赵嬷嬷听说这个事情以后,想给她的儿子找个差事,就来走王熙凤的门子。这时有一段对话,王熙凤说:"可恨我小几岁年纪,若早生二三十年,如今这些老人家也不薄我没见世面了。说起当年太祖皇帝仿舜巡的故事,比一部书还热闹。我偏没造化赶上。"赵嬷嬷说:"那是谁不知道的?如今还有个口号儿呢,说'东海少了白玉床,龙王来请江南王',这说的就是奶奶府上了。"她还特别提到江南的甄家,赵嬷嬷说:"嗳哟哟,好势派!独他家接驾四次,若不是我们亲眼看见,告诉谁谁也不信的。别讲银子成了土泥,凭是世上所有的,没有不是堆山塞海的,'罪过可惜'四个字竟顾不得了。"有趣的是王熙凤问赵嬷嬷,他们甄家怎么这么有钱呢?赵嬷嬷回答得更有趣:"告诉奶奶一句话,也不过是拿着皇帝家的银子往皇帝身上使罢了!谁家有那些钱买这个虚热闹去?"在《红楼梦》的这一段描写中,确实透露出曹雪芹家世的消息,曹雪芹的祖父曹寅也确实是接驾了四次。这些描写可以与文献史料的记载相互印证，证明了曹雪芹就是江宁织造世家的后人，确实是《红楼梦》的作者。

早期抄本中在以上的情节处，有很多批语，很值得注意。如赵嬷嬷道"……只预备接驾一次"，庚辰本此处有批语："又要瞒人。"

在赵嬷嬷说到"现如今江南的甄家"，甲戌本批语："甄家正是大关键、大节目，勿作泛泛口头语看。"

在"独他家接驾四次"，庚辰本批语："点正题正文。""'罪过可惜'四个字竟顾不得了"句，庚辰本批语："真有是事，经过见过。"

《红楼梦》第二回写到贾雨村"那日，偶又游至维扬地面，因闻得今岁鹾政点的是林如海。……本贯姑苏人氏，今钦点出为巡盐御史"。林黛玉的父亲林如海是"巡盐御史"，也透露出曹家的"真事"，自康熙四十二年（1703）始，曹雪芹的爷爷曹寅与李煦奉旨轮番兼任巡视两淮盐课监察御史（简称两淮巡盐御史）。曹寅在康熙四十三年（1704）的奏折中说："自去岁奉旨与李煦轮管盐务，至七月，钦点为巡视两淮盐务监察御史，廿九日有谢恩疏。十月十三日到扬州视事。"康熙皇帝为什么要让曹寅和李煦轮流担任巡盐御史，就是为了让他们尽快还清因接驾造成的亏空。曹寅去世后，康熙让李煦兼任巡盐御史，就是为了帮助曹寅还债。据说，当时的盐政是负责国家征收盐税，是肥缺，尤其两淮盐政，几乎占了国家盐税的近十分之一，全国不过两三千万两银子，《红楼梦》第七十二回贾琏说："这会子再发个三二百万的财就好了。"好大的口气，张嘴就是"三二百万"，这不是随便说说的，而是因为曹寅担任两淮巡盐御史，发个"三二百万"的财并不是难事。作者写出这一个情节，其中感慨是一般人很难体会到的。

《红楼梦》第十六回写到赵嬷嬷说："那时候我才记事儿。咱们贾府正在姑苏扬州一带监造海舫。"而据曹寅于康熙四十三年十二月十二日一折内云："臣同李煦已造江船及内河船只，预备年内竣工。"

曹寅对曹家的兴衰至关重要，可以说兴也曹寅，败也曹寅。正因为曹寅与康熙皇帝的特殊关系，并接驾四次，使曹家的繁华兴盛达到了顶点；也正是因为曹寅接驾造成了巨大亏空，为败落埋下了祸根。所以，曹寅的悲剧在曹雪芹的心中是一道深深的伤痕。在《红楼梦》早期抄本中，脂砚斋批语多次流露出对"西"字特别敏感，如靖藏本第十三回写到秦可卿丧事"另设一坛于西帆楼上"，有眉批："何必用'西'字？读之令人酸鼻。"第二回"就是后一带花园子里"句旁甲戌本有夹批："'后'字何不直用'西'字？恐先生堕泪，故不敢用'西'字。"第三回写到荣国府花园，甲戌本有批语："试思荣府园今在西，后之大观园偏写在东，何不畏难之若此。"第二十八回写宝玉喝酒，庚辰本有批语：

57

"大海饮酒，西堂产九台灵芝日也。批书至此，宁不悲乎。"甲戌本有批语："谁曾经过，叹叹。西堂故事。"为什么批语中透露出对"西"字如此敏感呢？原来，在实际生活中，曹雪芹的爷爷曹寅平时最爱用"西"字，江宁织造署的花园称"西园"，园中有"西池""西亭"。府中有名"西堂"的书斋，曹寅又自称"西堂扫花行者"等等，这透露书中描写的故事许多都来自曹家的生活，特别是来自曹寅的生活，作者是念念不忘的。

第五十四回"史太君破陈腐旧套，王熙凤效戏彩斑衣"，说的是荣国府演戏，贾母指着湘云说道："我像他这么大的时节，他爷爷有一班小戏，偏有一个弹琴的凑了来，即如《西厢记》的《听琴》，《玉簪记》的《琴挑》，《续琵琶》的《胡笳十八拍》，竟成了真的了。"《续琵琶》就是曹雪芹的爷爷曹寅写的传奇，描写汉末蔡邕的女儿蔡文姬在曹操的帮助下，从南匈奴回到汉朝的故事。其第二十七出《制拍》表现蔡文姬写作和弹奏《胡笳十八拍》，倾诉自己一生的遭遇和心情。第十三回秦可卿托梦有脂批："'树倒猢狲散'之语，今犹在耳，屈指三十五年矣！哀哉，伤哉，宁不痛杀！"施瑮《随村先生遗集》卷六《病中杂赋》诗自注云："曹楝亭公时拈佛语对坐客云'树倒猢狲散'，今忆斯言，车轮腹转。"原来曹雪芹的爷爷曹寅经常讲"树倒猢狲散"这句话，所以脂批看到秦可卿托梦王熙凤时说到"树倒猢狲散"一语，不免感慨万千。

《红楼梦》第六十三回芳官唱了一支《赏花时》，庚辰本是"闲为仙人扫落花"，这出自明代汤显祖的《邯郸记·度世》中何仙姑在蓬莱山门外扫花时所唱的第一支曲，但原文是"闲踏天门扫落花"，《红楼梦》新校注本（人民文学出版社）根据天启元年本《邯郸记》做了校改。但近几年有专家发现（见《蔡义江新评红楼梦》，715页"《赏花时》曲"注释，龙门书局2010年版。刘上生《从曹寅诗注到曹雪芹改曲词》，载《红楼梦研究》第二期，120—136页），庚辰本的"闲为天门扫落花"，不是错了，而是曹雪芹有意这样写的。他的祖父曹寅有一首诗《些山有诗谢梦，奉和二首，时亮生已南旋》（《楝亭诗抄卷一》），诗中有注："予留别有'愿为筇竹杖'之句，些山集青莲句有'闲为仙人扫落花'，故及之。"李白原句为"闲与仙人扫落花"，曹寅诗注中写作"闲为仙人扫落花"，显然是曹寅误记了李白的诗句，而曹雪芹在这里既不用汤显祖《邯郸记》中的原句"闲踏天门扫落花"，也不用李白诗的原句"闲与仙人扫落花"，偏偏用了他的祖父曹寅诗注中误记李白的诗句"闲为仙人扫落花"，显然是有意为之，这也透露出《红楼梦》创作与曹雪芹、与曹寅的关系。

第六十三回，探春抽的签上有诗云"日边红杏倚云栽"，注云："得此签者，必得贵婿……"众人笑道："……

我们家已有了个王妃，难道你也是王妃不成。大喜，大喜。"这里也透露出曹家的信息，元春明明是皇贵妃，为什么这里说"我们家已有了个王妃"呢？原来曹寅的长女、曹雪芹的姑姑就是一位王妃，是平郡王纳尔苏的嫡福晋。

　　《红楼梦》第五十三回写到乌进孝来宁国府缴租，贾珍嫌他缴来的租金太少了，乌进孝说，贾府里有皇妃，那还不是要多少钱就有多少钱？贾珍嘲笑乌进孝的无知，贾蓉则说："这二年那一年不多赔出几千银子来！头一年省亲连盖园子，你算算那一注共花了多少，就知道了。再两年再一回省亲，只怕就精穷了。"《红楼梦》第十七至十八回写元妃省亲，当贾府的大小姐元春在轿内看到大观园如此的豪华，也不禁默默叹息奢华过费。她对家里人说："以后不可太奢，此皆过分之极。"连元妃都感到"奢华过费""过分之极"，可见大观园的奢华确实太过度了，它也给贾府的败落留下了伏笔。曹雪芹这样写大观园，写大观园的奢费过度，是有其现实依据的。无论是贾蓉的担忧，还是元春的叹息，其实都是作者曹雪芹的"一把辛酸泪"，历史上曹雪芹的爷爷曹寅正是因为接驾，造成了巨大亏空，埋下了曹家败落的祸根。

《红楼梦》：曹雪芹的"乡愁"

顾浩先生说："《红楼梦》全书的乡土烙印，这是《红楼梦》作者的独特标志。古往今来任何一位作家的写作实践都表明，他年复一年生活的那个地方，他魂牵梦绕眷恋的那方故土，总是要在他的作品中从不同角度、以不同方式表现出来，都要打上深深的乡土烙印。细读一百二十回的《红楼梦》，回回都呈现出众多的'如皋元素'。"顾浩先生认为一个作者一定会在自己的作品中留下"乡土"的痕迹，这个观点前半部分是对的；但他认为《红楼梦》中的乡土痕迹，就是"如皋元素"，则是错误的。他的文章中列举的如皋方言、宗教、习俗、故事、特产、器具、板鹞、习惯、风光、地理等实在是非常勉强，不足为据。

比如说方言，顾浩先生认为在《红楼梦》中共出现如皋方言五千多处，仅在如皋小片区域使用，也就是全国唯一使用的土语就有三十多个。例如"稿子""猴""顿""不好过"（生了病的意思）等等，我不是语言学家，更不是研究方言的专家，但我看了顾浩先生举的这些例子，还是感到这些所谓的证据根本就不能成立。

首先，一部《红楼梦》近百万字，主要是以北京话写就的，这是学术界的共识。据说在清代很多外国人到中国来，都是以《红楼梦》作为教材学习中国语言、中国官话的。退一万步讲，即使顾浩先生所说的如皋方言五千多处真的就是如皋独有的"方言"，那比起《红楼梦》全书数十万字的"北京话"，也是占很小的部分。清末大诗人黄遵宪对日本友人说："编《红楼梦》者乃北京旗人，又生长在富贵之家，于一切描头画角，零碎之语，无不通晓，则其音韵口腔，较官话书尤妙。"著名学者王利器先生曾写过一篇文章《〈红楼梦〉是学习官话的教科书》，所谓官话，就是北京话。王老说："产生于乾隆年间的《红楼梦》，就是以官话写成的社会百科全书。于是由长白莎彝尊编辑、在广州出版的《红楼梦摘华》一书就应运而兴了。"这本《红楼梦摘华》就是当时人学习官话的教科书。请问，作为如皋人的冒辟疆为什么要用北京话写《红楼梦》呢？更何况，顾浩先生所说的那些"如皋方言"很难说都是如皋独有的"方言"。一次我到辽宁铁岭参加学术研讨会，一位年轻的老师对我说："张先生，我读《红楼梦》感到很亲切，因为有不少话很像我们铁岭的地方话，《红楼梦》作者很有可能是铁岭人。"我笑着对他说："不对，《红楼梦》作者不可能是铁岭人，是我们大连人，因为我读《红楼梦》也感到非常亲切，有些话和我们大连话很像，有些话现在大连人还这样说。"的确，不少苏州、扬州、南京人，在《红楼梦》中也读到了家乡味，当年在讨论《红楼梦》作者问题时，戴不凡先生就说了这个问题，他发现《红楼梦》中有不少"吴语"。就拿顾浩先生说的"如皋方言"的"不好过"吧，我的家乡大连就有这样的说法，尤其是女人生病了，身体不舒服，常常这样说"不好过"。我问过山东的朋友，"不好过"这个话在山东的一些地方至今还是这样说，你能说我们大连人、山东人说的是"如皋方言"吗？《红楼梦》第七回，周瑞家的对宝钗说："小小的年纪倒作下个病根儿。"第四十八回，香菱对黛玉说："我们那年上京来，那日下晚便湾住船。""作下""下晚"等语，在我们家乡到现在还是这样讲，你能以此为据说《红楼梦》作者是大连人吗？

以所谓的"方言"为依据论证《红楼梦》作者是谁，一定要谨慎。有一次我到天津师范大学参加《红楼梦》学术研讨会，天津师范大学谭汝为教授在会上发言说，根据方言研究《红楼梦》作者一定要小心，因为方言的情况很复杂，而仅仅凭你知道的方言，就把《红楼梦》作者与一个地方的文化联系在一起，是靠不住的。谭汝为教授是研究方言的著名专家，主编了《天津方言词典》，他的发言给我留下十分深刻的印象，我非常赞同他的观点。最近我查到了谭汝为教授

的一篇文章,其中他就提到了"如皋方言"。我们不妨好好读读谭教授这篇文章,他说:

> 《红楼梦》主要使用以北京话为中心的"官话京腔",在此基础上又吸收了北方地区的多种方言,包括河北方言、天津方言、东北方言和山西方言,此外还包括多种南方方言,如吴方言、江淮方言、湘方言,尤其是苏州、南京、扬州及镇江等地的方言,构建成一座巍峨璀璨的汉语艺术大厦,体现了语言文化的多元性和包容性。……然而,近年来,对《红楼梦》方言的"研究",出现了一种简单化、庸俗化的倾向,具体表现为过分强调书中局部某种方言的例证,生硬地把曹雪芹和《红楼梦》同某一地区历史文化联系在一起。……例如,有人从《红楼梦》语言中"发掘"出一些"山西绛州口语",将其铺排开来,然后导出结论:"《红楼梦》的生活语言是用绛州口语写成的。"又如,某学者在论文中列举一些湘方言的实例后,认为《红楼梦》里面90%以上的方言是湖南娄底、永州北部一带的湘语,指出"作者并不是曹雪芹,而是一位有在湖南长期生活经历的人士",曹雪芹不过是"在原始之作的基础上,对《红楼梦》进行了全面艺术加工"而已。……网上盛传的《石破天惊——红楼梦的作者是冒辟疆》,将如皋方

言的使用作为重要证据。其实，吴方言是一个比较复杂的体系，当年戴不凡即以此立论，找出《红楼梦》里的扬州话、苏州话和南京话，以此为据否定曹雪芹的著作权。这显然是站不住脚的。……各地红学研究者几乎都可以从《红楼梦》里找到自己的家乡方言。若将《红楼梦》作品中出现过的词语，与笔者主编的《天津方言词典》对照，也能找出近百条相同或相近的词条。（谭汝为《对〈红楼梦〉方言研究的思考》，《语言文字报》2018年7月27日）

谭汝为教授的分析论辩是非常有说服力的，这才是对方言真正有研究的专家之言。

至于顾浩先生说《红楼梦》中的一僧一道，是如皋盛行的宗教文化的生动写照；《红楼梦》中塑造的太虚幻境，正是缘于如皋人笃信宗教文化而幻想的世外境界；《红楼梦》中写的"露酒""木樨清露""枫露茶""玫瑰清露"等饮料，都源自董小宛的创制等等，都太随意了，我看如皋人也未必会认可顾浩先生这些说法。

曹雪芹不可能是杭州人洪昇，也不可能是如皋人冒辟疆，《红楼梦》是曹雪芹"秦淮旧梦"的结晶，这是因为曹雪芹的家世与人生经历与"秦淮风月"有着密切的关联。

曹雪芹祖籍东北的辽阳，但应该算北京人。曹雪芹出生在一个与清皇室有着密切关系的内务府正白旗汉军包衣世家。曹雪芹的先人原本是明代的下级军官，后来被俘，成为清贵族的"包衣"，就是清贵族家奴。后来曹雪芹的高祖曹振彦跟随努尔哈赤的儿子多尔衮从东北打到北京，入籍北京。所以曹雪芹算是北京人，这是不错的。但在曹雪芹的心里，"老家"却只有一个地方，就是江苏，是南京、苏州、扬州。

在《红楼梦》中，林黛玉是苏州人，薛宝钗是金陵人，史湘云是金陵世勋史侯家的后人，妙玉是苏州人，香菱是苏州人，王熙凤他们家是四大家族之一"龙王来请金陵王"的王家，李纨是金陵名宦之女，贾蓉是江南江宁府江宁县监生……《红楼梦》第二回写道："这林如海……本贯姑苏人氏。"甲戌本有侧批："十二钗正出之地，故用真。"第十七至十八回，"原来贾蔷已从姑苏采买了十二个女孩子……"第四十回写道："姑苏选来的几个驾娘……"第五十三回写道："原来绣这璎珞的也是个姑苏女子……"第五十七回，紫鹃逗宝玉，说黛玉要回苏州林家……《红楼梦》中的人物没有一个是如皋人，也没有透露出一点点如皋是"老家"的信息。冒辟疆如果是《红楼梦》的作者，他为什么在《红楼梦》中不提"如皋"一个字呢？他为什么说南京是"老家"呢？

为什么《红楼梦》中的人物不是金陵人，就是苏州人，为什么把南京当作老家？原来，作为入籍北京的曹雪芹一家几代人，却是在江南生活了五十八年之久，不仅曹雪芹出生在南京，而且影响曹雪芹一生和《红楼梦》创作的曹家兴衰都发生在江南。一句话，令曹雪芹一辈子刻骨铭心的是他们曹家在江苏南京、扬州、苏州的生活。

曹雪芹的曾祖叫曹玺，他的妻子孙氏在康熙皇帝出生以后被选为保姆。这可不得了，曹家虽身为"包衣"，地位下贱，但在清代满族的习俗中，对乳母、保姆是非常尊重的，不管是皇帝，还是王公贵族，都把乳母、保姆视为亲人。看《红楼梦》中的荣国府，乳母的地位就很高。贾宝玉的乳母李嬷嬷，可以骂贾宝玉跟前的首席大丫鬟袭人，袭人是不敢还嘴的。贾琏的乳母赵嬷嬷，到王熙凤那里走走，连王熙凤都一口一个"妈妈"地叫，请她上坐。由于乳母的特殊身份，他们的孩子自然也会沾光，能得到主子的关照。比如跟随贾宝玉的李贵，他是贾宝玉的首席跟班，就是贾宝玉乳母李嬷嬷的儿子。而曹雪芹的曾祖母孙氏当上了康熙皇帝的保姆以后，曹家自然就与康熙皇帝有了非同一般的关系，康熙皇帝甚至称孙氏为"吾家老人"，透露出他对这位老保姆的亲切和深厚感情，其敬重、尊贵自然是不得了的。果然，在玄烨当上皇帝的第二年，即康熙二年（1662），曹雪芹的曾祖父曹玺就被委以重任，担任江宁织造。而且从曹玺开始，江宁织造的职务变成了"专差久任"，曹玺一干就是二十多年。从曹玺开始，曹家三代四人即曾祖曹玺，祖父曹寅，父辈曹颙、曹頫相继担任江宁织造达五十八年之久，曹家成了名重一时的江南望族。

曹家真正的辉煌是在曹雪芹的爷爷曹寅时期。曹寅与康熙皇帝的年龄相差不大，他曾担任过康熙皇帝的护卫，还有人说他曾当过康熙皇帝的伴读，这一点可能是误传，曹寅不可能当皇帝的伴读。曹寅一辈子都与康熙皇帝的关系非常密切，深得皇帝的信任和赏识。当年康熙皇帝六次南巡，曹寅就接驾了四次。《红楼梦》第十六回写道，贾府的大小姐贵妃娘娘元春要回来省亲了，准备修盖省亲别墅，贾琏的乳母赵嬷嬷想给儿子某点差事，就来走王熙凤的后门，当说到元春要回来省亲这件事情的时候，赵嬷嬷就对贾琏和王熙凤说起"当年太祖皇帝仿舜巡的故事"，其实指的就是康熙南巡。在这里有一条脂批说："借省亲事写南巡，出脱心中多少忆昔感今。"清楚地指出了这一点。大家注意，《红楼梦》中住在京城里的是"贾府"，江南有个"甄家"，他们是老亲，而且家里都有一个老祖母，都有一个公子哥儿叫宝玉，还长得一模一样，这寓意是非常清楚的。"贾府"的"贾"就是真假的"假"的谐音。江南甄家的"甄"就是真假的"真"的谐音，这是提醒读者要分辨清楚什么是真的什么是假的，当然这也是艺术创作的需要。而当年康熙南巡，曹雪芹的爷爷曹寅确实接驾了四次，赵嬷嬷口里讲的江南甄家，其实就是指江南曹家。曹家的兴旺，在康熙时代达到了顶峰，尤其接驾，曹家可谓风光无限，《红楼梦》中秦可卿给王熙凤托梦，说他们家里接驾元妃省亲是"非常喜事"，"真是烈火烹油、鲜花着锦"，这也正是当年曹家接驾的情景。

但任何事情总是有两面性，正如《红楼梦》"好了歌"中所唱的好便是了，了便是好，盛筵必散，否极泰来。曹家四次接驾，虽然争得了无限的风光，也埋下了败落的根源——亏空。当年南巡时，深知地方弊端的康熙皇帝事先就跟地方打了招呼，说他南巡不花地方政府的钱，一切都由内务府负责。内务府是负责宫廷事物的衙门，是专门为皇帝服务的机构，所以康熙皇帝到南京后，不让地方政府安排地方，而是住在江宁织造府。因为在皇帝看来，织造府是内务府驻江南办事处，住在织造府就如同住在自己家里一样。但皇帝南巡，不让地方政府掏钱接驾，就能省钱了吗？根本不可能。康熙皇帝是一厢情愿，或是为了赚取好名声。掏钱的是负责接待的织造府。接待皇帝南巡，要给皇帝修行宫，要管吃管喝，还得打点随行的皇子王公贵族等等，花钱的地方太多了。《红楼梦》第十六回赵嬷嬷就说到"圣祖南巡"花钱的事，她说："只预备接驾一次，把银子都花的淌海水似的！""别讲银子成了土泥，凭是世上所有的，没有不是堆山塞海的，'罪过可惜'四个字竟顾不得了。"当王熙凤问接驾的甄家怎么那么有钱呢？这个赵嬷嬷说了一句很有见解的话，她说："告诉奶奶一句话，也不过是拿着皇帝家的银子往皇帝身上使罢了！谁家有那些钱买这个虚热闹去？"这真是"史笔"呀！江南甄家接驾花钱的情况，其实说的就是曹家接驾花钱的情况。清人张符骧有《竹西词》也写到当年康熙南巡扬州建行宫的情景："三汊河干筑帝家，金钱滥用比泥沙。"这和赵嬷嬷所说的情景一模一样。

当然，曹家接驾造成的巨额亏空，康熙皇帝是清楚的，他一方面要保护曹家，一方面也为他们担心，亏空国家的钱毕竟不是小事，所以他多次催促曹寅赶紧堵上窟窿，要曹寅小心。如康熙四十九年八月廿二日，康熙皇帝在李煦奏折上批道："风闻库帑亏空者甚多，却不知尔等作何法补完？留心，留心，留心，留心，留心！"连说了五个"留心"。同年九月二日又在曹寅的奏折上批道："两淮情弊多端，亏空甚多，必要设法补完，任内无事方好，不可疏忽。千万小心，小心，小心，小心！"又是连说了四个"小心"，老皇帝的关切之情，溢于言表。从中可见，即使有康熙皇帝的庇护，亏空也不是一件小事，但直到曹雪芹的爷爷曹寅病死也没有还上欠的钱。

在康熙皇帝当政的时候，曹家虽有亏空，但有康熙皇帝的庇护，可以说平安无事。康熙帝去世，雍正皇帝即位，情况就发生了巨大的变化。雍正帝即位时已经四十四岁了，有非常丰富的社会人生经验，有很强的管理能力和魄力，他对康熙帝晚年好大喜功、铺张浪费的情景一清二楚，所以一上台就狠抓两件事：一是整顿吏治，二是铲除贪腐，且手段非常严厉。没有了最高统治者的庇护，曹家的亏空就成了一个随时都要爆发的火点。雍正帝即位当年就查抄了曹雪芹的舅爷、苏州织造李煦的家，江南三织造，就像《红楼梦》中的四大家族一样，一荣俱荣，一损俱损，苏州织造李煦的被查抄，预示着江宁织造曹家已经面临着随时垮台的险境。果然雍正五年年底，因曹雪芹的叔叔或是父亲曹頫骚扰驿站等事，引发了雍正帝的震怒，曹家被抄家，近六十年的江南曹家从此一败涂地。

　　曹家败落的时候，曹雪芹可能十二三岁，或者是五六岁，雍正六年（1728）春夏之交他跟着祖母回到北京。从一个皇亲国戚的公子哥儿，变成了落魄的文人，这巨大的反差，无疑会对曹雪芹的生活和思想产生重要的影响。正如鲁迅所说："有谁从小康人家而坠入困顿的么，我以为在这途路中，大概可以看见世人的真面目。"（《呐喊·自序》）曹雪芹家可不是小康之家，而是江南望族，从大家贵族的子弟一夜之间跌入社会底层，其对世态炎凉的感受，自非常人可比。多少年后，他的朋友敦诚、敦敏在与曹雪芹交往时还常常提到"扬州旧梦久已觉""秦淮风月忆繁华"，江南曹家的繁华兴盛与衰落，都在曹雪芹的心中留下刻骨铭心的记忆。

71

江南曹家的生活无疑对曹雪芹创作《红楼梦》产生了重要的影响，江南曹家的兴衰对曹雪芹来讲既是"乡愁"，又是"伤痕"，甚至可以说，如果没有这些"扬州旧梦"和"秦淮风月"，就不会有曹雪芹的《红楼梦》。《红楼梦》中为什么写"金陵十二钗"？《红楼梦》为什么是从苏州写起？林黛玉为什么是从扬州抛父进京都？贾宝玉挨打后贾母为什么说要带他回南京老家去等等，这都与曹雪芹的家世兴衰有着密切的关系。没有这样的家世，没有这样的生活经历，没有这样的生活感受，曹雪芹是写不出《红楼梦》的。而我们如果不了解曹雪芹的"乡愁"对《红楼梦》的影响，就不可能真正理解《红楼梦》。

《红楼梦》第一回，在作者一番自述以后，正文故事一开始就写道：

> 出则既明，且看石上是何故事。按那石上书云：当日地陷东南，这东南一隅有处曰姑苏，有城曰阊门者，最是红尘中一二等富贵风流之地。

过去阅读、研究《红楼梦》，人们总在探讨《红楼梦》为什么要从苏州写起，现在人们有了一些相同的认识，是因为曹雪芹的爷爷曹寅到江南担任的第一个职务就是苏州织造，还因为江南曹家的衰落是从苏州织造李煦家被抄家开始的，曹雪芹的奶奶就是李煦的堂妹，很可能就是《红楼梦》中贾母的原型。还有人发现曹雪芹写《红楼梦》的创作素材不仅仅来源于曹家的历史，很有可能也有苏州李家的历史，或者说《红楼梦》是合曹、李两家为创作素材的主要来源。而《红楼梦》中以贾母、史湘云为代表的"史家"，其素材就主要来自苏州李煦家。李煦的儿子叫李鼎，而史湘云的叔叔则是"忠靖侯"史鼎，从李鼎到史鼎，这其中的关系是不言而喻的。

除苏州以外，扬州对曹家的兴衰也是一个至关重要的地方。过去我给学生讲课，常提出这样一个问题：林黛玉是哪里的姑娘？正确答案是：苏州。可总有人回答错了，说是扬州姑娘。为什么会把苏州姑娘林黛玉当作扬州姑娘了，因为林黛玉在《红楼梦》中一出现时就是在扬州。《红楼梦》第二回的回目就是"贾夫人仙逝扬州城"，是那样的触目惊心，林黛玉是在扬州别父进京都的，来到了京都的姥姥家——荣国府。后来她的父亲林如海也是在扬州病逝的，《红楼梦》第十四回回目是"林如海捐馆扬州城"，"捐馆"就是死亡的一种说法，林黛玉回到扬州来奔丧，又和贾琏一道把老父亲的灵柩送到了苏州安葬。为什么有这样的描写——你如果知道曹家与扬州的关系，知道曹雪芹的爷爷曹寅就担任过巡盐御史，并于康熙五十一年七月二十三日于扬州天宁寺书局病逝，知道正是曹寅在扬州去世以后，曹家开始衰落了，那么对《红楼梦》这么写林黛玉的这段经历就不会感到奇怪了。

读《红楼梦》，你是否注意到书中提到、描写到江苏许多地方，作者对江南的生活是那样熟悉，语言、饮食、习俗、服饰等等，无不流露出"江南"色彩。作者时时处处透出江南味，包括充满全书的南京话、扬州话、苏州话等等。总之，读《红楼梦》，我们会深深地感受到曹雪芹确确实实是把南京、江苏当作老家的，流露出浓浓的乡恋、乡愁。

在曹雪芹的心里，南京确实是老家。《红楼梦》第二回，冷子兴对贾雨村说："老先生休如此说。如今的这宁荣两门，也都萧疏了，不比先时的光景。"雨村道："当日宁荣两宅的人口也极多，如何就萧疏了？"冷子兴道："正是，说来也话长。"雨村道："去岁我到金陵地界，因欲游览六朝遗迹，那日进了石头城，从他老宅门前经过，街东是宁国府，街西是荣国府，二宅相连，竟将大半条街占了。"甲戌本此处有脂砚斋批语："好，写出空宅。"为什么说"写出空宅"？南京的曹家被抄了、衰落了，所以是"空宅"了，这是怎样的"伤痕"那！

第二回，贾雨村提到"只金陵城内，钦差金陵省体仁院总裁甄家"，其实说的就是钦差金陵的江宁织造曹家。第三十三回，宝玉挨打后，贾母对贾政说："我猜着你也厌烦我们娘儿们。不如我们赶早儿离了你，大家干净！"说着便令人去看轿马,"我和你太太宝玉立刻回南京去!"第四十六回,贾赦想娶鸳鸯为妾,邢夫人问王熙凤鸳鸯父母的情况,凤姐说:"他爹的名字叫金彩,两口子都在南京看房子,从不大上京。"贾赦即刻叫贾琏,说:"南京的房子还有人看着,不止一家,即刻叫上金彩来。"贾琏回答:"上次南京信来,金彩已经得了痰迷心窍,那边连棺材银子都赏了。"清代人许兆桂在《〈绛蘅秋〉序》中说:乾隆五十五年秋到北京,"余至都门,詹事罗碧泉告余曰:'近有《红楼梦》,其知之乎?虽野史,殊可观也。'维时都人竞称之,以为才。余视之,则所有景物皆南人目中意中语,颇不类大都。……既至金陵,乃知作者曹雪芹为故尚衣后……"

过去讨论《红楼梦》的作者时,有人发现书中有大量的江苏方言,特别是南京话、扬州话,就是脂批中也有不少"江南话",据此有人认为《红楼梦》的作者不是曹雪芹,曹雪芹大部分时间生活在北京,在北京写出了《红楼梦》,他怎么会那么多江南话呢?其实这不难理解,曹雪芹极可能十三四岁离开南京,跟着奶奶回到北京,他不仅会讲江南话,熟悉江南的生活,而且他回到北京后的生活环境,包括他的亲人都是讲江南话的,他们常常回忆起"扬州旧梦""秦淮风月",因此《红楼梦》中存在的大量江南话,就毫不奇怪了。正是因为深入心中的"乡愁",曹雪芹在创作《红楼梦》时就自然而然流露出对家乡深深的怀恋。

许多江南人看《红楼梦》，感到很亲切，因为全书有相当数量的南京话、苏州话、扬州话等等。第三回，贾母对林黛玉说："你不认得他，他是我们这里有名的一个泼皮破落户儿，南省俗谓作'辣子'，你只叫他'凤辣子'就是了。"据说，这"辣子"就是南京话。还有"老爹""花胡哨""清爽些""汗巾子"等，也都是南京话。第七回，秦钟见王熙凤，"说着，果然出去带进一个小后生来。""小后生"也是江苏话。又如第十三回，贾蓉称凤姐是"凤姑娘"，也是江南话。《红楼梦》中还常常可以听到扬州话，如"这会子"："这会子二爷在家""我这会子跑了来"（第十六回）。又如"才刚"："才刚带着人到后楼上找缎子"（第三回），"才刚老爷叫你作什么？"（第十六回）。还有"吃茶""吃酒""下作""挺尸""作死的"。第六十二回"一篓炭，五百斤木柴，一担粳米"，也是江南的说法。第七十七回，王夫人说"卖油的娘子水梳头"也是江南话。

《红楼梦》中人物的服饰非常有特色，无论款式还是颜色，都与人物的形象、性格乃至命运有着密切的关系。作者似乎对服饰、布料等十分熟悉，因为他们家是专门为皇宫提供绸缎布料的。王熙凤见林黛玉时"身上穿着缕金百蝶穿花大红洋缎窄裉袄"；贾宝玉见林黛玉时"穿一件二色金百蝶穿花大红箭袖"；宝玉在梨香院见薛宝钗穿着"玫瑰紫二色金银鼠比肩褂"；第四十九回史湘云穿的"一件水红妆缎狐肷褶子",以及第十九回小丫头卍儿说的"卍"字锦,都是江宁织造供皇宫里用的,就是南京云锦。

《红楼梦》中还两次提到惠泉酒,这就是无锡的特产。第十六回,王熙凤对贾琏的乳母赵嬷嬷说:"你尝一尝你儿子带来的惠泉酒。"第六十二回,芳官对贾宝玉说:"我也不惯吃那个面条子,早起也没有好生吃。……先给我做一碗汤盛半碗粳米饭送来,我这里吃了就完事。若是晚上吃酒,不许教人管着我,我要尽力吃够了才罢。我先在家里,吃二三斤好惠泉酒呢。"第十六回王熙凤说的"火腿炖肘子",第八回贾宝玉在薛姨妈那里喝的"酸笋鸡皮汤",第六十二回芳官吃的"虾丸鸡皮汤""酒酿清蒸鸭子""胭脂鹅脯"等,都是江南菜,而"胭脂鹅脯"就是非常著名的南京菜。

在《红楼梦》中提到了许多江苏的地名,有金陵、姑苏、阊门、扬州、维扬、石头城、江南江宁府江宁县、苏州、玄墓、虎丘、六朝遗迹、凤凰山、钟山、桃叶渡等等,就是没有一次提到"如皋"。

《红楼梦》第十三回写贾琏送黛玉回扬州奔丧,凤姐和平儿这天晚上屈指算贾琏、黛玉的行程该走到哪里了?这显然是从北京启程算起的,从北京到扬州有两千里地,不是一天两天就能走到的,至少得走一个月,所以凤姐要算一算他们的行程。而第六十九回,王熙凤因害死尤二姐事,挑拨曾和尤二姐有过婚约的张华闹事,后又怕阴谋败露,就命她的仆人旺儿去把张华治死,这个旺儿觉得人命事大,不敢去杀张华,又怕王熙凤怪罪,就在外面躲了几日,回来骗凤姐说:"张华是有了几两银子在身上,逃去第三日在京口地界,五更天已被截路人打闷棍打死了。"京口就是镇江,如果说荣国府在北京,而张华如何能第三天就到了京口呢?这一段描写,露出作者的潜意识中,家就在南京。南京距镇江九十多公里,恰好是步行两三天的行程。如果是从北京到京口,没有一个月是到不了的。可见作者曹雪芹对江苏的熟悉,不经意间露出了在他的心里南京才是老家。

第六十七回的回目有"见土仪颦卿思故里",说的是薛宝钗的哥哥薛蟠从江南贩货回京,带回江南的土仪,有笔、墨、纸、砚、各色笺纸、香袋、香珠、扇子、扇坠、花粉、胭脂等物;外有虎丘带来的自行人、酒令儿、水银灌的打筋斗小小子,沙子灯,一出一出的泥人儿的戏,用青纱罩的匣子装着;又有在虎丘山上泥捏的薛蟠小像,与薛蟠毫无相差。薛宝钗将他哥哥带回的小玩意儿分送给了大观园里的姐妹们,"惟有林黛玉看见他家乡之物,反自触物伤情,想起父母双亡,又无兄弟,寄居亲戚家中,那里有人也给我带些土物?想到这里,不觉的又伤起心来了。"第五十七回,黛玉的丫鬟紫鹃为了试一试宝玉对黛玉的感情如何,就撒谎说黛玉要回苏州老家去,开始宝玉不信,说:"你又说白话,苏州虽是原籍,因没了姑父姑母,无人照看,才就了来的。

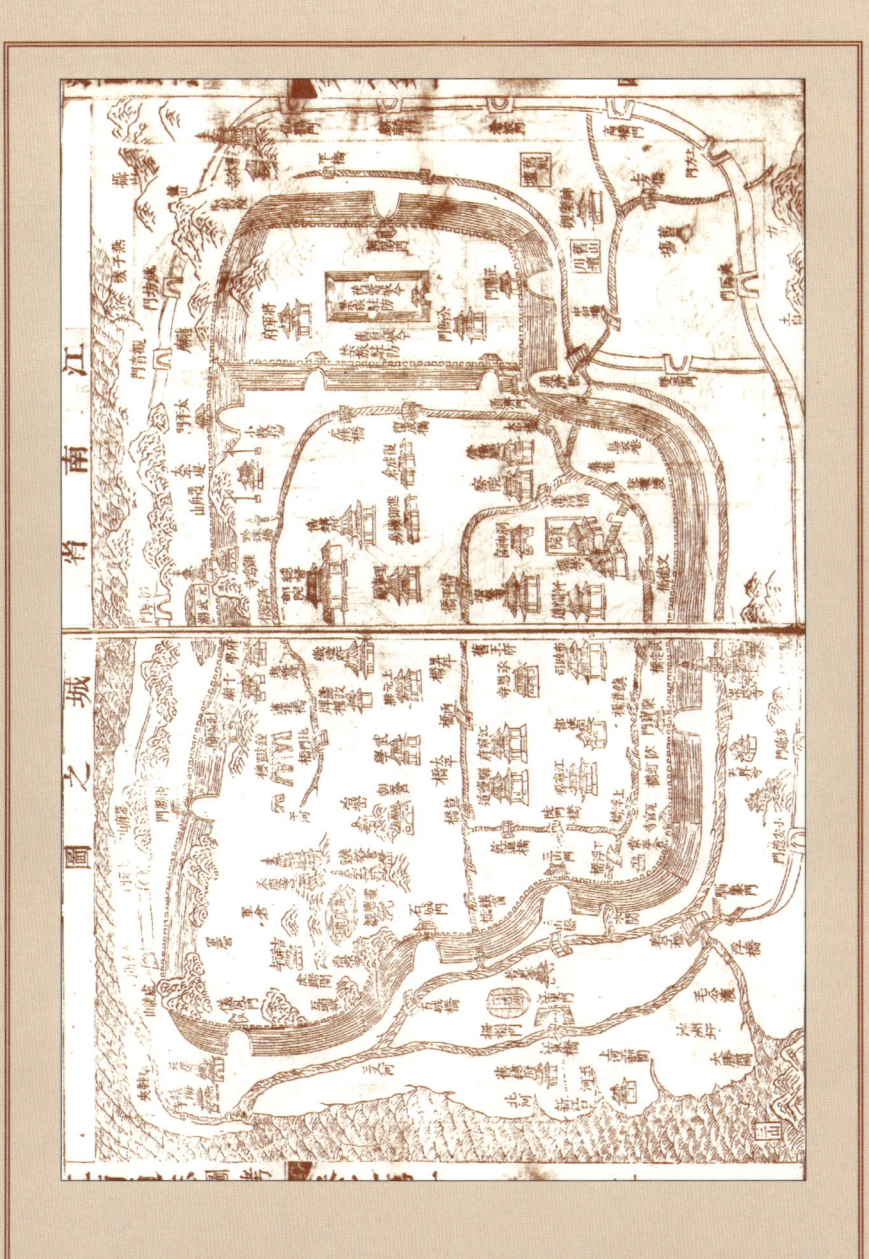

《康熙江南通志》中的《江南省城之图》，
图中总督部院西南为织造府。（江宁织造博物馆供图）

解味红楼：
曹雪芹的旧梦与悲歌

明年回去找谁？可见是扯谎。"结果还是被紫鹃忽悠糊涂了，犯了疯病，再见紫鹃，宝玉一把拉住，死也不放手，说："要去连我也带了去。"众人不解，细问起来，才知道是紫鹃说林黛玉要回苏州去一句顽话，惹宝玉犯病的。虽然这场"闹剧"主要表现出宝玉对黛玉的深情，但从另一个方面也透露出苏州是林黛玉的原籍，她也想家。林黛玉的"乡愁"，也是意味深长的，这既是林黛玉的"乡愁"，何尝不是曹雪芹的"乡愁"。林黛玉看到家乡的旧物，睹物思情，想到了家乡，想到了自己的身世和寄人篱下的生活，也暗寓了林黛玉的命运。

如果我们不了解曹雪芹的"乡愁"在哪里，不了解曹雪芹、《红楼梦》与江苏，与南京、扬州、苏州的不解之缘，我们就不能更深切地感受曹雪芹为什么要写《红楼梦》、为什么能写出《红楼梦》，为什么对"扬州旧梦""秦淮风月"是那样的念念不忘、刻骨铭心，为什么写贾宝玉林黛玉是那样的命运、为什么写贾府最后是白茫茫大地真干净而彻底败落了。我们知道了、理解了曹雪芹的"乡愁"，再读《红楼梦》就会有更深的感受，就会与曹雪芹的"乡愁"呼吸相通，更深地感受到作者曹雪芹的家国情怀、盛衰感叹和人生体味，就会更深地感知《红楼梦》丰富的内涵。

曹雪芹的"乡愁"，是对故乡的思恋，是对以往的怀念留恋，他的"乡愁"中有着深深的"伤痕""伤感"，他因

"乡愁"而"发愤著书",而倾诉"一把辛酸泪"。当然,一部伟大的《红楼梦》,并不是仅仅在寄寓"乡愁""伤感",并不是要沉睡在"梦里",曹雪芹通过《红楼梦》,通过对一个封建贵族大家庭衰落的描绘,通过对贾宝玉、林黛玉、薛宝钗等等一群青年人的悲剧描写,他发出的疑问是:这个贵族家庭怎么了,为什么会败落?这个社会怎么了,为什么是这样的污浊?为什么一家人也会像乌眼鸡一样恨不得你吃了我我吃了你?姐姐妹妹们怎么了,她们是那样美丽和有才华,为什么摆脱不了悲剧的命运?大观园怎么了,它为什么成不了女儿们的乐园?曹雪芹的"一把辛酸泪",倾诉了他深深的怀恋,更倾诉了对众多女儿的深深同情和关爱,他无情地写出了一个贵族家庭的衰落和众多女儿的悲剧,却又像屈原的《天问》一样,发出了他深深的叹息和悲鸣,发出了"救救女儿"的呼喊。

蒜市口十七间半：这里是曹雪芹写《红楼梦》的地方

北京崇文门外蒜市口十七间半曹雪芹故居纪念馆开馆，是中国文化史上的一件大事，是广大《红楼梦》研究者、爱好者多年的期盼，因为这里是北京唯一有可考文献记载的伟大文豪曹雪芹故居，是曹雪芹曾长期生活的地方，也是文学巨著《红楼梦》诞生的地方。

清雍正五年丁未十二月，曹𫖯（曹雪芹的父亲或是叔叔）因骚扰驿站等罪名，被革职抄家，从此，赫赫扬扬近六十年的江南曹家一败涂地。雍正六年戊申（1728）春夏之交，曹雪芹随祖母回到北京。曹雪芹一家回到北京后住在什么地方？很长时间人们并不清楚。1982年10月22日至29日，第三届全国《红楼梦》学术研讨会在上海师范学院（即今天的上海师范大学）举行，在这次研讨会上，著名红学家、第一历史档案馆研究员张书才先生，发布了中国第一历史档案馆所藏清代内务府档案中新发现的一件满汉文字合璧的刑部移

会:《刑部为知照曹𬘡获罪抄没缘由业经转行事致内务府移会》

> 查曹𬘡因骚扰驿站获罪,现今枷号。曹𬘡之京城家产人口及江宁家产人口,俱奉旨赏给隋赫德。后因隋赫德见曹寅之妻孀妇无力,不能度日,将赏伊之家产人口内,于京城崇文门外蒜市口地方房十七间半,家仆三对,给与曹寅之妻孀妇度命。

据张书才先生研究,这件刑部移会,是在审追赵世显贪污案的过程中形成的。赵世显曾任河道总督十三年之久,贪赃枉法被查办,在查案中牵扯到曹雪芹的爷爷曹寅(得过赵世显银八千两),因曹寅早已去世,故奉文在曹寅的儿子曹𬘡名下追缴。又,根据《江宁织造隋赫德奏细查曹𬘡房地产及家人情形折》(雍正朝)(转引自故宫博物院明清档案部编《关于江宁织造曹家档案史料》,188页,中华书局1975年3月版),说得更清楚:

> 曹𬘡家属蒙恩谕少留房产以资养赡。今其家属不久回京,奴才应将在京房屋人口酌量拨给……

可见蒜市口十七间半这个地方是遵照雍正皇帝的旨意给曹家

留下的，这与雍正处理李煦的情景有很大的不同。

但"崇文门外蒜市口十七间半"的具体位置到底在哪里，人们一直没有搞清楚。张书才先生经多年研究，于《红楼梦学刊》1991年第2辑发表了《曹雪芹蒜市口故居初探》一文，首次考析论证了蒜市口16号院"应该就是曹雪芹故居，或者说至少要比其他几个院落具有更大的可能性"。他的观点得到绝大多数专家学者的认可。

蒜市口十七间半就是曹雪芹故居，这有无可争议的文献史料证明，尽管在具体地址上还有一些争议，但当年的蒜市口大街不过一二百米长，再怎么争议，曹雪芹故居也离不开蒜市口，也离不开今天复建的"故居"有多远。但要说这里就是曹雪芹写作《红楼梦》的地方，有人就会反驳了——不是说曹雪芹在西山写的《红楼梦》吗？怎么可能是在蒜市口呢？这些年，曹雪芹在西山写《红楼梦》的说法流传很广，影响很大，说曹雪芹最后十年在西山的黄叶村写了《红楼梦》，后来书没有写完就病死了等等。这其实是一个误传，顶多是一个"传说"。

著名红学家蔡义江先生多年前在《〈红楼梦〉是怎样写成的》一书中，就令人信服地回答了"曹雪芹在黄叶村著书了吗"这个问题。他说："曹雪芹晚年在北京西山黄叶村著书，这好像没有什么疑问，还有画家专就此题材作过《黄叶村著书图》的画，怎么现在却提出疑问来了呢？我不是故意要标新立异，不过是尊重事实而已。在我看来，曹雪芹确实没有在黄叶村著书，尤其是没有再继续写《红楼梦》。《红楼梦》已在雪芹迁往西山前写成了，还写什么呢？"（蔡义江《〈红楼梦〉是怎样写成的》，197页，北京图书馆出版社2004年10月版）确如蔡先生所说，曹雪芹在去西山居住之前已经完成了《红楼梦》的创作，是有确凿的根据的。要论证这个问题，只要弄清楚两个关键性时间点就行了，一是曹雪芹什么时候写完《红楼梦》的？二是曹雪芹什么时间迁居西山的？

现存《红楼梦》早期抄本《脂砚斋重评石头记》（甲戌本）上，有一段关于曹雪芹创作《红楼梦》十分重要的交代："后因曹雪芹于悼红轩中披阅十载，增删五次，纂成目录，分出章回，则题曰《金陵十二钗》。并题一绝云：满纸荒唐言，一把辛酸泪。都云作者痴，谁解其中味！"诗后有一行文字："至脂砚斋甲戌抄阅再评仍用石头记。"而在甲戌本的"凡例"结尾，亦有一诗："浮生着甚苦奔忙，盛席华筵终散场。悲喜千般同幻渺，古今一梦尽荒唐。漫言红袖啼痕重，更有情痴抱恨长。字字看来皆是血，十年辛苦不寻常。""披阅十载"和"十年辛苦不寻常"，都清楚地告诉我们，曹雪芹写《红楼梦》用了十年的时间，而到甲戌年脂砚斋抄阅再评时，《红楼梦》已历经"披阅十载，增删五次，纂成目录，分出章回"，可见已经是基本写完了。"基本写完"的意思是说《红楼梦》已经基本完成了全稿，包括八十回以后的情节，到全书结尾的"情榜"等等，但在一些地方还需要修补，如十七、十八的分回问题、林黛玉的眼睛该怎么描写等等。乾隆十九年甲戌即1754年，由此往前推十年或十一年、十二年（因为甲戌年是"再评"，而每一次评阅的时间差不多两年），那就是乾隆七年、八年或九年，即1742年、1743年或1744年，曹雪芹创作《红楼梦》应该是从1742年、1743年或1744年动笔的。有一种说法认为曹雪芹在生活非常凄苦的境遇下，接受他的朋友敦诚、敦敏兄弟"不如著书黄叶村"的劝告，于乾隆六、七年（1741、1742）就举家迁往西山，开始了《红楼梦》创作。这个观点没有任何文献支持，是主观推测，是不足为据的。敦诚生于雍正十二年（1734），到乾隆六、七年也不过虚岁八九岁，他那时根本不可能认识曹雪芹，而且一个八九岁的小孩又如何能劝曹雪芹"不如著书黄叶村"呢？敦诚写诗劝曹雪芹"不如著书黄叶村"，是在乾隆二十二年，而他在乾隆九年入右翼宗学，在这之后的几年里他才与曹雪芹相识相聚，曹雪芹怎么可能在去右翼宗学之前就举家迁居西山了呢？因此我们可以肯定地说，曹雪芹是在离开右翼宗学以后，才移居西山一带的。

曹雪芹是什么时间迁居西山的呢？这就不能不提曹雪芹与敦诚、敦敏兄弟在右翼宗学相识的时间及离开右翼宗学的时间。

敦诚生于1734年，乾隆九年甲子(1744)十一岁时入右翼宗学，当时他的哥哥敦敏也在右翼宗学，年十六岁。乾隆二十二年丁丑(1757)，敦诚在喜峰口替他的父亲做松亭关税的差事，他在秋天写了一首诗《寄怀曹雪芹霑》，这首诗对论证曹雪芹到底在什么地方写《红楼梦》至关重要：

少陵昔赠曹将军，曾曰魏武之子孙。君又无乃将军后，于今环堵蓬蒿屯。扬州旧梦久已觉，雪芹曾随其先祖寅织造之任。且着临邛犊鼻裈。爱君诗笔有奇气，直追昌谷破篱樊。当时虎门数晨夕，西窗剪烛风雨昏。接䍦倒着容君傲，高谈雄辩虱手扪。感时思君不相见，蓟门落日松亭樽。余时在喜峰口。劝君莫弹食客铗，劝君莫叩富儿门。残杯冷炙有德色，不如著书黄叶村。

这首诗告诉我们这样几条重要的信息：(1)敦诚这首诗写于乾隆二十二年，证明此时曹雪芹已经移居西山了；(2)曹雪芹在西山居住的地方很荒凉，生活贫穷；(3)曹雪芹在西山的生活如同临邛卖酒的司马相如，很可能是靠卖字画谋生；(4)敦诚极为敬佩曹雪芹的才华；(5)敦诚很怀念当年在"虎门"（即右翼宗学）与曹雪芹朝夕相聚时的快乐时光，尤其是曹雪芹喝酒后那种傲世狂态、不拘礼俗的形象历历在目；(6)敦诚劝曹雪芹再贫穷也不必发牢骚，乞求富人，看人家的脸色，不如像以前那样去写书吧("不如著书黄叶村"，即写《红楼梦》)。

那么，敦诚诗中所说的"当时"，即他与曹雪芹在右翼宗学相识是什么时候呢？我们前面说过，敦诚是十一岁入右翼宗学的，但让曹雪芹与一个虚岁十一岁的少年"当时虎门数晨夕，西窗剪烛风雨昏。接䍦倒着容君傲，高谈雄辩虱手扪"，显然是不可能的。因此吴恩裕先生认为："十一岁的敦诚是无论如何也不能够欣赏三十岁的曹雪芹那种'接䍦倒着容君傲，高谈雄辩虱手扪'的风度的，我认为这'当时'应该是指乾隆十三、四年左右。那时敦诚年已十五六岁；……我估计曹雪芹却是早就可能因故在乾隆十五、六年左右就离开了右翼宗学而不久就搬到了西郊去住了。"(吴恩裕《曹雪芹丛考》，90页，上海古籍出版社1980年2月版)

周汝昌先生在《红楼梦新证》中则认为，曹雪芹移居西郊当在乾隆二十一年丙子(1756)前后，他的根据是："雪芹何时迁居山村，不可确考；唯去年敦诚犹在宗学岁试优等记名，而明年敦诚赠诗已有'残杯冷炙有德色，不如著书黄叶村'之句，可知其时盖由宗学卸职，寄居亲友一类生活阶段而转入山村僻处之交关也，颇疑迁入村居当不出本年前后。"(周汝昌《红楼梦新证·史事稽年》，717页，人民文

学出版社1976年4月版）

我认为吴恩裕先生、周汝昌先生的分析很有道理，曹雪芹与敦诚在右翼宗学相识时，极可能是乾隆十三年、十四年。而曹雪芹移居西山的时间，不会早于乾隆十五、十六年，也不会晚于乾隆二十二年。根据甲戌本的记载，曹雪芹早在乾隆七年、八年或九年就开始《红楼梦》创作了，因此不管是乾隆十五、十六年，还是乾隆二十一年曹雪芹移居西山，都足以证明《红楼梦》不是在西山写的，因为在曹雪芹开始创作《红楼梦》的时候，他还不认识敦诚、敦敏兄弟，还没有去右翼宗学，自然谈不上离开右翼宗学，更谈不上移居西山。按吴恩裕先生说法，曹雪芹与敦诚兄弟"当时虎门数晨夕，西窗剪烛风雨昏"是乾隆十三、十四年，又说曹雪芹是乾隆十五、十六年离开了右翼宗学，他们相处只有两年左右时间，我认为这与"数晨夕"不甚合，我个人更倾向于曹雪芹离开右翼宗学的时间极可能在乾隆十八、十九年，甚至是乾隆二十年。那时，曹雪芹基本完成了《红楼梦》，他把稿子交给了脂砚斋、畸笏叟等亲友抄阅，他因处世难、生活困难等原因移居西山。吴恩裕先生认为，曹雪芹离开右翼宗学以后，生活无着落，"曹雪芹离开右翼宗学不是'善'离，而是有些'文章'的，并且他自乾隆十五、六年离开宗学之后，生活一下子就成了问题。"（《曹雪芹丛考》97页）这可能就是促使曹雪芹移居西山的主要原因。

曹雪芹移居西山一个小山村，具体什么地方，已不可考。但有一点是"可考"的，就是住的山村很偏僻，人烟稀少，生活很贫穷。敦诚诗中说"于今环堵蓬蒿屯"（《寄怀曹雪芹霑》），"满径蓬蒿老不华，举家食粥酒常赊。衡门僻巷愁今雨，废馆颓楼梦旧家。司业青钱留客醉，步兵白眼向人斜。何人肯与猪肝食，日望西山餐暮霞。"（《赠曹雪芹》）敦敏诗中说："碧水青山曲径遐，薜萝门巷足烟霞。寻诗人去留僧舍，卖画钱来付酒家。"（《赠芹圃》）张宜泉诗中说："寂寞西郊人到罕，有谁曳杖过烟林。"（《和曹雪芹西郊信步憩废寺原韵》）"爱将笔墨逗风流，庐结西郊别样幽。门外山川供绘画，堂前花鸟入吟讴。"（《题芹溪居士》）敦诚、敦敏、张宜泉的诗中都描绘了曹雪芹晚年居住山村的偏僻荒凉，生活极为困难。曹雪芹居住的地方是"环堵蓬蒿屯"，是"衡门僻巷"，是"寂寞西郊人到罕"，是"庐结西郊别样幽"。而他生活的状况是"举家食粥酒常赊"，是"卖画钱来付酒家"。无论是生活的环境、生存的条件以及心情，住在西山的曹雪芹都根本无法去创作《红楼梦》，他在那样的生活环境中，吃饭都成了问题，他又如何去写"备记风月繁华之盛"的《红楼梦》呢？

那么，曹雪芹移居西山后，会不会继续"修补"《红楼梦》呢？也不可能。蔡义江先生说："雪芹最后十年左右迁居西郊某山村后，吟诗、作画、出游、访友、饮酒、哭歌、高谈、题壁、留僧舍、悲遇合、举家食粥、白眼向人等等，都可以一一找到资料依据，唯独找不到一点著书、改稿的迹象。脂评中虽有'书未成''此回未成'等等的话，但都不是他一直在写书而来不及写成的证据。那只是表示书稿残缺后，没有去补成它，遂使这些耗费半生心血写成的文字，最终却不能成书的憾恨。"（《〈红楼梦〉是怎样写成的》，198页）确如蔡义江先生所说，"不如著书黄叶村"，不是"著书黄叶村"。正是因为曹雪芹晚年生活困顿潦倒，心中愤懑，他的好朋友敦诚才劝他："劝君莫弹食客铗，劝君莫叩富儿门。残杯冷炙有德色，不如著书黄叶村。"蔡义江先生指出，从甲戌（1754）重评后的己卯、庚辰本的情况就可以看出，甲戌后诸本，虽有文字上的一些差异，但均非作者自己的改笔，这足可证明作者自己根本没有再审改过已写成的书稿。其他明显漏误、破损或批"俟雪芹"等语的，均绝无回应，可知雪芹死前一直在写书这种说法是不符合实际的。（蔡义江《〈红楼梦〉答客问》，123—124页，龙门书局2013年2月版）

曹雪芹不是在西山写的《红楼梦》，那么他是在哪里写的呢？当然是在他的家里写的，他的家就是崇文门外蒜市口十七间半。这样的判断，是有依据的：

（1）崇文门外蒜市口十七间半，是北京唯一有可靠文献记载证明的曹雪芹的家，是根据雍正皇帝的谕旨"恩赐"

给曹家的，不是一般的居住地。

（2）曹雪芹家当时在北京除了这里已经没有其他房产了，因此曹雪芹在这里居住的时间不会短，甚至大半生都是住在这里，直到最后十年左右迁居西山一带。

（3）《红楼梦》有关情节透露，崇文门外蒜市口一带的生活环境和生活经历，对曹雪芹创作《红楼梦》有一定的影响。

（4）据《内务府奏将应予宽免欠项人员缮单请旨折》记载："曹频等骚扰驿站案内，原任员外郎曹频名下分赔银四百四十三两二钱，交过银一百四十一两，尚未完银三百二两二钱。"（转引自《关于江宁织造曹家档案史料》，201页）从雍正六年六月审结催缴，到雍正十三年十月，仅交过银一百四十一两，曹家被抄家后，确实是败落了，连几百两银子都拿不出来了，由此可见曹家当时生活状况之一斑。根据甲戌本的记载，曹雪芹是从乾隆七年、八年或九年开始创作《红楼梦》的，在曹雪芹开始写《红楼梦》的时候，曹家根本不可能再置房产，也不敢置房产，曹雪芹只能住在蒜市口。

曹雪芹在蒜市口十七间半写《红楼梦》，是张书才先生最早提出的，他说：曹家"全家败回北京后，即住蒜市口，就近访游诸寺，日久与寺僧交契，又爱寺院雅静清幽，或在贫穷难奈凄凉之时，一度寄寓卧佛寺中，甚至在此始作《红楼梦》之构思乃至初稿，自有可信之处。试看《红楼梦》第一回便写一寄居葫芦庙的穷儒贾雨村，说他'自前岁来此，又淹蹇住了，暂寄庙中安身，每日卖字作文为生'，而蒙古王府本在此处有一条批语，特地点明：'庙中安身，卖字为生，想是过午不食的了。'作者如此写，批者如此批，似非偶然，盖'隐'有作者雪芹、批者脂砚的一段亲身经历，即寄寓萧寺，作文卖字、过午不食的落魄生涯。"（《雪芹旧居，京华何处》，张书才《曹雪芹家世生平探源》，143页，白山出版社2009年4月版）张书才先生的这个分析是很有道理的。

蔡义江先生也说过："1999年6月初，我与友人们访问了当年雍正发还给曹頫赡养'两世孀妇'的崇文门外蒜市口'十七间半'老宅。我想，这里是有清档案可查的确确实实的曹雪芹故居。雪芹从幼年随家自南京回到北京后，就住在这儿。到他三十岁左右独自迁往西郊某山村居住前，是否还搬到别的地方去过，因资料缺乏，难以推断。《红楼梦》的创作既开始甚早，作者还不满二十岁，必定还住在这里。所以，我十分感慨地写了一首小诗说：'曹家余此宅，春梦了无痕。泣血书成后，独迁黄叶村。'"（《〈红楼梦〉是怎样写成的》，199页）

坊间传说，曹雪芹流落无衣，寄食亲友家，每晚挑灯写《红楼梦》，没有纸，就用日历纸背写。还有的说，曹雪芹"素放浪，至衣食不给，其父执某，钥空室中"，三年时间，《红楼梦》写成。这种种传闻，可以给"曹雪芹故事""曹雪芹传奇"增添谈助，但因没有任何文献依据，对研究曹雪芹不足为证。试想，曹雪芹要写出几十万字的《红楼梦》，如果没有比较安定的生活环境和必要的生活条件，没有大量的素材积累，没有大量的阅读(《红楼梦》内容极为丰富，涉及多方面的知识，不大量阅读，知识从哪里来？)他怎么能写出"传神文笔足千秋"的《红楼梦》呢？因此，根据《红楼梦》成书的时间，根据曹雪芹家当时的生活状况，根据蒜市口十七间半是雍正皇帝"恩赐"给曹家的唯一房产，可以推定曹雪芹在这里生活的时间不会短，我们完全可以肯定地说崇文门外蒜市口十七间半就是曹雪芹写《红楼梦》的地方，至少他是在这里开始了《红楼梦》的创作。

当年虽然绝大多数专家学者认为蒜市口16院就是曹雪芹故居，但因16号院处在两广大街的施工路段内，最后被拆除了，并确定在崇文门外大街十字路口东北角，按照广渠门内大街207号(原蒜市口16号院)曹雪芹故居遗址的占地面积，及其在乾隆全图上的形状、房屋布局，复建一座具有康雍时期外城居民风貌的三进院落，建立曹雪芹纪念馆。我认为保留原址自然是最好的，但在当时的情况下，从实际出发，北京市政府决定在原址附近重新复建，仍是值得肯定的。再有争议，这里也是蒜市口，蒜市口也就一二百米长，现在复建的曹雪芹故居离"蒜市口16号院"很近，这里仍在"崇文门外蒜市口地方"，当然可以在这里修建曹雪芹的故居。

今天崇文门外蒜市口十七间半曹雪芹故居复建工程终于基本完成，我们期待到曹雪芹的"家"，在《红楼梦》诞生的地方，向伟大的文学家致以崇高的敬意。

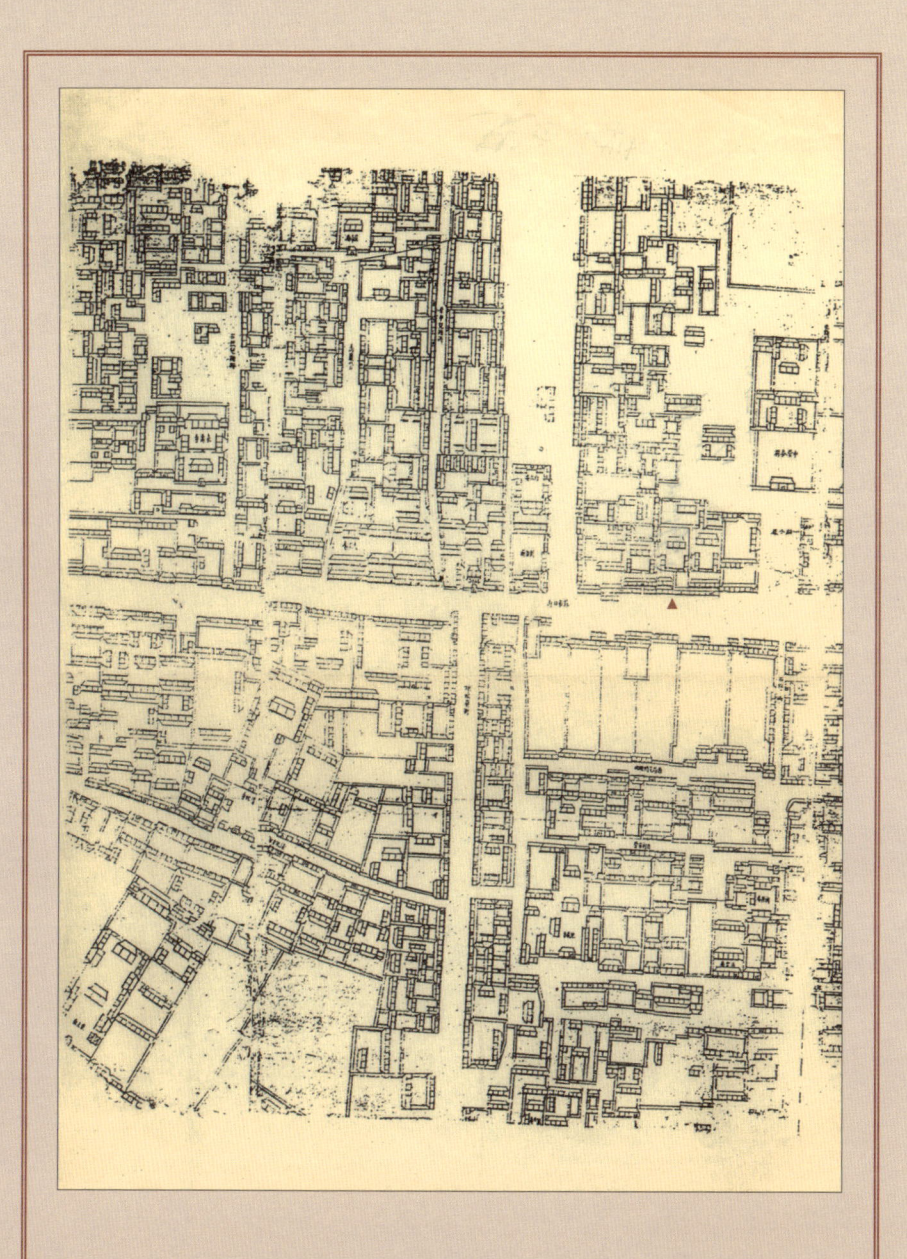

《乾隆京城全图》（局部），标志处为蒜市口十七间半。
（曹雪芹故居纪念馆供图）

解味红楼：
曹雪芹的旧梦与悲歌

曹雪芹、《红楼梦》与张家湾

一提到曹雪芹与北京通州、张家湾的关系，人们就会想到二十多年前关于"曹雪芹墓石"的论争，这当然是一件引世人注目的大事。这块"曹雪芹墓石"是真是假，曹雪芹是不是葬在张家湾，曹雪芹到底卒于哪一年，曹雪芹晚年的情景到底如何？这些都是人们感兴趣的重要话题，如果能够得到进一步的论证，那对曹雪芹与《红楼梦》研究无疑是有着重要意义的。我们都知道，当年关于"曹雪芹墓石"的真假之争是很激烈的，冯其庸先生还主编过一本《曹雪芹墓石论争集》，就是那场论争的记录。

其实，曹雪芹家世、曹雪芹的人生经历以及《红楼梦》创作与通州、张家湾的关系绝不仅仅是因为"曹雪芹墓石"，而早在"曹雪芹墓石"发现之前，就有一些文献如曹雪芹友人的诗文以及《红楼梦》中的描写，证明了通州、张家湾与曹雪芹、《红楼梦》的创作有着许多关系。

曹雪芹家的产业在通州、在张家湾，这是人们都熟知的事情。康熙五十四年七月十六日《江宁织造曹頫复奏家务家产折》：

> 奴才到任以来，亦曾细为查检，所有遗存产业，惟京中住房二所，外城鲜鱼口空房一所，通州典地六百亩，张家湾当铺一所，本银七千两，江南含山县田二百余亩，芜湖县田一百余亩，扬州旧房一所。此外并无买卖积蓄。

看了曹頫的这份报告，或许有人会提出疑问：曹頫跟康熙皇帝说谎了么？曹寅在《东皋草堂记》中说："予家受田，亦在宝坻之西……"可曹頫却只字未提宝坻之西的"受田"。我认为曹頫不敢不说实话，他没有那个胆量，就在这份奏折上曹頫就说："今蒙天恩垂及，谨据实启奏。奴才若少有欺隐，难逃万岁圣鉴。倘一经察出，奴才虽粉身碎骨，不足以蔽辜矣。"那么，曹頫为什么没有说到宝坻之西的"受田"呢？我认为有两种可能，一是"受田"被收回；二是宝坻之西的"受田"不是由曹頫一支承继的。这第二种可能性更大。所以曹頫的奏折没提宝坻之西的"受田"。没有宝坻之西的"受田"，仅是奏折上所说的财产，可以看到通州的"典地"、张家湾的当铺，在曹家的财产中占有很大的分量。

但通州的六百亩地，与江南含山县的二百余亩田、芜湖县的一百余亩田不一样。通州的是"典地"，严格意义上讲，还不能算作是曹家的财产。典地，亦称典田、典租。是承典他人的田地。承典人交付典价后，在典当期间，即获得该地的使用权和收益权，并可转典。不过，典地虽然不是曹家的正式财产，是"租"来的，但实际上这种形式的"典地"又往往是买地的过渡。因为把地"典"给有钱人家的农民，大多是穷人，是为生活所迫无奈典地的。到了期限如果无力赎回，典出去的地就成了人家的了。老舍的《四世同堂》中就描写过这样的故事："这块地将将的够三亩，祁老人由典租而后又找补了点钱，慢慢的把它买过来。"问题是曹寅任江宁织造后，他的子孙都是生活在江南，即使是过继的儿子曹颙也是长期跟着曹寅在江南生活，曹雪芹家财产主要在江南。在京城留有住房这是好理解的，为什么还要在通州典地六百亩，在张家湾开当铺呢？清康熙、雍正、乾隆时代，张家湾是水陆交汇之所，是一个繁华的地方，而曹家的人回北京，都要在张家湾上岸，在张家湾开当铺，一是为了盈利，二是为往返南北方便一些，这也好理解。那么为什么还要"典"那么多的地？我想只有一个理由，曹家的祖茔在那里。

说曹雪芹家的祖茔在通州，并且极有可能就在张家湾，有什么根据呢？当我们梳理几十年来有关曹家祖茔的研究时，发现早在曹雪芹墓石发现之前，在二十世纪五十年代初，就有人提出曹家祖茔在北京东郊的看法。最早提出这一观点的是著名学者朱南铣先生，而第一个见诸文字的则是周汝昌先生的《红楼梦新证》。1953年棠棣出版社出版的《红楼梦新证·史事稽年》"一七六四　乾隆二十九年　甲申"云："《河干集饮题壁兼吊雪芹》……按此诗推当本年春作。据敦敏集序，'河干'当指潞河，其先墓在焉；李煦家墓地亦在通州西王瓜园。依此合看，则曹家通州本有典地，其墓地似有在东郊可能。此说朱君南铣主之，觉有理。"1976年人民文学出版社再版的《红楼梦新证》，仅将"按此诗推当本年春作"改为"按此诗确为本年春作"。以后周汝昌先生这个观点没有改变过。

　　当年朱南铣先生推论曹家祖茔在北京东郊的依据是：(1)敦敏《河干集饮题壁兼吊雪芹》诗题上的"河干"，即指潞河，敦氏兄弟家的祖茔就在潞河附近的水南庄；(2)李煦家的祖茔也在通州西王瓜园；(3)通州有曹家的典地，张家湾有曹家的当铺，而正白旗的坟地按例也应该在东郊。这样把几个方面的因素联系起来分析，推定曹家的祖茔在北京东郊，就很合理了。

　　1980年3月出版的《红楼梦研究集刊》第二辑中，发表了徐恭时先生一篇文章《登楼空忆酒徒非——曹雪芹在燕市东郊活动史料钩沉》，文中说："雪芹的祖茔，究在何处？

据康熙五十四年正月十八日李煦奏安排曹颙后事折中仅说：'择日将曹颙灵柩出城，暂厝祖茔之侧。'未叙明确切地点。但据传说，雪芹祖茔在北京东郊大兴县与通州毗邻地的东坝地方。此地南距通惠河花园闸十余里。"徐先生没有告诉我们他的这个"传说"是从哪里听到的。

又，朱淡文先生在当年参加"曹雪芹墓石"的论争中，根据曹寅《北行杂诗》之二十："野风吹侧帽，断岸始登高。阔绝无鸿雁，提携有桔槔。清寒荞麦气，哀响白杨号。掩泪看孤弟，西山思郁陶。"认为："曹家祖茔应即在张家湾潞河（即今通惠河）畔的一处荞麦高地之旁。"（《鹿车荷锸葬刘伶——关于曹雪芹墓石》，见《曹雪芹墓石论争集》）推论曹雪芹家的祖茔在北京东郊，应该说是很有道理的，过去多数专家学者都是赞成这个"推论"的。

尽管后来关于曹雪芹葬处有很大的争论，但在曹家祖茔在北京东郊这个问题上，则没有什么争论，大多数学者是赞同的，包括周汝昌先生。质疑的似乎只有著名红学家吴恩裕先生。但吴老质疑的根据很薄弱，只是说："周汝昌和朱南铣两先生根据敦敏在乾隆二十九年所写《河干集饮题壁兼吊雪芹》一诗，认为曹雪芹之墓在东郊。这个说法是不太可靠的。"又说，"即使曹家墓地在通州一带，但以雪芹贫困而殁，他似乎应该是无力归葬祖茔的。"原来吴老也不是坚决反对曹雪芹家祖茔在北京东郊，而是反对曹雪芹葬在东郊。

应该承认，尽管大家都认为曹雪芹家祖茔在北京东郊没有什么问题，但至今并没有发现任何直接的可靠的文献记载，还仅是"推论"。这方面无疑需要做进一步的探索研究，尤其是文献的挖掘。在这里我想再作一点"推论"，即曹家之所以要在通州典地六百亩，之所以要在张家湾开当铺，重要的原因就是为了祖茔。

《红楼梦》第十三回写秦可卿给王熙凤托梦道：

"如今我们家赫赫扬扬，已将百载，一日倘或乐极生悲，若应了那句'树倒猢狲散'的俗语，岂不虚称了一世的诗书旧族了！"凤姐听了此话，心胸大快，十分敬畏，忙问道："这话虑的极是，但有何法可以永保无虞？"秦氏冷笑道："嫂子好痴也。否极泰来，荣辱自古周而复始，岂人力能可保常的。但如今能于荣时筹画下将来衰时的世业，亦可谓常保永全了。即如今日诸事都妥，只有两件未妥，若把此事如此一行，则后日可保永全了。"

凤姐便问何事。秦氏道："目今祖茔虽四时祭祀，只是无一定的钱粮；第二，家塾虽立，无一定的供给。依我想来，如今盛时固不缺祭祀供给，但将来败落之时，此二项有何出处？莫若依我定见，趁今日富贵，将祖茔附近多置田庄房舍地亩，以备祭祀供给之费皆出自此处,将家塾亦设于此。合同族中长幼,大家定了则例,日后按房掌管这一年的地亩、钱粮、祭祀、供给之事。如此周流,又无争竞,亦不有典卖诸弊。便是有了罪,凡物可入官,这祭祀产业连官也不入的。便落败下来,子孙回家读书务农,也有个退步,祭祀又可永继。若目今以为荣华不绝,不思后日,终非长策。"

秦可卿的托梦,为贾家"常保永全"出了一个主意,这就是"将祖茔附近多置田庄房舍地亩",这当然是一个好主意,家族没事的时候,四时祭祀祖先非常方便。如果家族出事了,这"祭祀产业"是不入官的,即可以保留下来一些产业,子孙回家可以务农,还可以读书,祭祀祖先也有所保证。很可惜,贾府的不肖子孙们一代不如一代,没有一个听进了秦可卿的忠告,就是对秦可卿深表敬佩的"脂粉队里"的英雄王熙凤,也没有听进一句半句,因此《红楼梦》中贾府的彻底败落就不可避免了,最后"落了片白茫茫大地真干净!"秦可卿的担忧,也就是作者曹雪芹的担忧,作者不过是借秦可卿托梦抒发了对家族败落的切肤之痛。秦可卿托梦的描写,虽是小说家言,但也是生活的真实反映。曹雪芹写这一段是有感而发的。联系到这一段描写以及清代的制度,生活在江南的曹雪芹家,在通州典地六百亩,在张家湾开了当铺,其主要原因就是为了四时祭祀的方便。这个

"推论"似乎可以进一步证明,曹家的祖茔在北京东郊,在通州,在张家湾。

曹家祖茔在通州这一点质疑者不多,但要说曹雪芹就葬在张家湾曹家祖茔,反对的声音就很强烈了,包括认可曹家祖茔在北京东郊的周汝昌先生。反对曹雪芹葬在北京东郊的观点,归纳起来主要有五点:(1)曹雪芹晚年住在西山,怎么可能会葬在东郊呢?(2)敦诚《挽曹雪芹》诗初稿其二有句:"他时瘦马西州路,宿草寒烟对落曛。"诗中明明说"西",怎么能葬在"东"呢?又,敦诚《挽曹雪芹》诗改定稿有句:"故人惟有青山泪,絮酒生刍上旧坰。"这里明明写的是"青山",张家湾哪有山呢?曹雪芹只能是葬在西山;(3)敦敏有《西郊同人游眺兼有所吊》诗,云:"秋色招人上古墩,西风瑟瑟敞平原。遥山千叠白云径,清磬一声黄叶村。野水渔航闲弄笛,竹篱茅肆坐开樽。小园忍泪重回首,斜日荒烟冷墓门。"这里在西郊所吊的就是曹雪芹。既然在西郊"吊"曹雪芹,证明曹雪芹不可能葬在北京东郊;(4)张宜泉《伤芹溪居士》诗云:"谢草池边晓露香,怀人不见泪成行。北风图冷魂难返,白雪歌残梦正长。琴裹坏囊声漠漠,剑横破匣影铓铓。多情再问藏修地,翠叠空山晚照凉。"认为曹雪芹是葬在一个山村居处附近的一块土地,只能是西山,因为张家湾哪有"山"呢?(5)曹雪芹晚年生活贫困,无力归葬东郊的祖茔。

这些反对曹雪芹葬在东郊的理由能够成立吗？其实早在二十多年前，即在那场关于"曹雪芹墓石"真假的论争中，以上这些反对的"理由"就已经被有力地驳斥过，冯其庸、王利器、陈毓罴、邓绍基、刘世德、朱淡文、石昌渝等先生的文章，已经论证得非常清楚了，以上五条质疑曹雪芹葬在东郊的论据都是不能成立的。

第一点，说曹雪芹最后十年生活在西山，不能葬在北京东郊的张家湾，这其实不能成为一个理由。曹雪芹晚年生活在西山一带，不等于说他最后一定是死在西山。退一步讲，曹雪芹就算死在西山，也不等于说一定是葬在西山。明明他家的祖茔在东郊，为什么就不能葬在东郊呢！生活在西郊和归葬东郊祖茔，并不矛盾。

第二点，"他时瘦马西州路"诗句，许多专家早就指出，这是对敦诚诗的"误"解。"西州路"的典故，出自《晋书》卷七十九《谢安传》，说的是谢安的外甥羊昙对谢安感情很深，谢安生病后由广陵回建业，进"西州门"，谢安死后，羊昙出自对谢安的怀念，"行不由西州路"，后人用这个典故，大多着眼于怀念伤感，与东西南北方向的"西"，没有关系。刘世德先生曾从敦诚的《四松堂集》中找出七条诗中用典"西州路"，特别是卷二《同人往奠贻谋墓上便泛舟于东皋》诗，有句："才向西州回瘦马，便从东郭下澄渊。"这里面也用了"西州路"的典故，同样与"西"

无关，敦诚堂弟贻谋的墓恰恰就在北京东郊潞河的南岸（见刘世德《曹雪芹墓石之我见》，载《曹雪芹墓石论争集》）。陈毓罴先生甚至认为，曹雪芹当年就是从张家湾上岸入京的，其墓又葬在张家湾，敦诚写"他时瘦马西州路，宿草寒烟对落曛"，正是符合典故的含义，是最恰当不过的了。（见陈毓罴《何处招魂赋楚蘅》，载《曹雪芹墓石论争集》）又，"故人惟有青山泪"诗句，陈毓罴先生的文章中说："敦诚挽诗的定稿，不见于《四松堂集》刻本，而见于《四松堂集》付刻底本和《四松堂诗钞》乾隆抄本。前者今藏于北京大学图书馆，后者今藏于中国社会科学院文学研究所图书馆。两处皆作'故人唯有青衫泪，絮酒生刍上旧坰'，是'青衫'而非'青山'。"原来将"青衫"误作"青山"，始于胡适之先生的考证文章，后来吴恩裕先生的《有关曹雪芹八种》也是错了，1963 年出版《有关曹雪芹十种》的时候加以改正。吴老特别在卷前说明中指出："承陈毓罴同志代将其中的《四松堂诗钞》根据原抄本校正一过。"陈毓罴先生在他的论文中曾风趣地说："一字之差，虽是小事，可是有人用来证明曹雪芹葬于西山或香山一带，并以此对张家湾有曹雪芹墓地的看法加以非难，这就不能不郑重其事来重提了。诚然，通州张家湾是看不到'山'的影子的，然而敦诚的挽诗中又何尝有'山'的影子呢？"（《何处招魂赋楚蘅》）

第三点，敦敏《西郊同人游眺兼有所吊》一诗，有学者早就指出，没有任何证据能证明这首诗中的"兼有所吊"，是"吊"曹雪芹，这是一种主观臆测、想当然。另外，这首诗的写作时间也不能确定，有专家指出，写这首诗的时候，曹雪芹可能还活着，当然不会是"吊"曹雪芹了。那么这首诗既不能成为否定曹雪芹葬在东郊的证据，也不能成为曹雪芹葬在西郊的证据。

第四点，张宜泉《伤芹溪居士》一诗根本没有涉及曹雪芹葬在什么地方。"藏修地"不是指曹雪芹的墓地，而是指曹雪芹读书写作的地方。这首诗是张宜泉回忆当年曹雪芹的生活情景，与葬地无关。

第五点，即曹雪芹晚年生活贫困，无力归葬东郊的祖茔。这是人们说得最多的观点了。孤立地看来，这种说法不无道理，但问题是我们对曹雪芹晚年的贫困是否看得太严重了。退一步讲，即使再贫困，也不等于说就肯定不能归葬祖茔。须知，在过去特别是在曹雪芹生活的时代，归葬祖茔意味着什么。归葬祖茔，无论是对死去的人，还是对活着的亲人友人，都是一件大事。有落叶归根的意愿，有入土为安的意愿，也有对祖先的敬畏敬重，更有着期盼祖先的神灵对后人的护佑。归葬祖茔是旧时家族的规矩习俗，曹雪芹的曾祖父曹玺、祖父曹寅死在江南，不远千里也要归葬祖茔，曹雪芹和他的儿子死在北京，怎么能不归葬祖茔呢！过去常听人说，如果谁做了伤天害理的事情，"生不准进祖祠，死不准进祖林"。祖林就是祖茔,这是很严厉的惩罚,由此可见归葬祖茔是大事,是不能儿戏的。我相信曹雪芹的晚年再贫困,还是要归葬祖茔的。更何况,曹雪芹归葬东郊祖茔,并非没有根据。

曹雪芹归葬东郊祖茔的根据有如下几条。

其一,敦敏《懋斋诗钞·东皋集》中《河干集饮题壁兼吊雪芹》一诗:"花明两岸柳霏微,到眼风光春欲归。逝水不留诗客杳,登楼空忆酒徒非。河干万木飘残雪,村落千家带远晖。凭吊无端频怅望,寒林萧寺暮鸦飞。"据专家们考证,敦敏写此诗时就是在庆丰闸附近的望东楼和朋友一起喝酒。问题是敦敏为什么单单"兼吊雪芹"呢?有传说,曹雪芹当年和敦敏等好友在此处喝酒聚会,曾在望东楼留下题壁诗,故敦敏再到望东楼"集饮"不禁想起曹雪芹,这是一个合理的说法。但最可注意的是倒数第二句"凭吊无端频怅望",这是不是点出了曹雪芹就是葬在东郊,故敦敏"凭吊无端频怅望"?如果曹雪芹葬在西山一带,敦敏在东面的望东楼上如何"怅望",怅望什么呢?

其二,敦诚《挽曹雪芹》其一诗初稿有句:"肠回故垄孤儿泣,前数月,伊子殇,雪芹因感伤成疾。泪迸荒天寡妇声。"《挽曹雪芹》定稿中则有:"絮酒生刍上旧坰","故垄""旧坰"不正指祖茔吗!

其三,敦诚的《寄大兄》和《哭复斋文》有两段话很值得注意。《寄大兄》中说："每思及故人，如立翁、复斋、雪芹、寅圃、贻谋、汝猷、益庵、紫树，不数年间，皆荡为寒烟冷雾，曩日欢笑，那可复得，时移事变，生死异途，所谓此中日夕只以眼泪洗面也。"《哭复斋文》中说："未知先生与寅圃、雪芹诸子相逢于地下，作如何言笑，可话及仆辈念悼亡友之情否？"从这两段话中，我们可以深深地感受到敦诚对各位朋友的深厚感情。但当我们把这两段话对比一下，发现他在《哭复斋文》中，单单提到"寅圃、雪芹诸子相逢于地下"，冯其庸先生在《曹雪芹墓石目见记》一文就注意到这个问题，他说："为什么说'与寅圃、雪芹诸子相逢于地下'？是否是因为他们同葬于此呢？现在这块曹霑墓石的出现，就让你不能不认真思索这个问题了。"冯先生这个"提醒"非常重要，敦诚的这段话确实耐人寻味。坦率地说，以上各条资料，孤立地看作为曹雪芹葬在东郊祖茔的证据似乎并不是很有力，但如果把这些材料联系起来看，与发现的"曹雪芹墓石"联系起来看，我认为这些可以成为曹雪芹葬在张家湾祖茔的有力证据。

其四，通州、张家湾与《红楼梦》创作的关系。我不认为《红楼梦》是曹雪芹的自传，但一个作家的阅历、熟悉的生活却能够给他的创作提供丰富的素材和人生体验。比如《红楼梦》中有多处提到当票、借当和当铺，这与曹雪芹家在张家湾开有当铺以及他的晚年生活是否有某种关系呢？我们发现《红楼梦》中有关当票、借当的描写，多是为了表现贾府经济的窘境，无论是凤姐与鸳鸯商议要偷出老太太的东西去当银子，还是贾琏求鸳鸯把老太太的金银家伙偷一箱子出来当点银子应急，无不表现出此时的贾府入不敷出。正如贾蓉对贾珍说："果真那府里穷了。"从康熙五十四年曹𫖯向康熙皇帝报告，曹家在通州还有六百亩典地，在张家湾有当铺，到雍正五年抄家后，也仅仅十一二年的时间，曹家就破产了，当铺没有了，倒是有"当票百余张"。（见《江宁织造隋赫德奏细查曹𫖯房地产及家人情形折》）如此的反差和变化，毫无疑问对曹雪芹创作《红楼梦》产生影响。曹雪芹在《红楼梦》中写到贾府的主子们要靠当东西来维持生活，这是怎样刻骨铭心的伤痛啊！又如我们前面提到的秦可卿给王熙凤托梦，出主意："趁今日富贵，将祖茔附近多置田庄房舍地亩，以备祭祀供给之费皆出自此处。"这也很可能来自曹家祖茔对他的启示。当然，最明显的恐怕是"铁槛寺"与"水月庵"的情节。康熙五十四年正月十八日《苏州织造李煦奏安排曹颙后事折》中向康熙报告说："奴才谨拟曹𫖯于本月内择日将曹颙灵柩出城，暂厝祖茔之侧。"我们前面已经论证过，曹家的祖茔就在通州张家湾。一般来说，灵柩在下葬前，都是放在祖茔附近的家庙里。《红楼梦》中就有这样的描写。书中写到贾家在京郊有铁槛寺、水月庵等香火庙，秦可卿、贾敬死后都曾停灵在铁槛寺。我们从《红楼梦》中关于秦可卿出丧的描写，似乎感到曹雪芹对通州、对张家湾的熟悉。书中写道：

> 且说宁府送殡，一路热闹非常。刚至城门前，又有……然后出城，竟奔铁槛寺大路行来。……原来这铁槛寺原是宁荣二公当日修造，现今还是有香火地亩布施，以备京中老了人口，在此便宜寄放。……即今秦氏之丧，族中诸人皆权在铁槛寺下榻，独有凤姐嫌不方便，因而早遣人来和馒头庵的姑子净虚说了，腾出两间房子来作下处。原来这馒头庵就是水月庵，因他庙里做的馒头好，就起了这个浑号，离铁槛寺不远。（第十五回）

当年陈毓罴先生在《何处招魂赋楚蘅》一文中，引用了三条资料，很有意思。一是光绪《通州志》卷二《建置》，上载有"铁牛寺"，志云："旧在通州张家湾北门外，久废。"第二条还是光绪《通州志》卷二《建置》，又载有"水月庵"三处。志云："一在州城东北隅……一在州治南，一在新城南门内。"第三条是1941年编的《通州志要》载："水月庵，在潞河公园之前。"陈毓罴先生指出："看来，曹雪芹对通州及张家湾相当熟悉，把这些寺观庵堂，或稍加变化，或直接借用，写入其《红楼梦》。"确如陈先生所说，《红楼梦》中关于铁槛寺、水月庵及秦可卿、贾敬停灵的描写，是来自他对通州、对张家湾生活的熟悉。曹雪芹为什么对通州、对张家湾熟悉，当然是因为他家的祖茔在这里的缘故。我们通过敦氏兄弟的诗文，可以了解到敦氏兄弟与曹雪芹及其他朋友，是常到东郊一带游览的，除了观览庆丰闸一带的风景外，重要的原因就是他们四时祭祀，都要到东郊的祖茔来，"集饮"、游玩不过是顺便的事。

关于"曹雪芹墓石"，二十多年前的论争中，学者们已经讨论得很充分了，它的真实性是毋庸置疑的，不用再赘述。这里我只想再讲一点，就是为什么"曹雪芹墓石"是那样的不像样子，这可能是曹雪芹去世时的凄惨情景造成的。邓绍基先生在《我看"曹霑墓石"》一文中，讲到这样的一件事，他说："用石、刻字的草率，恰能符合曹雪芹生前坎坷、身后凄凉的状况。在六十年代初开展的曹雪芹卒年问题大讨论中，有些专家很重视敦诚挽诗中的'鹿车荷锸葬刘伶'句，或释为暴死，或释为一死便埋。我当时倾向于认为此句是状曹雪芹性格狂放。我曾就此问题向俞平伯先生请教，俞先生说：'释诗虽忌泥解，但敦诚此句是写雪芹身后凄凉，了无疑义。俞先生还说：'其凄凉情况，可能会超出吾人之想象。'"邓绍基先生认为，墓石的发现"至少在治丧这点上验证了平老之言"。俞平伯先生的见解是值得重视的。我们论证了曹雪芹家的祖茔在通州，在张家湾。但实事求是地讲，我们还需要进一步地去发掘文献，寻找直接的证据，这方面需要做的事情还是很多的。比如"曹家坟"的说法，就有待于进一步调查研究。如果说"曹家坟"就是曹雪芹家的祖茔，那么曹雪芹的曾祖曹玺、曾祖母孙氏夫人、曹寅、曹颙等都葬在这里，那就不是一个小地方。"曹家坟"这个叫法到底有没有记载，或是口头传下来的，也要调查记录。如果曹家祖坟在这里，为什么只有"曹雪芹墓石"，而没有其他任何"痕迹"，也需要更有力的证明。

我们的研究和探讨，不要只盯着与通州、张家湾有关系的那些事，不要只盯着曹家祖茔在哪里，不要只关心"曹雪芹墓石"的真假之争，虽然这些方面的研究是非常重要的。但仅有这方面的研究还不够，还是要开拓视野，开拓研究探索的领域。如敦氏兄弟及其朋友在东郊的交游活动，这些活动有的直接关系到曹雪芹，有的则是间接地关系到曹雪芹，不管是直接的还是间接的，我们从这些关系中或许能找到曹雪芹活动的线索与痕迹。即使没有直接的线索，也可以从他的好朋友的郊游活动中，考察曹雪芹的踪迹。又如，满洲正白旗圈地就在城东，具体文献资料的挖掘，对研究曹家与通州、张家湾的关系也是有用的。再如，像曹雪芹家族这样属于"正白旗包衣汉军旗籍"的人，他们在当时的生活习俗，特别是丧葬习俗的研究等等。另外李煦家的祖茔、敦氏兄弟家的祖茔等等情况的调查研究，或许都会对研究曹家

111

的历史有着一定的作用。张家湾当年水路交通的情景,对张家湾除曹家当铺以外的几家当铺的研究,以及经济社会的种种情景,这些对我们了解曹家历史同样是有用的。我们还要重视注意口头传说的调查研究与整理,这也是《红楼梦》文化的一个重要部分。据徐恭时先生在《登楼空忆酒徒非——曹雪芹在燕市东郊活动史料钩沉》一文中披露,他曾于1962年访问过上海文史馆陈祖壬老先生,陈老先生早年在北京从满族老人那里听到一些有关红学掌故,说曹雪芹有两位朋友,一在热河,一在关外,每当此二位友人回京或是离京时,就邀约曹雪芹在朝阳门外二闸地方的酒楼聚饮。曹雪芹曾题诗于酒肆之壁。这一段传说,如果联系敦诚《河干集饮题壁兼吊雪芹》诗,可为佐证。因为敦诚在喜峰口税榷分署上,这里是热河旧境。而敦敏在山海关外锦州,一般即称关外。徐恭时先生认为,这个传说是可信的。类似这样的传说,对于丰富我们的研究是很有用的。

不能把"曹雪芹传说"当成"曹雪芹传"

"曹雪芹传说"被列入第四批国家级非物质文化遗产代表作名录,当时我担任国家非物质文化遗产保护工作专家委员会委员,为评审"曹雪芹传说"还做了一些工作。尽管我早就知道围绕这个"传说"一直有质疑的声音,但我认为"曹雪芹传说"作为民间文学是没有问题的。但这些年来,发生了一些令人迷惑、担忧的现象,张永海先生的"曹雪芹传说"越"传"越玄,竟成了论证香山正白旗39号旗下老屋是曹雪芹故居的证据,这就有问题了,我们不能把"曹雪芹传说"当成了"曹雪芹传"。

"曹雪芹传说"归入国家级非物质文化遗产代表作名录"民间文学"类,项目介绍是这样的:

> 曹雪芹(西山)传说是主要流传于北京香山、寿安山、金山——被称为"小西山"一带、以曹雪芹其人

和《红楼梦》为题材的民间传说,属于"人物传说"。

曹雪芹(西山)传说是香山地区民众的集体口头创作,流传时间已有二百余年。内容涉及曹雪芹的生平经历、性情品貌、出众才华以及《红楼梦》的人物原型、创作环境等,表达了人们对曹雪芹及《红楼梦》的喜爱,从一个侧面反映了作家和作品对社会的影响。曹雪芹死后,随着时间的推移,关于他的传说得到了进一步的强化,逐渐把当地的风土人情、山川景物、历史故事和人物典故也附会到传说中来,加诸于曹雪芹身上,使曹雪芹作为伟大作家之外,又具有了若干行侠仗义的"机智人物"的色彩。在口头流传过程中不断被加工琢磨,传说色彩日浓,表现了北京西山地区人民的思想认识、道德观念、生活态度、审美情趣,及对于各种客观事物的评价,具有反映社会生活广泛性和深刻性的特点。

曹雪芹(西山)传说是通过民众集体传承方式流传下来的一宗珍贵文化遗产,但是由于人口的流动、老人相继故去以及娱乐方式的多元化,目前处于濒危状态。(转引自中国非物质文化遗产网·中国非物质文化遗产数字博物馆)

尽管介绍中说,"曹雪芹传说"已经"传"了二百多年,但很令人怀疑，因为这些关于曹雪芹在西山的传说故事，都是1963年3月以后才由张永海先生"传"出来的，不过总体来说这个介绍没有脱离"民间文学"的范畴，"曹雪芹传说"与"天坛传说""杨家将传说"等一样，都是属于民间文学。

"曹雪芹传说"来自张永海先生，主要见于吴恩裕先生《记张永海关于曹雪芹的传说》一文中：

> 一九六三年三月初，黄波拉同志首先得悉香山张永海老先生知道曹雪芹的一些事迹，曾往访问。同年三月中旬，《文学遗产》编辑委员会委托我去香山访问一下张永海。我觉得一个人去，既要谈话又要记录，很不方便。遂又于三月十七日又邀了吴世昌、周汝昌、陈迩冬和静蓝诸同志去访问了张先生。我们在他家谈话三小时，由静蓝同志笔录。这篇东西经我整理后，曾由中国作家协会内部印行过一次。张先生现年六十岁，原为蒙古旗人，清末八旗高等小学毕业，他家自清初到现在一直住在香山门头村正黄旗，原属健锐营的右翼。他的父亲名霁泉，蒙名莫德里·阿林……霁泉少时不喜读书，酷嗜音律和编唱莲花落。……他曾把全部一百二十回《红楼梦》编成莲花落和一些同好朋友们在健锐营一带上装连台演出，有时逾月。他扮演凤姐，少辈人称

"二姑娘爷爷"。这位民间艺人,由于自己编演《红楼梦》的莲花落,对于《红楼梦》的作者也有探究的兴趣,又因世居健锐营,故获知其先人所述及当地居民关于雪芹的许多传说。张永海先生所讲的雪芹事迹就是小的时候从他父亲口里听到的。(转引自《百年红学经典论著辑要·吴恩裕卷》第五篇《记张永海关于曹雪芹的传说》,154—155页,安徽教育出版社 2020 年 12 月版)

吴恩裕先生曾对这个"传说"写了一个"按语":

此篇是整理张永海当时的谈话所记,内容全是他所讲的。自敦敏《瓶湖懋斋记盛》发现后,张永海所述的传说,已有许多与《记盛》的内容不符之处。我个人的看法,当然应以雪芹的朋友敦敏留下的文字材料为准。但传说中也有不少可资参考的地方,故仍予保留。

一九七六年七月二十五日

听红学前辈们说,对张永海的"曹雪芹传说",除吴恩裕先生外,当时大多数专家学者都是不相信的,但你说它是民间文学、民间传说,人们也就不去较真辨别真假了。只要认真看看吴恩裕先生记录的"曹雪芹传说",就不难看出其中当代人"新编故事"的成分很大。吴恩裕先生当然是很相信的，他说："这一传说，内容涉及很广，几乎包括了雪芹回北京后直到他逝世的全部生活轮廓。传说中有的事实与文字材料符合，另一些事情则于文字资料中无证。我认为：考证史实原是'去伪存真'的工作，只要合乎道理并与所考的人物或事实的具体情况相符，我们不应该忽视口碑而唯文字的记载是信。更不该因传说中某些事不大合理，就否定其余可信的事实。"（《百年红学经典论著辑要·吴恩裕卷》第五篇《记张永海关于曹雪芹的传说》，158页）吴恩裕先生的看法有其合理性，但绝不能轻易地把"口头传说"当作史实，这是一个原则，这是要非常小心的，不管这些"传说"与"文字材料"符合还是不符合，都不能把二者混淆起来。

张永海先生都讲了哪些"曹雪芹传说"呢？我们不妨选几个：

> 他在绒线胡同的右翼宗学当过"瑟夫"，就是教师。

> 他在宗学既受老派的排挤，心里很不痛快，就想：《红楼梦》已经写出了一些，还不如不教这书，到乡下一心写《红楼梦》去哩。乾隆十六年，他就离开宗学，搬到西郊来住了。

那时曹雪芹的前妻还在,她很漂亮,听说和曹写《红楼梦》里的黛玉有关系。

新娶的妻子年纪轻,文化很低。

这时他的生活越来越穷,有时全家人都吃粥。可是他什么也不管,还是一心写他的《红楼梦》。头发长了也不剃,穿着一件二褡裢(即没有领的蓝布大褂),福字履,腰里常围着一个白布包袱,包着纸笔,不管走到什么地方,想写就写。听到别人谈话里有好材料,他马上就记下来。有时和朋友喝酒吃饭,他突然就离席跑回家中;朋友们奇怪,就在他后面跟着,到他家一看,他却又伏在桌上写上《红楼梦》了。他又常常一个人在路上来回走着想,路上的行人看他奇怪,他也毫不在意。因此,就有人叫他"疯子"。

我们不难看出,这些"传说"靠点谱的,人们似乎都可以从敦氏兄弟、张宜泉的诗中找出"依据",也就是吴恩裕先生所说的"传说中有的事实与文字材料符合"。比如说曹雪芹"新娶的妻子"云云,那是因为敦诚《挽曹雪芹》诗中有句"新妇飘零目岂瞑",不过"传说"者不懂"新妇"就是"媳妇",而不是"新娶的媳妇",所以"传"错了,这其中"新编"故事的痕迹很重。至于说曹雪芹创作《红楼梦》时的状态像着了魔一样,这像是在写《红楼梦》吗?倒像是在写《聊斋志异》了。而那样的曹雪芹与敦敏、敦诚、张宜泉笔下的曹雪芹完全不同,那样的曹雪芹能写出"备记风月繁华之盛"的《红楼梦》吗?那样的曹雪芹能"野心应被白云留"吗?如此这般的"传说",以及所谓鄂比与曹雪芹的故事,我是不敢轻易相信的。

在1963年3月以前,没有人听说过张永海口中的"曹雪芹传说",这些"传说"根本就没有传了"二百余"年。为什么在1963年以后"传"出?这与1962年开始筹备纪念曹雪芹逝世200周年的活动有关,特别是北京市文化局组织调查曹雪芹故居及葬地,影响很大。据说"1963年,是曹雪芹逝世200周年……北京市文化局提前一年就开始准备,组织力量对曹雪芹故居、坟茔、后裔开展田野调查。这次调查,形成了两篇详细的调查报告。……1962年年初,调查组成立……他们的调查线索主要来自坊间传说……他们首先来到位于海淀区的镶黄旗营村展开调查,拜访当地'在旗者'满族老住户。几位八九十岁的老人看到有人专程来村里了解尘封旧事,都非常热心。据他们介绍:镶黄旗、正黄旗和正白旗都属于上三旗,每营有400名士兵,多是满族人,旗兵每月收入一定的钱粮。营房属于禁地,从不允许外人居住，更不要说是汉人了。……随后，调查组以此为中心展开访查，先后走访了附近的正黄旗南北营、正红旗、镶红旗、镶蓝旗、杰王府等村，与八九十岁的原住村民进行多次座谈，但大家都没有提出有关曹雪芹家世的情况……第一阶段调查持续了一个多月，调查组走访了15个单位80余人次，走遍了健锐营附近的20多个村庄，但由于都是间接线索且多为道听途说，调查无果而终，始终未获得实质性突破。不过，用排除法，这次调查倒是还可以得出曹雪芹没有住在健锐营附近的结论。理由之一，乾隆二十八年（1763年）以前，正是健锐营建营不久，营房整齐，管理严密，外人特别是汉人难以进入；理由之二，乾隆中叶，健锐营一带有3360户在旗士兵，加上附近苗子营的80户，寺庙僧人数千，总人口万人以上，这种热闹场面与'寂寞西郊人到罕'不符；理由之三，香山一带的名胜古迹很多，但友人赠予曹雪芹的诗句中，一处也没有提到过。可见，诗中见到的'黄叶村''山村'，描述的绝不是香山健锐营附近的情形。"（刘守华《50年前探寻曹雪芹身世的田野调查》，载《寻根》2016年第6期）刘守华先生这篇文章所说的情况，都是根据1962年北京市田野调查的两份报告，当年学者的严谨态度和治学精神正是今天非常欠缺的，调查报告的内容应该引起我们的重视，特别是他们提出的两个结论，已经有力地否定了曹雪芹故居在今天正白旗39号旗下老屋的可能性，否定了曹雪芹能住进健锐营、能在营里写作《红楼梦》的可能性。这两份调查报告中明确指出："但由于都是间接线索且多为道听途说，调查无果而终，始终未获得实质性突破。"

另外，1962年那次调查持续了一个多月，调查组走访了15个单位80余人次，走遍了健锐营附近的20多个村庄，却没有张永海先生的半点信息，也没有什么张永海的"曹雪芹传说"，更没有鄂比与曹雪芹的故事，这是耐人寻味的。一年之后，到了1963年3月，张永海的"曹雪芹传说"横空出世，难道不值得人们怀疑吗？张永海的"曹雪芹传说"充其量是民间文学、是民间传说，它与其他那些关于曹雪芹的道听途说没有多大区别。拿一个靠不住的"传说"证明一首靠不住的"题壁诗"，这是很荒唐的，至少是很不严谨的。

"曹雪芹传说"在1963年3月之后出现，这是不是与筹备纪念曹雪芹逝世200周年的活动有关系？因为在1963年之前，人们从没有听说过这些"传说"，包括鄂比与曹雪芹的故事以及那副对联，这也是人们怀疑"曹雪芹传说"的一个重要原因。另外，"曹雪芹传说"的产生恐怕也与吴恩裕先生的"研究"有一定的关系，譬如"传说"中说曹雪芹是乾隆十六年移居西山的，而早在二十世纪五十年代吴恩裕先生就提出了这个观点。张永海先生也说曹雪芹是在乾隆十六年移居西山的，这是民间的传说，还是来自吴恩裕先生的研究，也是很值得怀疑的。

值得注意的是，当年和吴恩裕先生一起去访问张永海的周汝昌先生就不大相信这些"传说"，他曾说到与吴恩裕先生一道"访问"张永海先生的情景：

> 一日，来邀我同访香山的张永海，据传他知道雪芹的若干遗闻轶事。
>
> 那天随恩裕伉俪（夫人名骆静蓝）奔到健锐营的正黄旗，找到了张家小院落。……
>
> 张永海其时年已六十多岁，人很朴实，看样子是个嗜酒者。恩裕兄访知此老者旧时曾在城内当过警察，盖辛亥之后旗人生计无着，多沦于杂役、小贩等业。……
>
> 听他讲时，骆女士作了记录，恩裕兄则不断发问，要他回答。……
>
> 以上皆据实以记，暂不加分析评判。顺便一提：此后西郊的"传说"越来越多，愈出愈奇，聆之令人喷饭。我们要对历史负责，张老人的传说，未可全信，也未宜指为妄谈；在他原话之外，再扑风捉影，任意编造，哗众欺人，那就是另外一回事了。
>
> ……
>
> 恩裕兄为了探研雪芹，一腔热诚，全力以赴，世无第二人。因心太切，意太痴，遂易为妄人所乘，将伪造

"资料"向他"炫示",吊他的胃口。他太天真,识辨力又不足,一概深信不疑,又不喜听友人的忠直之言,于是在学术上受到损伤。每念及此,不胜嗟惜。(周汝昌《怀念恩裕兄》,载《天·地·人·我》,373—376页,北京十月文艺出版社 2001 年 9 月版)

从中我们不难看出,周汝昌先生是不大信这些"传说"的,他说要以对历史负责的态度来对待张永海的"曹雪芹传说",我深以为然。据我所知,当时很多老先生都持有周汝昌先生这样的看法。

1982 年,张永海先生的儿子张嘉鼎编写的《曹雪芹的传说》一书由河北人民出版社出版。这本书比起当年张永海老人讲述的故事就更丰富了,内容包括"看病""民间验方救乡邻""放风筝""曹雪芹复制《春牛图》""逮鹰""曹雪芹的度荒秘诀""曹雪芹写《红楼梦》"等等。据张嘉鼎先生说:"我父亲张永海幼年常听我祖父讲述,并看到祖父'手札'多本,可惜这些都毁于日本侵华和十年'文化大革命'中。""我所记录整理的曹雪芹传说来源有两部分,一是父亲从祖父那里听来的;另一些是我上中学放寒暑假时,从本旗一些老人讲的许许多多有关曹雪芹的故事中整理出来的。"(张嘉鼎《曹雪芹的传说》附录《我是怎样搜集整理曹雪芹传说》,河北人民出版社 1982 年 1 月版)

张嘉鼎在《曹雪芹的传说》中对曹雪芹的生活有这样的描写:

> 据说……他们全家便从江南回到北京,住在东直门内东城的老宅里。后来,乾隆年间曹雪芹因和皇族仍有内亲关系,故挂名当了宫廷侍卫。……大约在乾隆十一年到十三年间,不知为什么不干了。后来到右翼官仿学社当"瑟夫"(满语,相当汉语的"文化教员")……乾隆十六年前后,曹雪芹按旗人的规矩,拔旗归营(遣送回原籍),回到香山的正白旗祖居。他的祖居就在"四王府"西边不远处……拔旗归营就只能拿原俸了,原俸很少,每季一担米,每月四两银子,按他这俸禄说,他住的应该是三间房子。……据说乾隆二十年前后……老房子塌了……鄂比先生在香山脚下镶黄旗北营子碉楼下,帮他找了两间东房……曹雪芹就住在这个不上眼的地方写他的书,一直到死。(张嘉鼎《曹雪芹的传说》附录《我是怎样搜集整理曹雪芹传说》)

关于鄂比的"故事"也是非常有趣的,因为这关系到香山正白旗39号旗下老屋墙上的"题壁诗"的真实性问题。《曹雪芹的传说》中是这样写的:

他的朋友，头一位便是鄂比先生。……曹雪芹穷是穷，可是不喜欢和富人接近，所以鄂比先生这年过年送给曹雪芹一副对联，上面写着："远富近贫，以礼相交天下有；疏亲谩友，因才绝义世间多。"

帮助曹家料理后事的，除了雪芹的几位朋友，还有同院那位老太太，她心疼曹雪芹，见他死后家里连买纸钱的钱也没有，心里就更难受了，她不言不语地在曹家柜底找出一些写了字的纸，拿没有字的那面当正面，剪了许多祭奠亡人的纸钱……这些纸钱烧了一些，送葬时又沿路撒了一些。送葬归来，鄂比先生忽然发现这纸钱上面有字，拣起来一看，不由得大叫起来，原来它是曹雪芹的手稿。他赶快跑到曹家，仔细查对了曹雪芹的全部遗稿，发现《红楼梦》的后四十回文稿便这样焚为灰烬随风飘落散失了……

据说，过了好多年，鄂比先生又被朝廷起用了，到盛京去做官，他没儿没女，只有一个过继儿子叫高鹗，待高鹗长大以后，他们父子俩合作，鄂比先生讲述大概，由高鹗执笔……最后才把后四十回《红楼梦》补齐。

原来曹雪芹的《红楼梦》后四十回是这样没有的，原来高鹗是鄂比的儿子，原来……这是不是如同周汝昌先生所说："此后西郊的'传说'越来越多，愈出愈奇，聆之令人喷饭。我们要对历史负责，张老人的传说，未可全信，也未宜指为妄谈；在他原话之外，再扑风捉影，任意编造，哗众欺人，那就是另外一回事了。"斯言是矣，"曹雪芹的故事"，就是"故事"而已，是属于民间文学，即便是"故事新编"也没有多大关系，但如果你把它当作"曹雪芹传"，那是万万不可以的。论证曹雪芹的生平事迹，论证曹雪芹的故居，一定要对历史负责、对社会负责，不可以随心所欲，任意编造。

1963年张永海的"曹雪芹传说"中关于鄂比与曹雪芹的故事，以及那副对联，八年后竟奇迹般出现在香山正白旗39号旗下老屋的墙壁上，"民间传说"竟成了真的了，这既令人震惊又令人疑虑丛生。现在有人信誓旦旦地说这里不仅是曹雪芹故居，而且《红楼梦》就是在那个屋子里写出的。但意味深长的是："曹雪芹传说"的"传"者张永海先生和吴恩裕先生却并不认可正白旗39号旗下老屋是曹雪芹故居。

香山正白旗39号旗下老屋里的"题壁诗"与曹雪芹毫无关系

这些年来，许多人说曹雪芹是在北京西山写的《红楼梦》，也就是在香山正白旗39号老屋写的，甚至有人已经相当肯定地说那里就是曹雪芹故居，连当年有些持怀疑态度的专家也"沉默"了。特别是崇文门外蒜市口地方十七间半曹雪芹故居纪念馆复建开馆后，"曹雪芹故居"这个话题再一次引起人们的关注，不过"关注"的不全是蒜市口十七间半，而是一些人的疑问：这里是曹雪芹故居吗？曹雪芹故居不是在香山植物园内吗？曹雪芹不是在香山正白旗39号那个旗下老屋写的《红楼梦》吗？甚至有人干脆地说曹雪芹写《红楼梦》与蒜市口十七间半没有关系等等。面对着这些"疑问"，我只能回答：蒜市口十七间半是目前北京唯一有可考文献记载的曹雪芹故居，这是确确实实的。曹雪芹也确实是在这里写的《红楼梦》。至于香山正白旗39号旗下老屋是不是曹雪芹故居，没有任何文献史料证明，唯一能够

"证明"的就是那首"题壁诗",而恰恰对这个老屋内的"题壁诗"是真的还是假的,学术界争议很大。据我所知,当年参加调查研究的专家学者大都认为"题壁诗"是靠不住的,与曹雪芹毫无关系。著名红学家俞平伯、吴世昌、吴恩裕、启功、胡文彬、周雷等都是持否定态度的。每当我这样回答以后,一些年轻的朋友都很吃惊,也很疑惑:你说的是真的吗?看来,关于香山正白旗39号旗下老屋及其"题壁诗"这个老话题还要说一说,这无疑是关系到曹雪芹与《红楼梦》的重大问题。

二十世纪六十年代初,为纪念曹雪芹逝世200周年,北京市政府曾组织不少人调查搜集有关曹雪芹的资料,包括民间传说。甚至还挖了不少地方,寻找曹雪芹的墓葬,结果一无所获。曹雪芹和《红楼梦》在中国文化中的地位非常重要,我们寻找曹雪芹踪迹的心情完全可以理解,但必须本着实事求是的严谨的学术态度去寻找去论证"曹雪芹故居"。我们这一代人应该以对社会负责、对历史负责、对广大《红楼梦》爱好者负责、对学术负责的态度,严肃地论证"题壁诗"的真伪问题。

香山正白旗39号"题壁诗"的发现已经很久了,据胡文彬、周雷《驳"曹雪芹故居之发现"说——香山清代题壁诗文墨迹考析》一文介绍:"1971年4月4日,39号住宅房主因维修房舍,在西耳房的西山墙上发现了一批诗文墨迹。

这件事，由于一个偶然的原因，被北京市文物管理处得悉。4月9日，北京市文管处派赵迅同志前往调查，将题有诗文的墙壁拍了照片，并把其中有重要题壁诗文的墙皮剥出带回，妥善保存在文物管理处的库房里。5月13日……吴世昌同志前去调查，写出了《调查香山健锐营正白旗老屋题诗报告》。"(《红楼梦学刊》1979年第1辑，天津百花文艺出版社1979年5月)胡文彬、周雷先生也多次前去正白旗实地调查过。

据说原住在正白旗村38号(新门牌39号)院的主人名叫舒成勋，是原北京第二十七中学的退休语文教师，满族人，其祖上为正白旗。当时因舒成勋先生家的西房房顶的二椽断了，他家准备维修。1971年4月4日这一天，舒成勋进城办事，他的老伴独自在家拾掇屋子，不小心床板的角碰掉西墙一小块墙皮，结果发现里面有一层白灰墙，墙皮上还写着很多字。后经仔细剥离，发现西墙百分之六十的面积都写有诗，而且文字的排列有序，有菱形的、有扇形的，有诗词，有对联，先后发现计10首。"题壁诗"的字体分为两种，也就是说可能是两个人所写。

这个发现之所以引起关注，关键就在于"题壁诗"的内容与一个"传说"的关系。

前文说过，1963年，为纪念曹雪芹逝世200周年，吴恩裕、吴世昌、周汝昌、陈迹冬等先生曾拜访过一位蒙古族老人张永海。据张永海介绍，他的父亲张霟泉少时喜欢编唱莲花落，能唱整本的《红楼梦》，所以他从小就从父亲那里听过很多关于曹雪芹的故事。他回忆说，曹雪芹是乾隆十六年前后离开右翼宗学，住进正白旗专心写作《红楼梦》。一个叫鄂比的旗人是曹雪芹的好朋友，他也是《红楼梦》的第一批读者。有一次曹雪芹到亲戚家借钱，人家不借给他，鄂比知道这件事后，就送给曹雪芹一副对联："远富近贫，以礼相交天下有；疏亲慢友，因财绝义世间多"，而这次发现的"题壁诗"竟然就是鄂比送给曹雪芹的对联，只有个别字不一样。"题壁诗"的上联是"远富近贫，以礼相交天下少"，下联是"疏亲慢友，因财而散世间多"，可以说基本一致。八年前张永海的"传说"，竟在八年后的"题壁诗"中得到印证，简直令人震惊。坦率地说，对这种"令人震惊"的巧合，人们的头脑里真应该多打几个问号！

更令人惊奇的是，在有"题壁诗"的墙上，两层墙皮之间，竟然蒙了一层印花白纸，原来是有人刻意要保留墙上的题字，在有字的里层墙皮上贴上印花白纸再在纸上面抹了一层麻刀灰。

后来经胡德平、舒成勋等先生的考证，认为"题壁诗"确为曹雪芹和他的好友鄂比所写，这当然是后话了。因为在"题壁诗"发现之初，几乎所有前去考察的文物专家、红学家都认为"题壁诗"与曹雪芹没有关系。

最早代表北京市文物管理处去调查的是赵迅先生,他是一位文物专家。"题壁诗"是 1971 年 4 月 4 日发现的,赵迅先生是 4 月 9 日去调查的,他在调查后认为:"1971 年春,在北京海淀区香山正白旗 38 号(新门牌 39 号)的一间耳房西山墙的灰皮下面,发现有被掩盖的字迹。揭开表层灰皮,露出一些墨笔书写的诗句(也有对联)。从题壁诗的内容与舛误情况判断,这当是清代末叶住在当地的一位粗通文墨但水平不高的失意人所为,他大概是在穷极无聊的情况下,从他所见到的一些书籍里抄录了几首诗句来发泄自己的牢骚。"(赵迅《"曹雪芹故居"题壁诗的来源》,《红楼梦研究集刊》第 1 辑,上海古籍出版社 1979 年 11 月版)赵迅先生还找出了所有"题壁诗"的出处,它们分别来自《西湖志》、唐寅《六如居士全集》、《水浒传》、《东周列国志》等。赵迅认为:"(1)原诗作者既然是凌云翰、唐寅、陆秩、聂大年、万达甫……等人,因此可以得出明白无误的结论:这些题壁诗确实不是曹雪芹做的。(2)题壁者虽粗通文墨,但文学修养甚低。抄录前人诗句随意加以改动,甚至改得诗律不合,平仄失调。难道才华横溢的曹雪芹能干出这样的事吗?何况题在壁上的还有一些零碎的句子,例如'有钱就算能办事''不信男儿一世穷'之类,在伟大作家曹雪芹的身上,如果出现这样的思想感情,那才是绝顶奇怪的事。所以说,往墙上抄诗的也肯定不是曹雪芹。(3)从时间上讲,曹雪芹移居西山的年代虽无确考，但从敦氏兄弟、张宜泉等人的诗句等旁证材料中推断，大约不出乾隆十六年至二十一年（1751—1756）期间。题壁诗中有两处丙寅年纪年。按有清一代只有四个丙寅年，即康熙二十五年（1686）、乾隆十一年（1746）、嘉庆十一年（1806）及同治五年（1866）。康熙二十五年曹雪芹尚未出生，乾隆十一年时尚未迁居西山，嘉庆、同治时曹雪芹早已去世。因此，从时代上看，这里也不可能是'曹雪芹故居'。"由此赵迅先生认为："上述几点理由足可证明，这里根本不是'曹雪芹故居'，题壁诗与曹雪芹没有半点关系，'抗风轩'更不是'悼红轩'。"赵迅先生还批评说："多年来，正白旗38号的西耳房已经变成了'曹雪芹故居'……更有甚者，院里影壁上竟公然给参观者贴出了一纸'简略说明'。这份'简略说明'极尽牵强附会、荒诞离奇之能事。"说题壁诗上有三首诗，其一"六桥烟柳"是通过对西湖苏堤春晓景物的描绘，表达对古人的悼念。其二"鱼沼秋蓉"一诗写的是金陵秦淮河畔赤栏桥，八句诗每句都含红字，共十二红，符合金陵十二钗之意。其三扇面形的绝句，小屋以轩命名而曰"抗风"。三首诗联系起来，正是"悼红轩"之意。赵迅先生不无调侃地说，如此丰富的"想象力"，这是名副其实的"满纸荒唐言"。（赵迅《"曹雪芹故居"题壁诗的来源》）

多年后，赵迅先生在另外一篇文章中说："'曹雪芹故居'之称，是由'题壁诗'的发现而产生的，经过查证，证明这些诗句大都是从旧小说中抄下来的。其中从《西湖志》中抄录的四种，《东周列国志》中抄录三种，《六如居士(唐伯虎)全集》中的一种，'子弟书'中的一种，当地流传的联语一种，还有一些零散的字句。原诗大都有作者可考，绝非曹雪芹所作。且引录一首'子弟书'中的《书班自叹》为例：'蒙挑外差实可怕，惟有住班为难大。往返程途走奔驰，风吹雨洒自喷嗟。借的衣服难合体，人都穿单我还夹。赴宅画稿犹可叹，途(徒)劳受气向谁发。'这首'顺口溜'，说明其作者是位不得志的八旗子弟，当过笔帖式之类的差使，常常要到大官的宅院里去递送公文，低三下四，'徒劳受气'，牢骚无处发泄，只好在自己住屋墙上，题了这首打油诗出出气。墙上题的还有一些零散的句子，如：'有钱就算能办事''不信男儿一世穷'之类，这种精神状态，怎么可能是伟大作家曹雪芹的思想感情呢？"（赵迅《澄清曹雪芹故居一说》，《北京日报》1981年4月5日）赵迅先生的批评有些尖锐，但是非常有说服力，尤其是指出能写出《红楼梦》的曹雪芹怎么会在自己家的墙上抄这些乱七八糟的诗呢？层次太低了。"丙寅年"也漏洞百出，不知道是谁想出这么个"系年"，也许他根本就没有想过（或许根本就不知道）"曹雪芹哪一年移居西山"的问题。

吴世昌先生于1971年5月13日来调查，也是继赵迅后第二位来调查的著名专家、红学家。吴老调查后非常认真地写了一份《调查香山健锐营正白旗老屋题诗报告》，吴老在报告中谈了他看"题壁诗"的印象："题诗者并不署名，只写'偶录''学书''学题'，可知是抄录他人的诗。从其抄错的字，可知他并不懂得作诗的技巧——平仄（例如'底'误写为'低'），他本人文理亦不通顺，他所欣赏选录的'诗'都很低劣。他的书法是当时流行的所谓'台阁体'，软媚无力，俗气可掬。录者大概是一个不得意的旗人。这些题诗，一看即知与曹雪芹无关。"（《红楼梦研究集刊》第1辑，上海古籍出版社1979年11月版）

俞平伯先生因为年纪大没有去香山调查，但他认真看了吴世昌先生的调查报告后，完全赞同吴世昌先生的意见。他说："壁上的诗肯定与曹雪芹无关。虽说是'旗下'老屋，亦不能证明曹氏曾经住过。吴的结论，我完全赞同。"（吴世昌《调查香山健锐营正白旗老屋题诗报告》文后）

早在二十世纪五十年代初，吴恩裕先生就十分注意搜集整理和研究有关曹雪芹的"口传"资料，对曹雪芹移居西山后到底住在哪里，也做了大量的调查研究，他也认为"墙壁诗"与曹雪芹无关。他在《曹雪芹在北京西郊的居处》一文中说，关于正白旗39号旗下老屋是不是"曹雪芹故居"，有两个问题很重要："即曹雪芹住在正白旗的时候是不是住在正白旗营子里面？雪芹的房屋是不是像舒成勋所说

曹雪芹的"秦淮旧梦"与"燕市悲歌"·香山正白旗
39号旗下老屋里的"题壁诗"与曹雪芹毫无关系

的，就是他现在所住的房子？""关于前一个问题，1963年张永海认为：曹雪芹是按'拔旗回营'的例住香山的，故他一定是住在正白旗营子里面，并且每月拿例银例米。但据1975年席振瀛说，曹雪芹是包衣旗，不能'拔旗回营'居住，而且曹家被抄后等于被剥夺了政治权利，更不可能'回营'居住。据1963年北京市文化局的调查报告，他们经几个月的时间，广泛地调查研究，得知当时'各营都有营墙'，'营房属于禁地，从不允许外人居住'。曹雪芹既非各营的成员，他就不可能是住在正白旗营子里面。……关于现在正白旗38号舒成勋的住宅……我认为：舒成勋的四间房子是两百年前的旧屋这一点，并不能直接说明那是曹雪芹的故居所在。那墙上的诗句，我在1972年第一次看过以后，就认为绝不是曹雪芹的诗。后来看到吴世昌同志……《调查香山健锐营正白旗老屋题诗报告》（打印本），知道他的看法，和我相同，但他分析得比较详细。……我还可以加上一点：即鄂比那一副对联，在舒成勋的墙上被写成菱形，最后以'真不错'三字足成这个菱形。我认为，这也可以证明非曹雪芹自己所书——因为旁人赞美他的话，他绝不会自己再来说什么'真不错'的。"（吴恩裕《曹雪芹在北京西郊的居处》，《曹雪芹丛考》，上海古籍出版社1980年2月版）吴恩裕先生的质疑是有道理的，值得注意的是吴先生对种种传说一般都是相信的，特别是对张永海的"曹雪芹传说"笃信不疑，但舒成勋家的老屋里发现了鄂比的对联，吴老却不信，这是很值得琢磨的。

比较全面否定和质疑"题壁诗"的是胡文彬、周雷先生，他们在《驳"曹雪芹故居之发现"说——香山清代题壁诗文墨迹考析》一文中，从"题壁诗文墨迹的发现和最初的考察""题壁诗文墨迹的考析""关于'抗风轩'""舒家'六代姑祖母'是谁家的姑奶奶"等四个方面驳斥了正白旗38号是"曹雪芹故居"的说法。特别是文章中指出，"在香山发现的题壁诗文墨迹中，有人看到有'抗风轩'三个字，如获至宝，并由此得出结论：'抗风轩'＝'悼红轩'＝'曹雪芹故居'。他们说：从'抗风轩'之命名，我们可以理解此诗作者所要'抗'的'风'显然是指'风头不顺'的逆风。这又与曹家因为参加了胤禩胤禟等集团与胤禛争立，结果遭受政治风暴的冲击有意义上之关联。无权无势的人要抗拒这种巨大的风暴，恐怕只能出之写作与批评一途了。但《石头记》的稿本被'内廷索阅'时，也许这个'抗风轩'就变成'悼红轩'。"胡、周二位先生批评"这种想当然的推论，是经不起仔细推敲的"。他们在文章中指出："脂砚斋'甲戌抄阅再评'《石头记》时写道：'后因曹雪芹于"悼红轩"中披阅十载，增删五次。'从乾隆十九年甲戌（1754）上推十年，至迟在乾隆十年乙丑（1745），曹雪芹已把自己的居处命名为'悼红轩'，并开始在其中写作

《红楼梦》，那么请问：'内廷索阅'《石头记》稿本是在何时？香山的'抗风轩'究竟是什么时候出现的？又是在哪一年变成'悼红轩'——即'曹雪芹故居'的呢？这才是弄巧不成反成拙，变成了真正的'拙笔'。"

著名红学家陈诏先生也对"拙笔""抗风轩""丙寅"等提出质疑。他说："第八首诗末有题款云：'岁在丙寅清和月下旬，偶录于抗风轩之南几，拙笔学书。'第九首诗末也有'学题拙笔'款。这位'拙笔'是谁？无从查考。但可以肯定，他不是曹雪芹。曹雪芹对自己的诗文是很自负的，也受到他的诗友们极口赞誉，他不会有'拙笔'这个别号。看来'拙笔'是一个粗通文墨、不懂诗律、文化修养很低的失意文人，他只会抄录前人诗句（还要抄错），'学题''学书'而已。不管是谁，这位'拙笔'总不至于跑到曹雪芹家里大肆涂抹，写满一墙吧。"陈诏先生还指出，"抗风轩"不可能是"悼红轩"，他说："题款中的'抗风轩'，有人认为就是曹雪芹的'悼红轩'。其实'抗风轩'的命名屡见于前人著作。如元末孙易庵结社于南园之抗风轩……清康熙时番禺令李文治也有室名'抗风轩'。曹雪芹最重'新奇'，他不可能拾人牙慧，也署一个'抗风轩'。它怎能与'悼红轩'划等号呢？"（《北京西郊香山正白旗39号旧屋是不是曹雪芹的故居》，《红楼梦之谜》，上海古籍出版社1994年1月版）

这里我们再强调一下，自香山正白旗39号旗下老屋"题壁诗"发现以来，几乎所有去考察的文物专家和红学家，都认为这里绝不可能是曹雪芹的故居，"题壁诗"与曹雪芹毫无关系，他们是：吴世昌、吴恩裕、赵迅、胡文彬、周雷、陈诏，等等；虽然没有去考察，但根据相关研究文章和报道而赞同"否定"说的还有俞平伯、启功。

虽然绝大多数专家学者都认为"题壁诗"与曹雪芹没有关系，但又不能轻易说这就是后人"伪造"的，困扰专家们的一个重大障碍，就是张永海的"曹雪芹传说"中鄂比送给曹雪芹的对联与"题壁诗"高度"吻合"的问题。听有的红学前辈们说，当年对张永海的"曹雪芹传说"，只有吴恩裕先生非常相信，大多数人是很有些怀疑的，认为"编"故事的成分很大，并没有把它当作文献、史料来对待。现在"传说"竟变成了真的了，八年前张永海讲的鄂比送给曹雪芹的对联竟出现在一处旗下老屋的墙壁上，这不印证了张永海的"故事"是真的吗？这几乎是所有怀疑"题壁诗"的学者都无法绕过的障碍。尽管老是有人怀疑"题壁诗"的来历，但又没有人站出来"明"着说，更拿不出证据，所以此事也就一直是在一种"疑惑"的状态之中。

2008年3月20日《新京报》的一个报道令人瞠目结舌：

题壁诗两版本均后人题
民俗文史专家表示曾亲历出炉过程，
并有专家称曹雪芹不可能久居香山

本报讯（记者张媛）曹雪芹纪念馆题壁诗，因07版和08版北京地区博物馆通票内容有出入，导致"题壁诗"出现了两个版本。昨日本报报道后，有知情者称两个版本均为后人于1965年所为。

近日，有市民发现，在07版和08版北京地区博物馆通票上介绍"曹雪芹纪念馆"的章节中，纪念馆的"题壁诗"出现了两个版本。

白鹤群：是六十年代所为

昨日，民俗文史专家、香山健锐营镶红旗后代白鹤群透露，他曾于1965年前后亲历了"题壁诗"的出炉过程。

据他介绍，关于香山地区是否曾是曹雪芹故居，学界一直分为两派。1965年，在正黄旗老氏董鄂氏后裔席振瀛的提议下，香山正白旗村39号院房主、满洲长白舒穆鲁氏后裔舒成勋与他三人一道，打算在该院房间的墙壁上题诗，以此"增加分量"。

当时，最初拟订的版本是"远富近贫，以礼相交天下有；疏亲慢友，因财绝义世间多"，但随后舒成勋提出上下联尾字应该互为对仗，遂建议将"有"改为"少"，并最终确定为"远富近贫，以礼相交天下少；疏亲慢友，因财绝义世间多"。事隔几年，该院被建成曹雪芹纪念馆。

目前，当事人舒成勋、席振瀛均已过世，仅在白鹤群家保存有当时创作的原件，并拍有照片。

据白鹤群介绍，"题壁诗"当时被题写在一块70厘米见方的木板上，但甫一创作完成就被人识破，质疑者发现"题壁诗"字体与该馆门口立的"简要说明"上字体一致（两件为同时制作），随后"题壁诗"被毁。目前，游客能在该馆墙壁上看到的均为残片。

富察玄海：建故居致"造假"

满族史专家富察玄海表示，其高祖福康安的父亲傅恒曾担任清朝兵部尚书，曾率军队在香山附近练兵。"既然香山地区系军队营房，曹雪芹一个受罪之人，怎么可能在香山地区久居呢？"富察玄海质疑道。他表示，正是由于诸多质疑的存在，支持设立此处为"故居"的阵营中才出现了人为造假的声音。

对此说法，记者未能联系到曹雪芹纪念馆馆方。

原来2007年和2008年北京公园通票上鄂比的对联内容不一样，被有心人发现了，这才有了《新京报》记者的这个报道。我无法确定这个报道中说的情况是不是真的，但白鹤群先生的"揭密"似乎更合乎情理，有了这个"揭密"，以往专家们的"疑惑"也都能得到合理的解释了，甚至可以说"迎刃而解"了。奇怪的是，这个报道当时似乎并没有引起多大的关注，也不见媒体或有关方面的深入调查，这是非常令人难以理解的。

其实，即使没有白鹤群先生的"揭密"，那么多著名专家学者的质疑，也足以论证"题壁诗"确实与曹雪芹没有关系。"题壁诗"疑点太多，经不起推敲。

（一）张永海1963年的"曹雪芹传说"，怎么那么巧就出现在舒成勋家的老屋的墙上？张永海认为曹雪芹是乾隆十六年移居西山的，这与吴恩裕先生的"推断"是一致的，如果曹雪芹是乾隆十六年辛未移居西山一带，那么"题壁诗"所署的"丙寅"即乾隆十一年就根本不可能了，那个时候曹雪芹还没有移居西山，他怎么可能在墙上"题诗"呢？

（二）曹雪芹为什么会在自己家的墙上涂抹那么些低档

次的"诗"呢？曹雪芹能这么"没文化""没修养"吗？很多人去香山植物园的曹雪芹纪念馆参观过，但很少有人知道那面墙上题写了一些什么诗，顶多看看那副鄂比的对联。我在前面介绍一些专家学者质疑"题壁诗"时，也谈到了墙上的诗，这里不妨再引几首，如第七首："吴王在日百花开，画船载乐洲边来……"这一首是抄自《东周列国志》第八十一回；第八首："富贵途人骨肉亲，贫贱骨肉亦途人。试看季子貂裘敝，举目亲人尽不亲。岁在丙寅清和月下旬偶录于抗风轩之南几拙笔学书。"这首抄自《东周列国志》第九十回；第九首是鄂比那副对联："远富近贫，以礼相交天下少……"；第十首就是前面引过的："蒙挑外差实可怕，惟有住班为难大。往返程途走奔驰，风吹雨洒自喷嗟。借的衣服难合体，人都穿单我还夹。赴宅画稿犹可叹，途劳受气向谁发。学题拙笔"据说这是子弟书《书班自叹》中的一段。还有什么"真不错""有钱就算能办事""不信男儿一世穷"之类，看了这些"题壁诗"，你还会把它与伟大文豪曹雪芹的名字联系在一起吗？在自己家的墙上抄点唐诗宋词，还能显得有点文化，尽抄这些俗气的诗和顺口溜，抄写者的文化品位你还敢恭维吗？借用启功先生的话，能在自己家里的墙上题这些诗的人，说他能写出《红楼梦》，打死我我也不相信。

（三）在"题壁诗"那些诗中为什么看不出一点与曹雪

芹的思想、曹雪芹的人生阅历以及与《红楼梦》的创作有关系的内容或痕迹呢？曹雪芹经历了家族衰落和人生磨难，对人生、对社会、对生活有着非同一般的深刻感受，他是满怀着一腔悲愤和血泪写出了"传神文笔足千秋"的《红楼梦》。"满纸荒唐言，一把辛酸泪。都云作者痴，谁解其中味。"（《红楼梦》第一回）"扬州旧梦久已觉。"（敦诚《寄怀曹雪芹霑》）"燕市哭歌悲遇合，秦淮风月忆繁华。新仇旧恨知多少，一醉酕醄白眼斜。"（敦敏《赠芹圃》）"秦淮旧梦人犹在，燕市悲歌酒易醺。"（敦敏《芹圃曹君……感成长句》）"傲骨如君世已奇，嶙峋更见此支离。"（敦敏《题芹圃画石》）这样的曹雪芹，怎么会允许在自己家里的墙上题写《水浒传》《东周列国志》《西湖志》中的诗，乃至打油诗、顺口溜呢？

（四）曹雪芹"工诗善画"（张宜泉《题芹溪居士》），对自己的诗才是很自负的，可以参见"知君诗胆昔如铁，堪与刀颖交寒光"（敦诚《佩刀质酒歌》）、"爱君诗笔有奇气"（敦诚《寄怀曹雪芹霑》）等友人的评价。《红楼梦》中有那么多的诗词曲赋，写得那么好，在曹雪芹家里的墙上怎么一点也看不到呢？曹雪芹不仅诗写得好，还有一身傲骨，"爱将笔墨逞风流，庐结西郊别样幽。……借问古来谁得似？野心应被白云留。"（张宜泉《题芹溪居士》）"司页青钱留客醉，步兵白眼向人斜。"（敦诚《赠曹雪芹》）"傲骨如君世已奇，嶙峋更见此支离。醉余奋扫如椽笔，写出胸中块垒时。"（敦敏《题芹圃画石》）这样有才华、有骨气、桀骜不驯的曹雪芹，竟在自己家里的墙上写打油诗、写"蒙挑外差实可怕，惟有住班为难大"这样的《书班自叹》，乃至"真不错""有钱就算能办事""不信男儿一世穷"之类，你信吗？这样的"曹雪芹"如果见到莎士比亚、托尔斯泰是不是会不好意思？

（五）为什么在两层墙皮之间蒙了一层印花白纸，再在纸上面抹了一层麻刀灰。这的确是有人刻意要保留墙上的题字。这样一些涂抹、这样低层次的"诗"值得"刻意保留"吗？这样的"刻意保留"，是要留给谁看呢？这难道不值得怀疑吗？

（六）现在的正白旗39号就在当年的健锐营内，那里是兵营所在地。曹雪芹他们家在雍正五年年底被抄家，曹雪芹的父亲或叔叔曹頫被"枷号"，他们家是"戴罪"之家，曹雪芹又是在城里过不下去了，才移居西山的，他有可能住在军营里面吗？他以什么身份住在军营里呢？《红楼梦》能是在军营里写出来的吗？

有这么多无法解释的"疑问"，怪不得启功先生说："某些红学研究有点不靠谱，仅以七十年代中期发现所谓的曹雪芹故居来说，依我看就属子虚乌有，我在给学生讲课时曾开玩笑说'打死我我也不相信'。为此我曾写过一首《南乡子·友人访曹雪芹故居余未克往》……我以为与其费劲炒作这种没意义的发现,还不如好好读读《红楼梦》本身,体会一下书中丰富的内容。"(《启功给你讲红楼》,中华书局2006年6月版)启功先生的《南乡子》写得非常有趣,大家不妨欣赏一下:

> 一代大文豪,晚景凄凉不自聊,闻道故居尤可觅,西郊。仿佛门前剩小桥。　访古客相邀,发现诗篇壁上抄,愧我无从参议论,没瞧。自作新词韵最娇。

现在我们再来谈谈"题壁诗"最大的漏洞,就是那个"岁在丙寅"的题款系年问题。正如去考察的专家所指出的,在清代有四个"丙寅年",即康熙二十五年(1686)、乾隆十一年(1746)、嘉庆十一年(1806)及同治五年(1866)。除了乾隆十一年丙寅(1746),其他三个丙寅年都与曹雪芹不可能有关系。问题是乾隆十一年丙寅曹雪芹移居西山了吗,这个时间是可以考证的。

曹雪芹什么时候移居西山,是关系到曹雪芹最后人生经历的大事,也是曹雪芹生平研究的重要话题。我在论证曹雪芹是在蒜市口十七间半里写作《红楼梦》的文章中,已经作出推断:曹雪芹与敦诚在右翼宗学相识时,大约在乾隆十三、十四年。而曹雪芹移居西山的时间,不会早于乾隆十

五、十六年，也不会晚于乾隆二十二年。我个人更倾向于曹雪芹离开右翼宗学的时间极可能在乾隆十八、十九年，甚至是乾隆二十年。因为乾隆二十年（1755），敦氏兄弟参加岁试，离开了右翼宗学，而这时曹雪芹的《红楼梦》也基本写完。曹雪芹极有可能与敦氏兄弟差不多的时间离开了右翼宗学。根据敦诚《寄怀曹雪芹霑》"当时虎门数晨夕，西窗剪烛风雨昏"句，他们与曹雪芹在右翼宗学相处的时间不会只有一两年。《红楼梦》甲戌本第一回"满纸荒唐言，一把辛酸泪。都云作者痴，谁解其中味"诗后有一行文字："至脂砚斋甲戌抄阅再评仍用石头记。"这清楚地告诉我们，曹雪芹写《红楼梦》用了十年的时间，而到甲戌年脂砚斋抄阅再评，《红楼梦》已历经"披阅十载，增删五次"基本写完了。甲戌是乾隆十九年，曹雪芹极可能是乾隆十九年前后，基本完成了《红楼梦》创作后，他把稿子交给了脂砚斋等亲友抄阅，他因生活困难等原因移居西山。那么曹雪芹移居西山的时间应该是乾隆十九年前后。

根据以上分析，曹雪芹移居西山的时间不会早于乾隆十六年，也不会晚于乾隆二十二年。不管具体是哪一年，曹雪芹都不可能在乾隆十一年丙寅移居西山，那么舒成勋老屋题款丙寅年的"题壁诗"肯定与曹雪芹没有关系。

或许有人会说，1963年张永海就说了曹雪芹是乾隆十六年移居西山的，如果说"题壁诗"是后人根据张永海的

"传说"伪造的，伪造者为什么不署乾隆十六年辛未，而写乾隆十一年丙寅呢？这不证明"题壁诗"不是听了张永海的"传说"伪造的吗？其实事情没那么简单。

　　为什么"题壁诗"署"丙寅"，而不是张永海所说的乾隆十六年辛未？我"大胆猜测"一下，这很可能与曹雪芹的姑姑平郡王福晋、曹雪芹的表哥福彭以及健锐营建立的时间有关。曹雪芹的姑姑平郡王福晋大约卒于乾隆十四年（1749），曹雪芹的表哥福彭是乾隆朝重臣，于乾隆十三年就去世了，而健锐营则建立于乾隆十四年。如果"题壁诗"题款系年是张永海所说的乾隆十六年辛未，那么这个时候曹雪芹做王妃的姑姑、当大官的表哥都去世两三年了，健锐营建立了，没有了姑姑和表哥的关照，曹雪芹以什么身份住进兵营里呢？曹雪芹的父亲曹𫖯是戴罪之身，他能住进兵营里吗？他的朋友鄂比能随便跑到兵营里与曹雪芹喝酒唱酬，还能在墙壁上随便涂抹吗？正是因为曹雪芹的表哥福彭在乾隆初年担任过正白旗满洲都统，而香山正白旗39号老屋一带正好归他管，这样曹雪芹到这里居住自然就是极可能的了。

　　曹雪芹于乾隆十一年前移居西山唯一的证据就是题壁诗上的题署"丙寅"，然而这个题壁诗的真伪尚不能证实。退一万步说，乾隆十一年曹雪芹就住在这里了，那么香山正白旗39号的房子是曹家的房产，还是借住别人的房子？如果是曹雪芹家的房子，而曹家在雍正时就被抄没，所有财产都赏给了隋赫德，香山还能有曹家的房子吗？有谁吃了豹子胆，敢瞒着雍正皇帝给曹家留下房产呢？如果不是曹雪芹家的房产，乾隆十四年建健锐营时，身为被抄家人家的子弟，他还能继续住在兵营里吗？如果不是曹雪芹家的房产，乾隆十三四年曹雪芹到右翼宗学"工作"去了，健锐营的房子还会给曹雪芹留着吗？根据敦诚敦敏和张宜泉的诗，曹雪芹晚年居住的地方很荒凉，与健锐营的"热闹"情景完全不一样。

或许有人说，曹雪芹在右翼宗学的时候，有可能在城里和西山都有住处，在两地居住。这还真是不可能。曹雪芹移居西山是无奈的，是在城里生活不下去了。他到西山以后穷困潦倒，连吃饭喝酒都成了问题，哪能同时住在城里和西山，两头跑呢？我们今天从城里到北京植物园如果没有现代化交通工具，去一趟都不容易，不要说三百年前的那个时候。

曹雪芹晚年移居西山一个小山村，这是肯定的，具体什么地方，已不可考。但有一点是"可考"的，就是这个山村很偏僻，人烟稀少，生活很贫穷。敦诚、敦敏、张宜泉的诗中都描绘了曹雪芹晚年居住山村的偏僻荒凉，是"环堵蓬蒿屯"，是"衡门僻巷"，是"寂寞西郊人到罕"，是"庐结西郊别样幽"，这都与健锐营的环境不一样，能住上千人的兵营，不可能"人到罕""别样幽"。

曹雪芹的"秦淮旧梦"与"燕市悲歌"·香山正白旗
39号旗下老屋里的"题壁诗"与曹雪芹毫无关系

　　据说，2008年11月24日，在北京曹雪芹纪念馆，公安部物证鉴定中心高级警官、资深文检专家李虹，对香山正白旗39号题壁诗、张行家藏书箱及孔祥泽《南鹞北鸢考工志》"曹雪芹自序双钩摹本"的照片进行了鉴定。李虹认为："（一）正白旗39号题壁诗所有诗文、皆为一人所书，不存在多人并书的情况；（二）正白旗39九号题壁诗、书箱五行书目、《南鹞北鸢考工志》'曹雪芹自序'三者笔迹一致，显系一人所书。"这个鉴定是否能够证明香山正白旗39号旗下老屋就是曹雪芹故居呢？并不能。因为这个鉴定即使是"科学的、正确的"，也仅能证明这"三者笔迹一致，显系一人所书"，却不能证明"笔迹"就是曹雪芹的。无论是题壁诗，还是书箱、《南鹞北鸢考工志》，到底是真实的，还是"伪造"的，疑点很多，在它们的真实性还不能得到证明的情况下，它们之间的"互证"并不可靠。"三者笔迹一致，显系一人所书"至少有两种可能性，要么它们都是真实的，要么它们都是假的。

　　其实，早在1962年北京市组织的调查中，已经否定了曹雪芹住到健锐营的可能性。（见前文所引刘守华《50年前探寻曹雪芹身世的田野调查》）据蔡义江先生说，古建筑学家陈从周先生亲口对他说："这房子是曹雪芹逝世几十年后，也就是乾隆末年或嘉庆年间才建造的，它决不可能超过二百年。"（蔡义江《曹雪芹故居遗址》，《追踪石头 2——蔡

义江论红楼梦》,浙江文艺出版社 2014 年 7 月版)

综述以上材料与分析,香山正白旗 39 号旗下老屋以及"题壁诗"的确与曹雪芹无关,这里不可能是"曹雪芹故居"。

高鹗与《红楼梦》后四十回续书

《红楼梦》后四十回的问题，是红学的大题目，它牵扯到许多问题，主要是：后四十回是续书吗？后四十回续书作者是谁？高鹗是续作者吗？后四十回中有没有曹雪芹的原稿或遗墨？如何评价后四十回？后四十回在哪些方面违背了曹雪芹的创作原意等等。

说到《红楼梦》后四十回的问题，我想到了著名作家张爱玲的"人生三恨"：一恨鲥鱼多刺；二恨海棠无香；三恨就是《红楼梦》未完。生长在长江里的鲥鱼味道是那样的鲜美，却因刺多而不能尽兴吃真是遗憾；海棠花是那样的娇美却没有香味也是遗憾；《红楼梦》是那样的伟大却没有写完更是遗憾。其实，张爱玲说《红楼梦》未完，不准确，应该说《红楼梦》是基本写完了，只是没有最后修改完，而且八十回以后的稿子又丢掉了，因而留下了后四十回续书问题。

说曹雪芹基本完成了《红楼梦》的创作，但没有最后改定，有什么根据吗？当然有。一是从创作的规律而言，曹雪芹创作《红楼梦》是"披阅十载,增删五次,纂成目录,分出章回",历时十年之久,他不可能只写前八十回,翻来覆去只是修改前八十回,而不再往下写了,这不符合创作规律。二是根据现有的大量脂砚斋批语,已经透露出八十回以后的许多情节,曹雪芹的亲朋好友脂砚斋、畸笏叟等都已经看到了这些稿子,并留下了批语,这都证明曹雪芹基本写完了《红楼梦》。

这里"基本"写完的意思是说,全书写完了,但有些地方还需要认真地修改整理,如第十七、十八回还没有分开,有些细节描写还需要完善等等,"披阅十载,增删五回",就是一个不断修改的过程。我的这些观点的主要依据是《红楼梦》本身描写,特别是脂批透露的消息。至于说是写了一百一十回,还是一百〇八回,或者是一百二十回,很难确定。多数学者认为应该是写了一百一十回。

曹雪芹《红楼梦》八十回后的原稿为什么没有传下来,多少年来,人们众说纷纭。有人说曹雪芹就是没有写完,还有人说是有人破坏《红楼梦》,就像腰斩《水浒传》一样,故意把《红楼梦》从八十回斩断,而最大的嫌疑犯就是乾隆皇帝的宠臣大贪官和珅,持此观点的是著名红学家周汝昌先生。但多数专家认为曹雪芹是基本写完了《红楼梦》,而八十回后的原稿在亲朋好友的小圈子里传抄批阅时,被一个借阅者给弄丢了。这样讲有根据么?当然有!根据就在脂批。

早期抄本上留下了多条关于八十回后稿子丢失的记载，如第二十回庚辰本有眉批：

茜雪至《狱神庙》方呈正文。袭人正文标目曰《花袭人有始有终》，余只见有一次誊清时，与《狱神庙慰宝玉》等五、六稿被借阅者迷失。叹叹！丁亥夏，畸笏叟。

第二十六回庚辰本眉批：

《狱神庙》回有茜雪、红玉一大回文字，惜迷失无稿。叹叹！——丁亥夏，畸笏叟。

第二十六回庚辰本眉批：

写倪二、紫英、湘莲、玉菡侠文，皆各得传真写照之笔。——丁亥夏，畸笏叟。惜《卫若兰射圃》文字迷失无稿。叹叹——丁亥夏，畸笏叟。

第二十五回庚辰本眉批：

叹不能得见宝玉《悬崖撒手》文字为恨。——丁亥夏，畸笏叟。

此类批语还有不少，批者反复提到八十回以后的情节，甚至是回目，这都证明曹雪芹已经完成了《红楼梦》的全部创作。值得注意的是，以上几条批语都是畸笏叟在"丁亥夏"写下的。"丁亥"是清乾隆三十二年（1767），如果说曹雪芹是乾隆二十七年壬午（1762）去世的，那么畸笏叟写下这些批语的时候离曹雪芹逝世只有五年，那时曹雪芹的全部《红楼梦》手稿包括八十回以后的稿子的大部分可能还没有丢，都在畸笏叟手里。有专家认为畸笏叟极有可能就是曹頫，他是曹雪芹的父亲或是叔叔。我认为曹頫就是曹雪芹的父亲。从上面的批语，我们完全可以得出这样几点十分重要的结论：

（一）曹雪芹不仅基本写完了《红楼梦》，而且八十回以后的稿子也曾在亲朋好友中传阅，不幸被借阅者弄丢了。这个丢掉曹雪芹原稿的"借阅者"是谁，不知道。从畸笏叟的批语看，这个借阅者肯定不是个一般人物，畸笏叟的批语中看不到去向这个借阅者追要稿子的信息，是不是不敢去要丢失的稿子呢？这个借阅者是一个谜，当然他也是不可饶恕的历史罪人。

（二）最初仅迷失了"五、六稿"。这"五、六稿"是指五、六回，还是指五、六册，无法确定。从畸笏叟所提到的几回故事，如《花袭人有始有终》、《狱神庙慰宝玉》、《卫若兰射圃》、宝玉《悬崖撒手》等情况看，更像是迷失了五、六回。就是说起初迷失的稿子还不是很多。

（三）畸笏叟是曹雪芹原稿的最后保存者。在清乾隆三十二年辛亥即 1767 年的时候，曹雪芹的大部分手稿还保存在畸笏叟那里。

人们可能要问，既然原稿在亲朋好友传抄批阅时弄丢了几回，曹雪芹为什么不把丢掉的几回再补上呢？既然畸笏叟是曹雪芹原稿的最后保存者，为什么畸笏叟不将八十回后的原著传抄出来呢？这都是无法说清楚的千古之谜。红学家们有着种种的猜测，著名红学家蔡义江先生有这样的分析，我认为比较可信。他认为，迷失的稿子很可能是紧接着八十回的情节。开始畸笏叟还指望借阅者能找到丢了的稿子，后来指望不上借阅者找到稿子了，畸笏叟就希望曹雪芹能够补写出来，但晚年的曹雪芹因生活贫寒，又住在远离城里的西山一带，他的最后十年极可能因为家庭生活的困苦和心情不好，再也没有去修补《红楼梦》。从现存的早期抄本看，曹雪芹移居西山以后的最后十年里，没有再修改过《红楼梦》。而曹雪芹又不幸于 1762 年或 1763 年病逝，畸笏叟保存残稿，更不敢轻易拿出去给别人看，怕再弄丢了。终于，八十回以后的稿子也随着这位畸笏叟老人的去世，而成为了永远的迷案。这当然只是一种推测，是大胆的假设。

正因为曹雪芹八十回以后的原稿没有传出来，所以在社会上很长时间只有前八十回抄本流传，这就有了《红楼梦》续书的问题，就有了后四十回的问题。

在曹雪芹逝世以后的二三十年里，《红楼梦》都是以八十回本在社会上流传，高鹗在程甲本叙中说：

> 予闻《红楼梦》脍炙人口者几廿余年，然无全璧，无定本。向曾从友人借观，窃以染指尝鼎为憾。

程伟元在程甲本序中也说：

> 然原本目录一百廿卷，今所传只八十卷，殊非全本。即间称有全部者，及检阅仍只八十卷，读者颇以为憾。

高鹗、程伟元的记载，与我们今天看到的早期抄本流传的情况完全一致。直到乾隆五十六年（1791），程伟元、高鹗整理出版了一百二十回本《红楼梦》，这才结束了《红楼梦》以八十回本流传的时代。那么，《红楼梦》后四十回哪来的？程伟元在程甲本序中讲得非常清楚，后四十回是他多年搜寻得来：

> 不佞以是书既有百廿卷之目，岂无全璧？爰为竭力

搜罗，自藏书家甚至故纸堆中无不留心，数年以来，仅积有廿余卷。一日偶于鼓担上得十余卷，遂重价购之，欣然翻阅，见其前后起伏，尚属接笋，然漶漫殆不可收拾。乃同友人细加厘剔，截长补短，抄成全部，复为镌板，以公同好，《红楼梦》全书始至是告成矣。

高鹗在叙中说了他为什么参加程甲本的整理以及都做了哪些工作：

今年春，友人程子小泉过予，以其所购全书见示，且曰：此仆数年铢积寸累之苦心，将付剞劂，公同好。子闲且惫矣，盍分任之？予以是书虽稗官野史之流，然尚不谬于名教，欣然拜诺。

这里程伟元、高鹗说得非常清楚：以前《红楼梦》流传只有前八十回，后四十回是程伟元多年搜寻得来的，程伟元找全了《红楼梦》一百二十回稿，朋友们争相借阅、抄阅，为了满足大家的喜爱，程伟元邀请高鹗帮助修订整理，"子闲且惫矣，盍分任之"，意思是说你现在不很忙，何不分担一些修订整理的事情呢？高鹗本来就喜欢《红楼梦》，所以欣然答应了。他们俩怎么分工的，没有明确说。很可能高鹗主要承担后四十回的整理，这些工作就是"细加厘剔，截长补短"。

我始终认为，关于《红楼梦》后四十回的问题，最权威的文献资料就是上面所引的程伟元、高鹗的序和叙，我们没有理由不相信他们的话。令人遗憾的是，多少年来，程伟元、高鹗所说的话却不被人们接受，甚至被认为是撒谎。特别是胡适，他说：

> 程序说先得二十余卷，后又在鼓担上得十余卷，此话便是作伪的铁证，因为世间没有这样奇巧的事！（《红楼梦考证》）

仅仅因为"奇巧"，就怀疑人家讲假话，这是没有道理的。因为天底下"凑巧"的事很多，比如胡适之先生得到甲戌本，就非常"凑巧"。

自程甲本问世后，就有人说八十回后是续书，最早有嘉庆九年（1804）陈镛《樗散轩丛谈》中说：

> 然《红楼梦》实才子书也。初，不知作者谁何。……巨家间有之，然皆抄录，无刊本，囊时见者绝少。……《红楼梦》一百二十回，第原书仅止八十回，余所目击。后四十回乃刊刻时好事者补续，远逊本来，一无足观。

嘉庆年间潘德舆《金壶浪墨》中也说《红楼梦》:"末十数卷,他人续之耳。"裕瑞于嘉庆二十三四年成书的《枣窗闲笔》中说:

> 曹雪芹虽有志于作百二十回,书未告成即逝矣。诸家所藏抄八十回书,及八十回书后之目录,率大同小异者。……但细审后四十回,断非与前一色笔墨,其为补著无疑。……观刻本前八十回,虽系其真笔,粗具规模,其细腻处不及抄本多多矣,或为初删之稿乎?至后四十回迥非一色,谁不了然,而程、高辈谓从鼓担无意中得者,真耶假耶?

这位裕瑞的记载是很重要的,他看到过早期抄本,看到了百二十回的目录,这都证明在程伟元、高鹗整理《红楼梦》以前,已经有了一百二十回本《红楼梦》,可以证明在那个时候人们已经认识到后四十回与前八十回笔墨不一样,是续书,但他们并没有说是高鹗续写的。

清代有一位大评点家陈其泰,看书非常认真,他评点《红楼梦》到第八十一回时,就指出:

> 自此回以后,系另一人续成之,多与前八十回矛

盾处。

他根据什么说八十回以后是他人续写的呢？一是他看出前后笔墨不一样；二是多有矛盾之处。譬如，第八十一回写到一天晚上，王熙凤在贾母处伺候，贾母说："凤哥儿也不必提了，今日你和你太太都在我这边吃了晚饭再过去罢。"陈其泰当即指出，在前八十回中王熙凤伺候老太太吃完饭后，与鸳鸯等同吃饭，这种事是有的。"王夫人亦在老太太处吃饭，则从来未有之事。若与凤姐都跟着老太太吃，尤不合礼。"陈其泰的批评是对的。这个细节反映出续书者不太懂大家规矩，不懂得大家族吃饭也有这么多讲究。后四十中类似这样"不合规矩"的细节非常多，续作者似乎对大家族的生活并不熟悉。我们注意，陈其泰指出后四十回是他人续写的，但也没有说后四十回是高鹗续写的。

谁说是高鹗续书的呢？这就不能不提胡适。虽然胡适不是第一个提出高鹗是续书作者的，但却是第一个比较系统地论证了"高鹗续书说"，这个观点也成为新红学的基石之一。

1921年胡适在他那篇著名的《红楼梦考证》中，提出了《红楼梦》前八十回的作者是曹雪芹，后四十回则是高鹗续作的观点，在论证"后四十回的著者究竟是谁"的问题时，他首先引用了俞樾《小浮梅闲话》中的一条材料，俞樾说：

"《船山诗草》有《赠高兰墅鹗同年》一首云：'艳情人自说《红楼》。'注云：'《红楼梦》八十回后，俱兰墅所补'。"船山即诗人张问陶。由此胡适认为，张问陶的诗及注是高鹗续书的"最明白的证据"。又认为"程序说先得二十余卷，后又在鼓担上得十余卷"是"作伪的铁证"。另外，胡适还认为高鹗的叙说得很含糊，字里行间都使人生疑，由此他就对高鹗续书下了定论。其实，胡适的"定论"是很有问题的。他曾提出考证要"大胆假设，小心求证"，提出"有一份材料说一分话"，可他在后四十回续书作者问题上，却犯了不"小心求证"、不靠材料论证的毛病。因此多少年来，不断有学者对胡适的观点提出疑问。

我们认真地分析胡适的几条根据，显然都是站不住脚的。说程伟元找到后四十回太"巧"，说高鹗的话可疑，都是主观猜测，不是"考证"，不足为信。胡适的根据中，最主要的就是张问陶的那首诗，这也是历来认定高鹗是《红楼梦》后四十回续作者的最主要依据。

张问陶是高鹗的同学，是同一年考中举人的。他有《赠高兰墅鹗同年》一诗：

无花无酒耐深秋，洒扫云房且唱酬。侠气君能空紫塞，艳情人自说《红楼》。逶迟把臂如今雨，得失关心此旧游。弹指十三年已去，朱衣帘外亦回头。

诗中小注："传奇《红楼梦》八十回以后，俱兰墅所补。"胡适就是依据这个小注，断然认定这就是高鹗续书的铁证了。可问题是，张问陶说八十回后俱高鹗"所补"，并没有提出任何证据。另外这个"补"是不是就等于"续"，也不能肯定。多少年来，许多专家深入研究张问陶，指出：（一）从文献考据的角度看，张问陶的材料不是第一手文献资料，如果没有互证的文献资料，这种孤证很难作为论证后四十回续书作者的铁证；（二）张问陶与高鹗未必多熟悉，过去说高鹗是张问陶的妹夫，已经证明是误传；（三）张问陶并没有说高鹗续写了后四十回，只是说"补"，"补"不等于"续"。程伟元、高鹗并不否认他们做了"补"的工作，程伟元在为程甲本写的序中就说"乃同友人细加厘剔，截长补短"，不过是"截长补短"之补，不是续书的意思。

因此，长时间以来，高鹗是不是《红楼梦》后四十回续书的作者，一直有争论，并没有定论。中华人民共和国成立后第一次出版的《红楼梦》整理本（1953年人民文学出版社副牌作家出版社出版）时就没有高鹗的署名，作者只有曹雪芹一个人。到1957年第二个《红楼梦》整理本出版时，也就是大家常说的人民文学出版社启功注释本，才有了曹雪芹、高鹗著的署名。为什么有这样的变化，这是当时学术研究结果的反映。这个整理本前面还有一篇署名为"人民文学出版社编辑部"的"关于本书的作者"说明：

> 雪芹逝世以后不久，他的未完成的杰作便以手抄本的形式流传开来了。到了乾隆五十六年(1791)，即作者死后约三十年，活字排印本第一次出现了。这个排印本题为"红楼梦"，不再是八十回，而是百二十回。出版者程伟元的序，说后四十回是他"竭力搜罗"得来的。从此很长时间内，一般读者都以为这后四十回确是曹雪芹的作品。直到近代，经过研究者的考证，才知道其实是程伟元的朋友高鹗补完的。高鹗不但续作了后四十回，还把前八十回作了一些技术上的修订。由于百二十回的故事情节是完整的，受到读者的欢迎，一百多年来流传的就是这个本子。

现在问题清楚了，关于《红楼梦》出版时作者的署名，是有一个变化过程的。一些人不了解情况，以为《红楼梦》的书上一直署着高鹗的名字，其实不是这样的。高鹗作为续书作者的署名，是从1957年人民文学出版社出版启功注释本时才有的。而《红楼梦》作者署名的变化，都是与一定时期关于《红楼梦》后四十回研究的成果联系在一起的。1982年人民文学出版社出版"新校本"（即中国艺术研究院红楼梦研究所校注本）时，虽然署名仍然是曹雪芹、高鹗著，但在

"前言"中已指出：

> 现存《红楼梦》的后四十回，是程伟元和高鹗在公元一七九一年即乾隆五十六年辛亥和公元一七九二年即乾隆五十七年壬子先后以木活字排印本行世的，其所据底本旧说以为是高鹗的续作，据近年来的研究，高续之说尚有可疑，要之非雪芹原著，而续作者为谁，则尚待探究。

而随着这些年关于《红楼梦》后四十回续作者研究的深入，绝大多数学者否定了"高续说"，在新校本上作者署名的改变，也就是自然而然的事情了，这也是学术研究成果的客观反映。由中国艺术研究院红楼梦研究所校勘整理的新校本在第三版时（2008年），将署名改为：（前八十回）曹雪芹著；（后四十回）无名氏续，程伟元、高鹗整理。这是很严肃的学术态度，是对社会、对读者负责任的表现，是后四十回作者问题研究成果的客观反映。高鹗不是《红楼梦》后四十回续书的作者，他和程伟元都是《红楼梦》程甲本的整理者，他们为《红楼梦》的出版传播做出了重要贡献。把程伟元、高鹗称为《红楼梦》传播史上第一人也不为过。

多少年来，人们经过深入研究，特别是通过对有关历史文献的研究，对程伟元、高鹗人生经历的研究和对《红楼梦》版本的研究，越来越感到高鹗不可能续写《红楼梦》后四十回。主要依据是：

一、在程伟元、高鹗刊刻程甲本以前，就有《红楼梦》一百二十回抄本存在；

二、程伟元不是牟利的书商；

三、高鹗没有时间和精力续写后四十回；

四、程伟元、高鹗没有必要撒谎；

五、张问陶说"补"，不是续书的证据；

六、到目前为止所有关于高鹗续写后四十回的所谓"根据"都不成立。

在程伟元、高鹗刊刻程甲本以前，就有《红楼梦》一百二十回抄本存在，证明后四十回不可能是高鹗续写的。和程伟元、高鹗同时代的周春在《阅红楼梦随笔》中有记载说：

> 乾隆庚戌秋，杨畹耕语余云："雁隅以重价购钞本两部，一为《石头记》，八十回；一为《红楼梦》，一百廿回，微有异同，爱不释手，监临省试，必携带入闱，闽中传为佳话。"

乾隆庚戌即乾隆五十五年(1790)，雁隅即福建巡抚徐嗣曾，而程甲本是乾隆五十六年辛亥(1791)问世的。这就是说，在程甲本问世之前，已经有《红楼梦》一百二十回的抄本在传播。这一条记载非常重要，历来为红学界所重视。因为周春的记载清楚表明，在程甲本出版之前，就有人见过一百二十回本的《红楼梦》，程伟元在程甲本序中说："不佞以是书既有百廿卷之目，岂无全璧？"这与周春的记载是吻合的，可以形成互证关系，既证明了在程甲本刊印之前已经有了一百二十回本的存在，又证明了程伟元、高鹗没有撒谎，他们确实没有续写后四十回，只是做了整理的工作。

在程甲本刊刻之前就有一百二十回的记载，还见于早期抄本舒序本上舒元炜写于乾隆五十四年己酉（1789）的序，他也提到《红楼梦》是一百二十回。由于舒序本是目前唯一一个可以确定乾隆年间抄写的原本，因此学术界对舒元炜的序非常重视。序中说：

> 惜乎《红楼梦》之观止于八十回也。全册未窥，怅神龙之无尾；阙疑不少，隐斑豹之全身。

> 漫云用十而至五，业已有二于三分。从此合丰城之剑，完美无难；其探赤水之珠，虚无莫叩。

> 核全函于斯部，数尚缺夫秦关。

序中清楚写明，舒元炜虽然只看到了八十回，很遗憾，但对于找到全书很有信心。"秦关"是用了"秦关百二"的典故，"业已有二于三分"与"秦关"都是说《红楼梦》是一百二十回。舒序中透露出的信息非常重要，他那时已经听说有一百二十回本《红楼梦》的存在，否则不会说"缺夫秦关"之类的话。舒序中一百二十回的说法，比程甲本的刊印整整早了两年，确切地证明在程甲本之前已经有了一百二十回本。无论是程伟元、高鹗，还是周春、舒元炜，以及裕瑞，他们都说到在程甲本问世之前就有了一百二十回本，甚至看到了一百二十回的目录，这是程伟元、高鹗没有续写《红楼梦》的重要证据。

过去研究者怀疑程伟元、高鹗，认定他们两个人撒谎，一个重要的原因，就是认为程伟元是一个谋利的书商，他请高鹗续写了后四十回，为了卖书，就编造了这后四十回是他多年搜寻来的谎话等。胡适就说过，程伟元与高鹗合作，一个出钱，一个出力；又说"先得二十余卷，后又在鼓担上得十余卷，此话便是作伪的铁证，因为世间没有这样奇巧的事"。这都是不负责任的主观臆测，胡适根本不了解程伟元是何许人。

这些年来研究的成果告诉我们，程伟元从来就不是一个以出书为职业的商人，他是一个有很高文化修养的文人，他虽然没有获得功名，但有很高的文化品位。程伟元约生于乾隆十年（1745），卒于嘉庆二十五年（1820），苏州人，出身诗书之家，系宋代理学大师程颐三十一世孙。程伟元没有获得功名，但与许多文人有交流，工诗善画，很有才气，他不是一个商人，一辈子也没有靠出书挣到什么钱。他人生最后二十年，追随盛京将军晋昌，出关到留都，为幕僚，最后客死辽东。

程伟元或许想到了他身后可能会被人们所误解，所以他在程乙本引言中，把为什么要刊印《红楼梦》已经讲得很清楚了：

> 是书前八十回，藏书家抄录传阅几三十年矣。今得后四十回合成完璧。缘友人借抄者甚伙，抄录固难，刊版亦需时日，姑集活字刷印。

> 是书刷印原为同好传玩起见，后因坊间再四乞兑，爰公议定值，以备工料之费，非谓奇货可居也。

原来是好不容易合成全璧，朋友们又是抄又是借，干脆刊印。印书是要花钱的，程伟元一介书生哪来那么多的钱，"爰公议定值，以备工料之费，非谓奇货可居也"。我想这是实实在在的话，是文人的坦白，绝不是假话。

我们今天应该感谢程伟元，如果不是因为他对《红楼梦》高度认识，如果不是因为他刊印《红楼梦》，《红楼梦》能够得到广泛的传播吗？如果不是因为他刊印了《红楼梦》，我们怎么能看到一个乾隆年间的《红楼梦》本子呢？须知，程甲本所依据的底本就是当年在社会上流传的《红楼梦》抄本，由于刊印成书，乾隆年间的本子凝固下来了，这是了不起的历史性的功绩。

过去胡适说高鹗续书，可这些年来对高鹗的研究结果表明，高鹗根本没有时间和精力去续写后四十回。高鹗生于乾隆二十三年（1758），卒于嘉庆二十年（1815），享年58岁，他是在北京长大的。高鹗于乾隆五十三年（1788）31岁时中举，乾隆六十年（1795）38岁时中进士。历官内阁中书、江南道监察御史、刑科给事中等职，有《月小山房遗稿》等作品。高鹗中举后，准备会试，一再失败。据考证，高鹗于乾隆五十五年（1790）三月参加会试落第，他曾从友人那里借阅过《红楼梦》前八十回。正是在他会试落第后第二年，即1791年春，应友人程伟元之邀，参与整理《红楼梦》。程伟元说他"闲且惫矣，盍分任之"，这个时候他才有时间有精力接受修订整理《红楼梦》的邀请。试想，在这之前高鹗积极准备会试考进士，哪来的时间和兴趣去续后四十回呢？后四十回二十多万字，没有充裕的时间能写出来么？更何况续写他人的书，要研究前八十回的线索，照顾前八十回的故事，哪那么容易续写呢？整理修订《红楼梦》以后，似乎给高鹗带来了好运气，四年后他就中了乙卯恩科进士，殿试三甲第一名。而从后四十回的内容看，高鹗也不可能是续作者。

最早质疑高鹗是续书作者的是俞平伯先生的助手王佩璋先生。当年，她从北京大学毕业之后，就协助俞平伯先生校勘《红楼梦》，还代俞平伯先生写了好几篇文章。早在1957年，她就在《〈红楼梦〉后四十回的作者问题》一文中指出：

> 《红楼梦》后四十回的作者一向都认为是高鹗，对这问题我有一个很不成熟的看法：我对后四十回的作者是高鹗有些怀疑，后四十回的绝大部分可能不是高鹗所作，可能真是程伟元买来的别人的续作。

王佩璋之所以怀疑"高鹗续书说"，是由对程甲本与程乙本的比较研究中得出的。由于她协助俞平伯先生校勘《红楼梦》，使她对相关版本非常熟悉，她自己还将程甲本和程乙本做了校勘比较，正是从程甲本与程乙本的比较中，她发现了问题，主要有三点：

（一）程甲本好，程乙本坏；

（二）高鹗不懂后四十回；

（三）程甲本第九十二回文不对题。

比如说程甲本好，程乙本坏，王佩璋发现程乙本根本就不是"聚集各原本，详加校阅"的结果，就是错别字也不比程甲本少，并且越改越坏的例子约有一百二十处之多。如果高鹗是后四十回的作者，改自己的稿子怎么会越改越坏呢？再如说高鹗不懂后四十回，王佩璋例举第九十回"宝蟾送酒"的情节，本是写宝蟾想勾引薛蝌的，程甲本写道：

> 宝蟾方才要走，又到门口向外看看，回过头来向薛蟾一笑。

这里的"薛蟾"显然是"薛蝌"之误。可程乙本中却将"薛蟾"改为"宝蟾"。不仅没改对，改得更错了。变成了：

> 宝蟾方才要走，又到门口向外看看，回过头来向宝蟾一笑。

不仅文字更不通了，倒像是薛蝌在勾引宝蟾了。

再如，第一〇一回写王熙凤在大观园里"见鬼"了，回到家里还很害怕，程甲本写道：

> 贾琏已回来了，只是见他脸上神色更变，不似往常。待要问他，又知他素日性格，不敢突然相问，只得睡了。

171

这里是说贾琏回家,看到王熙凤的脸色不似往常,贾琏是怕媳妇的,见凤姐脸色不好,他哪敢问问凤姐怎么不高兴了?贾琏不敢触这个霉头,所以才是"不敢突然相问,只得睡了"。大家要注意,这里连用三个"他"字,即"只是见他""待要问他""又知他素日性格"。可程乙本的整理者,没看明白这一段话,把"只是见他"的"只是"二字改成"凤姐",文中就变成了:

贾琏已回来了,凤姐见他脸色神色更变,不似往常。

结果是意思完全相反了,本来是凤姐在大观园中见了鬼,是贾琏见凤姐的脸色神色更变,不是贾琏见了鬼,不是贾琏脸色变了。显然高鹗不明原意,搞错了,误认为是贾琏脸色不似往常。为什么会产生这样的错误呢?原来在古代,男、女的"他"字是没有区别的,《红楼梦》无论是抄本还是刻本,都没有女字旁的"她"字,所以才出现了上面的错误。这都表明高鹗对后四十回不甚明了,这种情况不像是在改自己写的稿子。

还有程甲本第九十二回文不对题。第九十二回回目是"评女传巧姐慕贤良,玩母珠贾政参聚散",可这一回的上半回只有宝玉讲《列女传》,并且讲的也不只"贤良",还有许多才女、艳女、侠女，甚至还有妒女。巧姐也没有"慕贤良"。下半回只有冯紫英来代人卖母珠，贾政也并没有因为母珠而参出什么"聚散"的道理来。明显是回目和本文不相应了。假如是高鹗续写的，怎么会文不对题呢？

王佩璋这些疑问非常有道理，程乙本误改程甲本的这种现象，只有一种解释，高鹗是在改别人的作品，不是改自己的作品；这与程伟元、高鹗所说他们只是修改整理者的情况是相吻合的。

程伟元当初要刊印《红楼梦》，根本不是为了谋利，一是个人喜欢，而且他的友人也都喜欢；二是过去都是看的八十回本，现在是合成全璧，而为了满足友人的要求，大家同好，才刊印的。这样一件功德无量的事，他有必要撒谎么？

高鹗更没有必要撒谎了。原本就是程伟元邀请他一起整理修订《红楼梦》，他更不是为了谋取名利，如果说是他续写了后四十回，他干吗要隐瞒呢？实际上，高鹗对他参与《红楼梦》修订一事很是得意，从不掩饰。他不仅给自己起了个外号"红楼外史"，还写了一首《重订〈红楼梦〉小说既竣题》诗：

老去风情减昔年，万花丛里日高眠。昨宵偶抱嫦娥月，悟得光明自在禅。

有学者研究说，高鹗不仅很得意参与整理修订《红楼梦》的事情，似乎还有了一些感悟，所以才有了"悟得光明自在禅"。"红楼外史"的别号，也透露出他只是做了"截长补短"的整理工作，而不是续书作者。

需要指出的是，除了张问陶那条"传奇《红楼梦》八十回以后，俱兰墅所补"的资料外，再没有一条能证明高鹗续书的文献资料。所以，我们有理由认为，高鹗、程伟元没撒谎，高鹗不是后四十回的续作者，只是整理者。而且也不是他一个人整理的，程伟元也参加了整理修订的工作，他做的事甚至不比高鹗少。

就《红楼梦》出版传播而言，程伟元无疑是第一功臣，他起的作用比高鹗还大，他是刊印《红楼梦》程甲本的主事者。《红楼梦》一百二十回是他积累年之功收集得来，尤其是后四十回稿花费的功夫更大。是他主动约高鹗来整理《红楼梦》的，他不仅是出版者，也是整理者之一，他们是"盍分任之"。至于是怎么分的工，不得而知。极有可能是程伟元负责前八十回，高鹗负责后四十回。

我们否定高鹗是后四十回的作者，那么后四十回有没有可能就是曹雪芹写的，或者说后四十回中原本就有曹雪芹的遗留原稿或散稿，被程伟元找到，然后他与高鹗修订成为全璧。这种观点一直有人坚持，其中不乏一些著名的专家学者。

清　孙温　《红楼梦》第八十二回
"老学究讲义警顽心，病潇湘痴魂惊噩梦"

解味红楼：
曹雪芹的旧梦与悲歌

如白先勇先生就说：

> 我对后四十回一向不是这样的看法。我还是完全以小说创作、小说艺术的观点来评论后四十回。首先我一直认为后四十回不可能是另一位作者的续作，世界经典小说，还没有一本是由两位或两位以上作者合写而成的例子。《红楼梦》人物情节发展千头万绪，后四十回如果换一个作者，怎么可能把这些无数根长长短短的线索一一理清接榫前后成为一体。
>
> 后四十回本来就是曹雪芹的原稿，只是经过高鹗与程伟元整理过罢了。
>
> 后四十回的文字风采、艺术价值绝对不输前八十回，有几处可能还有过之。……宝玉出家、黛玉之死，这两场是全书的关键，可以说是《红楼梦》的两根柱子，把整本书像一座大厦牢牢撑住。如果这两根柱子折断，《红楼梦》就会像座大厦轰然倾颓。

他还说："张爱玲极不喜欢后四十回，她曾说一生中最感遗憾的事就是曹雪芹写《红楼梦》只写到八十回没有写完。而我感到这一生中最幸运的事情之一，就是能够读到程伟元和高鹗整理出来的一百二十回全本《红楼梦》，这部震古烁今的文学经典巨作。"

张爱玲的阅读感受与白先勇的确不一样，她非常不喜欢《红楼梦》后四十回，所以才有"人生三恨"之说。她还说：

> 小时候看《红楼梦》看到八十回后，一个个人物都语言无味，面目可憎起来，我只抱怨"怎么后来不好看了？"……很久以后才听说后四十回是由一个高鹗续的。怪不得！

张爱玲与白先勇都是著名作家，可他俩对后四十回的阅读感受竟有如此大的不同。我更认同张爱玲。在我看来，张爱玲是中国现代作家中受《红楼梦》影响最大，也是学习《红楼梦》创作最好的作家，她笔下的人物刻画，明显受到《红楼梦》的影响。

著名红学家周绍良先生则认为："后四十回回目是曹雪芹第五次'增删'时'纂成'的，而后四十回文字，主要是曹雪芹原稿，其残损或删而未补的，由程、高补了一部分也是有的。"周老还具体分析了后四十回哪些是曹雪芹的原稿，如第八十二回"病潇湘痴魂惊噩梦"，第八十三回"省宫闱贾元妃染恙，闹闺阃薛宝钗吞声"，以及袭人嫁蒋玉菡等等，都是曹雪芹的原稿。

著名红学家蔡义江先生则认为,《红楼梦》后四十回没有曹雪芹一个字。我比较赞同蔡义江先生的观点,《红楼梦》后四十回不可能是曹雪芹写的,后四十回中不可能有曹雪芹的残稿文字。我的依据是:

第一,脂批透露的八十回以后的情节,后四十回中一条也没有,或完全不符合。我们前面多次提到,脂批撰写者是最早的《红楼梦》读者和评点者,他们都和曹雪芹关系密切,非常了解曹雪芹的创作情况。他们看到过许多八十回后的故事情节,诸如狱神庙相逢故事,薛宝钗借词含讽谏,虎兔相逢大梦归,因麒麟伏白首双星,王熙凤知命强英雄,寒冬噎酸齑雪夜围破毡,卫若兰射圃,花袭人有始有终,贾宝玉悬崖撒手等等重要情节,现存的后四十回中没有一点踪影。

第二,现存的后四十回主题、创作观念与前八十回明显不同。曹雪芹的原稿,贾宝玉结局是"悬崖撒手"。今本后四十回虽然也写了宝玉出家,但是却"披着一领大红猩猩毡的斗篷"。再如,在曹雪芹的原著,贾家最后是"一片白茫茫大地真干净",而今本后四十回却让贾府"兰桂齐芳"等等。

第三,后四十回扭曲了人物形象,如在前八十回,林黛玉从来不劝宝玉去读书,即从不说起"混帐话"。可是现在的后四十回,林黛玉竟像薛宝钗一样,成了道学姑娘。如第八十二回,宝玉要去学堂,林黛玉这么说:

我们女孩儿家虽然不要这个，但小时跟着你们雨村先生念书，也曾看过。内中也有近情近理的，也有清微淡远的。那时候虽不大懂，也觉得好，不可一概抹倒。况且你要取功名，这个也清贵些。

书中写道："宝玉听到这里，觉得不甚入耳，因想黛玉从来不是这样人，怎么也这样势欲熏心起来？"是啊，这哪是林黛玉呀，就是薛宝钗劝贾宝玉，也说不出如此"混帐话"来。可见这样描写与曹雪芹差得太远了。

又如掉包计。有人认为，后四十回中"掉包计"揭露出封建统治者的残忍，而"黛死钗嫁"同时发生，情节很感人。但我要告诉各位，这看起来很感人的情节，其实是极不合理的。因为在前八十回中最支持木石前盟的一个是王熙凤，一个是贾母，一个是紫鹃。王熙凤怎么会想出"掉包计"的馊主意呢？王熙凤是"借调到"王夫人身边帮助管家的，如果娶了薛宝钗，还会让王熙凤管家吗？精明透顶的王熙凤能那么傻提出"掉包计"吗？而最爱宝玉、黛玉的贾母怎么能忍心把自己的外孙女害死呢？第二十九回宝玉、黛玉吵架，惹得贾母伤心落泪，抱怨说："我这老冤家是那世里的孽障，偏生遇见了这么两个不省事的小冤家，没有一天不叫我操心。真是俗语说的，'不是冤家不聚头'。几时我闭了这眼,断了这口气,凭着这两个冤家闹上天去,我眼不见心不烦,也就罢了。偏又不咽这口气。"如此疼爱两个"小冤家"的贾母,在她闭眼之前,谁敢拆散宝黛?更别说她亲手害死心爱的外孙女了。而薛宝钗又是何许人物?她怎么会在黛玉还没死时就答应冒名顶替去跟贾宝玉结婚呢?黛玉临死时说"宝玉,宝玉,你好……",怎么能让黛玉怀着对宝玉的怨恨去死呢?这也不合"还泪"的安排。

第四,前八十回与后四十回的文笔、语言有很大不同,后四十回比起前八十回差得太远了。张爱玲说后四十回不好看,许多人都有着这样的感觉。日本著名汉学家松枝茂夫,一辈子两次翻译《红楼梦》,有一次他对我说:翻译《红楼梦》前八十回像是读唐诗,翻译到后四十回就像是喝白开水了。他的感觉和张爱玲的阅读感觉是一样的。尽管有的专家推测后四十回中有曹雪芹的遗稿或散稿,甚至有专家找出一些篇章或内容,但这些篇章和内容都与前八十回曹雪芹的笔墨相差甚远。也就是说,现在我们没有从后四十回中找到大家能够认可的曹雪芹笔墨。

总有人对后四十回中没有曹雪芹的原笔墨不相信,去认真地寻找哪些笔墨极可能就是曹雪芹的原稿,譬如第八十二回"老学究讲义警顽心,病潇湘痴魂惊噩梦",其中有黛玉做噩梦一节,周绍良先生用十分肯定的语言说,这一回非曹雪芹写不出来,可有不少专家对此很不以为然,认为这一回写林黛玉做梦写得太差了，不可能是曹雪芹写的。我们不妨再读读这一段：

> 说着，又见凤姐同邢夫人、王夫人、宝钗等都来笑道："我们一来道喜，二来送行。"黛玉慌道："你们说什么话？"凤姐道："你还装什么呆。你难道不知道林姑爷升了湖北的粮道，娶了一位继母，十分合心合意。如今想着你撂在这里，不成事体，因托了贾雨村作媒，将你许了你继母的什么亲戚，还说是续弦……黛玉此时心中干急，又说不出来，哽哽咽咽，恍惚又是和贾母在一处的似的……于是两腿跪下去，抱着贾母的腰说道："老太太救我！我南边是死也不去的……"但见老太太呆着脸儿笑道："这个不干我的事。"……贾母道："不中用了。做了女人，终是要出嫁的……"黛玉恍惚又像果曾许过宝玉的，心内忽又转悲作喜，问宝玉道："我是死活打定主意的了。你到底叫我去不去？"宝玉道："我说叫你住下，你不信我的话，你瞧瞧我的心。"说着，就拿着一把小刀子往胸口上一划，只见鲜血直流。黛玉吓得魂飞魄散，忙用手握着宝玉的心窝……

这样写梦境、写林黛玉，写凤姐、贾母、宝玉，都与前八十回的描写何止天壤之别，每每看到续书作者给林黛玉找了一个继母,还要让林黛玉做续弦,都让我十分受不了,感到丑恶不堪。而林黛玉抱着贾母的腰乞求的样子,这哪还是那个吟出《葬花词》的高傲的林黛玉?而贾宝玉是那么血腥,那么生硬,那么拙劣地表白"爱情",这哪能是《红楼梦》笔墨。看到那么血淋淋的情形,不要说有一点洁癖的林妹妹受不了,就是我们今天的读者看了这一段也受不了,这简直是《水浒》的写法,与《红楼梦》的笔法差得太远了。清代评点家陈其泰批语说:"此回败笔甚多,显然与八十回以前之笔墨不同。"的确如此。

总而言之,现在的后四十回与曹雪芹无关。虽然令人遗憾,但却是一个不争的事实。

我们说后四十回不是曹雪芹的原作,不等于全盘否定后四十回,不能说后四十回一无是处。我们也应该实事求是、客观公正地评价后四十回的价值。首先要尊重一个重要的事实,二百多年来,广大读者看的就是这个一百二十回本。清代《红楼梦》续书有几十种,只有这个后四十回能接在八十回后流传,已经不可替代。得到广大读者的认可,这是事实,也是了不起的评价。

后四十回中的许多描写,也达到了比较高的艺术水准,胡适先生虽然认定后四十回是高鹗续书,但他并没有全盘否定后四十回的成就和功绩,他说:

我们平心而论，高鹗补的四十回，虽然比不上前八十回，也确然有不可埋没的好处。他写司棋之死，写鸳鸯之死，写妙玉的遭劫，写凤姐的死，写袭人的嫁，都是很有精彩的小品文字。最可注意的是这些人都写作悲剧的下场。还有那最重要的"木石前盟"一件公案，高鹗居然忍心害理的教黛玉病死，教宝玉出家，作一个大悲剧的结束，打破中国小说的团圆迷信。这一点悲剧的眼光，不能不令人佩服。

胡适的评价还是比较客观的。特别是后四十回总体上完成了悲剧的结局，是一个了不起的贡献。曾有读者问我，《红楼梦》后四十回与前八十回到底有多大差别？到底该怎样评价后四十回的水平？我回答说：曹雪芹的前八十回是不可思议的，是不可企及的艺术高峰，是艺术的奇迹。前八十回是天才之作，后四十回是高手之作。前八十回与后四十回就是这样的差别与不同。

至于程伟元、高鹗的历史贡献就更大了。高鹗不是后四十回的作者，他与程伟元都是整理者、修订者，是传播《红楼梦》的大功臣。程高本结束了《红楼梦》抄本流传的时代，开创了《红楼梦》刊印本流传的时代，是第一次《红楼梦》的大普及，为《红楼梦》传播做出了历史性的巨大贡献。俞平伯晚年说："胡适、俞平伯是腰斩《红楼梦》的，有罪；程伟元、高鹗是保全《红楼梦》的，有功。大是大非，千秋功罪，难于辞达。"俞老的深刻反思，令人感动、震撼，值得我们深思。

学无止境，关于《红楼梦》后四十回作者的研究还要继续下去，新校本改变了续书作者的署名，是一种学术严谨的表现，是力争恢复历史的真面貌，是为程伟元、高鹗正名。这并不影响学术研究和学术争鸣。研究《红楼梦》后四十回作者：（一）要靠文献的考证；（二）要靠版本的校勘比较研究；（三）要靠内容分析；（四）要靠文笔、笔法、风格的比较研究。如果有一天人们有新的发现，有新的研究成果，能够证明续写后四十回的"无名氏"是谁，这当然是学术之大幸，也是我的衷心期盼。

"红学""曹学"不该分家

我不反对"曹学",我反对把"曹学"看作"红学"以外的一门专学的提法。其实,如果把"红学"当成"曹学",也没有什么问题。"曹学"或"红学"就是关于《红楼梦》研究的学问,如同莎士比亚研究称之为"莎学"一样。但如果把研究《红楼梦》思想艺术等排除在"红学"之外,或者把"曹学"说成是独立于"红学"之外的一门专学,也是不能够成立的。

据台湾著名红学家刘广定先生说,"曹学"一词最早是由顾献樑先生提出的,1963年元月顾献樑先生在台北出的《作品》四卷一期上发表了《"曹学"创建初议》一文。现在人们大谈"曹学",但很少有人提到这位顾先生了。有趣的是,当年顾先生提出创建"曹学",本意上却是要反对"曹学"的,今天我们再看看"曹学"一词的产生,对于我们评价今天的"曹学"是很有意义的。

"曹学"创建初议

——研究曹霑和《石头记》的学问

纪念《红楼梦》作者逝世二百周年

迎以"美"为第一·"文学"为主的"曹学"

送以"真"为第一·"历史"为主的"红学"

……

如果杜甫是"百代诗圣",如果吴道玄(即吴道子)是"百代画圣",那么曹霑便是我们的"百代小说圣"!他的《石头记》(俗名《红楼梦》),在中国小说史上的地位,是极其崇高的,是空前也可能是绝后的!它的艺术总价值超过我们其他五部最出色的长篇小说……

《石头记》……真正算得上一部历久不衰,非常经得起考验的畅销书兼大杰作。记得二十六年前,在上海,有一位出版界的重要领导人估计调查一番之后,曾经下了这样的结论:"全国每年经常最畅销的书有三部:一是黄历,二是基督教的《圣经》,三便是《石头记》。"……至于《石头记》,既不能教一般人怎么过日子,更不会带大家进外国天堂,千言万语只不过是说了一句话:浮生若"梦","梦"即是"幻";毫无功利作用,不但毫无,而且时时刻刻在唱反功名利禄的调子;居然能够深入人心,深入民间,简直是一宗奇迹！似乎神秘，又似乎不可思议，其实只不过是四个字：美感动人！

......

一直等到了王国维（静安）先生写出了《红楼梦评论》，"红学"才可以说是起了大变化，在"猜谜"的"旧红学"（胡适之先生以前）和过"历史癖"的瘾的"考证"的"新红学"（以胡适之先生为代表）之外，关于《石头记》的研究第一次走上了真正的"文艺批评"的康庄大道。从"文艺批评"也就是"文艺史"的立场和观点而论，适之先生所领导的"新红学"尽管有它的价值和贡献，然而只不过是"文学史"和"文艺批评"的"附录"工作，至于胡先生以前的"旧红学"往往连"附录"工作的意义也落空，只可以说是文字游戏罢了。

......

"红学"，不论新旧，差不多都是以"真"为第一，以"历史"为主，根本不重视《石头记》的文艺价值。因此我个人乘这大家生不能再逢的"二百周年"愿意提出：以"曹学"取"红学"而代之。

"曹学"是"研究曹霑和《石头记》的学问"，意思也就好像研究莎士比亚、葛德（俗译"哥德"或"歌德"）、赛尔万蒂斯、檀德（俗译"但丁"）、紫式部……的意思。

......

"曹学"以"美"为第一，以"文学"为主。（转引自冯其庸《曹学叙论》附二，光明日报出版社 1992 年 10 月）

"曹学"竟是这样提出，而此"曹学"竟与今天倡导的"曹学"意思完全相反，真是非常有意思。我对这位顾先生的基本观点是完全赞同的，无论叫"曹学"还是叫"红学"，都应该是研究曹雪芹与《红楼梦》的学问，不能让"曹学""红学"分家。我对当下"曹学"的学科概念，有这样的疑问：

（一）红学与曹学，是一家还是两家？能说红学之外有曹学，曹学之外有红学吗？

（二）曹学的学科概念是什么？能否清晰准确地把曹学概括为一段描述，让大家包括普通的读者一看就能明白。

（三）曹学的目的性是什么？或者说为什么要有"曹学"，从学科的角度看，红学与曹学有什么根本性的区别？

（四）研究曹雪芹及其家世等属于"曹学"，那么研究《红楼梦》版本、脂批、探佚，算是"曹学"还是"红学"？如果也都包含在"曹学"之中了，那么"红学"还有什么，或者说什么是"红学"。

《红楼梦大辞典》"红学"的条目是这样写的：

红学，是指研究《红楼梦》的学问，它包括研究《红楼梦》的思想艺术、艺术价值、创作经验、作者曹雪芹的生平家世,《红楼梦》的版本、探佚、脂评,等等。

《红楼梦大辞典》中也有"曹学"的条目,是这样写的:

> 曹学,这是指研究《红楼梦》作者曹雪芹的一门学问,是红学深入发展以后分离出来的一个新学科。它的研究范围,包括曹雪芹的生平经历、思想文化、家庭遭际以及亲友故旧的情况。

过去没有太注意这两个条目的区别,现在仔细看了看,感觉有些问题。按照"红学"条目的阐释,"曹学"的研究明明是红学范畴内的一个方面,怎么成了一个"红学深入发展以后分离出来的一个新学科"呢?如果说《红楼梦》版本研究、《红楼梦》续书研究、脂批研究等等都"深入发展"了,是不是也可以成为红学"分离出来的一个新学科"呢?回答当然是否定的。任何学科都有自己的规定性,都是一个不断丰富和发展的过程,一个孩子从小到大,他长得再高再大,也还是他,不能说他"深入发展"了,就从张三变成了李四。现在之所以在"红学"之外,又出现了一个"曹学",绝不是因为有关曹雪芹及其家世研究"深入发展"了,才分离出一个新的学科,而是有更深层次的原因。根本的原因，在于对《红楼梦》的认知上，即是把《红楼梦》看作是文学作品，看成是小说，还是看成是作者的"写实自传"。或者说，研究曹雪芹及其家世，研究《红楼梦》版本，研究脂批、探佚，是为了更好地认识《红楼梦》，评价《红楼梦》的价值，还是为了论证《红楼梦》是作者的写实自传，或者说曹家、曹雪芹的事情有哪些进入了《红楼梦》的作品中，也就是为了探寻"本事"。坚持《红楼梦》是小说，坚持认为"红学"就是关于《红楼梦》研究的学问，并不拒绝研究曹雪芹及其家世，并不否认研究曹雪芹及其家世对红学发展的重要性，并不否认研究曹雪芹及其家世是认识《红楼梦》的重要基础。坚持"红学""曹学"是一家，坚持曹雪芹及其家世研究是红学的重要方面，与坚持认为红学之外有曹学，归根到底根本的分歧就在这点上，即认为《红楼梦》是文学作品，研究曹雪芹及其家世是为了更深入地了解《红楼梦》的创作与《红楼梦》的文化内涵与审美价值。与此相反，认为研究曹雪芹及其家世是为了论证《红楼梦》是"写实自传"，是为了探究《红楼梦》是写谁家的事，是为了在《红楼梦》中寻找曹家的生活痕迹或蛛丝马迹。正是因为这样的根本区别，所以才有了"红学""曹学"的分离。

我很赞同北京大学著名红学家周先慎先生的观点，他在《书里和书外——关于曹学与红学的断想》一文中说："我们为什么要研究曹雪芹？因为他写了一部《红楼梦》，要不是写了这部《红楼梦》，谁去研究他？研究他又有什么意义？……研究曹雪芹也就是研究《红楼梦》，或者说得更准确一点，研究曹雪芹是为了研究《红楼梦》。"又说，"照此说来，所谓的'曹学'，原本也姓'红'。……我因此长时间纳闷，既然本来就是一家子，为什么要在'红学'之外，另立一个'曹学'的名目呢？""如果我们不是把《红楼梦》当作小说来研究，更甚至不是真正把《红楼梦》当作研究的目标，而只是在书外作与《红楼梦》实际并不太相干的纯历史的考证；或者更进一步，又拿一些历史材料来和书里的内容作生硬的比附，说小说里所写的谁谁就是历史上真实的谁谁，那就不仅不能对《红楼梦》研究的深入做出贡献，反而会制造混乱，因自己的误入歧途而引领读者也跟着误入歧途。"这些话很直率，也很明白，一看就懂。有人或许不以为意，认为这样的道理还用你告诉我吗？谁不知道因为曹雪芹写了《红楼梦》我才去研究曹雪芹的？可问题是，周先慎先生这里说得明明白白，因为曹雪芹写了《红楼梦》才去研究曹雪芹，而研究曹雪芹又是为了更好地研究《红楼梦》。如果不同意这种观点，那研究曹雪芹又为了什么呢？

　　显而易见，关于什么是"红学"，什么是"曹学"，"红学"与"曹学"是"合二为一"还是"一分为二"，不只是一个"概念"之争，而是对学科的发展具有决定性作用的重大学术问题，关系到学科发展的方向。

"曹学"的出现，当然不是因为余英时先生和周汝昌先生的讨论以后才有的名目，其实在胡适开创"新红学"的时候就有了，不过那个时候的名字叫"红学"，还是姓"红"。胡适的《红楼梦考证》主要是研究作者和本子，这是红学形成并发展的一个重要特点。如果把胡适开创的新红学叫作"曹学"，也未尝不可，但这个曹学是包括"曹雪芹与《红楼梦》研究"的。胡适虽然主张"自传说"，而且对《红楼梦》的成就评价不高，但他并没有把对《红楼梦》的思想艺术人物等等研究，排除在"红学"之外。俞平伯先生也是"新红学"的奠基者之一，他就不排斥《红楼梦》的文学艺术研究，并不认为这不是红学的内容。"红学"的产生乃至于形成，确实起因于作者、家世、版本研究，但不能因为这些起因，就确定"红学"就是这些或主要是这些方面。如果不是因为《红楼梦》，我们会去研究曹雪芹及其家世吗？至于说《红楼梦》版本研究，"版本"就是"文本"，就是《红楼梦》本身。研究《红楼梦》版本，是为了寻找最接近曹雪芹原著面貌的本子，是为了研究《红楼梦》的成书过程或者说是研究《红楼梦》是怎样写成的，是为了研究《红楼梦》流传的历程。探佚，是为了寻找曹雪芹原著丢失或残缺的部分，是为了研究曹雪芹原著的全貌。而研究脂批，是为了更多地了解作者及其家世，了解《红楼梦》的创作，特别是作者的创作思想等等。一句话，所有这些研究都是为了一个目标——《红楼梦》。如果说"曹学"的根本任务,是为了进一步了解作者、了解作者的家世、了解作者家世与文本创作的关系,那么他就是红学的一部分。既然属于红学的一部分,为什么还要分离出一个新的学科——曹学呢?

有人说曹雪芹的身世经历有其特殊性,他们家族的历史有其特殊性。康熙帝和雍正帝的政权交替所给予曹氏家族的打击,则直接构成了曹雪芹写作《红楼梦》的历史契机。由此论证"曹学"的重要性与必要性当然是对的,曹雪芹身世经历的特殊性,可以成为红学一个很重要的方面,但不能成为从红学中分离出来的理由。从学科建设的角度讲,这样的分离既不科学,也不利于学科的发展。

有一种观点认为,中国的小说观念与西方的小说观念是不一样的,中国的小说就是"史"的一部分,故称之为"稗史"。的确,稗史从一个史学概念,转变为一个文学概念,确实反映了古代人对小说的看法。特别是到了明清之际,把小说视为正史之余的概念已根深蒂固,用读史的眼光读小说,已经相当普遍。这当然会对小说创作产生很大的影响。不要说《红楼梦》这样的作者人生经历及其家世与创作有着密切关系的作品,就是与作者身世关系不大的作品,人们也会用读史的眼光去读它。金圣叹就认为"《水浒传》方法,都从《史记》中来",毛宗岗则说"《三国》叙事之佳,直与《史记》仿佛",张竹坡干脆说"《金瓶梅》是一部《史记》"。我们都清楚,这几位评点家的评论,不外乎强调《史记》对小说创作的影响,以及《史记》中的文学性传统与这些小说的内在联系,同时也意在提高小说的地位。但有一点是非常清楚的,他们不会把这些小说看作是像《史记》一样的历史记录。明清小说创作的实践证明,"稗史"一词作为文学概念已经发生了变化,明清小说的文学特征越来越凸显,越来越成熟,没有明清小说的发展和成熟的小说理念,不会产生《红楼梦》这样伟大的文学作品。因此用"稗史"的概念,解释不了《红楼梦》,也不符合明清小说的实际。一句话,你可以用读史的眼光读小说,但小说不等于"史"。

其实在小说中影射现实生活中的人和事,并不是中国人的"特有习惯",西方许多作家也常常"习惯"这样,如巴尔扎克的《人间喜剧·导言》中就说:"法国社会将成为历史学家,我不过是这位历史学家的秘书而已。开列恶癖与德行的清单,搜集激情的主要事实,描绘各种性格,选择社会上主要的事件,结合若干相同的性格上的特点而组成典型,在这样做的时候,我也许能够写出一部史学家忘记的历史,即风俗史。"人们把巴尔扎克称为伟大的现实主义作家,赞叹他无与伦比的文学成就,特别是他笔下一系列栩栩如生的人物形象。人们更赞叹他的《人间喜剧》不仅仅是一部法国上流社会的"风俗史",而且还有大量的生动的生活细节和形象化的历史材料的描写。恩格斯就说过:"甚至在经济的细节方面(如革命以后动产和不动产的重新分配),我学到的东西也要比从当时职业历史学家、经济学家和统计学家那里学到的全部东西还要多。"尽管如此,人们并没有把巴尔扎克的《人间喜剧》看作是巴尔扎克的自传,它是小说,正因为如此,巴尔扎克的《人间喜剧》更伟大。

  总而言之,所谓"红学"与"曹学"关系争论的实质,不是要不要"曹学",而是在于"曹学"的目标是什么?是为了认识《红楼梦》,还是为了认识曹家家史及清史秘闻。如果是为了了解作者的身世对创作的影响,那么就不存在一个独立的"曹学",它只是红学的一个部分。红学,应以"红"为本,这个"红"就是《红楼梦》。

  《红楼梦》当然有其特殊性,红学当然有其特殊性。同样,难道《金瓶梅》没有它的特殊性?《水浒传》《西游记》《三国演义》等等也都有各自的特殊性。但无论怎么特殊,它们都有一个共同点——都是文学作品。从学科的意义上说,研究《红楼梦》与研究《金瓶梅》《水浒传》《西游记》《三国演义》等等古典小说没有什么本质的区别。

  有人说中国人有"知人论世"的理念,"曹学"就是为了"知人"。其实这样解释很勉强,"知人论世"不能成为"红学"与"曹学"分家的理由。"知人"是为了"论世",对于文学经典的阅读与研究而言,"知人"是为了更好地认识作品,阐释价值和意义才是根本的目的。而不是为了

"还原曹家本事",实际上"还原曹家本事"根本做不到,"还原了"也没有什么意义。连一个"大观园"都无法还原,你怎么去通过小说故事去还原曹家本事呢?为什么要还原曹家本事呢?

传神文笔梦中人

天上掉下个林妹妹

——宝黛爱情的心路历程及其悲剧

一

"天上掉下个林妹妹",大家对这句话太熟悉了,但《红楼梦》中并没有这句话。这是二十世纪五十年代末上海越剧院创作演出的越剧《红楼梦》中,宝黛初会时贾宝玉唱词中的一句。当年越剧艺术大师徐玉兰一句"天上掉下个林妹妹",真情的呼唤,感染全场。而随着这部越剧的电影版在全国放映,"天上掉下个林妹妹,似一朵轻云刚出岫",一夜之间唱响大江南北。多少年了,当"天上掉下个林妹妹"一句唱起时,柔美的旋律,深情的呼唤,仍拨动着人们的心弦,让多少人的心绪无法平静。

为什么越剧《红楼梦》有这样大的影响力,六十多年来经久不衰?为什么二百多年前的宝黛爱情及其悲剧故事至今还有那么大的震撼力？这就是本文要讲的话题，与大家一起探寻《红楼梦》中宝黛爱情的心路历程及其悲剧。

越剧《红楼梦》是以宝黛爱情为主线的，也有很多人认为宝黛爱情就是《红楼梦》的主线，尽管我不赞同这样的观点，因为《红楼梦》的内容太丰富了。我们读《红楼梦》会发现其实是有两条线索推动故事情节发展的，一条是家族衰落的线索，主要代表人物是贾母、王熙凤、贾政、贾赦等；一条是以宝黛钗为代表的一群青年男女的悲剧，包括爱情悲剧、婚姻悲剧、人生悲剧等。《红楼梦》中的许多重要情节其实与宝黛爱情没关系，诸如茗烟大闹学堂、王熙凤毒设相思局、王熙凤料理宁国府、王熙凤弄权铁槛寺、秦可卿之死、元妃省亲、红楼二尤的故事、抄检大观园等等。除了开篇的神话故事、第八回"比通灵金莺微露意，探宝钗黛玉半含酸"的情节外，宝黛爱情故事主要集中在第十九回至第三十六回，仅占《红楼梦》全书篇幅的十之二三。但为什么人们都认为宝黛爱情是《红楼梦》的主线呢？就是因为宝黛爱情及其悲剧是《红楼梦》中最动人心魄的故事。

说起贾宝玉、林黛玉，说起宝黛爱情及其悲剧，人们都会想到这样一些字词：率真、美丽、爱怜、痴情、眼泪、伤感……特别是林黛玉更是使多少人梦绕魂牵。她的美丽、灵慧、纯情，她的眼泪，她的超凡脱俗，她的悲剧命运……乃至她的病态，在她的崇拜者心中，无不被认为是一种美。她最后凄惨地死去，更是使人们伤感！著名红学家蒋和森先生在《林黛玉赞》中说："你是眼泪的化身，你是多愁的别名！"说出多少人的心声。

宝黛爱情感人至深，但我们是否能真正认识和理解宝黛爱情的真谛呢？据说一个外国朋友看了《红楼梦》以后不解地问，宝玉黛玉那么相爱，可是怎么我们看到他们的眼泪与争吵比甜蜜的谈情说爱还要多？还有的外国朋友不解地问：宝玉黛玉那么相爱，他俩为什么不跑（私奔）呢？这都是非常喜欢《红楼梦》，又没有看懂宝黛爱情的外国人。可我们中国的读者又有多少看懂了宝黛爱情呢？

"问世间，情是何物，直教生死相许？"（元好问《摸鱼儿》）元好问之"问"，令多少人为之震撼，为之动容，为之"生死相许"。的确，在人们的感情生活中，爱情是最为令人神往的精神生活，是甜蜜的回忆，是回味无穷的异性相吸。可为什么甜蜜的爱情却又常常伴随着苦恼，爱情是那样明明白白可又常常说不明白！曹雪芹无疑是描写爱情的高手，在《红楼梦》中他把宝黛之真情、爱情描摹得淋漓尽致，死去活来，演绎出传神千古的爱情绝唱。

在《红楼梦》中，宝黛爱情并不是一帆风顺的，它和许多恋爱历程一样，经历了情感交流、试探、交心、放心的心路历程，经历了不同的恋爱阶段，伴随着甜蜜、误会、眼泪、争吵等等。这其实是任何一个爱恋历程都会有的必然阶段,只不过宝黛爱情的心路历程似乎更加曲折、更加细腻、更加感人至深。

为什么说是"天上掉下来"的呢?原来,林黛玉的前生就是一个仙女,宝黛原本就是一对神仙伴侣。《红楼梦》第一回讲了两个神话故事,一个是顽石的故事,一个是还泪的故事。顽石的故事是交代《红楼梦》一书的来历,还泪的故事讲的就是宝玉、黛玉的前身,宝黛爱情的起源、奇缘,即木石前盟。这个故事说的是在西方灵河岸上三生石畔有棵绛珠仙草,时有赤瑕宫神瑛侍者日以甘露灌溉,这绛珠仙草得到甘露灌溉,遂脱却了草木之胎,修成一个漂亮的仙女。后来神瑛侍者要下凡到尘世间,绛珠仙草说,既然他要下世为人,我也同去走一遭,我并没有甘露还他,但把我一生的眼泪还他,因此就演绎出一段"木石前盟"的还泪故事。作者曹雪芹构思的"还泪"故事,真是奇思妙想,令人叹为观止。

大家还记得宝玉黛玉初会时的情景吗?黛玉一见宝玉,她心里嘀咕道:"好生奇怪,倒像在那里见过一般,何等眼熟到如此!"宝玉的感觉呢?"这个妹妹我曾见过的"。二玉真是有缘,这种一见如故、一见钟情、一见倾心的爱情,如此美妙,即是暗示宝黛之"缘"是前世的木石前盟。而一见倾心的爱情,又何尝不是人世间爱情常见的情景。爱情的奇妙性就在于一个"情"字,一个"缘"字。世间"缘"

是何物，似乎是冥冥之中的一种命运安排，两个异性相见，一眼看中，一见钟情，这就是缘分。真正的爱情，就是有缘的。

我把宝黛爱情的心路历程大致划分为三个阶段：第一个阶段，彼此爱恋，彼此交心，不断地试探，最后相互得到了爱的真谛，心心相印；第二个阶段，得到了爱情，却失去了婚姻；第三个阶段，生离死别，黛玉泪尽而逝，宝玉悬崖撒手出家了。这只是一个大致的划分，大家印象深的故事，大都发生在第一阶段。

我们上面提到宝黛初会，开启了宝黛爱情心路历程的第一个阶段：开始是他们甜甜蜜蜜、青梅竹马、言和意顺、略无参商的美好时期。

但这种美好的时期没有多久，就发生变化了，因为"宝钗来了"。

> 不想如今忽然来了一个薛宝钗，年岁虽大不多，然品格端方，容貌丰美，人多谓黛玉所不及。而且宝钗行为豁达，随分从时，不比黛玉孤高自许，目下无尘，故比黛玉大得下人之心。便是那些小丫头子们，亦多喜与宝钗去顽。因此黛玉心中便有些悒郁不忿之意，宝钗却浑然不觉。（第五回）

不仅如此，更要命的是，这位条件与黛玉不相上下的宝姑娘有一个金锁，是一个和尚送的。宝玉有一块通灵宝玉，上面刻着"莫失莫忘，仙寿恒昌"。宝钗的金锁上也有两句话"不离不弃，芳龄永继"。宝钗的丫鬟莺儿特意说道："我听这两句话，倒像和姑娘的项圈上的两句话是一对儿。"连宝玉都说："姐姐这八个字倒真与我的是一对。"宝钗的妈妈薛姨妈也说，和尚说了，宝钗要找一个有玉的才能婚配，这就是金玉姻缘。

在《红楼梦》的人物中，脖子上挂着特殊饰物的有三个人，即贾宝玉挂通灵宝玉、薛宝钗挂金锁，还有史湘云挂金麒麟。以往人们批评薛宝钗说得最多的，就是认为宝钗的金锁是薛姨妈伪造的，就是为了与宝玉的婚姻而编造出来的谎话。还说薛宝钗明明是为了选秀而来的，为什么到了贾府就不走了呢，是不是存心不良，就是为了与林黛玉争宝二奶奶的位子呢？这样的看法对吗？薛姨妈确实说过，宝钗的金锁是个和尚给的，等日后找个有玉的方可结为婚姻。宝钗的丫鬟莺儿也说那是个癞头和尚送的。如果我们不信薛姨妈的话，硬说金锁是伪造的，那么湘云的金麒麟是不是伪造的？宝玉的通灵宝玉更该是伪造的，谁见过生下来的孩子口里含着一块石头的？小说中说薛宝钗的金锁没有什么可怀疑的。宝钗的冷香丸不就是癞头和尚开出的"海上方"吗！张道士不是也送给宝玉一个金麒麟吗！无论是宝玉的通灵宝玉，还是宝钗的金锁，都是小说的特别交代，都是一种象征的写法，它原本是为了"木石前盟"与"金玉姻缘"的对立而设计的，作者都是深有寓意的。明明宝黛爱情是神仙伴侣，但在人世间和尚又偏偏给宝钗送来金锁，还声称要找有玉的才能婚配，这无疑等于宣告宝黛的爱情只能是前世的姻缘，在尘世中、在现实生活中，这种纯洁的爱情是不可能实现的。宝黛爱情最终走向悲剧，无疑是对那个社会、那个贵族家庭的声讨与批判。

的确，就是因为宝钗有了这么个金锁，又有"等日后有玉的方可结为婚姻"的话，没少让黛玉担心，宝玉黛玉两个情人也为此闹了不少矛盾。但我认为在《红楼梦》的实际描写中，宝钗并没有成为黛玉的情敌，她在主观上没有处心积虑与黛玉争夺宝玉。恰恰相反，因为有了这个金锁，倒让宝钗总远着宝玉。一次，元春赐给大家礼物，独宝玉和宝钗的东西是一样的。因为有"金""玉"的说法，使得宝钗"心里越发没意思起来"。这里面有两层意思值得大家阅读时深思，一是元春的礼物，为什么偏偏宝玉和宝钗是一样的，而不是与黛玉的一样，这是否暗寓着元春对"金玉姻缘"的态度呢，是不是暗示着王夫人的态度呢？这其中确实很有深意，曹雪芹的《红楼梦》常常就是这样，一笔多用，一笔多义，很值得琢磨。另一层意思就是宝钗的态度，她并没有得意忘形，反倒是"越发没意思起来"，这当然是宝钗的态度，很值得人们玩味。还有一次，宝玉挨打后，宝钗疑心与薛蟠有关系，薛蟠急了不知轻重地说："好妹妹，你不用和我闹，我早知道你的心了。从先妈和我说，你这金要拣有玉的才可正配，你留了心，见宝玉有那劳什骨子，你自然如今行动护着他。"这话说出，不仅把薛姨妈气得浑身乱战，宝钗整整哭了一夜，就是呆霸王薛蟠自己都意识到"冒撞了"。很显然，虽然薛姨妈说过"这金要拣有玉的才可正配"的话，但这是癞头和尚说的，并不是薛姨妈编造的。而宝钗与宝玉并没有那么深的感情，宝玉也不是她心目中理想的丈夫，对宝钗来说"金玉"未必是"良缘"，所以也就没有必要去伪造什么金锁了。

二

我们前面说过，无论是木石前盟还是金玉姻缘，都是象征的艺术设计，是为了凸现情与理的对立。木石前盟是前世的缘，在尘世是不可能实现的。木石前盟的毁灭不是薛宝钗造成的，而是那个封建社会和封建的贵族家庭造成的。如果仅仅看成是宝钗的奸诈行为，那样未免太肤浅了，更何况金玉姻缘最后也是悲剧。

尽管如此，金玉姻缘仍是横在黛玉心头的一大障碍，是宝黛爱情心路历程中的一大心魔。常常令黛玉心酸、担忧，也常常令宝玉苦恼、心烦。

《红楼梦》第十九回"情切切良宵花解语,意绵绵静日玉生香",是宝黛之间少有的"甜蜜"时刻。说的是这一天宝玉去看黛玉,黛玉在睡觉,让他别处玩去。宝玉说:"见了别人就怪腻的。"硬要和黛玉躺在一起,黛玉笑道:"真真你就是我命中的'天魔星'。"听听这话,真是亲密无间,意味深长。即使是在这种气氛中,黛玉还是忘不了横在心头的"金玉姻缘"。她对宝玉说:"蠢才,蠢才!你有玉,人家就有金来配你;人家有'冷香',你就没有'暖香'去配?"后来宝玉就胡说八道,讲了小耗子精的故事,说的是要过年了,要熬腊八粥,小耗子要去偷香芋,但这个小耗子极小极弱,老耗子认为它不行,小耗子说:"我虽年小身弱,却是法术无边,口齿伶俐,机谋深远。"说它只要变成一个香芋,混在香芋堆里,可以用分身法搬运。结果它没有变成一个香芋,却变成一个美貌的小姐,众耗子说变错了,这个小耗子说:"我说你们没见世面,只认得这果子是香芋,却不知盐课林老爷的小姐才是真正的香玉呢。"甜甜蜜蜜的时刻,小耗子精的故事,一是表现出二玉的亲密;二是表现出宝玉对黛玉的关心,怕黛玉睡出病来,所以要逗一逗她;三是表现出宝玉的不务正业,四书五经他不爱读,肚子里却有这么些怪诞的故事。正如贾政训斥的那样:"他到底念了些什么书!倒念了些流言混语在肚子里,学了些精致的淘气。"

《红楼梦》第二十回史湘云来了,因宝玉在薛宝钗那里玩引起黛玉的不高兴,两人闹别扭时,宝钗来了,说"史大妹妹等你呢",又把宝玉推走了。结果宝黛的矛盾升级了,先是黛玉"抽抽噎噎的哭个不住",自然还是宝玉一个劲地赔不是,宝玉的一番话进一步表明了他与黛玉的关系与别人是不同的,他说:"你这么个明白人,难道连'亲不间疏,先不僭后'也不知道?我虽糊涂,却明白这两句话。头一件,咱们是姑舅姊妹,宝姐姐是两姨姊妹,论亲戚,他比你疏。第二件,你先来,咱们两个一桌吃,一床睡,长的这么大了,他是才来的,岂有个为他疏你的?"林黛玉啐道:"我难道为叫你疏他?我成了个什么人了呢!我为的是我的心。"宝玉道:"我也为的是我的心,难道你就知你的心,不知我的心不成?"林黛玉听了,低头一语不发。在宝黛爱情的心路历程中,二玉第一次明确了"我为的是我的心",这就是爱情的升华,也是爱情的真谛。

在宝黛爱情的心路历程中,第二十三回"西厢记妙词通戏语,牡丹亭艳曲警芳心",即宝黛二人共读西厢,是彼此爱情发展的一个重要标志,贾宝玉通过《西厢记》的戏词"我就是个'多愁多病身',你就是那'倾国倾城貌'",明确地表达了他对爱的追求。不仅如此,林黛玉更是受到《西厢记》的影响。黛玉听到小戏子唱道:"原来姹紫嫣红开遍，似这般都付与断井颓垣。"林黛玉不仅十分感慨缠绵。又听到"良辰美景奈何天，赏心乐事谁家院"，不禁心动神摇，如醉如痴。这些都深深地打动了黛玉的心。

虽然宝黛两个人都意识到爱恋的真谛，都在交心，但是此时此刻他们对爱情的理解还没有到刻骨铭心的程度，常常是"不放心"，尤其是林黛玉对贾宝玉常常不放心。让黛玉不放心有两个原因，一是在贾宝玉、林黛玉生活的时代和环境，决定男女青年爱情婚姻的不是情感、自由，而是"父母之命，媒妁之言"。林黛玉是孤儿，她来到贾府后和宝玉建立起深深的感情，但没有"父母之命，媒妁之言"，他们的爱情是不会有结果的。所以，林黛玉把全部的希望寄托在贾母和贾宝玉的身上，她希望贾母能为她做主，她希望能得到宝玉的"心"，从而令她"放心"。二是贾宝玉又是一个"爱博而心劳"的公子哥儿，他的身边最不缺少漂亮的姐姐妹妹，这怎么能让黛玉对宝玉放心呢？

《红楼梦》第二十九回"享福人福深还祷福，痴情女情重愈斟情"，主要讲了两件事，一是清虚观打醮，二是宝玉黛玉吵架。这一回可以说是宝黛爱情心路历程的一个转折点，因为这一次是宝黛吵架最厉害的一次，动静最大，甚至惊动了贾母。而且这也是宝黛最后一次吵架。而要读懂第二十九回宝黛这一次吵架，一定要注意宝黛爱情这一段的发展脉络。特别是第二十六回黛玉去怡红院，晴雯没有给开门，黛玉错疑在宝玉身上，随后引出第二十七回的黛玉葬花。到第二十八回，宝玉在山坡上听到黛玉吟到"侬今葬花人笑痴，他年葬侬知是谁""一朝春尽红颜老，花落人亡两不知"等句，不觉恸倒山坡之上，引起共鸣，想到黛玉、宝钗、香菱、袭人等众多女儿终归无可寻觅之时，不免悲从中来。而后，对黛玉说出一段肺腑之言："如今谁承望姑娘人大心大，不把我放在眼里，倒把外四路的什么宝姐姐凤姐姐的放在心坎上……"宝黛的心似乎贴得更近了，然而因元春赏赐端午节的节礼，宝玉与宝钗的一样，这件事又惹得林黛玉不高兴，说："我没这么大福禁受，比不得宝姑娘，什么金什么玉的，我们不过是草木之人！"这些其实都是宝玉黛玉之间的不断试探，是"心"的交流，"主题词"是"放心"与"不放心"。

三

看第二十九回，开头的一小段不要忽略了：

> 话说宝玉正自发怔，不想黛玉将手帕子甩了来，正碰在眼睛上，倒唬了一跳，问是谁。林黛玉摇着头儿笑道："不敢，是我失了手。因为宝姐姐要看呆雁，我比给他看，不想失了手。"宝玉揉着眼睛，待要说什么，

又不好说的。

这开头一段，上接第二十八回情节，说的是宝玉要看宝钗的红麝串子，结果看见了宝钗"雪白一段酥臂"，忽然想起"金玉"一事来，"再看看宝钗形容，只见脸若银盆，眼似水杏，唇不点而红，眉不画而翠，比林黛玉另具一种妩媚风流，不觉就呆了"。一个小伙子，看到一位美丽姑娘，有一点心理活动，实在是很正常，不算什么。糟糕的是，宝玉看到宝钗"雪白一段酥臂"发呆了，这就有点不太好了。更糟糕的是就在他呆了的时候，恰恰被林黛玉看见了，"只见林黛玉蹬着门槛子，嘴里咬着手帕子笑呢"。宝玉的糟糕还不仅仅在于发呆时被林黛玉看到了，更在于就在发呆之前，他还对林黛玉发誓说："我心里的事也难对你说，日后自然明白。除了老太太、老爷、太太这三个人，第四个就是妹妹了。"林黛玉怎么回答的呢，她说得很有趣："你也不用说誓，我很知道你心里有'妹妹'，但只是见了'姐姐'，就把'妹妹'忘了。"这个林黛玉简直太了解贾宝玉了，料事如神，果不其然，林黛玉转身离开没多长时间，贾宝玉见到宝钗"雪白一段酥臂"后就呆了，还被黛玉抓了个"现行"。接着就是第二十九回开头时的这段情景，黛玉甩帕子，碰了宝玉的眼睛。当然，说宝玉"见了'姐姐'，就把'妹妹'忘了"，也不完全是那样。你看，宝玉见到宝钗

"雪白一段酥臂"后，虽生羡慕之心，但他心里想的是什么呢？他想："这个膀子要长在林妹妹身上，或者还得摸一摸，偏生长在他身上。"可见"妹妹"还在他心里，他和"妹妹"的关系还是比"姐姐"亲，宝玉并没有忘了"妹妹"。

我们仔细地体味这一段描写，曹雪芹真是写人写情的大师，短短几句话他就能把人物的性格和微妙的心理活动写得惟妙惟肖，一个小伙子见到一个漂亮的姑娘，特别是见到这个漂亮的姑娘雪白一段酥臂，有一点"活思想""心理活动"是非常真实非常正常的，这样的描写并不会引导人们有什么下作的念头，而是鲜活生动地表现出宝玉的可笑可爱，表现出宝玉的率真与真情。我们真是佩服曹雪芹的神来之笔，把一个贾宝玉写得如此活灵活现，明明写宝玉是"见了姐姐忘了妹妹"，其结果却又是告诉你，宝玉他真的没忘妹妹。

第二十九回开头这一段，既承接了前一回的情节，又开启了这一回的故事，而且是一个伏笔。看这几行字中有两点应该注意，一是黛玉的手帕；二是黛玉把宝玉比作"呆雁"。手帕，从来都是传情、定情的信物，这在《红楼梦》中也有描写，比如宝玉挨打之后送给黛玉两块旧手帕，书中写道："这里林黛玉体贴出手帕子的意思来，不觉神魂驰荡。"随后就有了黛玉写的"眼空蓄泪泪空垂，暗洒闲抛却为谁？

尺幅鲛绡劳解赠，叫人焉得不伤悲"等三首题帕诗（第三十四回）。还有，黛玉一回一回的哭，离不开手帕，甚至宝玉哭鼻子也是黛玉递给他手帕，总归宝玉黛玉是离不开手帕了。不过第二十九回开头描写黛玉手中的手帕，既不是定情物，也不是擦眼泪，而是黛玉甩了手帕，碰了宝玉的眼睛上，甩了不知擦了自己多少回眼泪的手帕子，碰了自己深爱着的贾宝玉的眼睛，而此时自己深爱着的人正盯着另一个女人"雪白一段酥臂"和娇美的脸庞，而且还是"呆了"，你说这个手帕碰眼睛的细节，是不是耐人寻味，意味深长，真是妙不可言。黛玉甩手帕，既是表示对宝玉的不满，又是对宝玉的提醒。看来黛玉手中的手帕还有提醒宝玉别犯错误的功能。黛玉说宝玉是"呆雁"，也是一语双关，除了形容打趣宝玉看见宝钗雪白酥臂后的呆相外，又为宝玉的"呆病"而担心。因此这开头的一小段文字，为第二十九回的宝黛吵架作了铺垫。正是因为宝玉像一个"呆雁"，有见了姐姐忘了妹妹的毛病，才使得林黛玉常常不放心，常闹误会，接着就是哭鼻子吵架。所以开头这一段几行字，也要"细读"。

现在我们该讲一讲这一回的下半部分"痴情女情重愈斟情"了。清虚观打醮后，就是宝黛吵架，清虚观打醮其实是为宝黛吵架做铺垫的，而宝黛吵架才是这一回的重头戏。

在《红楼梦》中，宝玉黛玉吵架，往往都是因为黛玉的不高兴引起的，不过第二十九回的吵架，却不是黛玉挑起的，而是宝玉发的难。宝黛吵架起因是张道士提亲。书中写道："那贾母因昨日张道士提起宝玉说亲的事来，谁知宝玉一日心中不自在，回家来生气，嗔着张道士与他说了亲，口口声声说，从今以后不再见张道士了，别人也并不知为什么原故。"这里说的"别人也并不知为什么原故"中的"别人"，是否包括贾母、林黛玉很难说，只不过对其中的"什么原故"的理解，可能有些问题，宝黛有误会了，所以才导致了吵架。而吵架前并没有什么预兆，说的是宝玉听说黛玉中暑了，不放心，不时来问。黛玉呢，又怕宝玉有个好歹，对他说："你只管看你的戏去，在家里作什么？"这明明是一句关心宝玉的话，不想宝玉本来就因为张道士提亲事，心里不高兴，心里想道："别人不知道我的心还可恕，连他也奚落起我来。"宝玉因心情不好，把黛玉的关心听成了"奚落"，想歪了，于是沉着脸对黛玉说："我白认得了你，罢了，罢了！"结果一场吵架不可避免，又引出了什么"金"啊"玉"啊。

黛玉不说"金"啊"玉"啊还好，一说"金"啊"玉"啊，就如同点燃了宝玉的"火药筒"，惹得宝玉更不高兴了，又一次说出天诛地灭的话来，宝玉说："昨儿还为这个赌了几回咒，今儿你到底又准我一句。我便天诛地灭，你又有什么益处？""昨儿"赌咒是怎么回事，就是因为元春赐端午的节礼，宝玉和宝钗的一样，黛玉很不高兴，宝玉赌了咒，说了一回"天诛地灭"了。

表面上看，两个人都想歪了，彼此误会了，而根子还是在"金玉姻缘"与"木石前盟"的矛盾上，吵架不过是在试探彼此的"心"。书中写道："原来那宝玉自幼生成有一种下流痴病，况从幼时和黛玉耳鬓厮磨，心情相对；及如今稍明时事，又看了那些邪书僻传，凡远亲近友之家所见的那些闺英闱秀，皆未有稍及林黛玉者，所以早存了一段心事，只不好说出来，故每每或喜或怒，变尽法子暗中试探。那林黛玉偏生也是个有些痴病的，也每用假情试探。因你也将真心真意瞒了起来，只用假意，我也将真心真意瞒了起来，只用假意。如此两假相逢，终有一真。其间琐琐碎碎，难保不有口角之争。"可见，宝黛的口角之争，都是在试探彼此的心，试探的过程，也就是宝黛爱情的心路历程。

不错，宝黛爱情总是伴随着吵架和眼泪，也正是伴随着吵架和眼泪在不断地发展着。著名红学家蒋和森先生在《林黛玉赞》一文中说黛玉："爱情，成了你生活中的太阳。它给你幽暗的内心带来了光和热。——可是，又有什么比爱情给你带来更多的不幸和痛苦。"蒋和森先生说得真好。

有人说，黛玉为什么老是找宝玉的不是，有点小性子，这是对林黛玉的了解不够所至。林黛玉性格的最动人之处，就在于她对爱情的执着追求，就在于她对爱情的"真"和

"痴",也就是第二十九回回目中所说的她是一个"痴情女"。对爱情是痴情和执着,爱情就是她生命的全部,所以宝黛爱情是那样的感天动地,成为千古绝唱。黛玉在追求"木石前盟"的过程中,又深感木石前盟没有凭借和依托,而"金玉姻缘"的阴影无时不在眼前晃动,使她时时感到忧虑和担心。黛玉对"金玉"的话题是相当敏感的,然"金玉"二字却常常出于她的口中,她为什么是这样的表现,一是深感"金玉"的威胁,她是草木之人,孤苦伶仃,没有父母做主。二是(主要意图)对宝玉进行试探,宝玉越是辩解,她越是疑心宝玉存有"金玉"之念,越要进行试探。黛玉把全部爱情都倾注在宝玉身上,她也要求宝玉的全部爱情。她说:"我为的是我的心。"宝玉也说:"难道你就知道你的心,不知我的心不成。"二人在不断的吵架、流泪、试探中,加深感情,加深了解,从而达到心心相印和心灵的默契。

这一回最后贾母的一番话,也是意味深长的,值得好好琢磨。贾母:"我这老冤家是那世里的孽障,偏生遇见了这么两个不省事的小冤家,没有一天不叫我操心。真是俗语说的,'不是冤家不聚头'。几时我闭了这眼,断了这口气,凭着这两个冤家闹上天去,我眼不见心不烦,也就罢了。偏又不咽这口气。"自己抱怨着也哭了。这话传入宝黛二人耳内,原来他二人竟是从未听见过"不是冤家不聚头"这句俗语，如今忽然得了这句话，好似参禅的一般，都低头细嚼此话的滋味，都不觉潸然泪下。虽不曾会面，然一个在潇湘馆临风洒泪，一个在怡红院对月长吁，人居两地，情发一心。贾母的一番话以及宝黛细嚼此番话后的反应，真是意味深长。

贾母的哭，既表现出她对宝黛的感情之深，又表现出她对宝黛的担忧和关心。"不是冤家不聚头"，几乎是对宝黛爱情的认可，这是一次关于宝黛爱情的"声明"啊。但这一段话中，则隐寓着这样的结果：贾母活着，宝黛爱情还能得到保护。贾母死了，宝黛爱情必然走向悲剧，不幸的是这恰恰就是宝黛爱情的最后结局。

但在第二十九回，经历了这一次吵架，宝黛彼此的心靠得更近了，从此他们再也没有为"金玉"之说吵架。宝黛的爱情之旅，经历了痛并快乐的历程，进入了一个彼此"放心"的新阶段。

四

黛玉痴爱着宝玉，宝玉对黛玉也是一往情深。尽管如此，宝钗有金锁，湘云有金麒麟，这仍然是林黛玉的心病，因此她对宝玉与宝钗、湘云之间的关系，是十分敏感的。《红楼梦》第三十二回就写到这样一件事，一次湘云去怡红院看宝玉，黛玉不放心，竟悄悄跟着来到宝玉的住处：

> 原来林黛玉知道史湘云在这里，宝玉又赶来，一定说麒麟的原故。因此心下忖度着，近日宝玉弄来的外传野史，多半才子佳人都因小巧玩物上撮合，或有鸳鸯，或有凤凰，或玉环金珮，或鲛帕鸾绦，皆由小物而遂终身。今忽见宝玉亦有麒麟，便恐借此生隙，同史湘云也做出那些风流佳事来。因而悄悄走来，见机行事，以察二人之意。

这件事清楚地表明，黛玉深感到湘云与宝玉之间的密切关系，对她与宝玉的爱情构成了威胁，所以她才不放心，要"见机行事，以察二人之意"。黛玉对湘云的态度是这样，对宝钗更是如此，为了什么"金"啊、什么"玉"啊，宝玉黛玉之间不知拌了多少次口角。在爱情的问题上，黛玉是很在意宝钗、湘云的存在的。恩格斯说："性爱按其本性来说就是排他的。"黛玉既然深爱着宝玉，她本能地防备"第三者插足"，其心态是可以理解的。在这里，黛玉的"嫉妒"是一种自然而正常的情绪，是"由于意识到可能失去亲爱的人而感到潜在的忧虑，渴望亲密的关系永远圆满"（瓦西列夫《情爱论》）。这种"嫉妒"无疑是爱情的一个组成部分。不过，黛玉并非对所有与宝玉关系密切的女孩都是这种态度，比如她对袭人与宝玉之间的关系就很放心。黛玉不嫉妒袭人。

袭人与宝玉之间非同一般的关系，在贾府中并不是一个秘密。第六回"贾宝玉初试云雨情"之后，宝玉与袭人的关系进入了一个极为亲密的阶段，自此宝玉视袭人更比别个不同。袭人待宝玉也更为尽心。袭人虽然身份还是丫鬟，但阖府上下都清楚她这个丫鬟同姨娘也差不多了。到第三十六回，王夫人则公开将袭人的月例从一两银子提高到"二两银子一吊钱"，并指示王熙凤："以后凡事有赵姨娘周姨娘的，也有袭人的。"这实际上等于确认了袭人的姨娘身份，只等着开了脸，明放在屋里了。王夫人选择袭人做宝玉的妾，在爱情问题上一向敏感的林黛玉态度又如何呢？我们竟然看到她与湘云、宝钗一样，十分平静地接受了这个事实，不仅毫不在意，还与湘云一起去向袭人道喜。书中第三十一回还写到这样一件事，一次宝玉与晴雯拌嘴斗气，闹的结果是晴雯、袭人都哭了，正好这时林黛玉走来：

林黛玉笑道："大节下怎么好好的哭起来？难道是为争粽子吃争恼了不成？"宝玉和袭人嗤的一笑。黛玉道："二哥哥不告诉我，我问你就知道了。"一面说，一面拍着袭人的肩，笑道："好嫂子，你告诉我。必定是你两个拌了嘴了。告诉妹妹，替你们和劝和劝。"袭人推他道：“林姑娘你闹什么？我们一个丫头，姑娘只是混说。"黛玉笑道：“你说你是丫头，我只拿你当嫂子待。"

对这一段情节，过去有人曾认为这是林黛玉在讽刺挖苦花袭人，这实在是误读了《红楼梦》，误解了林黛玉。在这里林黛玉虽然是跟袭人开玩笑，但却是善良的，这与她防备宝钗、湘云的心情是完全不相同的。通过这个善意的玩笑，可以看出林黛玉是知道宝玉与袭人的特殊关系的，也认可袭人将来做宝玉屋里人这件事。后来她听到王夫人给袭人提高了月例，享受赵姨娘周姨娘一样的待遇，去向袭人道喜，也证明了黛玉并不嫉妒袭人。人们或许要问，既然爱情是"排他"的，从某种意义上，嫉妒甚至是衡量爱情的尺度，那么林黛玉为什么不嫉妒袭人呢？这就不能不谈到中国封建社会的妻妾制度，也就是人们常谈到的一夫多妻制。

在中国封建社会，一个男人除娶一个正妻外还可以纳妾，这是合乎封建宗法制度的。在贾府中所有的男主人都有妾，少的两个，多则三四个不止。如贾政有赵姨娘、周姨娘，贾赦更是"左一个右一个的放在屋里"。贾琏有平儿（"通房丫头"也是妾），后来贾赦又赏给他一个秋桐。薛蟠先是买了香菱开了脸，后来又收了宝蟾。贾宝玉也不例外，虽然他尚未到娶妻纳妾的年龄，但贾母、王夫人、贾政也都有了考虑和安排。如第六回宝玉与袭人"初试云雨情"时，袭人的心理活动是"素知贾母已将自己与了宝玉的，今便如此，亦不为越礼"。这透露出贾母当初把袭人放到宝玉身边服侍，就有了将来给宝玉做妾的打算。第七十八回，贾母对王夫人说，她原来把晴雯派给宝玉，是打算"将来还可以给宝玉使唤的"，指的也是做妾。贾政对赵姨娘也曾提到："我已经看中了两个丫头，一个给宝玉，一个给环儿。只是年纪还小，又怕他们误了书，所以再等一二年。"（第七十二回）贾政看中了哪两个丫头我们无法知道，但他也考虑为宝玉纳妾的意思是十分明确的。

男人要娶小老婆，做正妻的是不能公然反对的，否则就会被视为不贤惠。比如被贾琏骂为"夜叉婆""醋罐子"的王熙凤，尽管背地里对贾琏偷娶尤二姐恨得要死，但表面又不得不装出一副高兴的样子，一再向尤二姐表白自己不是那等嫉妒之妇。她大闹宁国府，指责贾珍尤氏："你尤家的丫头没人要了，偷着只往贾家送！"指责的理由也只在于娶尤二姐不该偷娶，更不该在国孝家孝两重在身的时候"违旨背亲"娶妾。她向尤氏哭闹说："给你兄弟娶亲我不恼。为什么使他违旨背亲，将混帐名儿给我背着？……再者咱们只过去见了老太太、太太和众族人，大家公议了，我既不贤良，又不容丈夫娶亲买妾，只给我一纸休书，我即刻就走。"闹归闹，骂归骂，她却不愿背"不容丈夫娶亲买妾"

不贤良的名声。做妻子的不仅不能反对丈夫娶妾，有时还要主动地为丈夫纳妾，以博取贤惠之名。如邢夫人替贾赦讨贾母的大丫鬟鸳鸯，当凤姐劝她别碰这个钉子去时，邢夫人却说："大家子三房四妾的也多，偏咱们就使不得？"后来邢夫人真的碰了钉子，不是说她不该替丈夫纳妾，而是贾母离不开鸳鸯，贾母指责说："我通共剩了这么一个可靠的人，他们还要来算计！"问题就在这里。贾母后来挖苦邢夫人："我听见你替你老爷说媒来了。你倒也三从四德，只是这贤慧也太过了！"虽然说邢夫人"贤慧也太过了"，但替老爷说媒讨小老婆在那个时代也确实被人认为是一种贤惠的表现。也正因为纳妾是合法的，是那个时代的习尚，而生活在贾府的林黛玉也不可能摆脱这种观念，她并不反对一夫多妻，所以她不嫉妒袭人。这不是林黛玉反封建不彻底，这是那个时代家庭生活的真实反映。

黛玉之所以很在意宝钗、湘云与宝玉的关系，不嫉妒袭人，还有一个重要原因就在于妻妾的身份地位是主奴之分，娶嫡妻与娶妾不是一回事。正妻只能有一个，如果薛宝钗或史湘云与贾宝玉建立了爱情关系，那将会对林黛玉构成极大的威胁，这是封建贵族小姐林黛玉无法接受的。而妾的情况则不同，男主人不管娶三房四房妾，妾仍是正妻的奴仆，从宗法制度上讲并不构成对正妻地位的威胁，即是说在爱情婚姻上，袭人并不是一个可以与林黛玉争夺贾宝玉的对手，这

清 改琦 《红楼梦图咏》之《黛玉》

解味红楼:
曹雪芹的旧梦与悲歌

是由于妾本身的地位所决定的。林黛玉不仅不嫉妒袭人，对其他与贾宝玉关系密切的丫鬟也是这种态度。如第七十八回贾宝玉撰《芙蓉诔》祭晴雯，祭文中有"红绡帐里，公子多情"等句，黛玉听了并不生气，还称赞"这一联意思却好"，只是认为"红绡帐里"未免熟滥些，建议宝玉改为"茜纱窗下，公子多情"。当然这里的修改隐喻了林黛玉的命运，但从林黛玉来说，她并不在意宝玉表达对晴雯的亲密情感。这与不嫉妒袭人是一个道理。

宝黛的爱情是真挚的，尽管我们说他们建立在思想一致基础上的爱情已具有近代社会的意义，达到了一种新的境界。但我们同时也应该看到他们毕竟是一对生活在贾府中的封建贵族青年恋人，他们的爱情生活不能不打上封建时代深深的烙印。黛玉不嫉妒袭人就是一例。

《红楼梦》第三十四回有一个非常有趣的情节，也很令人琢磨，这就是宝玉让晴雯给黛玉送了两块旧手帕。大家注意，宝玉是见袭人不在，才让晴雯去的。为什么宝玉要避开袭人，为什么送的是两条旧手帕，这是很有意思的。晴雯就没搞明白宝玉是什么意思，道："这又奇了。他要这半新不旧的两条手帕子？他又要恼了，说你打趣他。"宝玉笑道："你放心，他自然知道。"晴雯送去了，当黛玉听说是家常旧手帕，开始也是不明白，"细心搜求，思忖一时"，方大悟过来。每每读到这里，既觉得有趣，令人感动，但似乎又不知所以。

要弄明白宝玉为什么送黛玉旧手帕，就不能不提在这之前发生的一件事情，这就是宝玉挨打。《红楼梦》第三十三回的回目是"手足眈眈小动唇舌，不肖种种大承笞挞"，宝玉为什么挨打，打得如何，这里就不赘述。宝玉挨打以后，惊动贾府老老少少，不免都要来问候关心一番。黛玉则是把眼睛都哭肿了。在中国古代，手帕历来是传情的信物，其中最著名的就是明代文学家杨慎的妻子送丈夫白手帕，杨慎作诗一首："不写情词不写诗，一方素帕寄相思。郎君着意翻覆看，横也丝来竖也丝。"杨慎是四川人，他影响最大的作品就是《临江仙》："滚滚长江东逝水，浪花淘尽英雄。是非成败转成空，青山依旧在，几度夕阳红。　白发渔樵江渚上，惯看秋月春风。一壶浊酒喜相逢，古今多少事，都付笑谈中。"此词本是杨慎《廿一史弹词》第三段《说秦汉》的开场词，后来毛宗岗父子评刻《三国演义》时，将其放在卷首，从此名扬天下。虽然杨慎写手帕的诗没有"滚滚长江东逝水"那样有名，但作为情诗，也是非常感人的。《红楼梦》第二十四回"醉金刚轻财尚义侠，痴女儿遗帕惹相思"，小红手帕丢了，还做梦被贾芸拾到，这也是传情。为什么宝玉送给黛玉的是旧手帕，是不是暗示新不如旧啊；两块旧手帕，是不是意为两相思。宝玉挨打的原因之一就是"表赠私物"，现在棒伤未愈，言犹在耳，又明知故犯地向林黛玉

"表赠私物"。所以此时此刻的黛玉又喜又惧，宝玉这样大胆地表露爱情，表明他们之间的爱情已经是不可动摇了。

五

我们知道宝黛爱情最后是悲剧结束，现在的《红楼梦》九十七回回目是"林黛玉焚稿断痴情，薛宝钗出闺成大礼"，第九十八回就有"苦绛珠魂归离恨天"，黛玉在这一回死去，而黛玉死的时间，正是宝玉娶宝钗的时辰。这就是王熙凤的"掉包计"，让宝钗顶着黛玉的名义与宝玉成婚。由于宝玉已经是疯癫了，所以"掉包计"得以完成。

现在我们已知，《红楼梦》后四十回并不是曹雪芹写的，而是他人续书，人们一般认为"掉包计"并不符合曹雪芹的原意。根据脂砚斋批语和前八十回透露的种种线索，一般认为应该是黛玉为宝玉泪尽而逝，然后才有宝玉与宝钗的结合。但宝玉心中永远爱的是林黛玉，任何人也取代不了黛玉在宝玉心中的地位。所以，尽管宝玉与宝钗结了婚，但结果却是："都道是金玉良姻，俺只念木石前盟。空对着，山中高士晶莹雪；终不忘，世外仙姝寂寞林。"

有人认为，后四十回中"掉包计"揭露出封建统治者的残忍，而"黛死钗嫁"同时发生，情节似乎很感人。但我要告诉各位，这看起来很感人的情节，其实是极不合理。

因为在前八十回中最支持木石前盟的一个是王熙凤,一个是贾母,一个是紫鹃。王熙凤怎么会出"掉包计"的馊主意呢?最爱宝玉黛玉的贾母怎么能忍心把自己的外孙女害死呢?而薛宝钗怎么会在黛玉还没死时就答应冒名顶替去跟贾宝玉结婚呢?黛玉临死时说"宝玉,宝玉,你好……"怎么能让黛玉怀着对宝玉的怨恨死去呢?这也不合"还泪"的安排。

王熙凤是看着贾母的眼色行事的,而贾母对黛玉感情之深,是对薛宝钗之情不能比的。贾母的态度在前八十回也是明明白白的,不容怀疑。虽然贾母从没有明说一句支持木石前盟,但态度是很鲜明的,阖府都清楚。第二十九回张道士为贾宝玉提亲,贾母回答说:"上回有和尚说了,这孩子命里不该早娶,等再大一大儿再定罢。你可如今打听着,不管他根基富贵,只要模样配的上就好,来告诉我。便是那家子穷,不过给他几两银子罢了。只是模样性格儿难得好的。"她拒绝张道士给宝玉提亲的事,不是简单拒绝,而是一次表态,是对金玉姻缘的否定。因为薛家是有钱的,贾母偏偏说"便是那家子穷,不过给他几两银子罢了"。言外之意,是清清楚楚的。如果再联系本回后贾母说的"不是冤家不聚头",她属意谁,不用再说了。还有薛宝琴来了,贾母流露出给宝玉说亲的意思,其实也是老太太的一次表态。明明身边现成有一个姓薛的姑娘,还有金锁,和尚说了要找有玉的配,为什么贾母从来不表态呢?不表态其实就是表态。另外,第五十七回紫鹃对黛玉说:"趁早儿老太太还明白硬朗的时节,作定了大事要紧。"第六十六回兴儿说:"因林姑娘多病,二则都还小,故尚未及此。再过三二年,老太太便一开言,那是再无不准的了。"看来阖府上下,连丫鬟小厮都知道贾母的态度。

当然,贾母为什么说话总是那么含含糊糊呢?我想,她也有为难之处,一是元春和王夫人的态度,贾母不可能不知道。元春送礼物,唯独宝玉与宝钗一样,这是不是一种暗示?王夫人骂晴雯,眉眼像林妹妹,其实也是一种暗示,表明她不喜欢黛玉。

说王熙凤支持"木石姻缘",可能会有不少读者表示怀疑。要指出的是,第九十六回"瞒消息凤姐设奇谋"的描写,出自续作者之手,并不符合曹雪芹的原意。而在曹雪芹所写的前八十回中,王熙凤的确是"木石姻缘"的积极支持者。

第二十五回因"吃茶",王熙凤与黛玉开了一个玩笑,这一段描写既十分有趣又耐人寻味。却说宝玉烫了脸,林黛玉到怡红院来看望,恰巧李纨、凤姐、宝钗都在这里。闲话中谈到王熙凤送给大家的暹罗进贡来的茶叶,宝玉、宝钗和凤姐本人都说不太好,独有黛玉感觉吃着好。宝玉道:"你果然爱吃,把我这个也拿了去吃罢。"凤姐笑道:"你要爱吃，我那里还有呢。"当黛玉表示要打发丫头去取时，凤姐道："不用取去，我打发人送来就是了。我明儿还有一件事求你，一同打发人送来。"随即，黛玉与凤姐之间的玩笑就开场了，林黛玉听了笑道："你们听听，这是吃了他们家一点子茶叶，就来使唤人了。"凤姐笑道："倒求你，你倒说这些闲话，吃茶吃水的。你既吃了我们家的茶，怎么还不给我们家作媳妇？"众人听了一齐都笑起来。林黛玉红了脸，一声儿不言语，便回过头去了。李纨笑向宝钗道："真真我们二婶子的诙谐是好的。"林黛玉道："什么诙谐，不过是贫嘴贱舌讨人厌恶罢了。"说着便啐了一口。凤姐笑道："你别作梦！你给我们家作了媳妇，少什么？"指着宝玉道，"你瞧瞧，人物儿、门第配不上，根基配不上，家私配不上？那一点还玷辱了谁呢？"吃茶旧指女子受聘。明郎瑛《七修类稿·未见得吃茶》中说："种茶下子，不可移植，移植则不复生也。故女子受聘，谓之'吃茶'。"这里凤姐说的"吃茶"一语双关，从"吃茶吃水"的话头，巧妙地引到了"作媳妇"上来，与林黛玉开起了玩笑。

　　凤姐的玩笑看似随口说来，不过是姐妹间逗逗乐子，其实并不那样简单。试想，如果凤姐心里没一点谱，她能用婚姻这种事在众人面前跟林黛玉开玩笑吗！过去还有一种说法，认为凤姐是故意拿黛玉打趣开心，是伤害和丑化林黛玉。清人陈其泰也说："凤姐可恶，明是违心之谈，不过随口绰趣而已。"又说:"此时除贾母外,皆心乎宝钗矣,而凤姐偏戏弄黛玉,若已有成议者然。"这都是因后四十回中"掉包计"的描写,故把王熙凤看得太坏了,实在是冤枉了王熙凤。我们仔细地看这一段情节,玩笑原本是林黛玉挑起的,但当凤姐将吃茶引到女子受聘这层意思上后,伶牙俐齿的林黛玉马上就落了下风,只有"红了脸,一声儿不言语"的份了。这不是黛玉的口才不如凤姐,而是玩笑的内容使得黛玉不能再说了。一个尚未受聘的贵族小姐怎么能当众谈婚论嫁呢!更何况凤姐的玩笑又说中了黛玉的心病。凤姐是善意的,又绝不是随便乱说,她除了通过玩笑的形式公开了对宝黛婚姻持赞成态度外,玩笑的本身又透露出这样的信息,即宝黛婚姻事大家心里都有数。甲戌本在此处有一条夹批云:"二玉事在贾府上下诸人,即看书人,批书人,皆信定一段好夫妻,书中常常每每道及,岂其不然,叹叹。""岂其不然"是指以后的变故,但在这个时候大家都认为宝黛婚姻是肯定的。这从第六十六回兴儿对尤氏姐妹说的一段话中可以得到证明,兴儿说:"若论模样儿行事为人,倒是一对好的(指宝玉与尤三姐)。只是他已有了,只未露形。将来准是林姑娘定了的。"由此可见,凤姐的玩笑并不仅仅是开开"玩笑"而已。

凤姐与黛玉开玩笑,黛玉"急了","急了"不等于"恼了"。玩笑开得不算小,一辈子的婚姻大事都说出来,但我们见黛玉并没有真生凤姐的气。在贾府中，王熙凤的"恶""恨"是出了名，也得罪了不少人，但那要看对什么人。凤姐与宝玉、黛玉的关系一直很密切，他们之间没有什么矛盾。我们从没有看到王熙凤与薛宝钗有这种亲密的关系。就在开玩笑后，赵姨娘、周姨娘进来瞧宝玉，李纨、宝玉、宝钗都让她两个坐，"独凤姐只和林黛玉说笑，正眼也不看他们"。可见玩笑"急了"后的黛玉与凤姐的关系仍是亲亲密密，王熙凤开这种玩笑，黛玉的心里不知有多高兴呢！这里面还有一个小细节，人们往往没有注意，当大家都要离开宝玉房间时，宝玉道："林妹妹，你先略站一站，我说一句话。"凤姐听了，回头向林黛玉笑道："有人叫你说话呢。"说着便把林黛玉往里一推，和李纨一同去了。这一句话和"往里一推"的动作，既是凤姐开玩笑的继续，又是友好和善意的表示。

说王熙凤真心支持"木石姻缘"，除上面那次借开玩笑明确表示态度外，我们还可以找到其他根据。如第三十回因宝黛怄气，老太太让凤姐去瞧瞧他们和好了没有，凤姐去了拉着林黛玉回到贾母处，她不无夸张地说："我说他们不用人费心，自己就会好的。老祖宗不信，一定叫我去说合。我及至那里要说合，谁知两个人倒在一处对赔不是了。对哭对诉，倒像'黄鹰抓住了鹞子的脚'，两个都扣了环了，那里还要人去说合。"说得满屋里都笑起来，贾母自然也高兴了。凤姐用"'黄鹰抓住了鹞子的脚',两个都扣了环了"来夸张地形容宝黛的和好与关系的密切,恐怕也不能看作是随便说说。还有第五十五回凤姐与平儿谈论府里的各项开销,当平儿说:"将来还有三四位姑娘,还有两三个小爷,一位老太太,这几件大事未完呢。"凤姐道:"我也虑到这里,倒也够了:宝玉和林妹妹他两个一娶一嫁,可以使不着官中的钱,老太太自有梯己拿出来。""一娶一嫁"虽说可做各种解释,但在凤姐的言谈话语中,我们不难感觉到她是把宝黛的"一娶一嫁"明确当成一回事的,这正是凤姐所希望的。

我们常说宝玉黛玉的爱情是建立在共同的思想基础之上的,如此说来,王熙凤支持宝黛婚姻,是不是说她同情或支持宝黛的追求爱情自主的行为和思想呢?当然不能这样简单地理解。认真分析起来,王熙凤之所以支持撮合宝黛婚姻,除她揣摸迎合贾母的心思外,最重要的原因是出于自身利益的考虑。

我们知道在荣国府真正掌握家政大权的是王夫人,王熙凤则是贾赦的儿媳妇,她之所以能当上荣国府的大管家,主要靠贾母和王夫人的支持。王夫人用王熙凤一是因为她的大儿媳妇李纨"是个佛爷,也不中用",二是因为王熙凤是她的亲侄女。王熙凤到了王夫人这边,的确成为王夫人的心腹干将,帮助王夫人牢牢掌握住家政大权。但随着宝玉婚姻问题的提出，未来的宝二奶奶是谁，直接关系到王熙凤的地位。如果宝玉娶的是林黛玉，这对凤姐没什么威胁，在凤姐的眼里，黛玉"是美人灯儿，风吹吹就坏了"，黛玉自然不是管家务的材料，凤姐照样可以继续当她的大管家。但宝玉如果娶薛宝钗，情况就不同了。宝钗的学识、才干都要强于王熙凤，特别是在凤姐生病的时候，王夫人让李纨、探春、宝钗组成"三驾马车"处理家务，薛宝钗表现出非凡的理家才能。试想宝钗如当了宝二奶奶，还能有王熙凤的位子吗！正如陈其泰所说："宝钗来管家务，可知亲事已定，亦如袭人给宝玉为妾，王夫人尚未明说耳。"说"亲事已定"，没有什么根据，但要说王夫人选中的儿媳妇是薛宝钗而不可能是林黛玉则是很有道理的。如此看来，王熙凤支持"木石姻缘"，而不希望"金玉姻缘"，就不难理解了。

在《红楼梦》中公开提到宝黛婚姻并表示愿意撮合的还有薛姨妈和紫鹃，事见第五十七回，回目是"慧紫鹃情辞试忙玉，慈姨妈爱语慰痴颦"。这一天薛姨妈、宝钗到潇湘馆看望黛玉，闲话中谈到黛玉的婚事。宝钗开玩笑说她哥哥已经相准了黛玉，还说："妈明儿和老太太求了他作媳妇，岂不比外头寻的好？"由宝钗的话而引出薛姨妈的一番"爱语"。薛姨妈说："我想着，你宝兄弟老太太那样疼他，他又生的那样，若要外头说去，老太太断不中意。不如竟把你妹妹定与他，岂不四角俱全？"当时紫鹃忙跑来笑道："姨太太既有这主意,为什么不和太太说去?"黛玉身边的婆子们也说:"姨太太竟做媒保成这门亲事是千妥万妥的。"薛姨妈说:"我一出这主意,老太太必喜欢的。"对薛姨妈这一番"爱语"如何看?或如清人陈其泰所说:"薛姨妈如无宝钗欲婿宝玉,则为黛玉做媒,亦是或有之事。今方为宝钗百计图成,岂肯成全黛玉乎。"他认为薛姨妈的"爱语"不过是"戏语",说完了也就"随手撩开",故不能像紫鹃那样认真对待的。陈其泰的分析并非没有道理,因为从此我们并没见到薛姨妈去向老太太保成这门亲事。但如果说薛姨妈是"语言取笑",是"哄"林黛玉,恐怕也不尽其然。她不过是看到和听到阖府上下都认可宝黛婚姻,贾母又有明显的倾向性,送个顺水人情或是讨贾母一个高兴而已。她的态度与王熙凤、紫鹃的真心支持并不完全一样。

六

宝黛爱情无疑是《红楼梦》中最感人的故事,也是最令人心绪无法平静的故事。二百多年来,宝黛爱情成为忠贞、痴情、生死不渝的同名词。为什么宝黛爱情那样感人至深,就是因为他们是那样在意爱、珍惜爱,在意情、珍惜情。同以往的古典小说描写都不一样,宝玉黛玉的爱情,是建立在共同的思想基础之上的爱,是建立在彼此心心相印基础之上的爱，他们都是为了一个心。黛玉的丫鬟紫娟说："万两黄金容易得，知心一个也难求。"说的就是宝黛爱情。这不仅在那个时代，即使是千秋万代，也是男女爱情的真谛，所以宝黛爱情是那样感人至深。看《红楼梦》，我们常常看到黛玉流泪了，宝玉生气了，这是爱情过程中的彼此试探。特别是黛玉，面临着金玉良缘的巨大压力，她要宝玉的真心，她有不安全感，她要放心。这样的爱情无疑是令人神往的，是世间最美好的，然而结果却是悲剧。曹雪芹真忍心让两个主人公走向了爱情的坟墓，演出催人泪下的千古绝唱。

著名红学家蒋和森先生在《林黛玉论》的开头就引用了李商隐的诗："春蚕到死丝方尽，蜡炬成灰泪始干。"这两句诗用在林黛玉的身上，简直是太合适了。而在文章的结束，他说了一段很动情的话："林黛玉是中国文学上最深印人心、最富有艺术成就的女性形象之一。人们熟悉她，甚于熟悉自己的亲人。只要一提起她的名字，就仿佛嗅到一股芳香，并立刻在心里引起琴弦一般的回响。林黛玉像高悬在艺术天空里的一轮明月，跟随着每一个《红楼梦》的读者走过了他们的一生。人们永远在它的清辉里低徊沉思，升起感情的旋律。"我们每一个读者的心里都有着读《红楼梦》以后的深深感受，都有着自己认识的贾宝玉、林黛玉，这些常常让我们心弦无法平静的人物，一直伴随着我们的人生旅程。

伴随着一个封建贵族家庭的衰落，《红楼梦》写出了一批年轻人的悲剧，特别是年轻女儿的悲剧。这包括宝玉的人生悲剧、宝黛的爱情悲剧，以及其他女儿的人生悲剧、爱情悲剧、婚姻悲剧、生活悲剧等等。富有同情心的曹雪芹，原本想为众多女儿建造一个世外桃源——大观园，让她们和宝玉一起过着无忧无虑的生活。然而，伴随着贵族家庭的衰落，伴随着诸多矛盾的爆发，伴随着大观园以外污浊气息的侵蚀，他精心建造的女儿国也遭到了毁灭。这既是贾宝玉的悲剧，是女儿们的悲剧，更是美的毁灭，是曹雪芹的期待和理想的毁灭。

《红楼梦》通过对贾宝玉、林黛玉、薛宝钗、王熙凤等等一群青年男女的爱情悲剧和人生悲剧描写，抒发出作者曹雪芹对真善美的追求，对假恶丑的憎恶，不仅具有普遍性和深刻性，更具有永久性。《红楼梦》所探讨的问题，贾宝玉所探索的人生人性的问题，仍是我们今天探讨的问题。因而《红楼梦》对于我们具有永恒的审美价值和认识价值。

不是冤家不聚头

——《红楼梦》第二十九回赏析

《红楼梦》第二十九回,是描写宝黛爱情非常重要的一回,在宝黛爱情心路历程中是一个转折点。

第二十九回庚辰本的回目是"享福人福深还祷福,痴情女情重愈斟情"。程甲本回目把"痴情女"改为"多情女",不能说错,但比较起来,我还是认为"痴情女"更好,更符合这一回的故事情节和林黛玉的性格特征。这一回中就写到"那林黛玉偏生也是个有些痴病的……"林黛玉在爱情上确实是"痴情",所以称呼林黛玉为"痴情女"更合适。

这一回主要写了两件事:

(一)贾母率领荣国府一家人到清虚观打醮;

(二)贾宝玉、林黛玉吵架。

贾母率荣国府上下众人到清虚观打醮,起因于元春的"懿旨"。上一回袭人对宝玉说:"昨儿贵妃打发夏太监出来，送了一百二十两银子，叫在清虚观初一到初三打三天平安醮，唱戏献供，叫珍大爷领着众位爷们跪香拜佛呢。还有端午儿的节礼也赏了。"何谓"打醮"，旧时家里因病或因丧事延请僧、道诵经，就叫"打醮"。而为一般祈福消灾举行的"打醮"仪式，就是"打平安醮"了。这里有两点需要注意，一是打平安醮是元春交办的任务，二是打醮的时间是五月初。周汝昌先生有一种看法，说："可见元妃此次，乃为祈求平安而作此举动。由此，又可见'平安'须待祈求。这一笔正是写她的大不太平，如是方有平安之醮。"又说："我颇疑后来元春丧命，就在五月端阳之际。打醮这一盛会，却遥遥映射着势败家亡的巨变。"周汝昌先生还认为荣府阖府出门的情景，也寓有深意，他说："在全部书中，这是一次极为特殊的全体女眷及其丫鬟侍女，一起出动，跨出了荣国府和大观园的门槛！这是何等的罕见之事，真可说是千古小说正史中未有之其情其笔。然而，此中也就暗示了另一种情景，将来有朝一日，众多妇女，都会在势败家亡之中纷纷离散，跨出府园槛外了。"（《红楼小讲·清虚观打醮》）是不是有这种暗示呢？老实说我没有看到这层意思，周先生也许有些刻意求深了。秦可卿大出丧时，贾府也是倾家而出，出门的人只会比这一次打醮的人多而不会少，未必就是隐寓"势败家亡之中纷纷离散"的情景。但周汝昌先生提到打醮是元春交办的任务，别有深意，这倒是值得重视的一种见解。

"享福人福深还祷福"中的"享福人",当然指的是贾母。贾母毫无疑问是一个中国文学史乃至世界文学史上都极为少有的贵族老太太形象,她性格鲜明,内涵丰富,大气、慈祥,有人甚至称之为"古今第一老太太"。《红楼梦》中对贾母有很多生动而细腻的表现,特别是写贾母一天到晚的"享乐",无人能比。她尤其喜欢热闹,喜欢和孙子、孙女们一起玩乐。连王夫人听说贾母要去打醮,都说:"还是这么高兴。"说贾母"福深",我们很容易联想到第三十八回王熙凤拿贾母开玩笑那一段描写,书中写到贾母说小时候不小心头碰破了,鬓角上还留下"一块窝儿"。王熙凤打趣说:"那时要活不得,如今这大福可叫谁享呢!可知老祖宗从小儿的福寿就不小,神差鬼使碰出那个窝儿来,好盛福寿的。寿星老儿头上原是一个窝儿,因为万福万寿盛满了,所以倒凸高出些来了。"王熙凤用笑话拍了贾母的马屁,贾母听了很是受用。所以说贾母这样一个会享福而又"福深"的老太太去打平安醮,正是"享福人福深还祷福"。

随贾母乘车去清虚观的队伍中,作者特别列了一大堆各房的丫头名字,为什么特意写一大群丫头?我想还是为了渲染一种热闹的气氛。书中写到王夫人看老太太高兴,因打发人到园里告诉:"有要逛的,只管初一跟了老太太逛去。"书中特别写道:"这个话一传开了,别人都还可已,只是那些丫头们天天不得出门槛子，听了这话，谁不要去。便是各人的主子懒怠去，他也百般撺掇了去……"这群轻易出不了门槛的丫头一旦走出了门槛，走出了大观园，走出了荣国府，她们是那样的快乐，只见：

> 这个说"我不同你在一处"，那个说"你压了我们奶奶的包袱"，那边车上又说"蹭了我的花儿"，这边又说"碰折了我的扇子"，咭咭呱呱，说笑不绝。周瑞家的走来过去的说道："姑娘们，这是街上，看人家笑话。"说了两遍，方觉好了。

以前读这一段，一扫而过，并没有特别的感觉。后来细细地读一读，感觉不一样了，一群姑娘"咭咭呱呱"的欢乐情景栩栩如生地就出现在眼前。又见周瑞家的是"走来过去"，更增强了情景的真实性趣味性，"姑娘们，这是街上，看人家笑话。"普普通通的一句话，你如同看见一位有经验而严肃的中年管家婆的样子在你的眼前晃来晃去，是那样的生动有趣。这是一幅多么快乐的景象。曹雪芹就是有这个本事，涉笔成趣，而在这趣味盎然的生动笔触下，不只是营造了浓郁的生活氛围，更是表达了在大观园里的丫鬟们是那样渴望走出大观园，走出大观园是那样的快乐，这是意味深长的。周汝昌先生说这一段"写出了那一群幽禁在封建院墙之内的使女们的一次意外的'解放'"(《红楼小讲·清虚观打醮》)。这话可谓一语中的,很深刻。这里需要说一句,这一段描写,程甲本与脂本很不同,程甲本中没有了丫鬟们"解放"后快乐的描写,很可惜。

读到这一段,有几个小问题。(一)书中写到贾母的丫鬟有:鸳鸯、鹦鹉、琥珀、珍珠。据《红楼梦》第三回交代,贾母见黛玉身边的小丫鬟雪雁甚小,奶娘王嬷嬷又极老,便将自己身边的一个二等丫头,名唤鹦哥的给了黛玉。第八回书中就写到黛玉身边的大丫鬟叫紫鹃,虽然书中没有交代这个紫鹃就是鹦哥改名的,但从故事情节看,鹦哥应该就是紫鹃,这里贾母身边的丫鬟又有一个鹦鹉,估计是曹雪芹创作修改过程中遗漏的问题。这种情况还有不少,比如这里写的贾母的丫鬟有一个叫"珍珠",可袭人本名珍珠,原来也是贾母的丫鬟,这在第三回中也已经有交代了。既然珍珠已改名为袭人,在宝玉身边当丫鬟,这里贾母的丫鬟中怎么又有一个珍珠呢?在第九十五回又写到贾母"扶了珍珠回去了",后四十回中也有珍珠的名字出现,这些现象对研究《红楼梦》版本和成书是值得重视的。(二)书中写到"奶子抱着大姐儿带着巧姐儿另在一车",照这个说法,王熙凤有两个女儿了,一个是大姐,一个是巧姐。这当然不对,王熙凤只有一个女儿,开始叫大姐,第四十二回刘姥姥二进荣国府的时候,凤姐因大姐时常生病,就让刘姥姥给起个名字,王熙凤说："一则借借你的寿；二则你们是庄家人，不怕你恼，到底贫苦些，你贫苦人起个名字，只怕压的住他。"刘姥姥听说大姐的生日是七月初七日，就说："这个正好，就叫他是巧哥儿。"并说这是"以毒攻毒，以火攻火"的法子。到第四十二回才改大姐的名字为巧哥，第二十九回的时候自然不会有"巧姐"出现。这也是曹雪芹"披阅十载，增删五次"过程中遗漏的问题。（三）为什么这一段中，几乎各处的丫鬟都提到了，单单没有提怡红院的丫鬟呢？清代三大评点家之一的姚燮评点说："罗列诸婢，无大无小，花团锦簇，而怡红院中鲜有一与者，盖婢皆从主；若侍奉公子者，毕竟外观不雅，毋宁舍旃。"是不是因为"若侍奉公子者，毕竟外观不雅"，我觉得这个说法有点勉强，但我也说不出更合理的解释，姚燮的评点可备一说。

在贾母等人到清虚观打醮之前，在清虚观前发生的一幕，一定会给读者留下深刻印象，这就是小道士挨打的事。每每读到这里，心里很不是滋味，那个小道士太可怜，王熙凤太可恶，还不仅仅是王熙凤可恶，荣国府里的婆娘媳妇们也都够呛。你看，先是王熙凤"便一扬手，照脸一下，把那小孩子打了一个筋斗"。还有"众婆娘媳妇正围随的风雨不透，但见一个小道士滚了出来，都喝声叫'拿，拿，拿！打，打，打！'"这是什么样的阵势！这一段确实表现出王熙凤的狠毒，还有贵族大家的仗势欺人。但我想作者写这样的一段情节，决不是仅仅在刻画王熙凤的狠毒、贾母的慈悲和小道士的可怜以及贵族大家的仗势欺人，还有更深的含义。贾母带一干人来干什么？打平安醮，是为了请道士祈福消灾的。清虚观是什么地方，是道观。本来是要到清虚观祈福消灾的，结果还没有"打醮"，就在道观的门前"打"了一个道士，尽管是小道士。那么，你的"打醮"是心诚的吗？你的祈福消灾还会灵验吗？这一段打小道士的情节，无疑是对荣国府"打醮"的绝妙讽刺。

读清虚观打醮一节，一定要好好琢磨三个人的表现，就是张道士、贾母、王熙凤。细细地琢磨这三个人的言行举止，很有意思。

先看张道士，要注意几点：

（一）张道士的身份。书中写道："这张道士虽然是当日荣国公的替身，曾经先皇御口亲呼为'大幻仙人'，如今现掌'道录司'印，又是当今封为'终了真人'，现今王公藩镇都称他为'神仙'。"张道士的身份非常显赫，非同寻常，连皇帝都呼为"大幻仙人""终了真人"，不过张道士的称呼是需要好好琢磨的，你看，不是"大幻"，就是"终了"，似乎不是什么好意思。

（二）张道士与贾母、与荣国府的关系密切，他与贾母、贾珍、王熙凤说话是那样的随便。而从贾珍那里，我们还知道这个老道常往宁荣二府去，凡夫人小姐都是见的。一个老道不在道观里好好修行，却常往宁荣二府去，还常见夫人小姐，什么意思呢？

（三）你注意到张道士特会"笑"吗？与贾珍、贾母、王熙凤说话，不是"呵呵大笑"，就是"哈哈笑道"，不笑不说话，这似乎也与道士的形象不符。

（四）他拍贾母马屁的口才、技巧，堪比凤姐。他先是称呼贾母"老祖宗"，再是称赞贾宝玉发福了，字写得好，最后是动情地说："我看见哥儿的这个形容身段，言谈举动，怎么就同当日国公爷一个稿子！"说着两眼流下泪来，也说得贾母满脸泪痕。真是高手，句句说到贾母的心里。看到这一段，我们就会想到第三回黛玉进府时王熙凤的口才："天下真有这样标致的人物，我今儿才算见了！况且这通身的气派，竟不像老祖宗的外孙女儿，竟是个嫡亲的孙女，怨不得老祖宗天天口头心头一时不忘。只可怜我这妹妹这样命苦，怎么姑妈偏就去世了！"说着，便用帕拭泪。怎么样，张道士与王熙凤的拍马屁，是不是有异曲同工之处。

（五）张道士给宝玉提亲，也是不伦不类，贾母等明明是来打醮的，怎么又扯上了宝玉的婚姻，清虚观里的老道怎么变成了媒婆？道观怎么成了提亲的地方？

（六）一个出家人那么看重"玉"啊，"金"啊，也有问题。不说怎么去为贾母"打醮"，却拿着宝玉的"玉"去炫耀，又拿回了"金"来贿赂。金麒麟的出现，也是别有含义,更是为后来宝黛吵架设下伏笔。

(七)他与王熙凤是那样的熟,说话是那样的随便,感觉这位老道很俗,有些不堪。

(八)这位老道要见宝玉,宝玉干什么去了——解手去了,宝玉对这位"神仙"也太不敬了,干什么不好,人家要见你,你却上厕所去了,作者的调侃,意味深长。

很显然,张道士显赫的身份与他的言谈举止完全不相符,一句话,张道士不像道士,更像一个掮客,像一个俗不可耐的商人。当然,也有另一种说法,比如周汝昌先生就认为:"张道士久经世代,人情练达,善于周旋,但其为人,朗爽豪迈,直觉可亲,并无庸俗之感。"(《红楼小讲·张道士》)

说到张道士不像道士,在《红楼梦》第八十回还写了一个不像道士的老道王一贴。但人们读王一贴与张道士的感觉是很不同的,如果说王一贴是一副油腔滑调的嘴脸,那么张道士就是一副老于世故圆滑的嘴脸;如果说王一贴是一副毫无掩饰的闯江湖、吹牛皮的嘴脸;那么张道士则是一副道貌岸然的嘴脸;王一贴让人一笑,张道士让人感到虚伪。

还有一处也须注意,就是张道士对贾母说:"前日四月二十六,我这里做遮天大王的圣诞。"遮天大王是哪路神圣?邓云乡先生《红楼风俗谈》中说:"'遮天大王'之名,乃雪芹'特地编造',寓意'一手遮天',以作者构思历史背景，显然有其'针对性'。"姚燮批语："遮天大王不知是何神道？天而可遮，其不怕黑了半边？"我们要注意，《红楼梦》第二十七回写到四月二十六日是芒种节，"尚古风俗：凡交芒种节的这日，都要设摆各色礼物，祭饯花神，言芒种一过，便是夏日了，众花皆卸，花神退位，须要饯行。"而就在这一日，黛玉葬花，吟出了那首感天动地、令人极为感伤的《葬花吟》。芒种节与遮天大王的圣诞有什么关系呢？为什么张道士要在四月二十六日做遮天大王的圣诞呢？到底有什么含义，我在这里也说不清楚，总觉得是值得仔细琢磨的。有一种观点认为，"四月二十六日"即贾宝玉的生日。也有学者推测，四月二十六日，是曹雪芹的生日，但似乎缺少文献的依据。可备参考。

再说说贾母。这一回看贾母要注意三点，一是贾母说出了她喜欢宝玉的原因。当张道士说宝玉和他的爷爷一个稿子后，说得贾母满脸泪痕，说："正是呢，我养这些儿子孙子，也没一个像他爷爷的，就只这玉儿像他爷爷。"在《红楼梦》中，贾母对贾宝玉异乎寻常的宠爱，常常让人感到太过了，不好理解。当然，孙子长得像爷爷，隔代这种宠爱，也合乎情理。但我想这仅是贾母喜爱宝玉的原因之一，如果我们把宝玉与贾环做个比较，就会感到贾母的宠爱还不仅仅是缘于宝玉长得像爷爷，还有他性情好、心地纯洁善良等。当然还有他天生带来的"玉"，被贾母视为"命根子"，这其中寄托着家族的希望。我们看《红楼梦》第五回警幻仙姑转述的宁荣二公之灵的话："吾家自国朝定鼎以来，功名奕世，富贵传流，虽历百年，奈运终数尽，不可挽回者。故遗子孙虽多，竟无可以继业。其中惟嫡孙宝玉一人，禀性乖张，性情怪谲，虽聪明灵慧，略可望成……"原来，贾府后继无人，希望寄托在宝玉身上，这也许是贾母宠爱的更深层次的原因。"像他爷爷"，这一句也是耐人寻味，贾母的这句话既是对当年家族兴旺的留恋，又是对如今家族衰落无可奈何的感叹。二是贾母提出宝玉婚姻的标准，这是十分重要的事情，因为贾母的态度关系到宝黛爱情的命运。当张道士为贾宝玉提亲后，贾母说："上回有和尚说了，这孩子命里不该早娶，等再大一大儿再定罢。你可如今打听着，不管他根基富贵，只要模样配的上就好，来告诉我。便是那家子穷，不过给他几两银子罢了。只是模样性格儿难得好的。"贾母真是一个了不得的老太太，贾宝玉婚姻这样的大事，她就那么几句话，轻描淡写地回答了，可又耐人寻味。前一句借用和尚的话，拒绝了张道士的提亲，合情合理，恰到好处。后几句话，明确了宝玉择婚的标准。贾母定的标准似乎不高，可其中文章很大。周汝昌先生说，贾母对张道士说贾宝玉择婚的标准，是一次"特意作此'声明'"，认为："原来，王夫人与贾母各有自己的心事和盘算。自从薛家来后，因是皇商，家势豪富，有一个宝钗，人品上等，王夫人就把自己这个外甥女看中是宝玉的佳配……而老太太则与此不同，她想的是，自己最疼的女儿先已去世，遗下弱女黛玉，孤苦伶仃，从小与宝玉一起长大，二人最相和美。岂不是天作之合。但那时老人家是要讲身份的，她自己不能出口，说要给自己的孙子和外孙女——她一心等待王夫人张口，宝玉的亲娘，一提此议，作为祖母的一点头，那真是一切圆满无比了。然而，王夫人就是不开此口。她们婆媳两个，明里和同，暗中矛盾。今日趁张道士一发此言，立即明白表示：你们打算聘薛家的姑娘，头一条是根基富贵，人人巴结阔家有钱的，我偏说绝对不计门户高低穷富，穷家的只要女儿本人好，一切妆奁陪嫁不计，情愿一力办理承担，——你看，这只因荣府上下人人势利，捧薛抑林，说黛玉无家无业，难以为配，老太太才特意作此'声明'，以压众论。"（《红楼小讲·史太君定婚》）虽然周先生的"分析"似乎有些主观猜测，有添枝加叶之嫌，但我觉得这些"猜测"还是很有些道理的。贾母提出了宝玉婚姻的"标准"，实际上是对"金玉良缘"的否定。过去有人说，贾母是扼杀宝黛爱情的凶手，说她对自己的亲外孙女如何如何的心狠，这其实是上了后四十回"掉包计"的当。后四十回不是曹雪芹写的，"掉包计"不符合曹雪芹创作的原意。

其实，贾母"特意作此'声明'"不止这一次，第五十回薛宝琴来荣国府，贾母流露出要将薛宝琴与宝玉婚配的意思，这很蹊跷。宝琴明明许给了梅家，贾母却要将她与宝玉婚配，而身边就有一个薛家的姑娘薛宝钗，模样才华绝不在她的妹妹薛宝琴之下，又有"金"，而且和尚说了要许配给有玉的，贾母那么相信和尚道士的话，为什么在"金玉良缘"的问题上没有一点态度呢？其实，没有态度，就是态度！贾母关于宝玉择婚的标准，已经十分清楚地表达了她对宝玉婚姻的态度。三是贾母到清虚观打醮，本来是要连续三天的，就是要连看三天大戏，贾母的兴头很大，可结果去了一天就不去了。什么原因？一则宝玉因张道士与他说了亲，不高兴了；二则林黛玉昨日回家中又中了暑，因此二事，贾母便"执意不去了"。我们注意，书中写到贾母是"执意不去"，可见二玉在贾母心中的地位。如果再与张道士为宝玉提亲的事情联系起来看，与二玉不高兴的缘由联系起来看，贾母的"执意不去"，是颇有深意的。

再看看王熙凤。在这一回中，王熙凤不是主角，但少不了她的插科打诨。看王熙凤应注意三点：一是打小道士，这表现了王熙凤的狠和大家族的仗势欺人；二是与张道士打趣，她说："我们爷儿们不相干。他怎么常常的说我该积阴鸷，迟了就短命呢！"她竟和张道士称起了"我们爷儿们"，这既表现出王熙凤性格的放诞不羁，又衬托出这位浑身光环的"大仙""真人"的俗不可耐。第三就是在与张道士的玩笑中隐寓着王熙凤命运——短命。

王熙凤与张道士贫嘴打趣，贾母说："猴儿猴儿，你不怕下割舌地狱！"下割舌地狱什么意思呢？原来民间传说，阴间地狱有十个殿，每个殿又有若干个地狱，如割舌地狱、剪刀地狱……胡乱说话的人，就有下割舌地狱的危险。王熙凤确实不怕，她在水月庵里就曾对老尼静虚说："你是素日知道我的，从来不信什么是阴司地狱报应的。"（第十五回）这水月庵的老尼也是一个媒婆，她求王熙凤帮忙，推掉了张金哥与守备之子的婚姻，结果是害死了两条人命。一个老尼，一个老道，一个在尼姑庵里当媒婆，一个在道观里当媒婆，一个在秦可卿大出丧的时候当媒婆，一个在打醮的时候当媒婆，都不干正事，作者写出这样不堪的"一僧一道"，是深有寓意的，由此可见作者对这些人的态度。

　　读清虚观打醮一回，点戏的情节不能忽略。注意，贾母等看的戏都是"神前拈了"的，不是随便点的，因此很有深意。头一本《白蛇记》，第二本《满床笏》，第三本《南柯梦》。清代评点家王希廉说："神前拈戏，第一本《白蛇记》，汉高祖斩蛇故事，是初封国公以往之事；第二本《满床笏》是现在情形；第三本《南柯梦》是后来结局，故贾母黯然，止演第二本。"另一位清代评点家黄小田也有批语："头一本祖上功勋，第二本贾府极盛，第三本终归一梦。"你看，在贾珍告诉贾母第二本是《满床笏》的时候，贾母笑道："也罢了。神佛要这样，也只得罢了。"可当听说第三本是《南柯梦》,"贾母听了便不言语"。为什么,贾母感到不吉利。大家都知道"南柯一梦"的典故,梦里显赫,梦醒了什么都没有了。这也是"神前拈戏"呀,贾母的不言语,是她有着不祥之感。清虚观打醮看戏一段,可与第十七、十八回元春省亲时点戏对看。元春点戏,第一出《豪宴》;第二出《乞巧》;第三出《仙缘》;第四出《离魂》。己卯本夹批:"《一捧雪》中,伏贾家之败。""《长生殿》中,伏元妃之死。""《邯郸梦》中,伏甄宝玉送玉。""伏黛玉死,《牡丹亭》中。""所点之戏剧伏四事,乃通部书之大过节、大关键。"两次点戏隐喻不同,元春点戏,重在隐喻人物命运;清虚观打醮时点戏,重在隐喻家族命运,都是需要好好琢磨的。

在谈清虚观打醮的情节中,有一件事是不能忽略的,那就是"金麒麟"的出现。一个金锁已经让林黛玉够烦恼担忧了,这一回又出现了一个金麒麟。值得注意的是金麒麟出现的地点——清虚观,拿来金麒麟的人——张道士。在金麒麟出现之前,张道士还为贾宝玉提了亲,这其中的寓意到底是什么呢?清代评点家陈其泰说:"张道士请出玉去,而配无数金物送出,知说亲一层,非泛设也。正是烘托金玉姻缘耳。"他的观点是金麒麟的出现,是为了"烘托金玉姻缘",这个观点应该说没有问题。问题是金麒麟在这个时间、这个地点出现,似乎不仅仅是为了"烘托金玉姻缘",恐怕还有别的寓意，至少金麒麟后来不仅成为宝黛吵架的一个重要因素，还引出了史湘云论阴阳等故事，贾宝玉把金麒麟收起来，偏偏又被史湘云捡到了，这其中到底有什么隐寓呢？周汝昌先生认为："《红楼梦》原本的结局，是宝玉与湘云二人最后重逢结合，结为夫妻。"（《红楼小讲·清虚观打醮》）我对周先生这个观点不敢苟同。宝玉是在黛玉"泪尽"以后，与薛宝钗结婚，最后悬崖撒手出家了，这有前八十回的"伏线"和脂批证明，宝玉不会与史湘云结婚的。那么，金麒麟的出现，到底还有怎样的隐寓，确实也是需要琢磨的。

　　清虚观打醮，其实是为宝黛吵架做铺垫的，后者——即"痴情女情重愈斟情"，才是这一回的重头戏。

　　宝黛这次吵架的具体细节，我在前文《天上掉下个林妹妹》一篇第三节中分析过，这里不再赘述。在第二十九回之前，宝玉黛玉也是常吵架，不过第二十九回这一次吵架，与以往都不同：

　　（一）这是吵得最热闹的一次，不只是宝黛二人，还有袭人、紫鹃的参与，不过她们两个不是帮着各自的主子去吵架，而是劝架，不劝还好，越是劝，宝玉黛玉越是闹得厉害。最后是宝玉、黛玉、袭人、紫鹃四人对哭，而且是"各人哭各人的"，"四个人都无言对泣"。可谓高潮迭起，精彩纷呈，热闹非凡。

　　（二）这次吵架是最厉害的一次，不只是黛玉哭得最厉害，宝玉气得最厉害，还有宝玉摔玉，黛玉剪穗。甚至惊动了贾母、王夫人。

（三）这是宝黛的最后一次吵架，从这一次以后，宝黛再也没有为"金""玉"吵过架了。尽管在这之后，黛玉还在不停地"还泪"，但都不是宝黛吵架的结果。

贾宝玉、林黛玉毫无疑问是绝大多数读者非常喜爱的人物，多少人为他们笑也为他们哭，他们的爱情故事及其悲剧既感天动地又令人伤心欲绝，但他们之间的爱情历程似乎总是那么"艰难"。以往在研究《红楼梦》主线的话题时，有一种观点，认为宝黛爱情是《红楼梦》的主线。我不同意这种观点，因为这不符合《红楼梦》的实际描写。在《红楼梦》中，宝黛爱情所占的篇幅其实不是很大，有人统计过，大约占十之二三，许多故事都与宝黛爱情无关，甚至几回几回的都不见宝黛的影子，如第十二回林黛玉因父亲病重回扬州，至第十六回才回来。宝黛的故事显然承担不起"主线"的责任，尽管它是《红楼梦》中最引人注目的故事、最感人至深的故事。但从第十八回到三十六回，则是比较集中描写了宝黛的故事，集中描写了宝黛爱情的心路历程，说这一阶段《红楼梦》以宝黛爱情为主线，是不错的。

这几回是展现宝黛心路历程的重要情节，要读懂第二十九回宝黛这一次吵架，一定要注意宝黛爱情的这一段发展的脉络。特别是第二十六回黛玉去怡红院，晴雯没有给开门，黛玉错疑在宝玉身上。随后引出第二十七回的黛玉葬花。到第二十八回，宝玉在山坡上听到黛玉吟到"侬今葬花人笑痴，他年葬侬知是谁""一朝春尽红颜老，花落人亡两不知"等句，不觉恸倒山坡之上，引起共鸣，想到黛玉、宝钗、香菱、袭人等众多女儿等终归无可寻觅之时，不免悲从中来。而后，对黛玉说出一段肺腑之言："如今谁承望姑娘人大心大，不把我放在眼里，倒把外四路的什么宝姐姐凤姐姐的放在心坎上……"宝黛的心似乎贴得更近了，然而因元春赏赐端午节的节礼，宝玉与宝钗的一样，这件事又惹得林黛玉不高兴，说："我没这么大福禁受，比不得宝姑娘，什么金什么玉的，我们不过草木之人！"这些其实都是宝玉黛玉之间的不断试探，是"心"的交流，"主题"是"放心"与"不放心"。

读第二十九回下半部分，除了好好琢磨故事中所包含的意蕴以外，还要好好欣赏曹雪芹高超的艺术表现力。一是细腻的心理描写。这不仅是《红楼梦》中描写人物心理活动最多的一回，也是中国古典文学中心理描写的经典篇章。二是四个人的"哭"的描写，妙不可言。书中写道：

> 又见林黛玉脸红头胀，一行啼哭，一行气凑，一行是泪，一行是汗，不胜怯弱。宝玉见了这般，又自己后悔方才不该同他较证，这会子他这样光景，我又替不了

他。心里想着，也由不的滴下泪来了。袭人见他两个哭，由不得守着宝玉也心酸起来，又摸着宝玉的手冰凉，待要劝宝玉不哭罢，一则又恐宝玉有什么委屈闷在心里，二则又恐薄了林黛玉，不如大家一哭，就丢开手了，因此也流下泪来。紫鹃一面收拾了吐的药，一面拿扇子替林黛玉轻轻的扇着，见三个人都鸦雀无声，各人哭各人的，也由不得伤心起来，也拿手帕子擦泪。四个人都无言对泣。

怎么样，妙不妙？把四个人的哭描写得如此生动精彩，真是令人叹为观止。清代蒙古族文论家、翻译家哈斯宝说：

> 本来写一人悲泣就已很难，更不必说两人哭泣之哀了。书中写的由两人到三人，由三人而四人，且四人虽为一事而哭，但各怀心事，便绝妙无比了……黛玉的哭是苦的，宝玉的哭是涩的，袭人的哭是酸的，紫鹃的哭是辣的。

这一回最后贾母的一番话，也是意味深长的，值得好好琢磨。贾母道：

> "我这老冤家是那世里的孽障，偏生遇见了这么

清 孙温《红楼梦》第二十九回
"享福人福深还祷福,痴情女情重愈斟情"

解味红楼:
曹雪芹的旧梦与悲歌

两个不省事的小冤家,没有一天不叫我操心。真是俗语说的,'不是冤家不聚头'。几时我闭了这眼,断了这口气,凭着这两个冤家闹上天去,我眼不见心不烦,也就罢了。偏又不咽这口气。"自己抱怨着也哭了。这话传入宝林二人耳内。原来他二人竟是从未听见过"不是冤家不聚头"的这句俗语,如今忽然得了这句话,好似参禅的一般,都低头细嚼这句话的滋味,都不觉潸然泣下。虽不曾会面,然一个在潇湘馆临风洒泪,一个在怡红院对月长吁,却不是人居两地,情发一心!

贾母的一番话以及宝黛细嚼贾母话后的反应,真是意味深长。

贾母的哭,既表现出她对宝黛的感情之深,又表现出她对宝黛的担忧和关心。"不是冤家不聚头",几乎是对宝黛爱情的认可,这是一次关于宝黛爱情的"声明"啊。但这一段话中,则隐寓着这样的结局:贾母活着,宝黛爱情还能得到保护。贾母死了,宝黛爱情必然走向悲剧,不幸的是这恰恰就是宝黛爱情的最后结局。

但在第二十九回,经历了这一次吵架,宝黛彼此的心靠得更近了,从此他们再也没有为"金玉"之说吵架。宝黛的爱情之旅,经历了痛而快乐的历程,从第二十九回以后,宝黛爱情的发展进入了一个彼此"放心"的新阶段。

（根据 2016 年 9 月 24 日参加北京曹雪芹学会举办的"品红楼"活动的讲稿整理。）

是是非非说宝钗

在《红楼梦》所有人物当中，我认为薛宝钗恐怕是最复杂的一个。从《红楼梦》诞生以来，"是是非非"总是伴随着薛宝钗。可以说薛宝钗是《红楼梦》中最难认识的一个人物，也是最具争议的人物。而对薛宝钗的评价和认识，尤其是在宝、黛、钗三人的关系当中，怎么看薛宝钗，这对于我们理解《红楼梦》是非常重要的。

为什么"是是非非"总是伴随着薛宝钗？根本原因还是在于薛宝钗人物形象的复杂性上。清代著名的蒙古族文艺理论家哈斯宝曾对薛宝钗作过这样的评价，他说：

> 这部书中写宝钗、袭人，全部用暗中抨击之法，粗略看去，他们都好像极好极忠厚的人，仔细想来却是恶极残极。

> 全书许多人写起来都容易，唯独宝钗写起来最难。

因此读此书，看到许多人的故事都容易，唯独看宝钗的故事最难。

哈斯宝说薛宝钗："读她的话语，看她行径，真是句句步步都像个极明智极贤淑的人，却终究逃不脱被人指为最奸最诈的人。"哈斯宝这个人非常了不起，看问题不简单。他虽然是一个典型的拥林贬薛派，很不喜欢薛宝钗，但他看到了薛宝钗这个人物不是一个一眼就能看透的人物，而是一个复杂的、矛盾的、不容易认识清楚的人物。

古往今来人们看薛宝钗时，往往犯了简单化的毛病。我经常讲这么一个例子，看《红楼梦》的时候，千万不要像小孩子看小人儿书，总是问他的爸爸妈妈，谁是好人谁是坏人。遗憾的是在很长时间里，在评价薛宝钗的时候，人们往往简单地用一种善恶标准、道德标准、行为标准，或者简单地用一种封建与反封建的政治标准。这样一评价的话就把这个人物的复杂性、丰满性给抹煞掉了。著名红学家吕启祥先生曾写过一篇评论薛宝钗的文章，题目叫《形象的丰满与批评的贫乏》，就指出了以往人们在评价薛宝钗时存在的简单化的毛病。

自《红楼梦》诞生以来，薛宝钗总是与"是是非非"和无休止的争论伴随在一起。而对薛宝钗的评价又总是与对林黛玉的评价联系在一起，这就是自清代以来一直存在着的尊林抑薛派与尊薛抑林派之争。清人邹弢在《三借庐笔谈》中曾记载了这样一件有趣的事：邹弢与许绍源是一对老朋友，许绍源是尊薛派，认为黛玉尖酸，宝钗稳重。而邹弢却是尊林派。一次他们谈论《红楼梦》，虽说是老朋友，但在钗黛孰为优劣问题上却各不相让，以至"一言不合，遂相龃龉，几挥老拳"。此后两个老朋友誓不共谈《红楼梦》。可见他们争论之激烈。

　　清代的钗黛之争，或说对宝钗的评价，基本上是围绕钗黛优劣进行的，所依据的是善恶标准、道德标准或行为标准。如上面提到的许绍源就认为宝钗端重，黛玉尖酸。清代著名的评点家护花主人王希廉也是尊薛抑林派，他说："黛玉一味痴情，心地偏窄，德固不美，只有文墨之才；宝钗却是有德有才。"不过总的来看，在清代尊林抑薛派占有压倒性的优势。

　　尊林抑薛派当首推"读花人"涂瀛，他在《红楼梦问答》中指责薛宝钗是小人，当问到宝钗与黛玉孰为优劣时，他说：

　　　　宝钗善柔，黛玉善刚；宝钗用屈，黛玉用直；宝钗徇情，黛玉任性；宝钗做面子，黛玉绝尘埃；宝钗收人心，黛玉信天命。

涂瀛这种看法在清代非常有代表性。前文提到的哈斯宝就认为薛宝钗是"最奸最诈的人"。清代另一位评点家陈其泰在《桐花凤阁评红楼梦》中也是对宝钗大加讨伐，说宝钗进京后不去报名听选，是因为见了宝玉便不想入宫了。宝钗伪造金锁只是要迷惑宝玉。说宝钗一刻也不放松黛玉，又浑藏不露等等。总之宝钗是"奸恶极矣""变诈极矣"。这些看法在清代是很普遍的，到了清末更是一边倒，很少有人为宝钗说好话了。概括起来，就是指责宝钗奸诈。我们不难看出清代人无论是赞美宝钗还是指责宝钗，都是一种直观的认识，带有强烈的感情色彩，不免简单化和绝对化，很难对人物作出客观、公正、符合作品实际的分析评价。

对薛宝钗人物形象真正做深入的理论探讨，颠覆清代以来一边倒贬薛观点的第一人是著名红学家俞平伯先生。1922年俞平伯先生在《红楼梦辨·作者底态度》一文中说：

　　是曲既为十二钗而作，则金是钗玉是黛，很无可疑的。悲悼犹我们说惋惜，既曰惋惜，当然与痛骂有些不同罢。这是雪芹不肯痛骂宝钗的一个铁证。且书中钗黛每每并提，若两峰对峙双水分流，各尽奇妙莫能相下……

这个观点在1948年发表的《"寿怡红群芳开夜宴"图说》一

文中又作了进一步的论述，说：

> 《红楼》一书中，薛林雅调称为双绝，虽作者才高殊难分其高下，公子情多亦曰"还要斟酌"，岂以独钟之情遂移并秀之实乎。

> 第五回太虚幻境的册子，名为十二钗正册，却只有十一幅图，十一首诗，黛钗合为一图，合咏一诗。这两个人难道不够重要，不该每人独占一幅画儿一首诗么？然而不然者，作者的意思非常显明，就是想回避这先后的问题。

他后来在《红楼梦研究·后三十回的红楼梦》一文中更明确提出了"钗黛合一论"，他说：

> 钗黛在二百年来成为情场著名的冤家，众口一词牢不可破，却不料作者要把两美合而为一……

俞平伯先生的观点与以往种种说法有了相当大的不同，很可惜，由于种种原因他没有就此观点再进一步阐述，1954年这个观点受到了严厉的批判。

在俞平伯先生之后，还有一位大学者李辰冬为薛宝钗说了不少好话。1935年他在《红楼梦重要人物的分析》文章中，认为薛宝钗是一个十全十美的人物，他说："曹雪芹所要描写她的，想从她的性格里找到中国女性一切的美德，那就是当代大家都承认的女性道德。"哪些道德呢？他认为宝钗第一是孝，第二是待人忠厚，第三是性格温柔，第四是无所不知，无所不通，作诗、绘画、治理家务、整理大观园财产。

但在对薛宝钗的研究中，有一位重要学者的观点影响很大，这就是太愚（王昆仑）先生的说法。1944年，他在《薛宝钗论》一文中，首先提出了薛宝钗是正统封建淑女的观点。他说："商业世家无形中赋予了宝钗以计较利害的性格，善于把握现实利益的人必然能控制自己的感情，她永远以平静的态度，精细的方法处理这一切。"所以他认为，薛宝钗是《红楼梦》所有人物中第一生活技术家。甚至认为宝钗唯一无二的出路是争取宝玉夫人的地位。为了达到这个目的，一方面以智慧和手腕向宝玉周围做功夫，另一方面对黛玉采取攻心的办法，还能使得这位宝姐姐并不藏奸。王昆仑先生的文章影响很大。

新中国成立以后，在《红楼梦》研究中，因政治因素的影响，对宝钗的评价明显打上了意识形态的烙印，特别是在1954年以后。

1954年，李希凡、蓝翎先生在那篇著名的《关于〈红楼梦简论〉及其他》一文中，对俞平伯先生的观点首先进行了批评，他们认为俞先生的"钗黛合一论"调和了尖锐的矛盾，抹煞了两个形象所体现的社会内容，否定了二者本质上的界限和差别，使反面典型与正面典型合而为一。随后，他们又在《〈红楼梦〉中两个对立的典型——林黛玉和薛宝钗》一文中，进一步阐述了以上观点，认为："薛宝钗是科举制度热烈的支持者，封建礼教的虔诚信徒。……是一个封建制度的坚决维护者。"认为林黛玉和薛宝钗是两个完全对立的典型性格，体现着不同的社会力量。李希凡、蓝翎先生的这种观点对后来研究薛宝钗的学者们产生了相当大的影响。

在谈到对薛宝钗的评论时，何其芳先生1956年写的长篇论文《论红楼梦》是不能不提的，正是在这篇著名的论文中何其芳先生提出了一种全新的观点，也是对后来产生了重要影响的观点。何其芳先生不同意把宝钗说成是奸诈的小人，他认为："作者所写的薛宝钗本来并不是一个'心里藏奸'，成天在那里想些阴谋诡计，并用它们来破坏别人的幸福的人。"

何其芳先生认为宝玉与黛玉的爱情悲剧不决定于薛宝钗，那种认为薛宝钗的一切活动都是有意识地有计划地争夺贾宝玉的看法，既不符合书中的描写，又缩小了这个人物的思想意义。那么，何其芳先生认为薛宝钗是什么样的人呢？他认为薛宝钗是一个封建正统思想忠实的信奉者。还说如果我们在她身上看出了虚伪，那是由于封建主义本身的虚伪，并不是由于她的奸险。

在"文化大革命"结束之后,《红楼梦》研究进入一个新时期,越来越趋向于合情合理,合乎作品的实际描写。在薛宝钗形象的研究中,虽然主要还是比较对立的两种评价,但人们更多地从人物丰满复杂和文化内涵方面研究。正如著名红学家吕启祥先生所说,薛宝钗是一个复杂的充满了矛盾的人物形象,是一个活生生的人物,"在某种程度上作者把他对于中国封建社会修身处世之道的深刻观察概括其中,把他对中国传统文化的独特见解熔铸其中,这就使得这个形象的复杂性具有深厚的社会历史原因。"这是比较深刻的见解。

到底该怎样看薛宝钗这个人物,我想最好不要从概念出发,不要像搞政审一样从政治标准出发,也不要简单地从道德标准和"好人"与"坏人"的标准出发看薛宝钗,我们首先要看一看作品中到底是怎样描写的,看看作者是不是把薛宝钗写成一个很奸诈、很阴险、很狡猾的人?薛宝钗是不是一心想要做宝二奶奶?我想如果不带偏见,用一种平常心来读《红楼梦》,就不会得出这样的结论。

《红楼梦》中的薛宝钗给人们留下什么样的印象呢?漂亮、健康、有才华、性格温柔、会处事,有心计等等,在她的身上美与丑、冷与热、真与伪、有情与无情、质朴与矫饰、浑厚与尖刻等等都浑然一体,真是够丰富够复杂的。

不错，在《红楼梦》中作者总是有意把薛宝钗和林黛玉放到一起比较，这是一种巧妙的艺术安排，比如薛宝钗比较丰满，林妹妹则比较瘦弱；薛宝钗比较会藏拙，不干己事不开口，一问摇头三不知，林黛玉就比较直率；薛宝钗比较会待人处事，林黛玉则常常得罪人，说话太尖刻。她俩写的诗也不一样，薛宝钗的诗比较含蓄浑厚，林黛玉的诗则写得风流袅娜。作者确实处处把她俩作为鲜明的、不同特点的艺术形象来对比描写。但这样写不是把两个人物简单地对立起来。其实在薛宝钗这样一个丰满复杂的人物形象中，作者赋予了对人生、对生活很多的感慨和体悟。作者对她有深刻的批判，同时又赋予深深的同情，薛宝钗也是一个悲剧性的人物，是一个不朽的艺术形象。

我们不妨从《红楼梦》的具体描写入手，从一些引起人们争议的情节入手，来认识薛宝钗，分析薛宝钗。比如大家经常谈到的金锁的问题，宝钗扑蝶的问题，宝钗进京的问题，宝钗与宝玉的关系问题，宝钗与黛玉的关系问题，黛玉之死的问题，宝钗与宝玉结婚的问题，等等。

宝钗的名字

我们每一个人一出生，都会有一个名字，名字都寄托了父母长辈对孩子的期盼。而《红楼梦》中人物的命名，则大多与人物的性格特征及命运结局有联系，这是《红楼梦》创作的一个特色，薛宝钗也不例外。过去早有人指出，宝钗的名字让人一看就不吉利。怎么讲呢？先说"薛"，"薛"谐音就是"雪"，薛宝钗的"薛"正是隐寓大雪的"雪"。这在《红楼梦》中可以找到许多的根据，而宝钗的性格、生活乃至命运结局都与这个"雪"字密切相连。比如《红楼梦》第五回贾宝玉梦游太虚幻境，在薄命司里看到"金陵十二钗正册""金陵十二钗副册""金陵十二钗又副册"等，在"正册"中宝玉看到了黛玉等姐妹们的判词，其中黛玉与宝钗是放到一起的："只见头一页上便画着两株枯木，木上悬着一围玉带；又有一堆雪，雪下一股金簪。"判词是：

　　可叹停机德，堪怜咏絮才。玉带林中挂，金簪雪里埋。

判词中暗寓了林黛玉和薛宝钗的命运结局，而"金簪雪"正是宝钗的名字。在同一回的《红楼梦曲·终身误》中则是："空对着，山中高士晶莹雪。"第六十五回兴儿演说荣国府时提到宝钗："还有一位姨太太的女儿，姓薛，叫什么宝钗，竟是雪堆出来的。"看来，作者赋予宝钗"薛"姓，确有寓"雪"之意。

　　雪代表什么？一是白，二是冷，三是容易融化，而这些正是宝钗性格和命运的象征。白是形容宝钗白净漂亮,第二十八回,宝玉看宝钗是"雪白一段酥臂,不觉动了羡慕之心"。宝钗的美丽让宝玉动心,甚至竟看呆了,糟糕的是这一幕情景恰恰被黛玉看在了眼里,这就成了宝玉"见了姐姐忘了妹妹"的重要"罪证"之一。冷是形容性格,身体健康的薛宝钗偏偏从娘胎里带来一股热毒,需要吃一种药,叫"冷香丸",这种药是用白牡丹花蕊、白荷花蕊、白芙蓉蕊、白梅花蕊等调制而成。而她住的房子蘅芜苑也与别的姑娘们不一样,像"雪洞一般",连贾母都叹道:"年轻的姑娘们,房里这样素净,也忌讳。"所以宝钗被人们称为"冷美人","任是无情也动人",她的冷静、理性是她性情、性格的基本特征。雪的容易融化暗喻宝钗的命运结局,这是十分清楚的,她也是一个悲剧性的人物。

再说"宝钗"两个字。著名红学家吴世昌先生曾指出,在中国古典诗词中,"钗"常用为分离的象征,而《红楼梦》中的"宝钗"也正是用来象征生离死别。《红楼梦》第六十二回写到大观园的姑娘们行酒令做"射覆"的游戏,当宝钗说出"宝"字时,宝玉马上猜到了宝钗的用意,说出"钗"字,并解释道:"他说'宝',底下自然是'玉'了。我射'钗'字,旧诗曾有'敲断玉钗红烛冷',岂不射着了。"宝玉引的这首旧诗出自南宋郑会的《题邸间壁》诗:"敲断玉钗红烛冷,计程应说到常山。"王相《千家诗》注云:

"玉钗,烛花也。……烛花敲断,夜静而更深。"这里实际是暗寓后来贾家变故,宝玉出走,宝钗在夜深人静的时候思念出走的宝玉。意味深长的还有当时湘云和香菱说的话。当宝玉说出"敲断玉钗红烛冷"的旧诗句后,湘云说道:"这用时事却使不得,两个人都该罚。"香菱却反对湘云的说法,说:"前日我读岑嘉州五言律,现有一句说'此乡多宝玉',怎么你倒忘了?后来又读李义山七言绝句,又有一句'宝钗无日不生尘',我还笑说他两个名字原来在唐诗上呢。"岑参的诗句暂且不谈,关于唐代诗人李商隐(即李义山)的七言绝句《残花》一诗,全诗是:

残花啼露莫留春,尖发谁非怨别人。若但掩关劳独梦,宝钗何日不生尘。

吴世昌先生认为这是一首"闺怨"诗,仅就诗面的意思看,无论是"怨别人",还是"劳独梦",都是说一种青年女子寡居的生活。"宝钗何(小说中写作'无')日不生尘"则是形容女子懒于梳妆。据吴世昌先生对全诗的解释:"既然她只能闭门('掩关')独自个儿劳魂役梦,平时还要什么妆饰呢?所以虽有宝钗也无须'耀首',天天弃而不用,当然要'生尘'了。"(见《红楼梦探源外编》)这不是"空对着,山中高士晶莹雪"和"金簪雪里埋"吗?这里正是隐寓宝钗的最后结局：就是宝钗与宝玉结婚后，宝玉出走，宝钗寡居。看来，"薛宝钗"这个名字真是不吉利。

宝钗的容貌、着装和气质

《红楼梦》中"女儿"们个个都长得十分漂亮，但又各不相同。薛宝钗出身于皇商家庭，是金陵四大家族中的薛家，护官符上写道："丰年好大雪，珍珠如土金如铁。"她的家里是经商的，非常有钱。那么出生在这样家庭里的薛宝钗会长成什么样、会是怎样的打扮和具有怎样的气质呢？

第四回在说到薛家的时候，提到宝钗："还有一女，比薛蟠小两岁，乳名宝钗，生得肌骨莹润，举止娴雅。"而且小时因父亲的宠爱，竟让她读书识字，故比起她那个呆霸王的哥哥薛蟠来，不知高多少倍。第五回宝钗已经进了贾府，她一来，无论是美貌还是性格脾气都似乎压过黛玉，黛玉心里很是不高兴。书中写道：

> 不想如今忽然来了一个薛宝钗，年岁虽大不多，然品格端方，容貌丰美，人多谓黛玉所不及。而且宝钗行为豁达，随分从时，不比黛玉孤高自许，目下无尘，故比黛玉大得下人之心。

在第八回，宝玉到梨香院去看望宝钗，作者又通过宝玉的眼睛把宝钗的容貌和打扮描绘了一番：

> 宝玉掀帘一迈步进去，先就看见薛宝钗坐在炕上作针线，头上挽着漆黑油光的鬏儿，蜜合色棉袄，玫瑰紫二色金银鼠比肩褂，葱黄绫棉裙，一色半新不旧，看去不觉奢华。唇不点而红，眉不画而翠，脸若银盆，眼如水杏。罕言寡语，人谓藏愚；安分随时，自云守拙。

这一段把宝钗的日常状态表现得很细，从穿戴到容貌到神情，都写得很真切。第二十八回还是从宝玉的眼里看宝钗的，当时宝玉要看宝钗戴的红麝串，可是因为宝钗"生的肌肤丰泽"，所以好不容易褪下来。就是因为在一旁看宝钗褪红麝串，宝玉又注意到了宝钗"雪白一段酥臂"，并产生了"这个膀子要长在林妹妹身上，或者还得摸一摸，偏生长在他身上"的念头。正是在这样的情景下，宝玉再看宝钗："只见脸若银盆，眼似水杏，唇不点而红，眉不画而翠，比林黛玉另具一种妩媚风流。"

看了以上的几段描写，宝钗的外貌、性格归纳起来应该是这样的：一是她长得比较丰满。从她褪手腕上红麝串时的情景可以看得十分清楚。第三十回宝玉说宝钗："怪不得他们拿姐姐比杨妃，原来也体丰怯热。"宝玉把宝钗比作以丰满出名的杨贵妃了。宝钗的脸应该是圆的（"脸若银盆"么），这都表明宝钗是有点胖，当然如果说丰满或许更合适。二是长得白。兴儿说宝钗"竟是雪堆出来的"，宝玉看到宝钗的臂膀也是"雪白一段"。当然作者写宝钗长得白，除了要告诉人们宝钗的漂亮外，还隐寓了她的为人、性格和命运，"白"是与"雪（薛）"联系在一起的。三是宝钗穿戴比较淡雅素朴，这与皇商小姐的身份是不一致的。她"从来不爱这些花儿粉儿的"，穿的衣服也很少有鲜艳的，倒是深暗、冷色的居多。居住的房子如蘅芜苑则像"雪洞一般"，连贾母见了都觉得不像姑娘家住的地方，这一切都是为了烘托宝钗的性格和思想特征以及隐寓她的命运。四是性格脾气比较沉稳随和，行为豁达，善于藏拙。薛宝钗无论容貌和性格都与林黛玉大不相同，但都是十分美貌的姑娘。清代的一位《红楼梦》研究者诸联曾评论说，如以花而论，黛玉如兰，宝钗如牡丹，这是很形象的比喻。

关于宝钗进京

宝钗为什么进京？为什么到了京城又一直住在荣国府里不走，是不是一心为了与黛玉争夺宝二奶奶的位置，这是关于宝钗争论最多的问题之一，也是宝钗被人们批评最多的一件事。

宝钗为什么进京？其实书中交代得十分清楚。第四回的回目是"薄命女偏逢薄命郎，葫芦僧乱判葫芦案"，在这一回中讲了一件事情，就是宝钗的哥哥薛蟠为了与人争英莲（即后来的香菱），强令手下的人把冯渊打死了。这是薛家进京的一个起因，但并不是主要的原因。如果说仅仅是因薛蟠打死了人，要出去躲一躲，那么薛蟠一个人跑出去躲就行了，用不着全家都走。实际上在薛蟠的心里根本没把打死人当作一回事，他想进京是"素闻得都中乃第一繁华之地，正思一游"，他是为了到京城玩的，而不是出去躲官司。当然薛蟠的小算盘是不能明着说的，能说出来的进京理由有三条："一为送妹待选，二为望亲，三因亲自入部销算旧帐，再计新支。"这样薛家全家包括薛姨妈、薛宝钗就有了进京的理由。"望亲"好解释，薛姨妈是王夫人的妹妹，她的哥哥又是京营节度使王子腾，姐姐哥哥都在京城，薛姨妈进京望亲乃人之常情。薛蟠进京入部销算旧帐也是说得过去的理由。那么薛宝钗待选又是怎么回事呢？书中写道：

近因今上崇诗尚礼，征采才能，降不世出之隆恩，除聘选妃嫔外，凡仕宦名家之女，皆亲送名达部，以备选为公主郡主入学陪侍，充为才人赞善之职。

这里所说的"才人赞善之职"，指的是宫中女官，原来宝钗进京是为了备选宫中女官的。薛家在京城有多处生意，有当铺，也有多处房舍，为什么不住在自己的房舍，却住在贾府呢？原因很简单，一是薛家的房舍多年没有人居住，需要打扫才行；二是薛姨妈本来就是为了进京看望亲友的，和姐姐王夫人别了几年，也想厮守几日，大家亲密些；三是贾府的房舍很多，住在这里对贾府来说也不算什么；四是薛姨妈要住在贾府也是为了拘紧些薛蟠，怕他进了京城再惹祸。所以当薛蟠找理由不想住在贾府的时候，薛姨妈就说："你的意思我却知道，守着舅舅姨爹住着，未免拘紧了你，不如你各自住着，好任意施为。"简而言之，作者完全是为了给薛宝钗找一个进京的理由，找一个住在贾府的理由，如果薛宝钗不能住在大观园里，还能有"怀金悼玉"的《红楼梦》吗！至于说宝钗进京以后为什么不再提起待选的事，又一直住在贾府，这是艺术创作的需要，实在不必太认真。作者之所以让宝钗是以待选的名义进京，一个更为重要的意图是为了刻画宝钗这个人物的思想性格。林黛玉绝不会有待选的念头，只有宝钗才有这样的思想基础和条件。在元春省亲的时候，宝玉为作诗而弄得手忙脚乱，这时宝钗说什么："亏你，今夜不过如此，将来金殿对策，你大约连'赵钱孙李'都忘了呢！"又说，"谁是你姐姐，那上头穿黄袍的才是你姐姐！你又认我这姐姐来了。"她想的是"金殿对策"，她对元春当了皇帝的妃子也是很羡慕的，"好风频借力，送我上青云",这就是宝钗的思想。宝钗进京待选是刻画她思想性格的重要一笔。

宝钗金锁的来历

在《红楼梦》的人物中,脖子上挂着特殊饰物的有三个人,即贾宝玉挂通灵宝玉、薛宝钗挂金锁,还有史湘云挂金麒麟。以往人们说得很多的一个观点,就是认为宝钗的金锁是薛姨妈伪造的,就是为了与宝玉的婚姻而编造出来的谎话。这样的看法对吗?

薛姨妈确实说过,宝钗的金锁是个和尚给的,等日后有玉的方可结为婚姻。宝钗的丫鬟莺儿说那是个癞头和尚。如果我们不信薛姨妈的话,硬说金锁是伪造的,那么湘云的金麒麟是不是伪造的?宝玉的通灵宝玉更该是伪造的,谁见过生下来的孩子口里含着玉的?和尚送的就是和尚送的,没有什么可怀疑的。宝钗的冷香丸不就是癞头和尚开出的"海上方"吗!张道士不是也送给宝玉一个金麒麟吗!无论是宝玉的通灵宝玉,还是宝钗的金锁,都是一种象征的写法,它原本是为了"木石前盟"与"金玉姻缘"的对立而设计的,作者都是深有寓意的。

的确,就是因为宝钗有了这么个金锁,又有"等日后有玉的方可结为婚姻"的话,没少让黛玉担心,宝玉黛玉两个情人也为此闹了不少矛盾。但在实际中宝钗并没有成为黛玉的情敌，处心积虑地与黛玉争夺宝玉。恰恰相反，因为有了这个金锁，倒让宝钗总远着宝玉。一次，元春赐给大家礼物，独宝玉和宝钗所赐的东西是一样的。因为有"金""玉"的说法，使得宝钗"心里越发没有意思起来"。还有一次，宝玉挨打后，宝钗疑心与薛蟠有关系，薛蟠急了不知轻重地说："好妹妹，你不用和我闹，我早知道你的心了。从先妈和我说，你这金要拣有玉的才可正配，你留了心，见宝玉有那劳什骨子，你自然如今行动护着他。"这话说出，不仅把薛姨妈气得浑身乱战，宝钗整整哭了一夜，就是呆霸王薛蟠都意识到"冒撞了"。很显然，虽然薛姨妈说过"这金要拣有玉的才可正配"的话，但这是癞头和尚说的，并不是薛姨妈编造的。而宝钗与宝玉并没有那么深的感情，宝玉也不是她心目中理想的丈夫，对宝钗来说"金玉"未必是"良缘"，所以也就没有必要去伪造什么金锁了。

  我们前面说过，无论是木石前盟还是金玉姻缘，都是象征的艺术设计，是为了凸现情与理的对立。木石前盟是前世的缘，在尘世是不可能实现的。木石前盟的毁灭不是薛宝钗造成的，而是那个封建社会的制度造成的。如果仅仅看成是宝钗的奸诈行为，那样未免太肤浅。更何况金玉姻缘最后也是悲剧。

"宝钗扑蝶"时是有意嫁祸黛玉吗

"宝钗扑蝶"的故事发生在《红楼梦》的第二十七回,这是一段非常精彩的描写,"扑蝶"这种事在宝钗的身上是很难得一见的,它生动地表现了宝钗作为一个少女天真烂漫的一面。然而在宝钗扑蝶的过程中发生了一件意外的事情,使得原本轻松愉快的故事变得复杂了。

原来这一天"未时交芒种节",大观园的姑娘们都出来玩耍,独不见黛玉,宝钗要到潇湘馆去找黛玉,后来见宝玉进了潇湘馆,宝钗想到黛玉好猜疑,这个时候如果跟着宝玉进去,一则宝玉不便,二则黛玉嫌疑,想到这里就回来了。路上她见到一双玉色蝴蝶,便去扑蝶,并一直跟到大观园滴翠亭外,这时宝钗听到亭内宝玉的丫鬟红玉与坠儿在说贾芸的事情,心中吃惊,因想道:"今儿我听了他的短儿,一时人急造反,狗急跳墙,不但生事,而且我还没趣。"由于她已经到了亭外,躲不了了。所以使了个"金蝉脱壳"的法子,故意喊"颦儿,我看你往那里藏",还问红玉和坠儿:"你们把林姑娘藏在那里了?"可以说,宝钗"金蝉脱壳"的法子使用得非常成功,一点也没有引起怀疑,相反倒是红玉担心黛玉听见了她们说的话。就是这样一件事,不少人批评宝钗太奸诈,你怕因听到红玉的话给自己惹事,却又把黛玉卖了出去，这不是成心陷害嫁祸黛玉吗？

应该说这种批评并非没有一点的道理，但如果我们认真仔细地分析事情的前前后后，说宝钗是成心地陷害嫁祸黛玉是十分勉强的。

首先，宝钗去找黛玉是好意，没有任何的恶意；其次她的目的只是脱身，并不是为了害黛玉，她根本不需要借这样的事去害黛玉。那么，宝钗为什么张口就喊出了黛玉的名字呢？原因很简单，因为她本来就是去找黛玉的，合理的解释是她是下意识喊出黛玉的，而不会是成心害黛玉。最重要的是薛宝钗不是一个故意害人的人，她不是奸诈的人，这不符合宝钗的思想性格。

当然，宝钗在这件事情上做得确实欠妥，尽管她的内心没有害黛玉的主观意图，但客观上确实伤害了黛玉，确实"嫁祸"了黛玉。我们知道宝钗是一个自我保护意识很强的人，王熙凤说她是"不干己事不开口，一问摇头三不知"，是一个很有主意、很有城府的人，她的"金蝉脱壳"保护自己本无可厚非，而忘了保护别人则是不应该的。在这里作者通过一个小小的细节，对宝钗的批评应该说是十分严厉和深刻的。

宝钗的才华和学识

《红楼梦》中的女孩子们许多人都很有才华，如林黛玉、薛宝钗、史湘云、探春，还有妙玉等等，但如果要评选大观园中谁是最有才华学识的，那非宝钗莫属。

宝钗的诗才可以说与黛玉不相上下，在伯仲之间，甚至有过之而无不及。《红楼梦》第十七、十八回，宝玉作诗不知"绿蜡"的出处，宝钗随口说出唐代钱珝的咏芭蕉诗，宝玉佩服地称她为"一字师"。在大观园的姑娘们诗社活动中，基本上是宝钗和黛玉轮流夺魁，她俩的才华明显地高出其他姑娘，能够与她们两个媲美的也只有史湘云一个。宝钗的诗多是一种含蓄浑厚的格调，这与她的思想性格是一致的。

如果说黛玉的诗才不在宝钗之下的话，那么宝钗的学识就是黛玉不及的了。第三十七回，她与湘云谈诗，就是一篇很有水平的诗论，她说："诗题也不要过于新巧。你看古人诗中那些刁钻古怪的题目和那极险的韵了，若题过于新巧，韵过于险，再不得有好诗，终是小家气。诗固然怕说熟话，更不可过于求生，只要头一件立意清新，自然措词就不俗了。"第六十四回当她看了黛玉写的《五美吟》，又发表了一番不俗的见解，说："做诗不论何题，只要善翻古人之意。

若要随人脚踪走去，纵使字句工整，已落第二义，究竟算不得好诗。"接着列举王安石、欧阳修咏王昭君的诗，"俱能各出己见，不与人同"，因而是好诗。宝钗不仅诗写得好，诗论得也好，这种学识是其他姑娘比不上的。

宝钗曾打趣宝玉是"杂学旁收"，其实她读的书比宝玉多得多，懂得也多，是真正的博学多闻。惜春要画大观园，宝钗能建议用什么样的纸好，用什么样的染料，用多少种各样的笔，以及关于绘画的技巧和构思，并当即给惜春开出了采买工具的单子（第四十二回）。宝玉参禅，她能马上说出禅宗的"语录"。甚至于对戏曲也是很熟，张口就能把《鲁智深醉闹五台山》一出戏中的一支《寄生草》念了出来，宝玉交口称赞宝钗是"无书不知"。她对医药也颇有见解，第四十五回，她告诉黛玉："昨儿我看见你那药方上，人参肉桂觉得太多了。虽说益气补神，也不宜太热。"她认为先以平肝健胃为要。建议黛玉吃燕窝滋阴补气。不仅表现出对黛玉的关心，也表现出她知识的渊博。

宝钗虽说是一个姑娘家，但有着很强的管理才能。《红楼梦》第五十六回回目是"敏探春兴利除宿弊，时宝钗小惠全大体"。在探春理家的过程中，宝钗是"三驾马车"之一。理家当然是以探春为主，但宝钗的见解办法似乎比探春更高，她要用学问提着，不仅要除弊，还要通过改革使得下人能够得到一些好处，大家心齐。真是"小惠全大体"了。

作者赋予宝钗这么多的才华学识，从而使人物形象更为丰满。薛宝钗确实不是一个简单的人物，是"山中高士"，我们不要把她看简单了。

宝钗的"冷"与"无情"

我们前面讲到宝钗不是一个简单的人物，而是一个丰满的艺术形象，是一个复杂的艺术形象。在她的身上既有美的一面，如她的美貌、才华、善良、温柔，她对邢岫烟的接济，对湘云的关心体谅等等，这些都是值得人们赞赏的。但"冷"与"无情"也确确实实存在这个美貌的姑娘身上，正是"任是无情也动人"。

金钏是王夫人身边的大丫鬟，只因与宝玉说了几句轻薄的话，就被王夫人扇了耳光，并赶出贾府，最后投井自尽。金钏之死，宝玉有不可推卸的责任，因而宝玉非常难过和内疚。王夫人虽然赶走了金钏，但毕竟金钏服侍她多年，当她听到金钏死了，也不免伤心流泪。但令人感到吃惊的是，宝钗却表现得极为平静，不，应该说是极其无情。当王夫人哭着说了金钏之死的事情后，宝钗竟说："姨娘是慈善人，固然这么想。据我看来，他并不是赌气投井。多半他下去住着，或是在井跟前憨玩，失了脚掉下去的。……岂有这样大气的理！纵然有这样大气，也不过是个糊涂人，也不为可惜。"又说："十分过不去，不过多赏他几两银子发送他，也就尽主仆之情了。"我们真是见识了这位冷美人的"冷"与"无情"。不同于王熙凤的心狠手毒，她的"冷"与"无情"是用封建统治的"礼"提着，在她看来主仆之间的"礼"即规矩是不能改变的，主子打了丫鬟即使是打错了，丫鬟也不能怨恨主子，如果你有怨气，那你就是糊涂，不懂道理，因此死了也不足惜。她还认为丫鬟死了，主子多赏几两银子也就行了，主子也就可以心安理得了。在封建的统治秩序面前，她是"原则性"很强的。她认为这样才符合规矩。

又如第四十四回，凤姐因贾琏偷情而拿平儿出气，平儿一肚子委屈，在这件事情上，宝玉的心情和宝钗的表现完全两样。宝玉是："思及贾琏惟知以淫乐悦己……平儿并无父母兄弟姊妹，独自一人，供应贾琏夫妇二人。贾琏之俗，凤姐之威，他竟能周全妥贴，今儿还遭涂毒，想来此人薄命，比黛玉犹甚。"因此宝玉是伤感落泪。而宝钗呢，在劝慰平儿时却含着责怪，说什么："他可不拿你出气，难道倒拿别人出气不成？别人又笑话他吃醉了。你只管这会子委屈，素日你的好处，岂不都是假的了？"这和对金钏之死的"理"是一样的。

第六十七回，薛姨妈听说尤三姐自刎了，柳湘莲不知往哪里去了，"心甚叹息"，可当她把这个消息告诉宝钗时，宝钗竟"并不在意",尽管柳湘莲还救过薛蟠的命。在宝钗看来死了尤三姐,走了柳湘莲,是他们的前生命定,这与他们家没有关系,赶紧请帮薛蟠贩卖货物的伙计吃饭酬谢才是重要的,否则"叫人家看着无礼似的"。宝钗的"冷"与"无情"正是建立在维护封建统治阶级秩序之上。

薛宝钗的"冷"与"无情"是她接受封建统治阶级正统思想熏陶的结果,我们看着是"冷"与"无情"的,在宝钗看来是合情合理、理所当然,她的"冷"与"无情"是那个时代和社会造成的。

宝钗对男人读书的批评

在《红楼梦》中对读书的男人批评最严厉的有两个人,一个自然是贾宝玉,另一个会是谁?许多人一定意想不到,那就是薛宝钗。

在人们的印象中,薛宝钗除高唱"女子无才便是德"外,就是劝男人读书上进。她认为女子是不必读书的,如她与湘云谈论如何作诗时就说:"究竟这也算不得什么,还是纺绩针黹是你我的本等。"(第三十七回)她对林黛玉也这样说过:"你我只该做些针黹纺织的事才是,偏又认得了字,既认得了字,不过拣那正经的看也罢了,最怕见了些杂书,移了性情,就不可救了。"(第四十二回)还有一次她与宝玉、黛玉议论到"闺阁中诗词字迹是轻易往外传诵不得的"话题时,她又见机训导宝玉、黛玉:"林妹妹这虑的也是。你既写在扇子上,偶然忘记了,拿在书房里去被相公们看见了,岂有不问是谁做的呢。倘或传扬开了,反为不美。自古道:'女子无才便是德。'总以贞静为主,女工还是第二件。其余诗词,不过是闺中游戏,原可以会可以不会。咱们这样人家的姑娘,倒不要这些才华的名誉。"这个薛宝钗真是令人难以捉摸,她无疑是大观园中学问最渊博的一个女孩,读的书也最多,这方面连林黛玉也比不上,可她偏偏到处宣扬"女子无才便是德",反对女子读书。这是不是她的虚伪呢?不能简单地这样看。薛宝钗的"杂学"是在她来贾府之前就有的。她曾对黛玉坦白说:"你当我是谁,我也是个淘气的。从小七八岁上也够个人缠的。我们家也算是个读书人家,祖父手里也爱藏书。先时人口多,姊妹弟兄都在一处,都怕看正经书。弟兄们也有爱诗的,也有爱词的,诸如这些'西厢''琵琶'以及'元人百种',无所不有。他们是偷背着我们看,我们却也偷背着他们看。后来大人知道了,打的打,骂的骂,烧的烧,才丢开了。所以咱们女孩儿家不认得字的倒好。"可见薛宝钗也是经历过一个转变的。她是在"大人"们教育下,而回到了封建正统的规范上来。"女子无才便是德",这是封建的道德观念,长大了的宝钗已经自觉地接受了这一套封建伦理道德思想。

283

薛宝钗认为女子不能读书，而对男人来说则恰恰相反，她认为男人必须读书，否则就没有前途。用史湘云劝宝玉的话说："你就不愿读书去考举人进士的，也该常常的会会这些为官做宰的人们，谈谈讲讲些仕途经济的学问，也好将来应酬世务，日后也有个朋友。没见你成年家只在我们队里搅些什么！"这同样也是薛宝钗对贾宝玉的期望。她同湘云一样，也没少劝过不愿读书的宝玉，为此曾引起宝玉极大的不满。如第三十六回写道："或如宝钗辈有时见机导劝，反生起气来，只说'好好的一个清净洁白女儿，也学的钓名沽誉，入了国贼禄鬼之流。这总是前人无故生事，立言竖辞，原为导后世的须眉浊物。不想我生不幸，亦且琼闺绣阁中亦染此风，真真有负天地钟灵毓秀之德！'因此祸延古人，除《四书》外，竟将别的书焚了。"

既然是薛宝钗"入了国贼禄鬼之流"，希望贾宝玉读书上进，走仕途经济道路，她怎么又会说男人读了书倒更坏了呢？薛宝钗确实这样强烈地表示过对当时的男人世界的不满。事见第四十二回她对林黛玉所说的话："男人们读书不明理，尚且不如不读书的好，何况你我。就连作诗写字等事，这不是你我分内之事，究竟也不是男人分内之事。男人们读书明理，辅国治民，这便好了。只是如今并不听见有这样的人，读了书倒更坏了。这是书误了他，可惜他也把书糟踏了，所以竟不如耕种买卖，倒没有什么大害处。"薛宝钗对读书的男人们的批评不能说不严厉，在《红楼梦》中这样的批评也是罕见的，恐怕只有贾宝玉的某些言论才能与之相比。但遗憾的是当人们赞赏贾宝玉的叛逆性的时候，却忽略了薛宝钗对男人世界也有如此深刻的认识。

薛宝钗一方面鼓励贾宝玉读书上进，一方面又认为读了书的男人倒更坏了，这不是很矛盾吗？这是否表明薛宝钗与贾宝玉一样，也有一些叛逆思想呢？回答当然是否定的。薛宝钗与贾宝玉都批驳了读书人，但两人的思想观念还是相当不同的。首先在于他们对读什么书的看法上不同。宝玉是"愚顽怕读文章"，这里所说的文章是指经济仕途之书。在宝玉看来除《四书》以外没什么好书。如第三回他对探春说："除《四书》外，杜撰的太多。"又如第十九回袭人说宝玉的话："凡读书上进的人，你就起个名字叫做'禄蠹'；又说只除'明明德'外无书，都是前人自己不能解圣人之书，便另出己意，混编纂出来的。"第三十六回更是写到宝玉"除《四书》外，竟将别的书焚了"。可以说宝玉将《四书》以外的所有儒家经典差不多都否定了。一句话，宝玉不喜欢读书，是指他不喜欢读封建家长规定的所谓"正经"书，他喜欢的则是"杂学旁收"。这些恰恰同薛宝钗相反。在薛宝钗看来读书就要读正经的书，读有用的书，什么诗、词、"西厢"、"琵琶"以及"元人百种"等等都是杂书，读这些杂书不仅无用，最可怕的是会"移了性情"。而从上面引述的她批驳读书男人们的话,没有一点否定"正经书"的意思。她认为书是好的,问题是男人们没读好,没有达到"读书明理",以致"把书糟踏了"。其次,宝玉与宝钗对读书目的的认识也根本不同。宝玉最厌恶八股制艺那一套东西,根子在于他坚决不愿走封建家长规定的科举考试读书当官的道路,他鄙视功名利禄,甚至不愿与贾雨村一类为官做宰的人接触。薛宝钗与他相反,她认为读书的目的在于要"明理",要"辅国治民"。她反对宝玉"杂学旁收",除怕"移了性情"外,更在于读那些杂书于科举考试无用。她希望宝玉"留意于孔孟之间,委身于经济之道",将来在仕途道路上能有番大作为。在走什么样的人生道路上,宝玉与宝钗有着尖锐的对立。所以,从不劝宝玉去谈讲仕途经济的学问的林黛玉获得了宝玉深深的爱,而同样美丽漂亮的宝钗则被斥为"禄蠹"。

虽然薛宝钗与贾宝玉批驳读书的男人的出发点和目的有着本质的区别,但我们不能不佩服薛宝钗的才、学、识。她尖锐地指出没有见到一个男人能做到"读书明理,辅国治民",读了书反倒更坏了,表明她对男人世界有着清醒而深刻的认识,她无疑是那个时代最有头脑最有理性的女性。

清 改琦 《红楼梦图咏》之《宝钗》

解味红楼：
曹雪芹的旧梦与悲歌

宝钗与黛玉的关系、后四十回的掉包计以及宝钗的结局

我们前面讲到的许多事情，其实都关系到宝钗和黛玉的关系，但很多人还是对薛宝钗耿耿于怀，总认为她是林黛玉最大的最危险的情敌，处心积虑要与黛玉争夺宝玉，一心想当宝二奶奶。甚至她对黛玉的关心，也被认为是阴谋，是要降服黛玉等等。这里我要提醒大家，在《红楼梦》第四十五回以前，宝钗和黛玉确实有一些小矛盾，但多数情况下引起矛盾，宝钗总是被动的，即使是涉及敏感的"金玉姻缘"和"木石前盟"的问题，宝钗也总是回避，这符合她的思想和性格，符合她的处世哲学，她并不是一心想要争当宝二奶奶的。如第二十七回，宝钗本来是去潇湘馆找黛玉出来和姐妹们一起玩的，但当她看到宝玉进了潇湘馆，便站住低头想了一想："宝玉和林黛玉是从小儿一处长大，他兄妹间多有不避嫌疑之处，嘲笑喜怒无常；况且林黛玉素习猜忌，好弄小性儿的。此刻自己也跟了进去，一则宝玉不便，二则黛玉嫌疑。"就这样没有去找林黛玉，后来就发生了"扑蝶"和"金蝉脱壳"的故事。《红楼梦》第四十五回回目是"金兰契互剖金兰语，风雨夕闷制风雨词"，"金兰契"是比喻情投意合的知心朋友，说的是宝钗来看生病的黛玉，宝钗的

关心感动了黛玉，黛玉说："你素日待人，固然是极好的，然我最是个多心的人，只当你心里藏奸。……往日竟是我错了，实在误到如今。"就是从这一次"金兰契互剖金兰语"后，宝钗和黛玉的关系越来越好，再也没有发生什么矛盾冲突。这就是《红楼梦》中的实际描写，从这里实在看不出宝钗有什么奸诈和心机。

再看"掉包计"。需要说两点：一是"掉包计"发生在后四十回，不是曹雪芹原著的描写，是别人的续书，不符合曹雪芹创作的意思；二是人们对薛宝钗的许多极端看法，多是受了"掉包计"的影响。在第九十六回，"掉包计"是凤姐的主意，得到贾母和王夫人的批准。到了第九十七回，就是"林黛玉焚稿断痴情，薛宝钗出闺成大礼"。宝玉宝钗的婚礼与黛玉的死亡在同一时刻，确实很惨。尽管我也认为这是后四十回中写得比较好的情节，但它却不符合曹雪芹创作的原意，它的设计甚至毁掉了几个重要的人物形象。我们知道，在曹雪芹写的前八十回中，贾母对宝玉和黛玉的感情是非常深的，她是支持"木石前盟"的"后台老板"，而在前台最支持"木石前盟"的就是王熙凤，她们俩怎么会想出和允许"掉包计"呢？宝玉和黛玉是心心相印，虽然在以前黛玉常常不放心，总要试探宝玉，从而闹了不少矛盾。但两个人的感情是越来越深。如果按照现在"掉包计"的描写，黛玉临死的时候，喊着"宝玉，宝玉，你好……"，肯定是"你好狠哪"之类的话,她是带着对宝玉的误解和怨恨而死,显然不符合"泪尽还债"的夙愿。而按照薛宝钗的思想和性格,绝不会在黛玉活着的时候冒名顶替去与宝玉结婚,这是绝不可能的。所以"掉包计"并不是一个成功的设计。

按照曹雪芹原来的构思,宝玉与宝钗的结合是在黛玉死后,这和现在的后四十回完全不同。根据脂批和其他线索,人们大致可以推测:贾家发生了一系列重大变故,包括贾宝玉为了躲祸也离家出走,林黛玉日夜思念和为宝玉担忧,终于"泪尽而亡",一年后宝玉才回来。回来后见到的只有"蛛丝儿结满雕梁",只有"冷月葬花魂"。之后,宝玉与宝钗结为夫妻,虽然宝钗温柔贤惠,但免不了常劝宝玉走仕途经济之路。脂批透露有一回就是"薛宝钗借词含讽谏",结果引起宝玉的反感,最后宝玉"悬崖撒手",出家做了和尚。

宝钗的结局也是悲剧性的,她最后虽然为了家族的利益,与宝玉结成了"金玉良缘",但仍然不能挽救即将倒塌的没落的贵族家庭的命运。她和宝玉不是一路人,他们不可能生活在一起。宝钗的金锁上正反两面也刻着八个字:"不离不弃,芳龄永继",结果宝玉还是离她弃她而去,她仍然没有改变"空对着,山中高士晶莹雪"和"金簪雪里埋"的命运。

这就是曹雪芹告诉我们的薛宝钗。

恨凤姐，骂凤姐，不见凤姐想凤姐

如果要问各位，《红楼梦》中第一号人物是谁？大家一定会异口同声地说——贾宝玉，这当然很对。但如果要问，在《红楼梦》中哪一个人物形象描写得最精彩、刻画得最为成功呢？我想大家的回答不一定是"异口同声"，但我相信绝大多数的读者都会想到一个名字——王熙凤。毫无疑问，王熙凤是《红楼梦》诸多人物中刻画得最为成功的艺术形象，也是中国古典小说中最为鲜活的艺术形象之一。在《红楼梦》的艺术世界里，就其丰富性、复杂性、真实性、生动性来说，王熙凤的形象无可争议是《红楼梦》中的"第一"。还不仅如此，她还是《红楼梦》中最重要的人物之一，作者在她身上倾注的笔墨一点也不比第一号主人公贾宝玉来得少，她在《红楼梦》结构中的作用和贾宝玉一样的重要。

翻开《红楼梦》，我们会发现王熙凤的名字见于《红楼梦》前八十回中的回目就多达十几次，后四十回也不少，总体比贾宝玉、林黛玉、薛宝钗在回目中出现的频率还多，如：

  第七回　送宫花贾琏戏熙凤　宴宁府宝玉会秦钟
  第十一回　庆寿辰宁府排家宴　见熙凤贾瑞起淫心
  第十二回　王熙凤毒设相思局　贾天祥正照风月鉴
  第十三回　秦可卿死封龙禁尉　王熙凤协理宁国府
  第十五回　王凤姐弄权铁槛寺　秦鲸卿得趣馒头庵
  第二十回　王熙凤正言弹妒意　林黛玉俏语谑娇音
  第二十五回　魇魔法姊弟逢五鬼　红楼梦通灵遇双真
  第四十四回　变生不测凤姐泼醋　喜出望外平儿理妆
  第五十四回　史太君破陈腐旧套　王熙凤效戏彩斑衣
  第六十七回　见土仪颦卿思故里　闻秘事凤姐讯家童
  第六十八回　苦尤娘赚入大观园　酸凤姐大闹宁国府
  第六十九回　弄小巧用借剑杀人　觉大限吞生金自逝
  第七十二回　王熙凤恃强羞说病　来旺妇倚势霸成亲

第九十六回　瞒消息凤姐设奇谋　泄机关颦儿迷本性

第一〇六回　王熙凤致祸抱羞惭　贾太君祷天消祸患

第一一〇回　史太君寿终归地府　王凤姐力诎失人心

第一一三回　忏宿冤凤姐托村妪　释旧憾情婢感痴郎

第一一四回　王熙凤历幻返金陵　甄应嘉蒙恩还玉阙

前八十回中，至少有十三回是重点写王熙凤的，现存的后四十回中有五回是写王熙凤的。我们知道后四十回不是曹雪芹写的，根据脂批，曹雪芹原稿八十回后，还有"薛宝钗借词含讽谏，王熙凤知命强英雄"一回，而实际上八十回后曹雪芹的原稿中恐怕还不止一回会写到王熙凤的，如判词中有"一从二令三人木，哭向金陵事更哀"，是讲王熙凤结局的，也应该是八十回后的重要情节。由此可见王熙凤在《红楼梦》中具有怎样的分量。从某种意义上说，王熙凤与贾宝玉可以看作是《红楼梦》中并列的主角。

说到王熙凤，人们很容易想到著名红学家王昆仑先生说的一句极为精彩、流传很广的话：

恨凤姐，骂凤姐，不见凤姐想凤姐。（王昆仑《红楼梦人物论·王熙凤论》）

这句话之所以称得上精彩、经典，就在于它非常形象、生动和准确地说出了人们对王熙凤艺术形象复杂的阅读感受——爱恨交加。王熙凤真是一个令人难以忘怀、爱恨交加的艺术形象，在中国文学史上乃至世界文学史上都是极为罕见的。

那么，王熙凤到底是一个什么样的人物呢？人们为什么对她是爱恨交加？我们到底该怎样认识和评价王熙凤？我们不妨先从《红楼梦》中上上下下的人物口中听听他们是怎样介绍和评价王熙凤的。

众人眼中的王熙凤

我们在谈这个题目之前，要先把王熙凤的身份介绍一下。王熙凤是贾母的大儿子贾赦的儿媳妇，贾琏的妻子，贾政的夫人王夫人是她的姑姑，就是说王熙凤出自金陵四大家族之一的王家，也就是"东海缺少白玉床，龙王来请金陵王"的王家。说到这里，你是否搞清楚了王熙凤与贾宝玉是个什么关系呢？在荣国府，王熙凤是贾宝玉的嫂子，是贾宝玉堂哥贾琏的媳妇。可王熙凤与贾宝玉还有一层亲戚关系，他们俩是姑舅亲。王熙凤的父亲是王夫人的大哥，也就是贾宝玉的大舅；贾宝玉的妈妈王夫人是王熙凤父亲的妹妹，也就是王熙凤的姑姑。在中国传统的血缘亲情关系中，姑舅亲还是比较亲近的亲戚关系，俗语说："姑舅亲，辈辈亲，打折骨头连着筋。"从血缘关系来讲，姑舅亲比姨表亲要亲近。所以，在《红楼梦》中，贾宝玉总是称凤姐是姐姐，而不叫嫂子。了解这些关系，对了解王熙凤在贾府中的人际关系、王熙凤与贾宝玉的关系，都是很有必要的。

王熙凤出身四大家族，这一点很重要，因为在贾府的主子夫人中，出身四大家族的只有三个人，即：贾母、王夫人、王熙凤。贾母出自史家。王夫人、王熙凤都出自王家。这个出身对于她们在贾府中的地位十分重要。

王熙凤的名字在《红楼梦》中出现得比较早。在第二回冷子兴演说荣国府时，就提到了她。第三回王熙凤第一次出场时，书中特别交代她"自幼假充男儿教养的，学名王熙凤"。而贾母对她的介绍很是有趣："他是我们这里有名的一个泼皮破落户儿，南省俗谓作'辣子'，你只叫他'凤辣子'就是了。"我们一定要记住王熙凤的这个绰号"凤辣子"，这个绰号对王熙凤来说太形象、太生动、太合适了。一个"辣"字准确地道出了王熙凤的性格特征。王熙凤在《红楼梦》中还有许多名字，不同的人出自不同的感受或是地位，对王熙凤有不同的称呼。"凤姐"毫无疑问是她最响亮的名字，还有凤哥、琏二嫂子、琏二奶奶、凤丫头、巡海夜叉、醋坛子、阎王老婆等等。在宠爱她的贾母嘴里，常叫她"凤哥""凤丫头"，或叫猴儿，这是一种喜欢和溺爱的称呼。她的丈夫、恨她的下人则叫她"巡海夜叉""醋坛子""阎王婆子"。而怕她怕得要死、恨她又恨得要死的赵姨娘，甚至都不敢叫出她的名字，只是伸出两个手指，表示她要说的是这位"母夜叉""琏二奶奶"。这些称呼，无不生动地表现出王熙凤在人们心目中的形象。

在第二回冷子兴对贾雨村说：贾琏"自娶了他令夫人之后，倒上下无一人不称颂他夫人的，琏爷倒退了一射之地：说模样又极标致，言谈又爽利，心机又极深细，竟是个男人万不及一的"。这里冷子兴连用了两个"极"字，不可泛泛看过，概括起来就是：王熙凤极漂亮、口才好、心机极深。最后一句"竟是个男人万不及一的"很重要，冷子兴是把王熙凤与"男人"作对比以后得出的结论。在《红楼梦》中，写到王熙凤的美貌、才干等等时，常常是用男人作为她的对照，这一点大家也要记住。

在《红楼梦》中对王熙凤有评价的还有三个人是不能不提的。一个就是周瑞家的，第六回刘姥姥一进荣国府，本来是冲着王夫人来的，周瑞家的给她出主意说："今儿宁可不会太太，倒要见他一面，才不枉这里来一遭。"这位周瑞家的本就是王夫人的陪房，是金陵王家的老人，对王熙凤是太了解了，她是怎么对刘姥姥说的呢："我的姥姥，告诉不得你呢。这位凤姑娘年纪虽小，行事却比世人都大呢。如今出挑的美人一样的模样儿，少说些有一万个心眼子。再要赌口齿，十个会说话的男人也说他不过。回来你见了就信了。就只一件，待下人未免太严些个。"我们是不是感觉到周瑞家的的介绍和冷子兴的介绍很相似呢？不错，冷子兴原来是她的女婿。不过，周瑞家的说得更具体生动，特别是说出了王熙凤"待下人未免太严些个"。什么太严了？第十四回宁国府总管来升怎么说："那是个有名的烈货，脸酸心硬，一时恼了，不认人的。"来升的评价，是"待下人未免太严些个"一句最好的注脚。

要说评价王熙凤最精彩的还是兴儿。兴儿是跟随王熙凤丈夫贾琏的小厮，贾琏偷娶尤二姐，把尤二姐安置在小花枝巷，就是安排这个兴儿去伺候尤二姐一家，显然兴儿是贾琏的亲信。兴儿无疑是站在贾琏的立场，他回答尤二姐、尤三姐提问时，毫不留情地发泄了对王熙凤的不满，他对王熙凤的看法可谓是入木三分，他说王熙凤"心里歹毒，口里尖快""嘴甜心苦，两面三刀；上头一脸笑，脚下使绊子；明是一盆火，暗是一把刀：都占全了"。这个兴儿也是蛮有文采的，语言真是生动。

看来，王熙凤在贾府里口碑确实不怎么好。不过倒有一个人对王熙凤评价很高，这就是秦可卿。《红楼梦》第十三回,秦可卿托梦给王熙凤,说道:"婶婶,你是个脂粉队里的英雄,连那些束带顶冠的男子也不能过你。"这里,秦可卿又是把王熙凤与束带顶冠的男人做了比较,当然那些男人比起凤姐差远了。秦可卿把挽救贾家命运的希望寄托在王熙凤的身上。在《红楼梦》中,王熙凤与这位出身寒微的秦可卿关系最好,这是很耐人寻味的。

当然,说王熙凤的口碑不怎么好,那也不尽然。她与大观园里的姑娘们的关系还是很好的,尤其是与贾宝玉、林黛玉的关系好。别看林黛玉有时说凤姐"贫嘴贱舌",两个人还打打嘴架,其实她俩的关系相当好。第四十五回,大观园里的姑娘们办诗社,探春请王熙凤参加,说:"我想必得你去作个监社御史,铁面无私才好。"王熙凤心知肚明,姑娘们哪是请她做什么"监社御史"呀,"分明是叫我作个进钱的铜商……你们的月钱不够花了,想出这个法子来拗了我去,好和我要钱。"李纨笑着说:"真真你是个水晶心肝玻璃人。"从中可以看出,王熙凤是很注意处理好与这些姑娘的关系的,很有心计,这当然有讨好贾母、让贾母高兴的原因,也有对姑娘们真实感情的流露。正如她说:"我不入社花几个钱,不成了大观园的反叛了,还想在这里吃饭不成?"这既是开玩笑的话,又表现出王熙凤处事的机灵和善变。

以上是书中人物对王熙凤的介绍和评价,我们再来看看读《红楼梦》的人和研究《红楼梦》的学者是怎么看王熙凤的。

学者眼中的王熙凤

自《红楼梦》产生以来,王熙凤就是读者、研究者议论最多的人物之一,但多数还是持否定的看法。说得最多的,就是把王熙凤看作是《三国演义》中曹操一样的人物——阴险、狡诈、心狠、手毒等等。

清代人涂瀛的《红楼梦论赞》中对王熙凤的评价最具代表性,他说:"凤姐,治世之能臣,乱世之奸雄也。"

清代蒙古族文学理论家哈斯宝说王熙凤是:"曹孟德的女儿,李林甫的妹妹。"李林甫是唐玄宗时的宰相,生性阴柔,精于权谋,特别是他惯于两面三刀,世人都称他是"口有蜜,腹有剑",就是成语"口蜜腹剑"的来历。

当代著名的美学家、文艺评论家王朝闻则把王熙凤称为"美女蛇",说凤姐是"善于弄鬼的阴谋家"。

著名红学家王昆仑在《王熙凤论》一文中说:"王熙凤是作者笔下第一个生动活跃的人物,是一个生命力非常充沛的角色,是封建时代大家庭中精明强干、泼辣狠毒的主妇性格的高度结晶。"

著名红学家何其芳则不同意把王熙凤与曹操简单地比附,他认为王熙凤"并不是曹操这个不朽典型的简单重复。

女性的美貌和聪明，善于逢迎和善于辞令，把这个极端利己主义者更加复杂化了，更加隐蔽得巧妙了，因此我们在生活中从来不会把这两个名字混淆起来……这是一个笑得很甜蜜的奸诈的女性"（《论红楼梦》）。

应该说，在很长的一段时间里，多数人对王熙凤的评价都不好，除王昆仑、何其芳先生的评价注意到王熙凤形象的复杂性以外，多数的评价都有些简单化、绝对化了。红学新时期以来，人们对王熙凤的评价则更为具体，更为全面，更注意她形象的多面性和矛盾性，以及其体现的美学意义。人们认为，像过去那样评价王熙凤，比之作者展现在我们面前的这样一个丰满生动的性格世界而言，未免过于草率和简单。著名红学家吕启祥先生认为王熙凤是"魔力与魅力具存且不可分割"。说王熙凤是"一个充满活力的，即使人觉得可憎可惧，有时却也是可亲可近的痛快淋漓的人物"。

曹雪芹笔下的王熙凤是一个极其丰富生动的形象，她的美与丑、精明能干与奸诈狠毒往往都是交织在一起的。她的智慧与诙谐，为大观园内外带来了欢乐，哪里有她，哪里就有笑声。她也并不是什么好事都不做，她对刘姥姥的接济、对宝玉的疼爱、对黛玉的真情、对秦可卿的关心，都表现出她"善"的一面。正如鲁迅所说："至于说到《红楼梦》的价值，可是在中国底小说中实在是不可多得的。其要点在敢于如实描写，并无讳饰，和从前的小说叙好人完全是好，坏人完全是坏的，大不相同，所以其中所叙的人物，都是真的人物。总之自有《红楼梦》出来以后，传统的思想和写法都打破了——它那文章的旖旎和缠绵，倒是还在其次的事。"（鲁迅《中国小说史的历史变迁》）

的确，王熙凤是不能用好人、坏人、正面人物、反面人物、野心家、阴谋家等简单的标签来概括的，这是一个极为丰富复杂的人物形象。人们为什么恨凤姐，骂凤姐，不见凤姐想凤姐呢，就在于这个形象的丰富性，她的阴险、狡诈、狠毒与才干、智慧、诙谐有时很难截然分开。这样的丰满生动的人物，无疑具有着很高的审美价值。

"脂粉队里的英雄"与"美女蛇"

以上书里人和书外人对王熙凤的评价，虽然不尽相同，但确实反映出这个人物的丰富性、复杂性，我们可以把王熙凤的形象概括为五句话，这就是：

（1）一个漂亮的女人；

（2）一个能干的女人（包括她的口才、管理之才）；

（3）一个贪婪的女人；

（4）一个残忍的女人；

（5）最终是一个悲惨的女人。

王熙凤的美，我们不妨从她在《红楼梦》中的第一次登场说起。王熙凤的出场，历来为人们津津乐道，因为这一段描写太精彩了，对表现她的美、性格，非常重要。

王熙凤第一次出场是在第三回，她的第一次亮相，用流行语形容，可谓是闪亮登场，她的言行举止及穿戴服饰，都是那样的与众不同，表现出她张扬的性格、她在贾府中非同寻常的地位、她受到老太太宠爱达到了怎样的程度。书中写道：

> 一语未了，只听后院中有人笑声，说："我来迟了，不曾迎接远客！"

在贾府这样讲规矩的大家族中，竟有人这样的"亮相"，这连大家出身的林黛玉也不免"纳罕"。因为进贾府后，黛玉的眼里看到的是："个个皆敛声屏气，恭肃严整如此，这来者系谁，这样放诞无礼？"黛玉的感觉是不奇怪的，王熙凤的第一次出场，确实表现出她的与众不同。

王昆仑先生说："在《红楼梦》一部大书的开始，我们第一次看到王熙凤，她那活跃出群的言动，彩绣辉煌的衣装，就能使人觉得这个人物声势非凡。《红楼梦》作者对于王熙凤出场的写作之力，也并不弱于托尔斯泰之写安娜·卡列尼娜的出场吧？……"（《红楼梦人物论·王熙凤论》）另一位著名学者舒芜先生说："凤姐的出场，是'先声夺人'式的出场。……她在'个个皆敛气屏声'的气氛中。听到凤姐屋外这一声,特别刺耳,特别有'放诞无礼'的感觉。这也正是作者特意要显示凤姐在这个家庭中,在贾母面前的有宠有权的特殊身份。"(舒芜《说梦录·凤姐的出场》)确实,王熙凤的出场与其他人不一样,作者正是要写出王熙凤的与众不同,写出她在贾府中的地位,她在贾府中受到的非同寻常的宠爱,只有王熙凤才敢在这样的场合"放诞无礼"。

闪亮登场的王熙凤是个什么样子呢:

> 只见一群媳妇丫鬟围拥着一个人从后房门进来。这个人打扮与众姑娘不同:彩绣辉煌,恍若神妃仙子。头上戴着金丝八宝攒珠髻,绾着朝阳五凤挂珠钗;项上带着赤金盘螭璎珞圈;裙边系着豆绿宫绦双衡比目玫瑰珮;身上穿着缕金百蝶穿花大红洋缎窄裉袄,外罩五彩刻丝石青银鼠褂;下着翡翠撒花洋绉裙。一双丹凤三角眼,两弯柳叶吊梢眉,身量苗条,体格风骚。粉面含春威不露,丹唇未启笑先闻。

怎么样,难怪冷子兴说她"模样又极标致",周瑞家的也说她"如今出挑的美人一样的模样儿"。我们欣赏王熙凤的美,一定要注意她的穿戴和佩饰。在《红楼梦》中,作者对王熙凤穿着打扮服饰和肖像描写的丰富程度是极为罕见的,对别的人物很少用这样多的笔墨。只有写贾宝玉穿戴打扮大约可以与王熙凤一比。书中特别交代，王熙凤的打扮与众姑娘不同，她是：彩绣辉煌，恍若神妃仙子。书中还细细地写到王熙凤头上戴着的是用金丝穿绕珍珠和镶嵌着玛瑙、碧玉饰成的发髻，项上戴着的是用珠玉连缀起来的项圈等等，总之是珠光宝气，彩绣辉煌，这当然是为了表现王熙凤张扬的性格和她的权势、地位，这确实与众姑娘们不一样。

王熙凤长的样子是："一双丹凤三角眼，两弯柳叶吊梢眉，身量苗条，体格风骚。粉面含春威不露，丹唇未启笑先闻。"从她的穿戴到长相，当然是一个"标致"的美人，但你是否感到王熙凤的美中透露出"威"和"厉害"，还有珠光宝气的俗呢！确实是这样，作者就是要写出一个既美丽又厉害的女人，她虽然是贵族大家庭的女管家，但她又不是传统的封建贵妇和淑女。

说到王熙凤，人们自然无不赞叹她的口才，这恐怕也是人们恨凤姐，骂凤姐，不见凤姐想凤姐的一个重要方面。她的口才无人可比，就连口齿伶俐的林黛玉，在她的面前也要败下阵来。用周瑞家的的话说，就是再要赌口齿，十个会说话的男人也说她不过。她的能说会道、诙谐幽默，她那能把死人说活的口才，是她在各种场合根据需要而任意发挥的利器，无往而不胜。她第一次见林黛玉，笑道："天下真有这样标致的人物，我今儿才算见了！况且这通身的气派，竟不像老祖宗的外孙女，竟是个嫡亲的孙女，怨不得老祖宗天天口头心头一时不忘。只可怜我这妹妹这样命苦，怎么姑妈偏就去世了！"说着，便用帕拭泪。又是笑，又是哭，既赞美了林黛玉，又拍了贾母的马屁。王熙凤奉承贾母，可谓炉火纯青，这是她的本事，又是她在贾府立足的诀窍。她总是摸透贾母的心思，说出的话恰到好处，时而化怒为笑，时而化庄为谐。给贾母准备饭时，她会说："我们老祖宗只是嫌人肉酸，若不嫌人肉酸，早已把我还吃了呢。"贾母回忆起小时候鬓角碰了个窝儿，凤姐马上开玩笑说："可知老祖宗从小儿的福寿就不小，神差鬼使碰出那个窝儿来，好盛福寿的。寿星老儿头上原是一个窝儿，因为万福万寿盛满了，所以倒凸高出些来了。"真是令人忍俊不禁，拍案叫绝。当然她骂起人来也是一套一套，撒起泼来也是厉害无比。为贾琏偷娶尤二姐，她大闹宁国府，吓得贾珍逃跑了，闹得尤氏无可奈何。王熙凤大哭大骂大闹了一场之后，顺便还赚了尤氏500两银子，确实是一个"善于弄鬼的阴谋家"。至于兴儿所说的"心里歹毒，口里尖快"，就是口蜜腹剑了，她玩弄得更为娴熟，怪不得有人把她比作李林甫了。

她的判词中说："凡鸟偏从末世来，都知爱慕此生才。""凡鸟"就是一个王熙凤的"鳳"字，既点出了王熙凤的名字，又告诉你，她不过是一只"凡鸟"，不是真的凤凰。而且这只凡鸟是处在末世了。尽管这样，王熙凤这只末世的凡鸟，她的才能确是贾府上上下下无人可比的，秦可卿说她是脂粉队里的英雄，就是贾府的男人也远远不及她的才能。

说到王熙凤的才能，自然要提到她的"协理宁国府"。宁国府的秦可卿死了，婆婆尤氏病了不能理事，一个贵族大家办丧事，内室没有一个正经的主子主事，如果其他贵族之家的诰命等来往，亏了礼数，如何是好！宁国府的主子贾珍求王熙凤帮忙，有趣的是王熙凤竟然是贾宝玉向贾珍推荐的。王夫人担心凤姐年纪轻，没办过这样的大丧事，怕她料理不好，惹人耻笑。不想王熙凤生性最喜揽事，好卖弄才干，巴不得遇到这样的事情。协理宁国府，确实表现出王熙凤的才能，她针对宁国府过去管理的混乱，理出"宁府五弊"：

  头一件是人口混杂，遗失东西；

  第二件，事无专执，临期推委；

  第三件，需用过费，滥支冒领；

  第四件，任无大小，苦乐不均；

  第五件，家人豪纵，有脸者不服钤束，无脸者不能上进。

王熙凤真是一个能干精明的女管家，她提出并有效治理了"宁府五弊"，展现出她的能力，正是"金钗万千谁治国，裙钗一二可齐家"。

王熙凤的美和能干又常常和她的狠毒、贪婪交织在一起。在《红楼梦》中与王熙凤有关的人命有好多起，有的是因她而死的，如张金哥和守备的儿子；有的是她设计害死的，如贾瑞、尤二姐；还有的是她指使人去杀害，如张华（未遂）。这样一个美丽能干的女管家贵妇人，竟是一个残忍的刽子手，真是令人难以置信。比如贾瑞之死，虽说起因是贾瑞想调戏王熙凤，是"癞蛤蟆想吃天鹅肉"，但王熙凤的心也太狠了，当贾瑞第一次对凤姐表现出非分之想的时候，王熙凤表面上应付他，心里就想："几时叫他死在我的手里，他才知道我的手段！"轻浮而愚蠢的贾瑞，正是在王熙凤的引诱下，一步一步走进了王熙凤设下的陷阱里，最后惨死。贾瑞至死也不知道这都是王熙凤的手段，这一回的回目就叫作"王熙凤毒设相思局"，确实够"毒"了。再比如在馒头庵里，王熙凤答应老尼姑的请求，硬是拆散了张金哥与守备之子的婚姻，害死了两个年轻人，她则捞了三千两银子。她还对老尼姑说："你是素日知道我的，从来不信什么是阴司地狱报应的，凭是什么事，我说要行就行。"这不免让人们想起曹操说的话："宁教我负天下人，休叫天下人负我。"难怪有人把王熙凤比作曹操。她的心机和奸诈，确实和曹操有一比。

第四十四回，本来是给王熙凤过生日，是个喜庆的日子，不想她的丈夫贾琏却在这个时候与鲍二家的鬼混，被王熙凤发现。她当时打望风的小丫头，先是打脸，登时小丫头的两腮紫胀起来，又用簪子向小丫头嘴上乱戳，甚至还要用烧红了的烙铁来烙嘴。王熙凤的狠和毒，令人发指。过去人们评价她是美女蛇，并非没有道理。所以，人们对她是又爱又恨。

王熙凤支持"木石姻缘"

我们前面说过，在贾府中，王熙凤虽然人缘不太好，但也有与她关系很好的人，一是秦可卿，一是贾宝玉，还有就是林黛玉了。我们知道，在贾宝玉婚姻上，是"木石姻缘"还是"金玉姻缘"，可是大问题。有趣的是，在这"大是大非"的问题上，王熙凤坚定地站在了贾宝玉和林黛玉一边，她是支持"木石前盟"的。这一点，在前文《天上掉下个林妹妹——宝黛爱情的心路历程及其悲剧》的第五节中已经分析，这里不再赘述。

再说说"掉包计"。需要说两点：一是"掉包计"发生在后四十回，不是曹雪芹原著的描写，是别人的续书，不符合曹雪芹创作的本意；二是人们对王熙凤的许多极端看法，与"掉包计"不无关系。在第九十六回，"掉包计"是凤姐的主意，得到贾母和王夫人的批准。我们知道，在前八十回中，贾母对宝玉和黛玉的感情是非常深的，她是支持"木石姻缘"的"后台老板"，而在前台最支持"木石姻缘"的就是王熙凤，她们俩怎么会想出和允许"掉包计"呢？王熙凤不可能设计"掉包计"，这不符合她对宝黛爱情的态度，也不符合她的利益。所以，现在的后四十回中，说王熙凤设计了"掉包计"，害死了林黛玉，这不符合曹雪芹的创作原意，是续书作者理解错了曹雪芹的意思。

王熙凤与贾府的衰落

我们看《红楼梦》，会发现其中的故事实际上是有两条线索在交织地发展，一条是家族衰落的线索，一条是年轻人的悲剧线索。这两条线索并不是截然分开的，而是有机地交织在一起。《红楼梦》的故事，讲的就是一个贵族家庭的衰落，及生活在其中的一群青年男女的爱情悲剧、婚姻悲剧和人生悲剧。而在这两条线索的发展中，王熙凤似乎更多地扮演着贾府衰落推动者的角色，她是贾府的掘墓人。

《红楼梦》一开始，出现在我们面前的贾府，就已经是处于衰落的趋势，已到了"末世"，只不过是"百足之虫，死而不僵"，外面的架子虽未甚倒，内囊却也尽上来了。《红楼梦》中有四大家族，即贾、史、王、薛，其实主要写了一大家族，这就是贾家，包括荣宁两府，其主要人物有：

贾母、贾赦、贾政、贾珍、贾琏、王熙凤、王夫人等等。虽然仅写了一个贾府的困境、矛盾和衰落过程，却深刻地反映出封建社会、封建宗法家族的种种矛盾和危机，揭示了封建贵族家庭不可避免地走向衰落的历史趋势。这个宗法家族的最高统治者——老祖宗贾母，一天到晚就是吃喝玩乐。她的子孙们，尤其是男人，几乎没有一个好人或是有出息人，一家子都是坐吃山空，一个贵族家庭硬是这样被子孙们糟蹋完了。《红楼梦》第二回，冷子兴演说荣国府时说："如今生齿日繁，事务日盛，主仆上下，安富尊荣者尽多，运筹谋画者无一；其日用排场费用，又不能将就省俭，如今外面的架子虽未甚倒，内囊却也尽上来了。这还是小事，更有一件大事，谁知这样的钟鸣鼎食之家，翰墨诗书之族，如今的儿孙，竟一代不如一代了。"冷子兴在这里说的，正是一个贵族家庭衰亡的重要内因，一是经济上坐吃山空，二是子弟一代不如一代，其实还有第三条——家族内部的矛盾。抄检大观园的时候，探春就痛苦地说："可知这样大族人家，若从外头杀来，一时是杀不死的，这是古人曾说的'百足之虫，死而不僵'，必须先从家里自杀自灭起来，才能一败涂地！"又说贾家的人，一个个像乌眼鸡，恨不得你吃了我，我吃了你。正是这些原因，导致了这个贵族家庭的败落。《红楼梦》在这方面的描写，形象而深刻。王熙凤的贪婪狠毒，贾政的迂腐，贾赦的色迷，贾母的安富尊荣，等等。这样的贵族家庭还能不败么！进入末世，虽然作者曹雪芹仍流露出感伤，但他的如椽之笔，还是无情地写出了这样的贵族家庭、这样的社会，不配有更好的命运。

贾府的衰落，王熙凤难辞其咎，有很大的责任，因为她是女管家。王熙凤虽然能干，但她的性格核心，便是她的权势欲和金钱欲。她本身是管家，却又是挖空贾府的蛀虫，她的贪婪，加速了贾府的衰落和死亡。秦可卿死时托梦给王熙凤，嘱咐她在祖茔多置地，设立家塾，为子孙留退路。王熙凤一句也没记住。她心里很清楚贾府经济上的危机，入不敷出，她对平儿说："家里出去的多，进来的少。凡百大小事仍是照着老祖宗手里的规矩，却一年进的产业又不及先时。多省俭了，外人又笑话，老太太、太太也受委屈，家下人也抱怨刻薄。若不趁早儿料理省俭之计，再几年就都赔尽了。"贾府的危机，入不敷出，当然不是王熙凤的责任，但作为管理者，她并没有为家族的生存做什么，像探春理家那样兴利除弊，而是利用一切机会攒私房钱。她追求财富不择手段，为了三千两银子，她毫不犹豫地拆散了两个年轻人的婚姻。她克扣下人的月银，放高利贷。她的丈夫贾琏求她帮着跟鸳鸯说话偷贾母的金银家伙当钱，她毫不客气随手就讹贾琏二百两银子。气得贾琏都说："烦你说一句话，还要个利钱。"王熙凤的贪婪，确实使得贾府更快地走向了败落。

贾府的衰落，除经济上的危机以外，还有就是家族内部的矛盾。抄检大观园，是贾府内部矛盾一次较量的结果，发难者就是王熙凤的婆婆邢夫人。虽然王熙凤对抄检大观园是消极的，但家族内部矛盾的却越来越尖锐，王熙凤平时的霸道强势，得罪了不少人，连她跟丈夫、婆婆的关系都十分紧张，更不要说想害死她的赵姨娘等人了。王熙凤是激化家族内部矛盾的一个重要因素。而她草菅人命，操纵官府，为非作歹，更为贾府的彻底败落埋下了祸根。根据脂砚斋批语的透露，贾家最后被抄家，正与王熙凤干的这些坏事被揭发有直接的关系。

"一从二令三人木"——王熙凤的结局

前文说过，王熙凤是一个漂亮的女人，是一个能干的女人，是一个狠毒的女人，是一个贪婪的女人，最后也是一个悲惨的女人。我们知道，王熙凤也是薄命司中的人物，在《红楼梦》第五回贾宝玉梦游太虚幻境时，他在薄命司里看到的王熙凤的判词，就隐寓了王熙凤最后的结局。书中写道：

后面便是一片冰山，上面有一只雌凤，其判曰：凡鸟偏从末世来，都知爱慕此生才。一从二令三人木，哭向金陵事更哀。

还有贾宝玉听到的《红楼梦曲·聪明累》,也隐寓了王熙凤的结局:

  机关算尽太聪明,反算了卿卿性命。生前心已碎,死后性空灵。家富人宁,终有个家亡人散各奔腾。枉费了,意悬悬半世心;好一似,荡悠悠三更梦,忽喇喇似大厦倾,昏惨惨似灯将尽。呀!一场欢喜忽悲辛。叹人世,终难定!

"雌凤"隐寓了什么?"冰山"又隐寓了什么?"一从二令三人木,哭向金陵事更哀",到底是什么意思?自《红楼梦》问世二百多年来,有许多谜至今也无法说清楚,其中之一就是王熙凤的结局,特别是"一从二令三人木",可谓众说纷纭,莫衷一是,据说目前至少有几十种说法了。

  现在大家看到的一百二十回本《红楼梦》中,在一百一十四回写到了王熙凤之死,是病死的,回目是"王熙凤历幻返金陵",说:"琏二奶奶的病有些古怪,从三更天起到四更时候,琏二奶奶没有住嘴说些胡话,要船要轿的,说到金陵归入册子去。"这里虽然提到金陵、册子,王熙凤最后虽然被送回了金陵老家,但很显然与第五回中的判词、曲子中隐寓的凤姐之死不一样。现存的《红楼梦》八十回以后不是曹雪芹写的，是后人的续书，其中关于王熙凤的结局并不符合曹雪芹创作的原意。那么，根据第五回的判词、曲子，王熙凤的结局应该是怎样的呢？

《红楼梦》第五回的判词中写到"一片冰山，上面有一只雌凤"，雌凤指的是王熙凤这是没有问题的，而冰山则隐寓着她的靠山。冰山在太阳下是要融化的，冰山融化了，靠山没有了，王熙凤的覆灭就是不可避免的了。冰山的典故出自《资治通鉴·唐玄宗天宝十一年》，说有人劝张彖去拜见杨国忠，张彖回答，你们认为依靠杨国忠像泰山，我以为他是"冰山"。果然，杨国忠后来垮台了。人们一般认为，王熙凤所依据的靠山，一是她的娘家——金陵王家的势力，一是贾母的宠爱。金陵王家是四大家族之一，王熙凤的叔叔王子腾身为京营节度使，后升为九省统制，官做得很大，势力也很大，王子腾的本事和势力远远大于贾府中的一些人。王熙凤能在荣国府站稳脚跟，正是有了这两个靠山，当然还有她自己的本事。一旦王家败落了，贾母去世了，王熙凤的靠山就像冰山一样融化了。没有了靠山的王熙凤是很危险的，她作恶多端，积怨很深，害死了那么多人，又与婆婆邢夫人、丈夫贾琏矛盾重重，没有了靠山的王熙凤还能有好结果么？大家是否记得，尤二姐死了以后，贾琏搂着尤二姐哭着说"你死的不明"，又发狠说，"我忽略了，终久对出来，我替你报仇。"这报仇的对象当然是指王熙凤。连她的丈夫都是这样的态度，可想而知，其他被王熙凤害的人，其他恨王熙凤的人，不是更要"报仇"吗？

我们刚才说过，"雌凤"是指王熙凤，但具体有什么含义呢？我们知道，凤凰是传说中的神鸟，雄鸟为凤，雌鸟为凰，有一首曲子的名字就叫"凤求凰"。《红楼梦》第五十四回，女先儿讲"凤求凰"的故事，男主角的名字就叫"王熙凤"。那么，为什么给王熙凤起了一个男人的名字，而判词上明确说她是"雌凤"，其实，所谓雌凤，就是"假凤"。王熙凤再能干、再有权，她也不是真正的"凤"，归根结底还是一个"假凤"，她改变不了女人的身份，最后还是摆脱不了女人的悲剧命运。

那么"一从二令三人木，哭向金陵事更哀"又是什么意思呢？一般认为，判词的这两句话，概括了王熙凤的一生，特别是最后的结局。现存《脂砚斋重评石头记》甲戌本，在"一从二令三人木"处有批语："拆字法"。研究者一般认为这是早期批语，属于"脂批"，是可靠的。但对这个"拆字法"如何理解，人们的观点很不同。是"三人木"用的拆字法，还是"一从二令三人木"都是用的拆字法呢？很难说。我个人更倾向于只有"三人木"一个字是拆字法，即"三人木"是一个"休"字，王熙凤最后是被她的丈夫贾琏休掉了，只能回到金陵老家。回到老家以后，很可能又遭到更惨的命运，最后死得很惨。但关于"一从二令三人木，哭向金陵事更哀"的具体情境还是很难猜测。著名红学家吴恩裕先生的解释是：一从二令三人木，是从、令、休三个字。"凤姐对贾琏最初是言听计'从'，继则对贾琏可以发号施'令'，最后事败终不免于'休'。故曰'哭向金陵事更哀'。"吴先生的解释影响很大，但人们也有不同的看法，认为"一从二令"的解释很勉强，在《红楼梦》中没有这样的描写，看不到"凤姐对贾琏最初是言听计'从'，继则对贾琏可以发号施'令'"的情节。近些年来，有学者更倾向于"一从二令三人木"是"冷人来"，"二令"是"冷"字，"三人木"是繁体字的"来"。说自从"冷人来"以后，王熙凤的命运就发生变化了，最后被贾琏休掉了。来的"冷人"是谁呢？——薛宝钗。说自从薛宝钗嫁给了贾宝玉，当了宝二奶奶以后，王熙凤失宠，失去了管家奶奶的位置，而且与王夫人、薛宝钗关系处得不好，再加上逼死鲍二家的、害死尤二姐、害死张金哥以及放高利贷等事东窗事发，王熙凤获罪被羁押狱神庙，出狱后被贾琏休掉，只能哭回金陵老家。不想，回到老家又经受了更悲惨的遭遇，具体什么事就说不清楚了。

　　王熙凤是以女强人的面貌出现的，作者刻画这样的一个人物，一是表现她的魅力和能干，把男人比下去了，更显男人的污浊无能；二是这样一个漂亮而又能干的女人，一旦进入权力社会，也变得和男人一样，心狠手毒、贪婪。这是王熙凤的第一层悲剧。三是，王熙凤总归还是女人，她再能干也改变不了她的女人身份，也改变不了男人的世界，最后还是被男人的世界吞噬了，还是死在男人的手里，这又是一层悲剧。

一个那样的美丽、有魅力、能干、风趣的王熙凤最终还是没有摆脱一个女人的悲惨命运。"机关算尽太聪明，反算了卿卿性命。"可以说王熙凤既是死在自己的贪婪、狠毒和聪明上，又是死在那个以男人为中心的社会里，王熙凤的结局毫无疑问是罪有应得，但从另一个方面来看，一个美丽、能干、风趣的王熙凤之死，何尝不是一种美的毁灭呢！

作者曹雪芹对王熙凤的态度充满了矛盾，恐怕也是"爱恨交加"吧。所以《红楼梦》中的王熙凤是那样的动人，又那样的可恨，最后则是那样的可悲。正因为这样，读者才有"恨凤姐，骂凤姐，不见凤姐想凤姐"的阅读感受。作为《红楼梦》中刻画得最为鲜活生动的人物形象，王熙凤对于我们有着永远的认识价值和审美价值。

怎样看探春对待赵姨娘的态度

探春的诨号叫"玫瑰花",为什么有这么个诨号?《红楼梦》第六十五回,贾琏的小厮兴儿有一段精彩的解释:"玫瑰花又红又香,无人不爱的,只是刺戳手。也是一位神道,可惜不是太太养的,'老鸹窝里出凤凰'。"兴儿的话很形象地描绘出探春的为人和性格。探春的确是与众不同的,在她的身上既有着女性的柔美,又时时透露出一种男性的英爽刚毅。在《红楼梦》中,探春的故事并不是很多,但有两件事给人们留下了深刻印象:一是理家,二是在抄检大观园时的表现,特别是打王善保家的那一巴掌,突出了她有"刺戳手"的性格一面。这两件事都很为人们所称道。但在带刺的"玫瑰花"身上,也有一件事令人难以理解,甚至招来了不少批评,这就是她的"刺"也常常戳向她的生母赵姨娘。

探春对赵姨娘看似不近人情的态度,集中表现在第五十五回母女之间的一场冲突中。事情的起因,是赵姨娘的兄弟赵国基死了，理家的探春按照旧例赏给了赵家二十两银子的丧葬费，赵姨娘嫌赏银太少，而跑来跟探春吵闹。赵姨娘先是责备探春："这屋里的人都踩下我的头去还罢了。姑娘你也想一想，该替我出气才是。"探春忙道："姨娘这话说谁，我竟不解。谁踩姨娘的头？说出来我替姨娘出气。"赵姨娘当即说出探春只顾讨太太的疼，不拉扯赵家，并责备她"你如今现说一是一，说二是二。如今你舅舅死了，你多给了二三十两银子，难道太太就不依你？……我还想你额外照看赵家呢。如今没有长羽毛，就忘了根本，只拣高枝儿飞去了！"不想探春没听完赵姨娘的话，已气得"脸白气噎"，反驳道："谁是我舅舅？我舅舅年下才升了九省检点，那里又跑出一个舅舅来？我倒索习按理尊敬，越发敬出这些亲戚来了。既这么说，环儿出去为什么赵国基又站起来，又跟他上学？为什么不拿出舅舅的款来？……"这一场争论的结果，正如回目中所标明的那样"辱亲女愚妾争闲气"，赵姨娘不仅没多争来一两银子，还惹来一肚子气。

对于这场母女争论，人们读到此每每会感到疑惑不解：探春对自己的亲生母亲怎么会这么冷酷呢？探春为什么口口声声叫生母为姨娘，为什么不承认赵国基为舅舅而称为奴才呢？赵姨娘让探春拉扯拉扯赵家的要求合不合乎情理？赵姨娘指责探春只顾讨太太的好，只拣高枝儿飞是否有道理？要完全说清楚这些疑问并不容易。这里我们不妨从封建的宗法制度、探春的自尊心理和性格及赵姨娘的品行三个方面作些具体的分析。

在封建宗法制度中，妻妾、嫡庶都是有着十分严格的区分的。探春和贾环的生母赵姨娘是妾，王夫人与赵姨娘的关系，绝不是一般理解中的大老婆与小老婆的区别，而是有主奴名分。妾一般出自主人的丫鬟，如贾赦送给贾琏做妾的秋桐；或是从外面买来的穷苦人家的女儿，如贾赦讨鸳鸯不成后，花了五百两银子买来的十七岁的嫣红。不管是自家的女奴还是从外面买来的，虽然做了妾，地位有所提高，但其身份并未发生根本的改变，充其量只能算"半个主子"。《红楼梦》第六十回，芳官与赵姨娘吵架，她就不客气地说："姨奶奶犯不着来骂我，我又不是姨奶奶家买的，'梅香拜把子——都是奴几'呢！"在这位身份卑微的小戏子芳官的眼里，"姨奶奶"并不比她高贵多少。虽说姨娘的身份不过如此，但她生的孩子却是正经的主子。不过，她们生的孩子，即"庶出"的子女，一律以其父正式的妻子为合法的母亲，而生身之母只能为"庶母"。即是说，妾对于自己的亲生子女，由于他们之间有身份上的根本区别，她是不能够以"母亲"自居的，甚至连"教导"孩子的权利也没有。《红楼梦》第二十回，当赵姨娘在屋里教训贾环时，刚巧被凤姐在窗外听到，凤姐当即训斥赵姨娘："凭他怎么去，还有太太老爷管他呢，就大口啐他！他现在是主子，不好了，横竖有教导他的人，与你什么相干！"这里凤姐把贾环与赵姨娘的身份地位说得清清楚楚：贾环是主子，你赵姨娘是奴才，一个奴才怎么能来"教导"主子？这就是封建宗法制度的规定，这也正是探春理直气壮地指责生母赵姨娘"糊涂不知理"，口口声声称生母为姨娘、不承认赵国基为舅舅而称其为奴才的根据所在。

的确，封建宗法制度有悖人伦常情，这不是探春的过错。但仅仅凭这些似乎还不能完全解释清楚探春何以对生母如此冷酷，一个现成的例子就是她的同母弟弟贾环与赵姨娘的关系，贾环并没有因其主子的身份而影响到与生母的感情。更何况，在上面提到的那场冲突中，赵姨娘只是希望探春能拉扯拉扯赵家，多赏一些银子，作为探春的亲生母亲，她的这一点要求也是自然的，并非不合乎情理。当时在一旁的李纨就曾劝说："姨娘别生气。也怨不得姑娘，他满心里要拉扯，口里怎么说的出来。"尽管李纨的劝说遭到探春的驳斥："这大嫂子也糊涂了。我拉扯谁？谁家姑娘们拉扯奴才了？"但从李纨的话中，我们仍能感觉到在她看来拉扯赵家并没有什么不可以，只是碍于府中的旧例和探春的身份不便说而已。后来平儿传达王熙凤话也说："若照常例，只得二十两。如今请姑娘裁夺着，再添些也使得。"可见，在其他人看来，赵姨娘的要求不算过分，"拉扯"赵家也属人之常情，至少在丧葬费这种事情上是可以打破旧例通融的。但平儿转达凤姐的"好意"又遭到探春的严辞拒绝。探春对她的生母赵姨娘如此不留情面，使人感到太不近人情。究其深一层的原因，我们就会发现这与探春的自尊心理和好强性格有着重要的关系。

"才自精明志自高"的探春，是一位有才、有识、有志的姑娘，她曾毫不掩饰地说："我但凡是个男人，可以出得去，我必早走了，立一番事业，那时自有我一番道理。"可见她的志向不凡。然而，她的自尊与好强，却与她的女儿之身与庶出的地位形成矛盾。小厮兴儿就说探春"可惜不是太太养的"。王熙凤也说："好，好，好，好个三姑娘！我说他不错。只可惜他命薄，没托生在太太肚里。"一个主子小姐，正出庶出又有什么关系吗？平儿在听了凤姐的话后就十分不解。凤姐向她解释说："你那里知道，虽然庶出一样，女儿却比不得男人，将来攀亲时，如今有一种轻狂人，先要打听姑娘是正出庶出，多有为庶出不要的。"可见，庶出身份对这位自尊而好强的姑娘的命运大有关系。尽管她嘴上对宝玉说："什么偏的庶的，我也不知道。"其实在内心里她是很知道很在乎的。她无法改变自己庶出的身份，可又不甘心受庶出命运的摆布。因而她公开宣称："我只管认得老爷、太太两个人，别人我一概不管。"从而有意拉开与生母赵姨娘的距离，表示出与王夫人的亲切，讨王夫人的疼，就十分容易理解了。但探春的苦心和努力却引起她生母赵姨娘的不满。探春时刻要淡化她庶出的出身，赵姨娘却常常提醒探春别忘记是她"肠子里爬出来的"；探春坚决不承认与赵家有什么亲戚关系，赵姨娘却要常常提醒探春别忘记拉扯拉扯赵家。作为生母赵姨娘的要求原本无可厚非，但却深深伤害着探春的自尊，"何苦来，谁不知道我是姨娘养的，必要过两三个月寻出由头来，彻底来翻腾一阵，生怕人不知道，故意的表白表白。"探春的话语中包含着多少痛苦和怨恨。使探春更伤心的是，赵姨娘的无"理"取闹，已影响到她与王夫人的关系，探春就曾说过："太太不在家，姨娘安静些养神罢了，何苦只要操心。太太满心疼我，因姨娘每每生事，几次寒心。"探春所说从王熙凤那里得到了证实，一次王熙凤对平儿说："太太又疼他，虽然面上淡淡的，皆因是赵姨娘那老东西闹的……"赵姨娘的"每每生事"，是探春的自尊心和好强的性格无法忍受的。

　　在谈到探春对生母赵姨娘不近人情的态度时，我们还不能忽略另一个因素——赵姨娘不堪的品行。关于赵姨娘的为人，《红楼梦》中有不少具体的描写。如第二十五回"魇魔法姊弟逢五鬼"中，赵姨娘与马道婆密谋欲利用巫术暗害王熙凤与贾宝玉，第六十回为"茉莉粉替去蔷薇硝"而与芳官等一群小戏子打架等。概括起来，她的品行，一是愚，二是心术不正，三是不知自尊。连探春都说她见识"阴微鄙贱""忒昏愦的不像了！"在赵姨娘与芳官等人打架后，探春不客气地指责她这位生母："何苦自己不尊重，大呹小喝失了体统。你瞧周姨娘，怎不见人欺他，他也不寻人去。我劝姨娘且回房去煞煞性儿，别听那些混帐人的调唆，没的惹人笑话，自己呆，白给人作粗活。"又说，"这么大年纪，行出来的事总不叫人敬服。这是什么意思，也值得吵一吵，并不留体统。"这哪像是女儿对母亲说的话，倒真像主子教训奴才或长辈教训小辈，厌恶和鄙视溢于言表。赵姨娘的确是一个卑微的小人，我们甚至不明白曹雪芹为什么把她写得如此不堪，以至人们疑惑正人君子如贾政者，怎么找了这样一个差劲的小老婆。

尽管探春对生母赵姨娘不近人情的态度，有若干可以解释的理由和原因，尽管我们对探春这朵带刺的"玫瑰花"十分喜爱和敬重，但我们还是不能不指出，探春对赵姨娘的态度确有过分之处。当然探春对生母的冷漠和不近人情，除她本人的自尊心理、好强性格及赵姨娘的卑劣之外，更主要的是这一切均是由那个社会、那一套扭曲人的美好心灵、扭曲人与人之间纯洁关系的封建宗法制度造成的。正如蒋和森先生在那篇著名的《探春论》中所说："一切不合理的社会制度，就是这样经常扭伤着人们之间的感情，即使是人间最天然的骨肉之情也不例外。"

探春远嫁猜想

在曹雪芹的笔下，探春的结局也是很不幸的。元春、迎春相继早死，她则是含悲远嫁，一去不归。然而令人遗憾的是，由于八十回以后是他人续作，我们无法看到曹雪芹笔下的具体描写。而后四十回续书，则写这位贾府的三小姐远嫁海疆，与镇海总制之子成婚，并于第一百一十九回以三姑奶奶的身份，归宁父母。"见探春出跳得比先前更好了，服采鲜明"。看样子命运还很不错。这显然是同曹雪芹安排的薄命司中人物的悲剧命运不相符合。

那么，探春的结局究竟如何？为何远嫁，远嫁何人、何地？对这些问题研究者们的看法并不一致，其中影响比较大的一种说法，认为探春的结局应该是到中国以外的一个海岛小国去当王妃。笔者认为，"海外王妃"说不失为一种很有价值的见解，但似乎还不是很符合曹雪芹原意中的远嫁。后四十回续书中的探春结局之所以违背曹雪芹的原意，并非是镇海总制所在的海疆不够远，而是这种结局不尽符合金陵十二钗人物的悲剧性命运。当然，从某种意义上说，远嫁海外或是说"和番"也是一种悲剧，但这种悲剧比起十二钗其他人物的命运来说，似乎好了一些。别人且不说，就说贾家四姐妹吧，元春、迎春是惨死，惜春是削发出家，"可怜绣户侯门女，独卧青灯古佛旁"。看来惜春不可能像妙玉在栊翠庵里那样悠闲舒适。脂评透露说："公府千金，至缁衣乞食，宁不悲乎！"惜春结局的悲惨情景由此可见。金陵十二钗人物，结局都不好，无论是死了还是活着都是悲惨的，一言以蔽之：薄命！而能够活着的人物，地位往往都要发生根本的变化。例如像英莲和娇杏那样，主子变成了丫鬟，丫鬟变成了主子，正如《好了歌》中所说的那样，兴衰荣辱，变幻莫测。由此可知，探春的命运不可能比元春、迎春、惜春更好。根据前八十回提供的线索，我认为探春确实是做了王妃，不过不是海外王妃，而是国内某个王的妃子，但在新婚之际，夫家突遭巨变。这时元春已死，贾家势衰，回天无力，正是"也难绾系也难羁"，在无可奈何的情况下，探春含悲随夫远嫁。他们很可能是发配海疆效力，甚至竟是流放，以后的生活十分不安定，一去不归。

在前八十回中，关于探春命运的暗示有好几处。即第五回太虚幻境中探春的判词和《红楼梦曲·分骨肉》，第二十二回探春所作的灯谜，第六十三回"群芳开夜宴"时探春抽的签，第七十回探春所作的半首《南柯子》及后来放风筝的描写等等。这些都是我们研究探春结局的重要依据。

风筝，在暗寓探春最终命运方面，是十分值得注意的。但怎样认识风筝与探春命运的联系，人们的看法并不相同。一般认为放风筝，主要是象征探春远嫁一去不归，这无疑是正确的。但我认为还不仅仅如此，放风筝实际上象征探春命运变化的全部过程。风筝之放，不仅是放走，一去不回。首先是放起来，高高飞起，然后才是断线远去，而断线风筝飘飘荡荡又寓示着远嫁生活的不幸和不安定。我认为这才是对风筝与探春命运联系的完整理解。当然这绝不是随意猜想，而是有根据的。

《红楼梦》第五回探春的判词是：后面又画着两人放风筝，一片大海，一只大船，船中有一女子掩面泣涕之状。也有四句写云：

> 才自精明志自高，生于末世运偏消。清明涕送江边望，千里东风一梦遥。

这是探春远嫁命运的第一次暗示。船中的女子当然是探春。或许有人会认为，这里明明有大海大船，不是可以证明探春要漂洋过海吗？其实不一定。大海完全可以象征着海疆或海隅，大船也不一定就是海船。判词中说得十分明白："清明涕送江边望"，看来极可能是江船。这是一幅探春远嫁离别时的凄惨情景，从中似乎一点也看不到要远嫁到海外岛国去做王妃的气氛。

　　值得注意的是，画面中两人放风筝寓意着什么？这两人是谁？同探春远嫁的命运有什么关系？有人认为，放风筝的两人是贾环和赵姨娘，是造成探春远嫁的设谋者。而我认为，放风筝的两人极可能是指贾政和王夫人。他们不是探春远嫁的设谋者，而是探春婚姻大事的决策者。探春不是等闲人物，她的性格和地位决定了她不是可以由贾环、赵姨娘所能摆布的。在贾府中能够决定探春婚姻大事的不可能是别人，也只有贾政和王夫人。第七十七回，有官媒婆来求说探春的亲事了，这是书中第一次提到探春说亲。这时贾赦已将迎春许给了中山狼孙绍祖，此事贾赦虽曾回明贾母，老太太心里不十分称意，但因儿女婚姻大事，亲父主张，她也没表示反对。倒是贾政出来劝谏过两次，无奈贾赦不听。在侄女的婚事上，贾政尚能劝谏，在亲生女儿的婚事上他岂能不管？而贾母、贾政、王夫人都还在的时候，贾环和赵姨娘无论如何是无权干涉探春的婚事的。贾母、贾政、王夫人既然都对迎春的婚事不十分称意，那么在这个时候来给探春提亲，他们就绝不会像贾赦那样草率从事。一句话，他们一定会努力为探春找一个称心如意的丈夫。这样，贾政夫妇就像放风筝一样，高高飘起，高攀了一门贵婿。当然最终是事与愿违，飞得高，飘得远，跌得重。"登高必跌重"，秦可卿对贾府的预言，也符合探春的命运。放风筝的贾政夫妇，不仅没能给探春带来幸福（毫无疑问，他们主观上是希望探春幸福的），反倒落个"清明涕送江边望"，含悲远嫁的结局。《红楼梦曲·分骨肉》中有："告爹娘，休把儿悬念。"这是探春离别时的哭诉。这里的爹娘无疑也是指贾政和王夫人，因为探春的亲生母亲是被称为姨娘的。

贾政、王夫人把探春像风筝一样高高放起，得贵婿，做了王妃，这在第六十三回"群芳开夜宴"中有更明显的暗示。探春抽的签上是一枝杏花，写着"瑶池仙品"四字，诗云："日边红杏倚云栽。"注云："得此签者，必得贵婿，大家恭贺一杯，共同饮一杯。"作者于此又借众人口特意点明一笔："……我们家已有了个王妃，难道你也是王妃不成。大喜，大喜。""必得"者，一定之谓也。看来探春确实是当了王妃。有人认为，探春是公侯家小姐，只有比公侯更高的门第，才可以称得上得贵婿。"瑶池仙品""日边红杏倚云栽"更含有非帝王之家莫属的意思，只有嫁到帝王之家，称"瑶池"，称"日边"才正对景。这种分析是极有道理的。但如认为探春是王妃，只能是异域海外的王妃，而不可能是中国的王妃，否则就是超过了元春，违背了"三春争及初春景"的安排，这就错了。因为元春不是王妃，是皇贵妃。皇帝之下，有亲王、郡王，探春当某个亲王或郡王的妃，并没有超出元春的地位，所以还是不及

"初春景"。

那么，探春到底嫁给了谁，做了哪个王的妃子呢？这是一个很难猜测的问题。不过《红楼梦》中有些蛛丝马迹，还是可以供人们进一步思考探索的。第七十一回有一处情节就很可注意。贾府因老太太八旬之庆，请了"皇亲驸马王公诸公主郡主王妃国君太君夫人"等。这一天来的官客有北静王、南安郡王、永昌驸马、乐善郡王并几个世交公侯应袭；来的堂客有南安太妃、北静王妃并几位世交公侯诰命。在这些人物中，有三个人物是值得注意的：一个是南安郡王，一个是南安太妃，一个就是探春。在众多来客中，书中单单突出南安太妃来了要见贾府的众小姐，贾母命凤姐去把史湘云、薛宝钗、薛宝琴、林黛玉叫来。而贾家三姐妹中，贾母命凤姐："只叫你三妹妹（探春）陪着来罢。"这里很有点意思的是，既然是南安太妃要见众小姐，史、薛、林都来了，为什么不叫迎春、惜春一起来，而只叫探春来陪客？当然可以解释说贾母更喜欢探春，或说迎、探、惜三姐妹中探春更为出色些。但内中的原因恐怕还不仅仅如此。事后邢夫人因"南安太妃来了，要见他姊妹，贾母又只令探春出来，迎春竟似有如无"，心内还很怨忿不乐。南安太妃见到几个姑娘后都十分称赞，她除了与湘云较熟，打趣了几句话外，还"一手拉着探春，一手拉着宝钗，问几岁了，又连声夸赞。因又松了他两个，又拉着黛玉宝琴，也着实细看，极夸一回。又笑道：'都是好的，不知叫我夸那一个的是。'"南安太妃的夸奖，大约不是什么客套，出来的五位姑娘自然个个都是好的。其中湘云、宝琴已经是有了人家的了，黛玉、宝钗我们已知道她们不可能嫁给别人，且又都是外亲，同贾家自己的姑娘毕竟不一样。而贾家姑娘中，又只有探春一人。南安太妃见姑娘们时，又是问几岁了，又是着实细看，而在这以后不久，就有官媒婆来给探春提亲，探春所得贵婿者，是否同这位南安太妃有什么关系呢？在《红楼梦》中，北静王同北静王妃常是一同出现，南安郡王则是同南安太妃一同出现，书中一次也没提到南安郡王妃。这位南安郡王是否尚未成亲或是王妃早故世，而探春是否可能做了这位南安郡王的王妃，也未可知。

另外第七十回，探春有半首《南柯子》："空挂纤纤缕，徒垂络络丝，也难绾系也难羁，一任东西南北各分离。"这咏的是柳絮，同时又是探春命运的自况。柳絮的飞离，这是势在必然、无可奈何的事，所以说是"空挂""徒垂""也难绾系也难羁"。而最可注意的是末一句："一任东西南北各分离。"这既是说柳絮的分离，也是说探春远嫁的分离，又是大观园诸钗的命运像柳絮一样飘荡分离。至于说有可能做了王妃的探春远嫁分离，使人很容易联想到这里的"东西南北"，与书中几次出现的东西南北四王是否有什么联系。我们知道，《红楼梦》中的人名往往都有很深的寓意，东西南北四王即是：东平郡王、西宁郡王、南安郡王、北静郡王，拆开正好是：东西南北平安宁静。作者所隐寓的可能正好与此意相反，实际上是东西南北，不平不安不宁不静。而在八十回以后，《红楼梦》中写到元春之死及贾府被抄，诸多矛盾暴露出来，其中甚至可能涉及皇室内部的矛盾。北静王也好，南安郡王也好，都同贾府关系密切。那么，探春词中提到的"东西南北各分离"，是否也可以看作是探春与南安郡王的关系及其远嫁命运的暗示呢？当然这只是一个大胆的猜测。

　　探春得贵婿，做了王妃，为什么最后竟是含悲远嫁呢？我认为一个合理的解释是：夫婿家突遭变故。这也是有据可查的。第二十二回探春的灯谜谜底是风筝，诗云："阶下儿童仰面时，清明妆点最堪宜。游丝一断浑无力，莫向东风怨别离。"清明妆点，既是说放风筝在清明时节最合适，也是寓意探春远嫁离去的时间在清明时节。第五回的判词说"清明涕送江边望"，清明又为鬼节，是不吉祥的，为什么在清明时节含悲远嫁呢？是因为"游丝一断浑无力"，关键是在于牵扯风筝的线突然断了。第七十回放风筝的描写更具体：

　　　　探春正要剪自己的凤凰，见天上也有一个凤凰，因道："这也不知是谁家的。"众人皆笑说："且别剪你的，看他倒像要来绞的样儿。"说着，只见那凤凰渐逼近来，遂与这凤凰绞在一处。众人方要往下收线，那一家也要收线，正不开交，只见一个门扇大的玲珑喜字带响鞭，在半天如钟鸣一般，也逼近来。众人笑道："这一个也来绞了。且别收，让他三个绞在一处倒有趣呢。"说着，那喜字果然与这两个凤凰绞在一处。三下齐收乱顿，谁知线都断了，那三个风筝飘飘摇摇都去了。

这一段描写，可以说把第二十二回探春灯谜具体化和形象化了。前面我们曾说过，放风筝不仅仅象征探春远嫁不归，而且还象征着探春远嫁结局变化的整个过程。当我们仔细推敲这一段放风筝的具体描写，可证所说不谬。放风筝及两个凤凰风筝绞在一处，又来了一个玲珑喜字，无疑是寓意着探春得贵婿。至于其中具体过程曲折，现在是难以猜测了。绞在一处云云，三下齐收乱顿云云，很可能又寓意探春得贵婿不是一帆风顺，而是有波折的。得贵婿是大喜，如同一个门扇大的玲珑喜字带响鞭所寓意的那样，但也同时带来了大祸。探春的"喜"是瞬息间的欢乐，喜极祸来，果然正在那喜字与这两个凤凰绞在一处时，"三下齐收乱顿，谁知线都断了"。断线的风筝飘飘摇摇远去，真是"游丝一断浑无力"。显而易见，断线是导致探春远嫁的根本原因。断线在这里寓指什么？根据第五回判词中描绘的离别时凄凄惨惨的情景，根据《红楼梦曲·分骨肉》中无可奈何的哀叹"自古穷通皆有定，离合岂无缘"等，我们大致可以断定，断线正是暗寓突然发生的政治变故。这场变故，把探春从王妃的高位跌到了庶人的底层。这对"才自精明志自高"、不甘心庶出地位而又极力维护主子尊严的三小姐来说，无疑是一个极其沉重的打击。更为可悲的是，还要被迫远嫁，一去不归。

探春的远嫁离别是十分凄惨的，不是一般的生离死别：（1）探春的远嫁是在一片喜气洋洋的气氛中，突遭巨变而造成的，悲喜对比十分强烈；（2）探春的远嫁是无可奈何、被迫的，正是"也难绾系也难羁"；（3）探春的远嫁是一去不归，不仅路途遥远，而且是亲人只有梦魂再见。正是"一帆风雨路三千，把骨肉家园齐来抛闪"，"从今分两地，各自保平安。奴去也，莫牵连"。骨肉分离，家园抛闪，命运不测，怎能保平安，怎能不牵连；（4）探春远嫁后的生活极不安定，肯定好不了。第二十二回探春灯谜是风筝，"乃飘飘浮荡之物"。《南柯子》则说她的命运像柳絮一样漫散不可收拾，这些正是探春远嫁以后生活的暗示。

我们不能忘记探春也是薄命司中的人物，她的命运不可能比其他人更好一些。判词中说她"生于末世运偏消"，惜春的判词中也说"勘破三春景不长"。"运偏消""景不长"都明明说探春的结局好不了。最可注意的是《红楼梦曲·虚花悟》中所说:"将那三春看破,桃红柳绿待如何?把这韶华打灭,觅那清淡天和。说什么,天上夭桃盛,云中杏蕊多。到头来,谁见把秋捱过?……""天上夭桃""云中杏蕊"无疑是指元春、探春做了皇妃、王妃,但不过是好梦一场,到头来"谁见把秋捱过",元春享荣华也好,探春得贵婿也好,最终还是逃脱不掉"薄命"的结局。探春的远嫁,揭开了大观园诸钗悲剧的幕布,正是"三春去后诸芳尽,各自须寻各自门"。

宝玉"第一个得用的"人

如果要问《红楼梦》诸多人物中谁是宝玉的知己，相信所有的人都会说出林黛玉的名字。那么除黛玉之外，宝玉是否还有知己呢？有人认为曾做过林黛玉老师的贾雨村也应该算一个。根据是在《红楼梦》第二回"冷子兴演说荣国府"时，贾雨村曾批驳了把宝玉当作"淫魔色鬼"看待的观点，认为宝玉等都是"正邪两赋而来一路之人"，"在上则不能成仁人君子，下亦不能为大凶大恶。置之于万万人中，其聪俊灵秀之气，则在万万人之上；其乖僻邪谬不近人情之态，又在万万人之下。若生于公侯富贵之家，则为情痴情种；若生于诗书清贫之族，则为逸士高人……"这一番大道理的确比世俗偏见要高明得多，说宝玉为"情痴情种"可谓定论。但仅凭这些议论就把贾雨村看作是贾宝玉的知己，我是很表怀疑的，他的人品实在够不上做宝玉的知己，至少宝玉很讨厌这个人。这样说来宝玉的知己唯有黛玉一人了？也不尽其然。在我看来有一个微不足道的小人物是可以称之为宝玉知己的，他就是宝玉的书童茗烟。

最早注意到宝玉与茗烟非同一般关系的是清人涂瀛，他在《红楼梦论赞·焙茗赞》（焙茗即茗烟）中说："宝玉栽培脂粉，作养蛾眉，为花国之靖臣，作香林之戒行，宜其深仁厚泽，罔不沦肌浃髓矣。乃除黛玉外，别无一知己，至能如人意不尽如人意，庄也而出之以谑，谐也而规之以正，顺其性而利导之，如大禹之治水，适行其所事，而卒也无不行之言，呜呼！其惟焙茗乎？东方曼倩之俦也。"这位"读花人"对茗烟的评价得当与否，姑且不论，但他指出宝玉与茗烟的关系是除黛玉之外最密切的一对，则是很有道理的。同《红楼梦》中许多人物相比，茗烟确实是一个小人物，他的身份仅仅是宝玉的书童和小厮，但他却是宝玉的心腹亲信和知心朋友，宝玉的许多重要活动和茗烟都有关系。他不仅得到了宝玉的信赖，而且还对宝玉叛逆思想性格的形成和发展有着很大影响。《红楼梦》第九回"恋风流情友入家塾，起嫌疑顽童闹学堂"中，茗烟第一次出场亮相，作者就提醒人们注意这个小人物非同寻常，他乃是"宝玉第一个得用的"。

茗烟能够成为"宝玉第一个得用的"，首先在于他对宝玉的深刻了解，用茗烟自己的话说："二爷的心事，我没有不知道的。"的确，要说对宝玉了解之深，茗烟要在晴雯等人之上，甚至可以说除黛玉外，找不出第二个人能与茗烟相比。《红楼梦》第四十三回"闲取乐偶攒金庆寿，不了情暂撮土为香"中，有一段为人们所熟知的情节。那天贾母给王熙凤过生日，而宝玉一早却跑出了门，"只见宝玉遍体纯素，从角门出来，一语不发跨上马，一弯腰，顺着街就趱下去了"。宝玉的行动有点稀奇古怪，他想干什么，要到哪里去，宝玉没有讲，茗烟也一时摸不着头脑。但机灵透顶的茗烟从宝玉的穿戴、买香这些蛛丝马迹中，很快就猜到了主人的心事，因而他不仅想出了去水仙庵的主意，还建议宝玉到井台上焚香祭祀，这些十分投合了宝玉祭祀金钏这件"不能出口"的心事。主仆二人一起来到井台边，宝玉掏出香来焚上，含泪施了半礼，一语不发，使人纳闷。这时只见茗烟忙趴下磕了几个头，口内祝道："我茗烟跟二爷这几年，二爷的心事，我没有不知道的，只有今儿这一祭祀没有告诉我，我也不敢问。只是这受祭的阴魂虽不知名姓，想来自然是那人间有一、天上无双，极聪明极俊雅的一位姐姐妹妹了。二爷心事不能出口，让我代祝：若芳魂有感，香魂多情，虽然阴阳间隔，既是知己之间，时常来望候二爷，未尝不可。你在阴间保佑二爷来生也变个女孩儿，和你们一处相伴，再不可托生这须眉浊物了。"说毕，又磕几个头，才爬起来。这一通新鲜别致的祝语，真是妙趣横生，连含泪的宝玉都"撑不住笑了"。茗烟的"代祝"，从艺术设计来讲，使故事情节更加生动曲折，而富有戏剧性。从人物关系来讲，则表现出宝玉与茗烟关系的非同一般，及茗烟对宝玉的了解之深。茗烟的"代祝"，也的确句句说出了宝玉的心里话。

茗烟不仅猜到宝玉一定是祭祀"极聪明极俊雅的一位姐姐妹妹"，甚至也猜到宝玉祭的是金钏，这没什么可奇怪的。因为茗烟十分了解宝玉对姐姐妹妹们的真挚感情。在王熙凤的生日里，宝玉一大早"遍体纯素"跑了出来，他所要祭祀的，自然只能是"水作的骨肉"的女儿，别人谁能得到宝玉这样的敬重呢！茗烟为宝玉选择井台这个地方祭祀，绝不是偶然巧合于金钏投井这件事，而是出于他对宝玉的心事"没有不知道的"。

茗烟了解宝玉，而且他对宝玉的叛逆思想是同情、理解和支持的，这对茗烟能够成为宝玉"第一个得用的"，是一个十分重要的因素。第三十三回"手足眈眈小动唇舌，不肖种种大承笞挞"中，当贾政的板子就要打向宝玉的紧要关头，急需有人给贾母通风报信，偏偏这一会儿茗烟不在身边，结果信没送出去，宝玉挨了一顿毒打。事后袭人责怪茗烟："你也不早来透个信儿！"茗烟急得说："偏生我没在跟前，打到半中间我才听见了。忙打听原故，却是为琪官金钏姐姐的事。"茗烟对宝玉的关心、理解溢于言表。从这件事又可以看出，茗烟作为宝玉的贴身小厮，在某种情况下，还要起一定的保护作用。不仅如此，宝玉几次偷偷溜出贾府都是只带茗烟一人，去袭人家是茗烟陪伴，祭金钏又是事先让茗烟一早备好两匹马，并要茗烟瞒着李贵等人。第四十七回宝玉对柳湘莲说，他曾让茗烟带着大观园池子里新结的莲蓬到秦钟坟上上供。宝玉的这些行动，是对贾府"禁锢"的一种反抗。而在这些行动中，宝玉与茗烟总是形影不离，茗烟一时不在，宝玉就如同失去左膀右臂。这一方面表明宝玉对茗烟的信赖，另一方面又突出了茗烟的"得用"，茗烟如果不理解不支持宝玉的所作所为，是很难扮演"第一个得用的"这样重要角色的。如第三十九回"村姥姥是信口开河，情哥哥偏寻根究底"，深谙世故的刘姥姥投宝玉所好，胡诌了一个茗玉小姐的故事，宝玉信以为真，盘算了一夜，第二天一早郑重其事地把这件"没头脑"的事交给了茗烟去"踏看明白"。茗烟不辞辛苦，瞎跑了一整天，茗玉小姐的庙没找到，找到的则是一位青脸红发的瘟神爷，结果挨宝玉一顿骂。茗烟实在是冤枉，这本来是刘姥姥胡诌的一个故事，让茗烟上哪儿去找茗玉小姐呢？有意思的是，茗烟并非不知道这是件"没头脑的事"，且猜到了宝玉"不知看了什么书，或者听了谁的混话，信真了"，但他不是敷衍宝玉，而仍然是认真地去完成宝玉交给的任务。茗烟对宝玉的心事是深深理解的，对宝玉是忠诚的，而我们从茗烟与宝玉主仆之间诙谐有趣的对话中，看到这位奴仆小厮性格特征的一个突出方面——宝玉的那种"痴""呆"劲。宝玉的"痴"

"呆",是对女儿的多情、同情、爱情,是对封建世俗观念的叛逆;而茗烟的"痴""呆",则是对宝玉的忠心耿耿,是对宝玉叛逆思想性格的理解和支持。

茗烟之所以能成为宝玉"第一个得用的",还在于茗烟本来就是一个不拘封建礼法的"顽童",这一点极为重要。当然,作为一个奴仆小厮,他不会像宝玉那样读许多"杂书",能讲出一番"毁僧谤道"的理论,他是以自己的行动,表现出对封建秩序的蔑视。他的第一个大胆的行动——大闹学堂,留给人们的深刻印象,就不仅是一个天生淘气的顽童,而且是一个"无法无天"的顽童。

第九回"起嫌疑顽童闹学堂",在《红楼梦》中是一个不算小的事件,而在这预示"贾家气数"将尽的"闹"剧中,前台主角就是这位奴仆小厮茗烟。虽然茗烟的闹,是因贾蔷挑拨而起,但正如书中明确交代的那样:"这茗烟乃是宝玉第一个得用的,且又年轻不谙世事,如今听贾蔷说金荣如此欺负秦钟,连他爷宝玉都干连在内,不给他个利害,下次越发狂纵难制了。"外因是通过内因起作用的。说茗烟"年轻不谙世事",这正是茗烟敢于大闹学堂的内在原因。不谙什么世事?不外乎指封建统治阶级的家规王法。正是因为茗烟没有把封建礼法放在眼里,所以敢闹学堂,甚至要"制"起主子来。只见他一头闯进学堂找金荣,也不叫金相公了,竟直呼:"姓金的,你是什么东西!"并且一把揪住金荣问道："你是好小子，出来动一动你茗大爷！"金荣虽然不姓贾，但毕竟是贾家玉字辈的嫡派贾璜老婆的侄子，是贾氏宗族的亲戚。在"人伦规范"之地，在一群主子面前，一个奴才小厮竟敢如此大胆"撒野"，甚至称起"茗大爷"来，这还了得？难怪茗烟的举动竟唬得满屋中子弟都怔怔地痴望。金荣更是气黄了脸，说："反了！奴才小子都敢如此。"在封建贵族家庭的家塾学堂里，一个奴才小子出言不逊，甚至动手要打属于主子层的金荣，这"闹"得确实出了格，这还不是"反了"吗！更有甚者，茗烟不仅敢与金荣厮打，而且连璜大奶奶也骂上了："璜大奶奶是他的姑娘。你那姑妈只会打旋磨子，给我们琏二奶奶跪着借当头。我眼里就看不起他那样的主子奶奶！"一个奴才小子，敢看不起一位主子奶奶，当堂大骂，眼里哪还有王法规矩呢！

在这里我们不妨把茗烟与李贵做个比较。同茗烟一样，李贵也是宝玉的奴仆，他是宝玉奶妈李嬷嬷的儿子，同宝玉的关系也是相当好的。这是个忠实老成而又深谙世故的奴仆，他的言行恰恰同茗烟形成鲜明的对比。比如第九回，因送宝玉上学，李贵着实挨了贾政一顿骂："你们成日家跟他上学，他到底念了些什么书！倒念了些流言混语在肚子里，学了些精致的淘气。等我闲一闲，先揭了你的皮，再和那不长进的算帐！"宝玉不好好念书，连跟着的奴才都有不是，甚至会招来皮肉之苦。所以李贵对宝玉说："哥儿听见了不曾？可先要揭我们的皮呢！人家的奴才跟着主子赚些好体面，我们这等奴才白陪着挨打受骂的。从此后也可怜见些才好。"又说，"小祖宗，谁敢望你请，只求听一句半句话就有了。"这既是诉苦埋怨，又是规劝。他希望宝玉能听一句半句话，什么话？当然是要宝玉好好读书、不要"淘气"一类的话。目的则是希望宝玉"改邪归正"，好好念书，而他们也赚些体面。从这点上我们很容易联想到那位"箴规"宝玉的花袭人。与此相反，茗烟不仅不去规劝宝玉"入正"，反而"调唆"宝玉去破坏封建规矩，几次私自带宝玉出府，就是"调唆"的结果。又如闹学堂这件事，茗烟、李贵的态度就显然不同。李贵是怕闹事，茗烟则是想闹事，还唯恐闹得不大；李贵是哄、劝宝玉，茗烟则是"调唆"宝玉；李贵是千方百计要平息这一场大闹，茗烟则是变着法儿往大里闹。当宝玉问金荣是哪一房亲戚，要撵了金荣去时，李贵想了一想道："也不用问了。若问起那一房的亲戚，更伤了兄弟们的和气。"表现出李贵的老成和世故。茗烟则不然，他不仅告诉了宝玉，金荣"是东胡同子里璜大奶奶的侄儿"，甚至当众把这位主子奶奶骂了一顿，给宝玉火上浇油，当宝玉要去找"璜嫂子"时，茗烟马上就兴风作浪，撺哄宝玉找贾母去。难怪李贵要训斥茗烟："宝玉全是你调唆的。我这里好容易劝哄好一半了，你又来生个新法子。你闹了学堂，不说变法儿压息了才是，倒要往大里闹！"两相比较，茗烟的"调唆""往大里闹"，不是颇有些蔑视封建礼法的"造反"精神吗？

无独有偶，袭人也认为宝玉的一些行为"都是茗烟调唆的"。第十九回，宝玉因在宁府看戏看烦了，这时茗烟对宝玉说："这会子没人知道，我悄悄的引二爷往城外逛逛去。"这岂止是"调唆"，简直是在"勾引"。对于向往自由生活的贾宝玉来说，呼吸呼吸贾府以外天地的空气将是一件多么愉快的事啊。后来主仆二人来到了袭人家。对于宝玉私自出府，袭人的哥哥花自芳"唬的惊疑不止"，就是袭人也感到惊慌："这还了得！倘或碰见了人，或是遇见了老爷，街上人挤车碰，马轿纷纷的，若有个闪失，也是顽得的！……都是茗烟调唆的……"说"都是"茗烟调唆的，茗烟不免有点冤枉，但宝玉私自出府，确实因茗烟而起，说"调唆"宝玉也不算过分。须知，作为贾府命根子的贾宝玉私自出府是绝不允许的，而"调唆"主子不遵守封建贵族家庭的规矩，这并不是一个小罪名。

一个奴仆的责任是什么？除了侍候主子外，还要能"规劝"主子的行为，以符合封建礼法的要求。贾政是怎么骂李贵的："你们成日家跟他上学，他到底念了些什么书！……"贾母是怎么说的："既说是世宦书香大家小姐都知礼读书……自然这样大家人口不少，奶母丫鬟服侍小姐的人也不少……你们白想想，那些人都是管什么的……"管什么？管吃管喝，也要管公子小姐不能越出封建礼法的约束。在这方面袭人是一个样板。袭人之所以能够得到贾母和王夫人的信任，就是因为她能够规劝宝玉。王夫人明确地对袭人说："我就把他交给你了，好歹留心，保全了他，就是保全了我。"显而易见，跟着宝玉的丫鬟小厮，都有一个"禁管"宝玉的责任。在封建秩序森严的贾府里，一个奴才小子不仅不"知礼"，而且还敢"调唆"主子破坏封建规矩，这是贾府统治者深恶痛绝的。特别是关系到贾府的命根子贾宝玉，问题就更加严重。金钏不过是和宝玉开了一句玩笑，那个貌似宽仁慈厚的王夫人，不仅狠狠地打了金钏一巴掌，还气势汹汹地骂道："下作小娼妇，好好的爷们，都叫你教坏了。"第七十五回抄检大观园，又是王夫人责骂四儿道："难道我通共一个宝玉，就白放心凭你们勾引坏了不成！"她还指责芳官："唱戏的女孩子，自然是狐狸精了！……你就成精鼓捣起来，调唆着宝玉无所不为。"王夫人的担心不是没有道理。所谓"勾引坏了""调唆着宝玉无所不为"，都是指丫头们以不符合封建礼教的言行影响着宝玉。然而，王夫人哪里想到，"调唆""勾引"宝玉更有甚于丫头者，那就是茗烟。从某种意义上说，茗烟对宝玉叛逆思想的影响，是大观园里的丫头们比不上的。茗烟非但是宝玉"第一个得用的"，更是一个对宝玉有很大影响的人，他的顽皮、没规矩和"调唆"，对宝玉叛逆思想的发展起着推波助澜的作用。

在前八十回，茗烟是贾宝玉同大观园外联系的重要渠道之一，是把宝玉从家里往外"勾引"的主要人物。茗烟出身下层，又是一个男仆，这使他有更多机会接触贾府以外的社会，比晴雯、芳官等丫鬟们更为早熟。茗烟的顽皮、调唆以及他本身的一些品质，无疑都会影响着贾宝玉的思想。特别是他敢于将一些"杂书"带进大观园，更加促进了宝玉叛逆思想的发展。当贾宝玉对大观园里的生活感到厌烦，而又一时找不到新追求的时候，思想一度处于苦闷、空虚的状态中，这时宝玉身边的女儿们谁也不知宝玉的"心事"，独有茗烟看到了宝玉的苦闷，他大胆地走到书坊内，"把那古今小说并那飞燕、合德、武则天、杨贵妃的外传与那传奇角本买了许多来，引宝玉看"。宝玉何曾见过这些书，一看见便如获至宝。这些看了后连饭也不想吃的"好文章"，对宝玉叛逆思想的形成与发展产生了不可估量的影响。有人曾把茗烟这一大胆行为，比作普罗米修斯盗来火种，给宝玉带来了光和热。这个比喻形象而深刻地表明了茗烟在宝玉叛逆思想发展中起着多么重要的作用。正是在奴才小厮茗烟的"导演"下，《西厢记》等书进入了大观园中男女主角的视野，紧接着就发生了"西厢记妙词通戏语"的重要情节，宝玉黛玉借《西厢》妙词，大胆地表露了相互的爱慕之情。

贾宝玉叛逆思想形成和发展的原因是多方面的，而下层丫鬟小厮们的影响无疑是一个十分重要的因素。俄国伟大诗人普希金曾谈过农奴出身的保姆对他的影响，中国伟大文学家鲁迅回忆起幼年时善良的长妈妈给他送来绘图《山海经》，曾经怎样地使他兴奋激动。同样，从某种意义上讲，身为奴仆小厮的茗烟也是贾宝玉的良师益友。曹雪芹以其现实主义的笔力，不仅塑造了一个栩栩如生的小厮形象，而且通过这个小人物，深刻地揭示了贾宝玉叛逆思想形成和发展的客观原因和社会原因，这是有重大思想意义的。

于细节处见精彩

《红楼梦》色彩描写的文化意蕴

——从贾宝玉"爱红"的"毛病"谈起

若干年前的一天,有读者打电话到《红楼梦学刊》编辑部,他问我:"张老师,贾宝玉'爱红'的毛病指的是什么?"我没有好好地思考,只凭一般的理解就对他说:宝玉"爱红"的毛病主要是指他喜欢女孩子,特别是喜欢吃女孩子嘴上的胭脂。这位读者听了以后对我说,不对,书中明明写宝玉爱吃女孩子嘴边胭脂与"爱红"的毛病,是两件事,不是一回事呀。我听了以后马上意识到我的回答是不准确的,这位读者说得对,爱吃胭脂与爱红的毛病不是一回事,至少在袭人的"箴规"中似乎不完全是一回事。

放下电话,我马上翻到《红楼梦》第十九回,这一回的回目是"情切切良宵花解语,意绵绵静日玉生香",这一回非常有趣,非常美妙,从回目到故事情节都很精彩。"情切切良宵花解语"是写宝玉与袭人的故事,而"意绵绵静日玉生香"则是说宝玉与黛玉的故事。作者两相对比的意味很明显，是很有深意的。

先说说"情切切良宵花解语"。"情切切"和"良宵"不用解释，那什么是"花解语"呢？"花解语"就是"解语花"，是指一种善解人意、会说话的花。据五代王仁裕《开元天宝遗事》记载：

太液池千叶白莲开，帝与贵妃宴赏，指妃谓左右曰："何如此解语花耶？"

这说的是有一次太液池中数枝白莲盛开，唐玄宗与杨贵妃一起去欣赏，大家都极力赞赏白莲花的美丽，这时唐玄宗指杨贵妃对左右的人说："怎如我的解语花呢？"意思是说这白莲花再美，怎比得上我这会说话的花呀，后来"解语花"常被用来形容美女。"情切切良宵花解语"中的"花解语"是一语双关，既是指袭人——袭人恰巧也姓"花"；同时又是指袭人会说话。

《红楼梦》第十九回，是宁荣二府刚刚接驾完元妃省亲，大家都累得够呛。这一天袭人的母亲来接袭人回家吃年茶了，宁国府的贾珍则请贾宝玉去看戏，谁想宁国府这边演的戏神鬼乱出，贾宝玉看不惯这样的热闹戏，他的小厮茗烟就带他去了袭人家。在袭人家宝玉见到袭人的母亲、哥哥，还有三五个女孩。却说宝玉注意到袭人两眼微红，好像哭过。

晚上袭人回来，宝玉问袭人他们家那三五个女孩子中有一个"穿红的是你什么人？"袭人道："那是我两姨妹子。"宝玉听了，赞叹了两声。袭人道："叹什么？我知道你心里的缘故，想是说他那里配红的。"宝玉笑道："不是，不是。那样的人不配穿红的，谁还敢穿。我因为见他实在好的很，怎么也得他在咱们家就好了。"由袭人的两姨妹妹穿红衣服谈起，袭人说起了她母亲和哥哥要赎她出去的事。宝玉在袭人家里看到袭人好像哭过，就是因为袭人不愿意母亲和哥哥要赎她出去才哭的。因袭人不愿意，又因为宝玉到袭人家后，袭人的母亲和哥哥看到袭人与宝玉不同一般的关系，心里明白了，也就放弃了要赎袭人出去的念头。

袭人是一个忠于职守的大丫鬟，也是一个很有心计的女孩子。有人说她是薛宝钗的影子，这是非常有道理的。本来，她母亲要赎她这件事在宝玉去他们家以后就解决了，她母亲已经打消了要赎她出去的念头，可袭人回到怡红院后又说起这件事，先是说她的表妹要出嫁了，又故意说："我来这几年，姊妹们都不得在一处，如今我要回去了，他们又都去了。"宝玉听这话不觉吃一惊，忙问道："怎么，你如今要回去了？"袭人道："我今儿听见我妈和哥哥商议，教我再耐烦一年，明年他们上来，就赎我出去的呢。"随后又说了一番总要出去的道理，说得宝玉心情郁闷，伤心不已。袭人见宝玉不舍她出去，真伤了心，话锋一转又说："这有什么伤心的,你果然留我,我自然不出去了。"宝玉一听袭人并没有死了心一定要出去,就反过来求袭人:"要怎么留你?"这正是袭人的目的,袭人等的就是宝玉这句话。书中写道:

> 且说袭人自幼见宝玉性格异常,其淘气憨顽自是出于众小儿之外,更有几件千奇百怪不能言的毛病儿。近来仗着祖母溺爱,父母亦不能十分严紧拘管,更觉放荡驰纵,任性恣情,最不喜务正。每欲劝时,料不能听,今日可巧有赎身之论,故先用骗词,以探其情,以压其气,然后好下箴规。

袭人真是有心计。什么叫"箴规",就是告诫,规劝。我们读《红楼梦》是否注意到,在《红楼梦》中,有两个人最喜欢"劝"宝玉,一个是宝钗,一个就是袭人。《红楼梦》中曾这样介绍过袭人:

> 原来这袭人亦是贾母之婢,本名珍珠。贾母因溺爱宝玉,生恐宝玉之婢无竭力尽忠之人,素喜袭人心地纯良,克尽职任,遂与了宝玉。宝玉因知他本姓花,又曾见旧人诗句上有"花气袭人"之句,遂回明贾母,更名袭人。这袭人亦是有些痴处,服侍贾母时,心中眼中

只有一个贾母；如今服侍宝玉，心中眼中又只有一个宝玉。只因宝玉性情乖僻，每每规谏宝玉，心中着实忧郁。

由此可见，规谏宝玉，是袭人经常有的事，只是以往规谏的效果似乎不太好。这会当袭人见宝玉在求她了，就又要规谏宝玉了。这一次是《红楼梦》中描写袭人如何规谏宝玉最具体最详细的一次。袭人说："我另说出两三件事来，你果然依了我，就是你真心留我了，刀搁在脖子上，我也是不出去的了。"书中是这样描写袭人的"箴规"的：

宝玉忙笑道："你说，那几件？我都依你。好姐姐，好亲姐姐，别说两三件，就是两三百件，我也依。只求你们同看着我，守着我，等我有一日化成了飞灰，——飞灰还不好，灰还有形有迹，还有知识。——等我化成一股轻烟，风一吹便散了的时候，你们也管不得我，我也顾不得你们了。那时凭我去，我也凭你们爱那里去就去了。"话未说完，急的袭人忙握他的嘴，说："好好的，正为劝你这些，倒更说的狠了。"宝玉忙说道："再不说这话了。"袭人道："这是头一件要改的。"宝玉道："改了，再要说，你就拧嘴。还有什么？"

袭人道:"第二件,你真喜读书也罢,假喜也罢,只是在老爷跟前或在别人跟前,你别只管批驳诮谤,只作出个喜读书的样子来。也教老爷少生些气,在人前也好说嘴。他心里想着,我家代代读书,只从有了你,不承望你不喜读书,已经他心里又气又愧了。而且背前背后乱说那些混话,凡读书上进的人,你就起个名字叫作'禄蠹';又说只除'明明德'外无书,都是前人自己不能解圣人之书,便另出己意,混编纂出来的。这些话,怎么怨得老爷不气,不时时打你。叫别人怎么想你?宝玉笑道:"再不说了。那原是那小时不知天高地厚,信口胡说,如今再不敢说了,还有什么?"

袭人道:"再不可毁僧谤道,调脂弄粉。还有更要紧的一件,再不许吃人嘴上擦的胭脂了,与那爱红的毛病儿。"宝玉道:"都改,都改。再有什么,快说。"袭人笑道:"再也没有了。只是百事检点些,不任意任情的就是了。你若果都依了,便拿八人轿也抬不出我去了。"宝玉笑道:"你在这里长远了,不怕没八人轿你坐。"袭人冷笑道:"这我可不希罕的。有那个福气,没有那个道理。纵坐了,也没甚趣。"

这就是袭人的"箴规"。这一大段引文似乎长了一点,但不把袭人的"箴规"说全了,就无法辨清楚宝玉"爱红"与吃人家嘴上的胭脂的区别。过去人们常说袭人对宝玉是"约法三章",这不过是一个约定俗成的说法,其实袭人说的可不止三件事:(1)不能胡说"有一日化灰化烟"的话,就是不要老说死了如何如何,"这是头一件要改的"。(2)不能把人家读书上进的人说成是"禄蠹",不能说除"明明德"以外无书。"明明德"语出《四书》之一的《大学》,《大学》一开篇就说:"大学之道,在明明德,在亲民,在止于至善。"宝玉这里如同说除《四书》以外无书了的意思。(3)不可毁僧谤道。(4)不可调脂弄粉。(5)还有更要紧的一件,"再不许吃人嘴上擦的胭脂了,与那爱红的毛病儿"。大家注意这最后一点虽然袭人是放在一起说的,但显然吃人家嘴上的胭脂与爱红的毛病,既有关联,又有区别,不是一回事,或者说不完全是一回事。这就是袭人的"箴规"。

那么,宝玉的"爱红"的毛病指什么?袭人为什么认为"爱红"是毛病呢?作者让宝玉得上"爱红"的毛病有什么深意?这是我们阅读《红楼梦》应该搞清楚的问题,对深入认识贾宝玉人物形象和《红楼梦》的主旨是很重要的。

对宝玉"爱红"的毛病,人们的看法是很不相同的。我们都知道蔡元培先生是有名的索隐派红学家,他在《石头记索隐》中认为:"《石头记》者,清康熙朝政治小说也。作者持民族主义甚挚。书中本事,在吊明之亡,揭清之失,而尤于汉族名士仕清者,寓痛惜之意。"又说:"书中红字,多影朱字。朱者，明也，汉也。宝玉有爱红之癖，言以满人而爱汉族文化也；好吃人口上胭脂，言拾汉人唾余也。"

"宝玉在大观园中所居曰'怡红院'，即爱红之义。所谓曹雪芹于悼红轩中增删本书，则吊明之义也。"

台湾有一位著名的学者潘重规先生，也是索隐派，他的观点与蔡元培先生差不多，认为："宝玉"是传国玉玺，"爱红"之癖是不忘朱明，胭脂是印泥，爱吃胭脂是爱朱红印泥。

蔡元培、潘重规等索隐派的观点影响很大，至今还有人相信，认为《红楼梦》中写贾宝玉有"爱红"的毛病，是影射明朝，明朝的皇帝姓朱，爱红就是爱明朝，也就是暗寓爱汉族而反对满族统治等。但大多数学者并不赞同这样的观点，胡适在与蔡元培先生论战时，干脆说蔡元培先生为代表的索隐派是猜笨谜。我认为这个批评是正确的。一句话，贾宝玉的"爱红"毛病与影射明朝、反清复明毫无关系。

那么，宝玉的"爱红"指什么呢？很长时间我也不能清晰地指出贾宝玉"爱红"的毛病究竟所指，我在电话里回答读者的疑问，这种看法在红学家中很普遍，认为宝玉"爱红"就是爱女孩子，特别是爱吃女孩子嘴边的胭脂。后来经过认真读书和思考，我认为宝玉"爱红"的毛病其实就是指爱红色。《红楼梦》中有不少描写告诉了我们宝玉就是爱红色。如：宝玉见袭人的两姨妹妹穿着红色衣服后的感觉,以及袭人说:"叹什么?我知道你心里的缘故,想是说他那里配红的。"宝玉笑道:"不是,不是。那样的人不配穿红的,谁还敢穿。"早期脂砚斋抄本己卯本在这里有一条重要的批语:"补出宝玉素喜红色。"这些描写和脂批已经很清楚地说清楚宝玉"爱红"的毛病就是爱红色。那么,"爱红"与吃女孩子嘴上的胭脂是不是一回事?我认为,贾宝玉的"爱红"就是爱红色,他不仅爱穿红色的衣服,对红色有一种特殊的喜爱;而爱女儿、爱吃女孩子嘴边的胭脂等等,与"爱红"不完全是一回事,但有密切的联系,爱吃女孩子嘴边的胭脂等等只是宝玉"爱红"的表现之一。

首先,我们要问宝玉的"爱红"是不是毛病呢?回答:当然是,而且还是一种怪癖。

《红楼梦》第三回有二首《西江月》,介绍第一次出场的贾宝玉:

　　无故寻愁觅恨,有时似傻如狂。纵然生得好皮囊,腹内原来草莽。　　潦倒不通世务,愚顽怕读文章。行为偏僻性乖张,那管世人诽谤!

　　富贵不知乐业,贫穷难耐凄凉。可怜辜负好韶光,于国于家无望。　　天下无能第一,古今不肖无双。寄言纨袴与膏粱:莫效此儿形状!

清代评点家陈其泰在此处批曰："此两首词，即世俗眼中心中之贾宝玉也。"这里作者用"反笔"形容贾宝玉，突出他的与众不同、不合时宜。"爱红"就是"行为偏僻性乖张"的表现之一。我们前面谈袭人为什么要"箴规"宝玉时，也提到宝玉"更有几件千奇百怪口不能言的毛病儿""只因宝玉性情乖僻"等等。

《红楼梦》第二回，冷子兴演说荣国府，就说道：

> 那年周岁时，政老爹便要试他将来的志向，便将那世上所有之物摆了无数，与他抓取。谁知他一概不取，伸手只把些脂粉钗环抓来。政老爹便大怒了，说："将来酒色之徒耳！"因此便大不喜悦。独那史老太君还是命根一样。说来又奇，如今长了七八岁，虽然淘气异常，但其聪明乖觉处，百个不及他一个。说起孩子话来也奇怪，他说："女儿是水作的骨肉，男人是泥作的骨肉。我见了女儿，我便清爽；见了男子，便觉浊臭逼人。"你道好笑不好笑？将来色鬼无疑了。

看来，宝玉"爱红"的毛病是从娘胎里带来的，是与生俱来的，不是后天受什么影响学坏了的缘故。

在袭人的眼里，宝玉的"爱红"就是毛病，她不止一次这样说过，这与她的地位、责任、观念直接相关。袭人甚至认为"吃人嘴上擦的胭脂"与"那爱红的毛病儿"，是"更要紧的一件"，因为在她的观念中贾宝玉应该走仕途经济道路，走读书科举当官的路，而不应该干这些事，这不是男人的正事，这是宝玉不检点、任情的表现，会影响外人对宝玉的看法，会毁坏了宝玉的名声等。她对宝玉的根本要求是：只是百事检点些，不任意任情的就是了，她是希望宝玉的言行举止要符合封建贵族家庭的要求。

  在另一些人的眼中，宝玉的"爱红"也是毛病。一次，湘云住在黛玉那里，一大早宝玉就跑来了，这时紫鹃、雪雁、翠缕等在服侍黛玉、湘云梳洗，湘云的丫鬟翠缕正要把湘云洗过脸的残水泼出去，宝玉却要用湘云用过的水洗脸，翠缕说道："还是这个毛病儿，多早晚才改。"（第二十一回）就是这一次，宝玉刷了牙，便央求湘云给他梳头，因见镜台两边俱是妆奁等物，顺手拿起来赏玩，不觉又顺手拈了胭脂，意欲要往口边送，因又怕史湘云说，正犹豫间，湘云果在身后看见，一手掠着辫子，便伸手来"拍"的一下，从手中将胭脂打落，说道："这不长进的毛病儿，多早晚才改过！"

  看来，袭人、翠缕、湘云等等周边的人都认为宝玉这些行为是毛病。但非常有趣的是，与宝玉关系最密切的林黛玉却不以为意，并没有太在意宝玉"爱红"的毛病。我们前面说了,《红楼梦》第十九回前半回讲的是"情切切良宵花解语",后半回就是"意绵绵静日玉生香"。而宝玉"爱红"的毛病就成了联系两个故事的纽带。

就在袭人"箴规"宝玉的第二天,宝玉去看黛玉,这就有了"意绵绵静日玉生香"的故事。这是《红楼梦》中描写宝黛爱情最为缠绵美妙的篇章。"玉生香"也有一个典故,出自唐人苏鹗的《杜阳杂编》:

> 肃宗赐李辅国香玉辟邪二,各高一尺五寸。奇巧殆非人间所有。其玉之香,可闻于数百步。虽锁之金函石匮,终不能掩其气。或以衣裾误拂,则芬馥经年,纵浣濯数四,亦不消歇。

这个记载是说唐肃宗曾赐给李林甫两块香玉辟邪,这两块香玉特别香,不同一般。却说宝玉来看黛玉,又要和黛玉躺在一起,还要枕一个枕头,这时黛玉发现情况了,她看见宝玉左边腮上有纽扣大小的一块血渍,便凑近用手抚之细看,说道:"这又是谁的指甲刮破了?"宝玉笑道:"不是刮的,只怕是才刚替他们淘漉胭脂膏子,擩上了一点儿。"黛玉用自己的帕子替他揩拭了,说道:"你又干这些事了。干也罢了,必定还要带出幌子来。便是舅舅看不见,别人看见了,又当奇事新鲜话儿去学舌讨好儿,吹到舅舅耳朵里,又该大家不干净惹气。"这个细节透露出的信息很有趣,一是头一天袭人"箴规"宝玉,就说了不要调脂弄粉、不可吃人家嘴边的胭脂,宝玉发誓都改都改,可一转眼又犯老毛病了,可见袭人的"箴规"是一点用也没有。二是对待宝玉的毛病,袭人和黛玉的态度完全不同。虽说袭人、黛玉都是关心宝玉,但观念、出发点和想法都不一样。还有,黛玉为什么说"这又是谁的指甲刮破了",为什么说"干也罢了,必定还要带出幌子来",看来,黛玉是非常了解宝玉的"毛病",她并不相信宝玉是才刚替他们淘漉胭脂膏子,蹭上了一点儿。什么蹭上一点呀,就是吃人家嘴上的胭脂才蹭上的。这是一个很有趣的情节,作者生动地写出了袭人与黛玉对宝玉"爱红"毛病的不同态度,袭人是"箴规"——黛玉是关心;袭人认为是"毛病"——而黛玉是理解。这样的描写,两相比较,意味深长。

曹雪芹赋予贾宝玉"爱红"的毛病,确实有着很深的文化意蕴。甚至可以说,这与曹雪芹创作《红楼梦》的主旨有着密切的关系。红学大家周汝昌先生在他的《红楼艺术》中说:"盖红者实乃整部《红楼》的一个焦距。"又认为,《红楼梦》文化有三"纲":一曰玉,二曰红,三曰情。三"纲"的提法是否合适,我说不好。但周老说"红"是《红楼梦》文化之纲,是相当有道理的,也是非常重要的。"红"是《红楼梦》的主题色,也是贾宝玉的主色、本色,是符合《红楼梦》实际的。主人公宝玉别号"怡红公子",他所居住的地方,先是叫"绛云轩",后曰"怡红院",他一落胞胎,嘴里衔的那一块"通灵玉"是红色的,木石前盟神话中的"赤瑕宫神瑛侍者"也与红色相关。当宝玉出场时,穿的是"大红箭袖""银红撒花半袖袄和厚地大红鞋"。而作者曹雪芹又是在"悼红轩"中"披阅十载,增删五次",写出了"悲金悼玉""万艳同杯(悲)""千红一窟(哭)"的《红楼梦》。我们看《红楼梦》的主人公贾宝玉,简直是处处都离不开"红"。这难道是巧合吗?当然不是,这正是作者创作《红楼梦》的主旨,作者赋予"红"以及"爱红"有很深的意蕴,这是我们阅读和解读《红楼梦》一个很重要的视角。

谈宝玉"爱红"的毛病,就不能不说一说红色在中国传统观念中的作用。据说,英国人不喜欢红色,所以英国人霍克思翻译《红楼梦》时,光是为了书名就苦思冥想了两年。"红楼梦"——在一所红色的房子里做的梦,这哪像是一部伟大小说的名字啊,更何况英国人常常把红色与血腥、暴力联系在一起,如果把《红楼梦》翻译成在一所红色的房子里做的梦,英国读者还以为这是一部讲谋杀故事的小说呢,所以霍克思把《红楼梦》的书名翻译成"石头的故事",而《红楼梦》确实有另外一个名字:《石头记》,而他把书中的"怡红院"干脆译为"快绿院"了。这就是不同民族文化造成的差异。

而在我们中华色彩文化中，红色却是吉祥欢乐的色彩，是兴旺、尊贵、幸福的象征。而红色又总是与美女、爱情联系在一起。形容女人的美，有"红颜""桃腮""红妆""红袖""红裙""红粉"等等。在《红楼梦》中，曹雪芹以红色为至尊至贵，把尊严、高尚、幸福、爱情等感情寄寓于红色之中。

我们是否可以这样理解，在《红楼梦》中，作者曹雪芹以红色为主题色，主人公贾宝玉又有"爱红"的毛病，既表现出对女儿的关爱、体贴，又表现出他对美好生活特别是对纯真爱情的向往和追求，对真善美的追求。

贾宝玉的"爱红"也是他的"意淫"的一种表现。《红楼梦》第五回，贾宝玉梦游太虚幻境，警幻仙姑对贾宝玉说："尘世中多少富贵之家，那些绿窗风月，绣阁烟霞，皆被淫污纨袴与那些流荡女子悉皆玷辱。更可恨者，自古来多少轻薄浪子，皆以'好色不淫'为饰。又以'情而不淫'作案，此皆饰非掩丑之语也。好色即淫，知情更淫。是以巫山之会，云雨之欢，皆由既悦其色、复恋其情所致也。吾所爱汝者，乃天下古今第一淫人也。"又说："淫虽一理，意则有别。如世之好淫者，不过悦容貌，喜歌舞，调笑无厌，云雨无时，恨不能尽天下之美女供我片时之趣兴，此皆皮肤滥淫之蠢物耳。如尔则天分中生成一段痴情，吾辈推之为'意淫'。'意淫'二字，惟心会而不可口传，可神通而不可语达。汝今独得此二字,在闺阁中,固可为良友,然于世道中未免迂阔怪诡,百口嘲谤,万目睚眦。"在这里,曹雪芹把世间的"皮肤滥淫"骂得够呛,也对贾宝玉的"意淫"说得明明白白。"爱红"就是一种"意淫"的表现,是对女儿崇拜和真心热爱的表现,是一种博爱的表现,是对女儿的一种体贴的表现。当然,作者赋予宝玉的"爱红""意淫",也具有一种象征的意义。

如果一个小伙子满身脂粉气,喜欢调脂弄粉,还喜欢吃女孩子嘴上的胭脂,看见红色就喜欢得不行,是不是很令人讨厌,但非常有趣的是,这一切在宝玉身上出现,不是令人感到讨厌,而是令人感到可爱,更显现出贾宝玉的纯洁、率真。总之,"爱红"的怪癖,既是宝玉性格特征的表现之一,又是宝玉赤子之心的生动表现。

你看,与宝玉相处的女孩子,都喜欢与他闹、玩笑,一次金钏一把拉住宝玉,悄悄地笑道:"我这嘴上是才擦的香浸胭脂,你这会子可吃不吃了?"(第二十三回)还有一次,宝玉回头见鸳鸯穿着水红绫子袄儿,青缎子背心,束着白绉绸汗巾儿,脸向那边低着头看针线,脖子上戴着花领子。宝玉便把脸凑在她脖项上,闻那香油气,不住用手摩挲,其白腻不在袭人之下,便猴上身去涎皮笑道:"好姐姐,把你嘴上的胭脂赏我吃了罢。"一面说着,一面扭股糖似的粘在身上。鸳鸯便叫道:"袭人,你出来瞧瞧,你跟他一辈子,也不劝劝，还是这么着。"袭人抱了衣服出来，向宝玉道："左劝也不改，右劝也不改，你到底是怎么样？你再这么着，这个地方可就难住了。"（第二十四回）

还有一次，因王熙凤过生日喝了酒，更因贾琏偷情鲍二家的，王熙凤疑心平儿身上，结果是平儿挨了贾琏和王熙凤夫妇的打骂。事后，宝玉便让平儿到怡红院中来，代表贾琏凤姐向平儿赔不是。宝玉笑道："我们弟兄姊妹都一样。他们得罪了人，我替他赔个不是也是应该的。"又道，"可惜这新衣服也沾了，这里有你花妹妹的衣裳，何不换了下来，拿些烧酒喷了熨一熨。把头也另梳一梳。"一面说，一面便吩咐了小丫头们舀洗脸水，烧熨斗来。

平儿素习只闻人说宝玉专能和女孩儿们接交；宝玉素日因平儿是贾琏的爱妾，又是凤姐儿的心腹，故不肯和他厮近，因不能尽心，也常为恨事。平儿今见他这般，心中也暗暗的戥戤：果然话不虚传，色色想的周到。又见袭人特特的开了箱子，拿出两件不大穿的衣裳来与她换，便赶忙的脱下自己的衣服，忙去洗了脸。宝玉一旁笑劝道："姐姐还该擦上些脂粉，不然倒像是和凤姐姐赌气子似的。况且又是他的好日子，而且老太太又打发了人来安慰你。"

平儿听了有理，便去找粉，只不见粉。宝玉忙走至妆台前,将一个宣窑瓷盒揭开,里面盛着一排十根玉簪花棒,拈了一根递与平儿。又笑向他道:"这不是铅粉,这是紫茉莉花种,研碎了兑上香料制的。"平儿倒在掌上看时,果见轻白红香,四样俱美,摊在面上也容易匀净,且能润泽肌肤,不似别的粉青重涩滞。然后看见胭脂也不是成张的,却是一个小小的白玉盒子,里面盛着一盒,如玫瑰膏子一样。宝玉笑道:"那市卖的胭脂都不干净,颜色也薄。这是上好的胭脂拧出汁子来,淘澄净了渣滓,配了花露蒸叠成的。只用细簪子挑一点儿抹在手心里,用一点水化开抹在唇上;手心里就够打颊腮了。"平儿依言妆饰,果见鲜艳异常,且又甜香满颊。宝玉又将盆内的一枝并蒂秋蕙用竹剪刀撷了下来,与他簪在鬓上。(第四十四回)

通过这些细节,我们可以看到,贾宝玉"爱红"的毛病,正是他对女儿的关爱和体贴,并不下作。相反,到更加凸显出宝玉的纯洁和真情。

总之,贾宝玉的"爱红"与《红楼梦》色彩的文化意蕴有关,与中华民族的色彩观有关,与贾宝玉的女儿观有关,与贾宝玉的"意淫"有关。很显然,贾宝玉的言行举止包括"爱红"的毛病,不符合封建贵族家庭的规矩和要求,是任情任性的极端表现。作者写贾宝玉有这样一种"怪

清　孙温《红楼梦》第十七回至十八回
"大观园试才题对额，荣国府归省庆元宵"中怡红院"蕉棠两植"之景

解味红楼：
曹雪芹的旧梦与悲歌

癖",一是为了表现他的与众不同;二是为了表现他的任情任性;三是为了表现他对女性的崇拜和热爱,喜欢调脂弄粉,喜欢吃女孩子嘴上的胭脂都是爱红的行为;四是表现他的"意淫",与贾珍、贾琏一流的"皮肤滥淫"形成鲜明的对比。

我前面说了这么多"红"色意蕴,说"红"是《红楼梦》的主题色,是贾宝玉的主题色、本色。有人可能会质疑,宝玉不是也很爱绿吗?——爱林黛玉呀。黛玉可是崇尚绿色呀?不错,黛玉崇尚绿色。我们读《红楼梦》会发现,《红楼梦》中的主要人物,各有各的主题色,特别是贾宝玉、林黛玉、薛宝钗各自的主色调区别明显。宝玉爱红,主色调是红;林黛玉爱绿,主色调是绿;薛宝钗呢?爱白色,主色调是白。

黛玉的色彩正如其名,"黛"是一种古代女子画眉的墨绿色矿物,黛玉明确宣称:"我心里想着潇湘馆好,爱那几竿竹子隐着一道曲栏,比别处更觉幽静。"她由于"爱那几竿竹子"才选了潇湘馆作为居所。潇湘馆青翠的竹林是黛玉住所环境的色彩象征,那里始终笼罩着浓郁的绿色。贾母曾嫌黛玉室内色彩绿色单一。第四十回,贾母看见潇湘馆的窗纱旧了,就说:"这竹子已是绿的,再拿这绿纱糊上反不配。"然而,人人都知道,潇湘馆的绿色,最配黛玉的形象与性格,与黛玉的性格、身世、命运是一致的。人与环境和谐，人如其物，翠竹就是黛玉的化身，黛玉又成为翠竹的灵魂。绿色既青又翠，色性偏冷，它象征黛玉纯洁的本质和冷寂的性格，同时也符合她愁怆的身世和命运。

我们说黛玉的主题色是绿色，但黛玉的本质也是红色，她的前身是绛珠仙草，绛就是红色。在描写到绛珠仙草时，脂批有云："点红字。细思绛珠二字，其非血泪乎！"可知"绛珠"乃是黛玉一生"血泪"的结晶。有学者指出："贾宝玉和林黛玉无疑是一组最鲜明的形象对比。其情感体验一热烈一冷峭，情感风格一明快一幽婉，情感表达方式一外露一深藏，情感倾向则一色化为'红'，一色化为'绿'，置于红楼整体画面的中心。作者之所以设置基色构成冷暖对比，显然是为了更鲜明地展现形象间判然有别的情感特质：潇湘妃子的忧郁伤感，反衬出怡红公子的愉悦欢快；……'红'与'绿'互为补色，相反相成。"（俞晓红《〈红楼梦〉设色说》，《红楼梦学刊》1995年第3辑）

在贾宝玉所住的怡红院中，恰巧也有一红一绿两两相对。书中写到走进怡红院，"一入门，两边都是游廊相接。院中点衬几块山石，一边种着数本芭蕉；那一边乃是一颗西府海棠，其势若伞，丝垂翠缕，葩吐丹砂。众人赞道：'好花，好花！从来也见过许多海棠，那里有这样妙的。'贾政道：'这叫作"女儿棠"，乃是外国之种。俗传系出"女儿国"中……'宝玉道：'大约骚人咏士，以此花之色红晕若施脂,轻弱似扶病,大近乎闺阁风度,所以以"女儿"命名。想因被世间俗恶听了,他便以野史纂入为证,以俗传俗,以讹传讹,都认真了。'……宝玉道:'此处蕉棠两植,其意暗蓄"红""绿"二字在内。若只说蕉,则棠无着落;若只说棠,蕉亦无着落。……'宝玉道:'依我,题"红香绿玉"四字,方两全奇妙。'"(第十七至十八回)

在中国古代诗词中,红与绿常常成对出现,如白居易:"日出江花红胜火,春来江水绿如蓝。"(《忆江南》)蒋捷:"流光容易把人抛,红了樱桃,绿了芭蕉。"(《一剪梅》)而在《红楼梦》中,红绿也常常相伴而行,寓意深刻。如贾宝玉看到蕉棠两植时所说"其意暗蓄'红''绿'二字在内",寓意红与绿的关系。宝玉的《红豆曲》首句用"滴不尽相思血泪抛红豆",结句则是"恰便似遮不住的青山隐隐,流不断的绿水悠悠"。红绿遥相呼应,意味深长。

说完了"红与绿",我们该说说"红与白"了。红与白在中国社会的色感传统观念中,有截然不同的象征意义:红为吉色、喜色;白为凶色、丧色。我们说薛宝钗的主题色是白色,她有"山中高士晶莹雪"之称,她初到贾府的居处是以白色的梨花为名的"梨香院",后来在大观园中所居蘅芜苑屋内又像"雪洞一般",十分素净。她常服的"冷香丸",是用白牡丹、白荷花、白芙蓉、白梅花蕊和雨、露、霜、雪等素冷物为配伍的。宝钗作白海棠诗得第一,扑的蝶是"一双玉色蝴蝶"——即素洁的白色蝴蝶。作者赋予宝钗的色彩,预示着她将来的命运必然像雪一样的凄冷。就连宝钗的名字也让人一看就不吉利。怎么讲呢?先说"薛","薛"谐音就是"雪",薛宝钗的"薛"正是隐喻大雪的"雪"。这在《红楼梦》中可以找到许多根据,而宝钗的性格、生活乃至命运结局都与这个"雪"字密切相连。比如第五回贾宝玉梦游太虚幻境,在薄命司里看到"金陵十二钗正册"中黛玉等姐妹们的判词,其中黛玉与宝钗是在一起的,上面写道:"只见头一页上便画着两株枯木,木上悬着一围玉带;又有一堆雪,雪下一股金簪。"判词是:

可叹停机德,堪怜咏絮才。玉带林中挂,金簪雪里埋。

判词中暗喻了林黛玉和薛宝钗的命运结局,而"金簪雪"正是宝钗的名字。在同一回的《红楼梦曲·终身误》中则是:"空对着,山中高士晶莹雪。"第六十五回兴儿演说荣国府时提到宝钗:"还有一位姨太太的女儿,姓薛,叫什么宝钗,竟是雪堆出来的。"雪代表什么?一是白,二是冷,三是易融化,而这些正是宝钗性格和命运的象征。白是形容宝钗长得白净漂亮,第二十八回,宝玉看宝钗是"雪白一段酥臂,不觉动了羡慕之心"。冷是形容她的性格,身体健康的薛宝钗偏偏从娘胎里带来一股热毒，需要吃"冷香丸"。而她住的房子蘅芜苑也与别的姑娘们不一样，感觉像"雪洞一般"，连贾母都叹道："年轻的姑娘们，房里这样素净，也忌讳。"所以宝钗被人们称为"冷美人"，"任是无情也动人"，她的冷静、理性是其性情、性格的基本特征。雪的容易融化暗喻宝钗的命运结局，这是十分清楚的，她也是一个悲剧性的人物。"空对着，山中高士晶莹雪"和"金簪雪里埋"，正是隐喻宝钗的最后结局：宝钗与宝玉结婚后，宝玉出走，宝钗寡居。

《红楼梦》的色彩意蕴，是我们阅读研究《红楼梦》的一个重要视角，作者巧妙地运用色彩，无论是服饰，还是建筑；无论是人名还是环境，无不蕴藏着作者的匠心。一次，薛宝钗说起给贾宝玉的通灵宝玉打络子，那一回的回目是"黄金莺巧结梅花络"，我们听一听薛宝钗的高论，她对宝玉说："若用杂色的断然使不得，大红又犯了色，黄的又不起眼，黑的又过暗。等我想个法儿：把那金线拿来，配着黑珠儿线，一根一根的拈上，打成络子，这才好看。"我们不能不佩服薛宝钗的博学多识，懂得色彩搭配。但如果我们仅仅赞赏宝钗的博学，那就辜负了作者的一番良苦用心了。薛宝钗说了那么多道理，最终却是用金线来把贾宝玉的通灵宝玉拴起来，这难道不是一种巧妙的暗示吗——金玉姻缘。尽管薛宝钗未必有那个意思，但作者的意思是显而易见的，这就是色彩的文化意蕴。

第四十九回是色彩描写最丰富的一回，这一回的回目是"琉璃世界白雪红梅"，色彩对比多么强烈。却说贾宝玉"出了院门，四顾一望，并无二色，远远的是青松翠竹"，"于是走至山坡之下，顺着山脚刚转过去，已闻得一股寒香拂鼻。回头一看，恰是妙玉门前栊翠庵中有十数株红梅如胭脂一般，映着雪色，分外显得精神，好不有趣"。这一段描写真是神来之笔，精妙绝伦，已经成为众多艺术家创作的画面。如果我们仅仅欣赏栊翠庵数十枝红梅映着白雪之美，同样辜负了作者一番良苦用心。栊翠庵是妙玉的住处，是一个尼姑庵，为什么在妙玉住的尼姑庵外盛开着数十枝胭脂一般的红梅，又映着白雪，其文化意蕴也是非常深刻的。一位美妙的尼姑，身在佛门，其个性孤介冷僻，情感倾向清寒冰冷，苦闷悒郁，青春年华唯有那荧荧青灯、森森古佛相依相伴。然而，就在她栖居的栊翠庵四周，却绽放着鲜亮艳丽的红梅花，洋溢着一派明媚的早春气息，透露出一位女孩子的内心世界。这是令人感叹不已的。梅花象征着妙玉的高尚节操，以及孤芳自赏的品格。但"傲雪红梅"的"红"也隐喻着妙玉内心世界的"情愫"——正是：云空未必空。

人们常说，色彩是人世间最富于情感的，也是与人们的生活、喜好、情感联系最紧密的。《红楼梦》中色彩的意蕴，不只是把色彩单纯作为描写人物、事物和情节的表面形式的装饰，而是根据作品的主题思想内容和不同人物的性格、气质、感情和命运等特征，寄情寓意于色彩之中，赋色彩以情感和生命的象征意义，起到独特的感染人的艺术效果。

宝玉的"爱红"，既是他的本质特征，又是他的人生追求；既是他对人世间美好的大爱，又是他人生悲剧的预示。正如同大观园一样，它不可能成为贾宝玉与众多姐妹、女儿的乐园，不可避免要毁灭掉。不管宝玉怎样地"爱红"，他也不能阻止女儿们要长大、要出嫁、要走向悲剧。最终还是"千红一哭，万艳同悲"。这是贾宝玉的悲剧，也是《红楼梦》的悲剧。

"摇摇"与"摇摇摆摆"

——林黛玉走路应该什么样

2018年3月31日,我在首都图书馆做过一次讲座,题目是:"谈谈《红楼梦》新校本的'本子'与后四十回续书问题"。为了说明早期脂本整体上比程本好,更接近曹雪芹原著面貌这个观点,我列举了几个版本差异的例子,第一个例子就是关于林黛玉"步态"的描写。

庚辰本《红楼梦》第八回回目是"比通灵金莺微露意,探宝钗黛玉半含酸"(程甲本、程乙本回目是"贾宝玉奇缘识金锁,薛宝钗巧合认通灵"),说的是宝玉去看望生病的宝钗,结果发生了一件事,宝钗主动要求看看宝玉脖子上戴的通灵宝玉,这样一来,宝玉自然就要看看宝钗戴的项圈了,就是金锁,这就有了"比通灵金莺微露意"的情节。巧的是,宝玉宝钗比通灵时,林黛玉来了。程甲本是这样描写的:

> 一语未了,忽听外面人说:"林姑娘来了。"话犹未了,林黛玉已摇摇摆摆的来了。

多少年来,我们看《红楼梦》从未发现这一段话中有什么问题。一直到脂砚斋重评抄本出现,人们才发现问题大了。《红楼梦》等早期脂本上是怎么写这一段的呢,庚辰本是:

> 一语未了,忽听外面人说:"林姑娘来了。"话犹未了,林黛玉已摇摇的走了进来。

不同之处,程甲本是"林黛玉已摇摇摆摆的来了",而庚辰本是"林黛玉已摇摇的走了进来"。一个是"摇摇摆摆",一个是"摇摇",两字之差,其意境有天壤之别。一个女孩子走路"摇摇"是多美呀,这时你会想到洛神"仿佛兮若轻云之蔽月,飘飘兮若流风之回雪"。"摇摇"两字形容林黛玉走路无疑是非常合适的,《红楼梦》第三回赞林黛玉就是:"娴静时如姣花照水,行动处似弱柳扶风。"这正是林黛玉"摇摇的走了进来"的生动写照。"摇摇摆摆"这个词怎么也不能与美丽庄重的姑娘走路联系在一起。民国初年有一个叫狄葆贤(又名狄平子)的人看了程甲本"摇摇摆摆"的描写很生气,曾在此处有一眉批云:"以此字样描写薛蟠、贾环等人则可,今本以之唐突潇湘耶!"意思是说,

375

"摇摇摆摆"这个词形容薛蟠、贾环是可以的,形容林黛玉就是"唐突",是对我们的林妹妹不敬啊!

讲座后被媒体报道,这时友人提醒我:你讲错了,根据有关辞书,"摇摇摆摆"是对的,"摇摇"是错的。这让我十分吃惊,我一直认为"摇摇"描绘黛玉的"步态"太美了,林黛玉走路怎么能"摇摇摆摆"呢?而且这个观点不是我的发明,胡适早就指出了这一点,俞平伯也有这样的观点,而上面提到的狄葆贤说得更早。在我的印象中,以往绝大多数的专家都是这样的看法,我只是接受了这个观点。尽管如此,友人的提醒还是让我非常重视,于是搜集相关资料,进一步思考这个问题。非常幸运的是,恰好《红楼梦学刊》2018年第三辑发表了朱姗博士《论林黛玉的"摇摇摆摆"》一文。需要说明的是,虽然当时我还是《红楼梦学刊》主编,但因退休多年,只是挂一个主编的名字,我一般不管学刊编辑部的稿子。朱姗这篇文章是怎么约来的,以至于确定发稿等,我均不知道,我也是在这一辑出版后才看到的。

这篇文章资料丰富,论述严谨,对我进一步探讨"摇摇"与"摇摇摆摆"的问题帮助很大。主要在于两点上,一是这篇文章搜集了大量的资料,特别是古典诗词和明清文学作品中有关"摇摇"和"摇摇摆摆"的描写;二是作者梳理以往关于"摇摇"与"摇摇摆摆"的讨论很细致很全面,提出的一些观点也很值得重视。这篇文章指出:《红楼梦》程本第八回以"摇摇摆摆"描写林黛玉的步态，自1928年胡适以甲戌本中"摇摇"一词校勘后，"摇摇"优于"摇摇摆摆"，成为学界的共识。尽管在正统文学创作中，以"摇摇"描摹物态，具有大量前人创作积累，但以此形容人物步态，或许会造成同时代读者阅读上的隔膜；另一方面，清中期以前，"摇摇摆摆"的修饰对象较为宽泛，并非绝对带有贬义色彩，这或许可为"摇摇摆摆"进入小说文本提供较为合理的解释。清中后期以降，随着"摇摇摆摆"一词的适用范围逐渐缩减、讽刺意味日益浓厚，造成现代学者一致批评程本用词的现状。

朱姗博士的分析及观点，特别是她指出在清中期以前"摇摇摆摆"的修饰对象较为宽泛，并非绝对带有贬义色彩，这使得我更加谨慎。后来我翻阅相关文章，发现有的学者也持有相似的观点，如张俊、沈治钧先生在《新批校注红楼梦》中对此段描写有一大段评点："'摇摇摆摆'一语……今人亦有讥其为'蛇足'而贬损黛玉姿态之美者，实则不然。明人张居正《奉谕整肃朝仪疏》云：'进退行走，舒徐摇摆。'以'摇摆'形容行走坦然自得之貌。叠字义同。清李渔《奈何天》第十四出：'郎妇手同携，摇摇摆摆过廊西。'同理，以之描摹黛玉走路形态，亦无不可。王伯沆评此句，以'婉若游龙'四字称之，似得其意。"（商务印书馆2013年8月版），这么多师友都认为"摇摇摆摆"形容林黛玉的步态并非不可以，这让我一度怀疑我坚持的观点也许真的有什么问题。

但经过对大量资料的研究和深入思考之后，我更加清楚地认识到要解决"摇摇"与"摇摇摆摆"的问题，要搞清楚"摇摇"对，还是"摇摇摆摆"对，林黛玉走路姿态应该怎样才合适等等，不能仅仅靠分析，重要的是"摆事实，讲道理"，必须从《红楼梦》版本，《红楼梦》中是如何描写女人步态的，明清小说中是怎样描写女人"步态"的，特别是与《红楼梦》同时代的文学作品中是怎样描写女人步态的，以及有关辞书对"摇摇""摇摇摆摆"的定义等等中找根据，这样才能真正搞清楚问题，也才有说服力。

首先就要从《红楼梦》版本入手，从版本上找根据，这或许是最重要的。《红楼梦》早期抄本中关于黛玉步态的描写，是这样的：

甲戌本：话犹未了，林黛玉已摇摇的走了进来。（在"摇摇"处硃笔侧批"二字画出身"。）

己卯本：话犹未了，林黛玉已摇摇的走了进来。（在"摇摇"处墨笔侧批"二字画出身"。）

庚辰本：话犹未了，林黛玉已摇摇的走了进来了。

于细节处见精彩·"摇摇"与"摇摇摆摆"

戚序本：话犹未了，林黛玉已走了进来。（眉批："林黛玉已走了进来"句，今本改为"已摇摇摆摆的来了"，"摇摇摆摆"字样描写薛蟠贾环则可，今本以之唐突潇湘耶！）

甲辰本：话犹未了，林黛玉已摇摇摆摆的来了。

梦稿本：语犹未完，林黛玉已摇摇摆摆进来了

俄藏本：说犹未了，林黛玉已摇摇的走了进来。

舒序本：说犹未了，林黛玉已摇摇的走了进来。

王府本：说犹未了，林黛玉已走了进来。

程甲本：话犹未了，林黛玉已摇摇摆摆的来了。

程乙本：话犹未了，黛玉已摇摇摆摆的进来。

当我们把各个版本的文字都列出来以后，问题似乎比较明朗了。甲戌本、己卯本、庚辰本、舒序本、俄藏本都是"摇

379

摇"。甲辰本、梦稿本、程甲本、程乙本是"摇摇摆摆"。王府本、戚序本没有"摇摇",也没有"摇摇摆摆"。从《红楼梦》版本的角度看,属于早期的几个脂本都是"摇摇",甲辰本、梦稿本都晚于甲戌本、己卯本、庚辰本,而程甲本所依据的母本就是甲辰本系列的本子。在早期抄本中,甲辰本应该是形成时间比较晚的一个本子,梦觉主人序写于"甲辰岁菊月中浣",为乾隆四十九年甲辰(1784),菊月,即农历九月,可以确定甲辰本形成于乾隆四十九年九月或稍前。著名《红楼梦》版本研究专家林冠夫先生认为:"梦觉主人序本仍然还是属于脂砚斋评点本,但它与其他各脂本相比,又有其独特性。这就是后世藏书家对本子作过大规模的整改修理。梦觉本曾经作过大规模改动的文字特点,后来为程本全面承袭。此后的梓印本又都是程本的衍生本。所以,梦觉本在《红楼梦》的整个版本体系中,地位就十分特殊和重要。可以确定,这是一个由早期抄本向程高本梓印本演变过程中的过渡本。"并认为正因为梦觉主人作了大量的整理,所以"梦觉本是与原著相去最远的一个本子"(林冠夫《从早期钞本到梓本的过渡——论梦觉主人序本》,载《红楼梦版本论》,文化艺术出版社 2007 年 1 月版)林冠夫先生还认为,甲辰本过录所依据的底本也极可能是庚辰本。那么为什么庚辰本是"摇摇",而甲辰本是"摇摇摆摆"呢?不外乎两种可能性,或是甲辰本过录时"抄错"了,不小心多出了两个字；或者是甲辰本的整理者有意改笔。到底是抄错了，还是整理者的改笔，无法确定。但无论是抄错了还是整理者的改笔，都不能否认"摇摇"早于"摇摇摆摆"，在甲戌本、己卯本、庚辰本等早期的抄本上均为"摇摇"，是不是可以得出这样的结论："摇摇"是原著的文字，是曹雪芹原稿的文字，而"摇摇摆摆"是后出的文字。这个判断非常重要。

谈"摇摇"与"摇摇摆摆"，即林黛玉的步态应该怎么样，还得考察《红楼梦》中是如何描写人物"步态"的，特别是《红楼梦》中是如何描写女人的"步态"的：

雨村……款步行来。（第二回）

泪光点点，娇喘微微。闲静时如姣花照水，行动处似弱柳扶风。（第三回，描写黛玉）

歌音未息，早见那边走出一个人来，蹁跹袅娜……（第五回，描写警幻仙姑）

纤腰之楚楚兮，回风舞雪；……徘徊池上兮，若飞若扬。……莲步乍移兮，待止而欲行。……（第五回，描写警幻仙姑）

凤姐儿正自看园中的景致,一步步行来赞赏。(第十一回)

凤姐儿听了,款步提衣上了楼。(第十一回)

一步步行来,见宝钗进宝玉的院内去了(第二十六回,描写黛玉)

忽见林黛玉在前面慢慢的走着……(第三十二回)

一句话未了,只听窗外颤巍巍的声气说道:"先打死我,再打死他,岂不干净了!"(第三十三回,描写贾母)

忽见岫烟颤颤巍巍的迎面走来。(第六十三回)

那婆子……说着,颤颤巍巍告辞出去。(第八十二回)

贾母扶着小丫头,颤颤巍巍站起来,答应道:"托娘娘洪福,起居尚健。"(第八十三回)

宝玉便说道："太太叫我请师父进去。"李贵听了松了手，那和尚便摇摇摆摆的进去。宝玉看见那僧的形状与他死去时所见的一般，心里早有些明白了。（第一百十七回）

我们注意到，《红楼梦》中描写人的"步态"，都很符合每个人的身份，无论是贾雨村还是老婆子，无论是王熙凤，还是林黛玉，都是"恰如其分"的。林黛玉是："泪光点点，娇喘微微。闲静时如姣花照水，行动处似弱柳扶风。""一步步行来""在前面慢慢的走着"。警幻仙姑是"蹁跹袅娜""莲步乍移兮，待止而欲行"。凤姐是"一步步行来""款步提衣上了楼"。邢岫烟、老婆子则是"颤颤巍巍"，贾母也是"颤颤巍巍站起来"。就连贾雨村也是"款步行来"。或许有人会说："颤颤巍巍不就是摇摇摆摆吗？"但我想恐怕多数人是不会把"颤颤巍巍"看作是"摇摇摆摆"的，虽然颤颤巍巍形容身体颤动摇晃，但这种身体的颤动摇晃与"摇摇摆摆"不是一回事，是大不一样。最有趣的是，《红楼梦》第一百十七回，写到一个莽撞的老和尚走路的步态是"摇摇摆摆的进去"，林黛玉走路能和这个莽撞老和尚一样的吗？贾母的"颤颤巍巍"能和莽撞老和尚的步态一样吗？如是一样的，那林黛玉和贾母还能"看"吗？那会成什么样？《红楼梦》还能那么伟大吗？这是不是可以说明林黛玉走路显然不能"摇摇摆摆"呢？至少在创作《红楼梦》的时代，弱不禁风的贵族小姐林黛玉走路时不能和莽撞老和尚走路一个样。

为了更充分地说明问题，我们不妨再看看在《红楼梦》之前及同时代的明清小说中如何使用"摇摇摆摆"，这对我们分析问题无疑是一个不可忽略的方面。

　　将那跑不动的拿住一个，剥了他的衣裳，也学人穿在身上。摇摇摆摆，穿州过府，在于市廛中，学人礼，学人话。（《西游记》第一回"灵根育孕源流出，心性修持大道生"）

　　悟空又道："我当年别汝等，随波逐流，飘过东洋大海，径至南赡部洲，学成人像，着此衣，穿此履，摆摆摇摇，云游八九年余。"（《西游记》第二回"悟彻菩提真妙理，断魔归本合元神"）

　　好大圣，摇摇摆摆，仗着酒，任情乱撞。（《西游记》第五回"乱蟠桃大圣偷丹，反天宫诸神捉怪"）

　　这去，玄奘再拜谢恩，在那大街上，烈烈轰轰，摇摇摆摆。你看那长安城里,行商坐贾、公子王孙、墨客文人、大男小女,无不争看夸奖,俱道:"好个法师!真是个活罗汉下降,活菩萨临凡。"(《西游记》第十二回"玄奘秉诚建大会,观音显像化金蝉")

那八戒摇摇摆摆,对高老唱个喏道:"上复丈母、大姨、二姨……"(《西游记》第十九回"云栈洞悟空收八戒,浮屠山玄奘受心经")

妇人答道:"官人不要见责。"那人又笑着大大的唱个喏,回应道:"小人不敢。"那一双积年招花惹草、惯觑风情的贼眼,不离这妇人身上,临去也回头了七八回,方一直摇摇摆摆,遮着扇儿去了。(《金瓶梅》第二回"俏潘娘帘下勾情,老王婆茶坊说技")

却说西门庆巴不到此日,打选衣帽齐齐整整,身边带着三五两银子,手拿著洒金川扇儿,摇摇摆摆迳往紫石街来。(《金瓶梅》第三回"定挨光王婆受贿,设圈套浪子私挑")

且说吴用、李逵两个,摇摇摆摆,却好来到城门下。(《水浒传》第六十回"吴用智赚玉麒麟,张顺夜闹金沙渡"）

赵尼姑……摇摇摆摆，同春花飞也似来了。（《拍案惊奇》卷六"酒下酒赵尼媪迷花，机中机贾秀才报怨"）

只见张果摇摇摆摆走将来。（《拍案惊奇》卷七"唐明皇好道集奇人，武惠妃崇禅斗异法"）

吴婆道："……你看他（徐英）在街上走，摇摇摆摆，好个模样。"（《三刻拍案惊奇》卷二十四"冤家原自结，儿女债须还"）

看姑娘，摇摇摆摆多体面，母亲何不学她身？（《再生缘》第六十九回"三杯酒病倒婵娟"）

那小娘子乔妆了……摇摇摆摆，走到园亭上来。（《拍案惊奇》卷十八"丹客半黍九还，富翁千金一笑"）

推开二门时，只见三个女眷……一个丫头，一个爨妇，见有客来，嘻嘻哈哈的跑了。那一个十来岁的姑娘,丢下线头,从容款步而去……一路上这谭孝移夸道:"一个好姑娘,安详从容,不知便宜了谁家有福公婆。"(《歧路灯》第四回"孔谭二姓联姻好,周陈两学表贤良")

这其中的许多材料,朱姗《论林黛玉的"摇摇摆摆"》一文也列出过,我的学生也帮助我查找了不少,在这里我们只是列举了一部分,其实这样的事例还可以列出许多,我想以上所举已经可以说清楚问题了。说明在《红楼梦》之前或同时代的小说中,就没有一例用"摇摇摆摆"形容漂亮稳重优雅的女人步态的。只有极少数涉及女人的步态是"摇摇摆摆",可那几个女人都是什么样的呢?有身份的、高贵的、稳重的女人走路是绝不可以"摇摇摆摆"的。最后一个例子出自《歧路灯》,这是一部与《红楼梦》同时代的作品,书中描写到那个小姑娘是"从容款步而去",谭孝移称赞"一个好姑娘,安详从容",是不是很能说明那个时代对女人步态的看法呢?《歧路灯》中对女人步态的描写与《红楼梦》完全是一致的。

认为"摇摇摆摆"是对的观点,其中一个重要的依据,就是说辞书中对"摇摇"与"摇摇摆摆"的词义的规定性,认为从没有用"摇摇"形容人的"步态",而只是形容"物态"如柳树等。我们不妨看看《汉语大词典》中的条目:

【摇摇】(1)心神不定貌。《诗·王风·黍离》:"行迈靡靡,中心摇摇。"毛传:"摇摇,忧无所愬。"孔颖达疏:"《战国策》云:楚威王谓苏秦曰:寡人心摇摇然……"(2)摆动、摇曳貌。《大戴礼记·武王践阼》:"若风将至,先必摇摇。"《太平广记》卷四八五引唐许尧佐《柳氏传》:"[柳氏]乃回车,以手挥之,轻袖摇摇,香车辚辚,目断意迷,失于惊尘。"明高启《风树操》:"朝风之飘飘兮,维树之摇摇兮。"……(3)远貌。……

【摇曳】(1)亦作"摇拽"。晃荡;飘荡;摇动。南朝宋鲍照《代棹歌行》:"飈戾长风振,摇曳高帆举。"唐温庭筠《梦江南》词:"山月不知心里事,水风空落眼前花。摇曳碧云斜。"……(2)优游自得貌。……

【摇摇摆摆】(1)行走不稳貌。《京本通俗小说·碾玉观音》:"一个妇女摇摇摆摆从府堂里出来,自言自语,与崔宁打了个胸厮撞。"(2)坦然自得貌。《西游记》第十二回:"这去玄奘再拜谢恩,在那大街上,烈烈轰轰,摇摇摆摆。"清李渔《奈何天·狡脱》:"郎妇手同携,摇摇摆摆过廊西。"(3)形容主意不定。元无名氏《陈州粜米》第四折："我做个州官不歹，断事处摇摇摆摆。"

以上辞书中对"摇摇""摇曳""摇摇摆摆"的定义，对于我们判断林黛玉的步态是"摇摇"好或对，还是"摇摇摆摆"好或对，无疑是非常重要的。关于"摇摇""摇拽"我们暂时不说，先说"摇摇摆摆"。根据辞书，"摇摇摆摆"有三个意思，无论是"行走不稳貌"，还是"坦然自得貌""形容主意不定"等，"摇摇摆摆"都是根本不可能成为林黛玉步态的依据的。所以，胡适也说：

> 原文"摇摇的"是形容黛玉的瘦弱病躯。戚本删了这三字，已是不该的了。高鹗竟改为"摇摇摆摆的"，这竟是形容詹光、单聘仁的丑态了，未免太唐突林妹妹了。（胡适《考证〈红楼梦〉的新材料》，载《胡适〈红楼梦〉研究论述全编》，182页，上海古籍出版社1988年3月版）

俞平伯在《红楼梦脂本（甲戌）戚本程乙本文字上的一点比较》一文中也认为："我想这大概近乎原本。'摇摇'自可，下加'摆摆'，即成恶札矣。"现在我们似乎可以将"摇摇摆摆"从林黛玉步态的讨论中给淘汰掉了，因为无论从《红楼梦》版本的角度、从《红楼梦》关于女儿走路的描写中、从辞书的定义中，林黛玉的步态都不可能是"摇摇摆摆"。

当我们否定了"摇摇摆摆"的可能性，"摇摇"自然就是"可能"的，没有别的选项。不错，以往没有用"摇摇"形容"步态"，但是以前没有，曹雪芹就不能"有"吗？《红楼梦》就不能有吗？更何况，"摇摇"之于林黛玉的"步态"不仅合适，更寓意着她的出身，这是有着深厚的意蕴的。我们不要忘记林黛玉的前身是绛珠仙草，是绛珠仙草经甘露灌溉，得以脱却草胎木质换得人形。林黛玉来到人世间后，爱哭，身体又极怯弱，她刚进贾府，"众人见黛玉年貌虽小，其举止言谈不俗，身体面庞怯弱不胜，却有一段自然的风流态度，便知她有不足之症。"而在贾宝玉的眼里，林黛玉则是：

> 两弯似蹙非蹙罥烟眉，一双似泣非泣含露目。态生两靥之愁，娇袭一身之病。泪光点点，娇喘微微。闲静时如娇花照水，行动处似弱柳扶风。心较比干多一窍，病如西子胜三分。

林妹妹"行动处似弱柳扶风"，不正是"摇摇"的形象写照吗？林黛玉的"前世今生"都与"摇摇"有着密切的关联。"前世"是仙女，是绛珠仙草；今生又是"泪光点点，娇喘微微。闲静时如姣花照水,行动处似若弱柳扶风"。兴儿演说荣国府时说:"一个是咱们姑太太的女儿,姓林,小名儿叫什么黛玉……只是一身多病,这样的天,还穿夹的,出来风儿一吹就倒了。""自己不敢出气,是生怕这气大了,吹倒了姓林的;气暖了,吹化了姓薛的。"正如甲戌本的批语说的那样,"二字画出身",而我看来,一个"摇摇进来",何止是"画出身",而是非常切合林黛玉的"前世今生"。曹雪芹在这里用"摇摇"描绘黛玉的"步态",除了有意画出黛玉的"出身",会不会还有更深一层意思呢?就是此处有意画出黛玉的"出身",是针对"比通灵"的。我们看第八回庚辰本的回目是"比通灵金莺微露意,探宝钗黛玉半含酸",而程甲本、程乙本回目则是"贾宝玉奇缘识金锁,薛宝钗巧合认通灵",两相比较,我认为庚辰本的回目更准确。贾宝玉"识金锁"算什么奇缘呢?宝黛之间的前世"木石前盟"那才是"奇缘"。《红楼梦》第五回《枉凝眉》中说:"一个是阆苑仙葩,一个是美玉无瑕。若说没奇缘,今生偏又遇着他;若说有奇缘,如何心事终虚化?"宝玉宝钗比通灵时,莺儿笑道:"我听这两句话,倒像和姑娘的项圈上的两句话是一对儿。"连宝玉也说:"姐姐这八个字倒真与我的是一对。"看起来宝玉宝钗的"通灵宝玉"与金锁是一对儿,影射金玉姻缘,但作者似乎在提醒人们:真正的一对儿是木石姻缘,黛玉"摇摇"的进来,恰巧碰见宝玉宝钗比通灵，是不是含有这层深意呢？

我们通过以上《红楼梦》版本的依据、《红楼梦》本身关于女人的步态描写，以及《红楼梦》之前和《红楼梦》同时代文学作品中的相关描写，否定了"摇摇摆摆"的合理性。那么剩下的问题就是，辞书中是否也否定了"摇摇"的合理性？其实，关于"摇摇"的定义与美丽女人的形象并非没有关联。朱姗博士的文章中对此有很好的分析，不妨引录如下：

"摆动、摇曳貌"义项很可能最接近作者写作的初衷——林黛玉以摆动、摇曳的步态，走进了薛宝钗的居室。"摇摇"一词使林黛玉摇曳生姿的步态跃然纸上，既凸显了林黛玉的优雅气质，又令人联想到林黛玉的体弱多病和孤高自许，自然是成功之笔。甲戌本、己卯本"摇摇"句皆有侧批"此处画出身"，显然是对这一描写的肯定；……事实上，"摇摇"一词的修饰对象非常宽泛，在唐宋以降的正统文学创作中，"摇摇"作为"摇曳、摆动貌"大量出现，既可以形容灿烂的春华（宋谢翱《雨后海棠》"春光摇摇一万里"），也可以描写繁茂的秋实（宋丁谓《梨》"摇摇繁实弄秋光"）；既可以衬托朴素无华的气质（清曹烨《李圣生斋中梨花盛开》"素影摇摇曳缟裙"），也可以寄托孤单落寞的情感(清高士奇《放鸢行》"摇摇渐觉孤影细")。随着大量前人创作的积累,在《红楼梦》产生时代的语境中,"摇摇"作为"摇曳、摆动貌",已在文学史上形成特定意象和相对固定的用法。

由此引申,在古代诗歌创作对"摇摇"一词的使用中,用"摇摇"形容柳树是一种常见的修辞习惯,这或许由于柳树枝条修长、容易随风起舞,或许柳树在文学创作中常与离别、乃至悠长思绪相结合。例如,唐杜牧诗"摇摇远堤柳"、唐温庭筠诗"摇摇弱柳黄鹂啼"、宋陆游诗"湖上新春柳,摇摇欲唤人"、清樊增祥诗"溪柳摇摇绿可怜",等等。作者是否有意以"摇摇"暗合林黛玉的"弱柳扶风"之态,是大可见仁见智的。

我们确实可以从辞书中、古典诗词中找到"摇曳""摇摇"与美丽女人优雅的步态之间的联系。当然,朱姗在文章中也指出了,在既有的文学创作中,"摇摇"作为"摇曳、摆动貌",其修饰对象在特征属性上更偏重于物态,却极少有直接以"摇摇"修饰人物的先例。由此引申,以"步摇说"阐释"摇摇",似需进一步文献史料支持。朱姗的这种谨慎,也是治学严谨的一种表现,我们在论证"摇摇"与"摇摇摆摆"的问题时应该予以注意。但不可否认的是:辞书中并没有肯定"摇摇摆摆",也没有否定"摇摇"与女人优雅步态的联系。根据辞书说"摇摇摆摆"是对的,"摇摇"是错的,显然是不能成立的。

现在我们可以做个小结了:

(1)《红楼梦》早期抄本多是"摇摇",甲辰本是"摇摇摆摆",而甲辰本的祖本就是己卯、庚辰本,甲辰本晚出,可以肯定"摇摇"是曹雪芹的笔墨,"摇摇摆摆"是后出的文字,不是原著的文字。原因是抄录时的笔误,还是整理者的修改,不得而知。

(2)《红楼梦》之前和同时代的文学作品中,"摇摇摆摆"多是形容男人的姿态,极少形容女人的姿态。极少数与女人有关的"摇摇摆摆"的描写都是与不稳重、轻浮的行为联系在一起。甲辰本或程甲本中的形容林黛玉步态"摇摇摆摆"是错误的。

(3)辞书中关于"摇摇""摇曳"的义项,与美丽而庄重的女人形象有一定的联系,特别是"摇曳"的定义。从辞书中找不到"摇摇"错、"摇摇摆摆"对的根据。

(4)"摇摇"的步态符合林黛玉的"前世今生",是曹雪芹的神来之笔。

总而言之,林黛玉"摇摇的走了进来",非常符合林黛玉的身份,大有深意。黛玉的步态可以"摇摇",绝不可以像老和尚那样"摇摇摆摆"。

附记：这篇文章写于 2018 年下半年，除对友人谈到这篇文章外，是否发表，一直犹犹豫豫，原因有二：一是感到文章不是很扎实，虽然我认为"摇摇"更好，但以往"摇摇"形容女人步态，确实没有，总觉得"论据"欠缺，所以不想拿出来。二是对我说"讲错了"的友人，是我非常尊重的一位师长，如果我发这样的文章，好像是"反驳"友人一样，尽管宽厚的师长绝不会有如此狭隘的想法，但作为后学，还是觉得不合适。前几天我听说张俊先生有一篇谈林黛玉"步态"的文章，赶紧找来拜读。张俊先生的大作梳理之清晰，论证之严谨，眼界之开阔，都令我极为敬佩，也深有启发。虽然我的文章无法与张俊先生相比，但也还有一些自己的看法，考虑再三，不妨把我的一孔之见也发出来，如能引起关注讨论，那也是对学术的一点贡献。当时刚刚打完第二针科兴疫苗，原担心会有什么"反应"，但自我感觉良好。在拜读了张俊先生的大作后，又把自己的旧文拿出来看了看，并写下以上"多余的话"，录以备考。

2021 年 5 月 19 日于惠新北里

这"芙蓉"不是那"芙蓉"

曹雪芹很善于运用以花拟人的艺术手法。《红楼梦》中的姑娘，大多都有一种花来喻指，或是表现她们的性格，或是隐喻她们的命运。比如用芙蓉喻林黛玉，晴雯死后封为主管芙蓉的花神，宝玉还为晴雯写下一篇感人至深的《芙蓉女儿诔》等，都给人们留下很深的印象。但如果要问，第六十三回黛玉掣着的签子上画的芙蓉是水芙蓉（即荷花）还是木芙蓉？第七十八回《芙蓉女儿诔》中的芙蓉是水芙蓉还是木芙蓉？喻指黛玉的芙蓉与晴雯的芙蓉是同一种花还是两种花，却不是每个人都能回答出来的。

大家知道，水芙蓉与木芙蓉是两种很不相同的花。芙蓉即是荷花的别名，屈原《离骚》中有"制芰荷以为衣兮，集芙蓉以为裳"的名句，这是"芙蓉"一词出现的最早记载。在这里屈原所说的芙蓉指的就是荷花。洪兴祖补注："《本草》云：其叶名荷，其华未发为菡萏，已发为芙蓉。"在屈原之后，以芙蓉指荷花在文学作品中是极为常见的。但芙蓉又常指木莲，是一种秋天开的花，属落叶大灌木，花大有柄，色有红白。如南朝陈江总《南越木槿赋》云："千叶芙蓉讵相似，百枝灯花复羞燃。"宋代人宋祁《木芙蓉》诗云："芙蓉本作树，花叶两相宜。慎勿迷莲子，分明立券辞。"正因为芙蓉或指荷花或指木莲，所以人们又常以"水芙蓉"与"木芙蓉"加以区别。

那么，《红楼梦》中描写的芙蓉到底是指水芙蓉还是指木芙蓉呢？人们的看法是不同的，有主水芙蓉说，有主木芙蓉说。有趣的是，两种不同的说法都能从《红楼梦》中找到各自的根据。

认为喻指黛玉、晴雯是木芙蓉的根据是：（1）"诔文"中清清楚楚地写道，晴雯死的时间是"蓉桂竞芳之月"，即是说秋天。荷花是夏季的应时花卉，桂花是秋季的应时花卉，哪有荷花与桂花同时"竞芳"的呢？因此这里说的"芙蓉"只能是木芙蓉。还有，诔文中说晴雯是"白帝宫中抚司秋艳芙蓉女儿"，"白帝"为秋天的司时之神，而晴雯是在"白帝宫"中任职的花神，她所主管的"秋艳芙蓉"当然也只能是木芙蓉；（2）《芙蓉女儿诔》写好后，宝玉"将那诔文即挂于芙蓉枝上"，如果说这里的"芙蓉"是荷花，那宝玉怎么能将诔文挂到长在水里的荷花上呢？而能称"芙蓉枝"者必为木芙蓉；（3）宝玉读完《芙蓉女儿诔》，突然发现有个人影（黛玉）"从芙蓉花中走出来"。黛玉怎么可能从长在水中的荷花里走出来呢？由此断定，《红楼梦》中的"芙蓉"只能是木芙蓉。

看来木芙蓉说是相当有根据的，问题似乎可以解决了，但事实上又并不这样简单。第七十八回，当宝玉问小丫头晴雯是做总花神去了，还是单管一样花的，小丫头一时诌不出来，"恰好这是八月时节，园中池上芙蓉正开"，小丫头便见景生情，告诉宝玉晴雯是专管芙蓉花的。还有，当宝玉从贾政处作完《姽婳词》回至院中，"猛然见池上芙蓉，想起小丫鬟说晴雯作了芙蓉之神"，遂写下了《芙蓉女儿诔》。这里两次写到园中是"池上芙蓉"，似乎又是指水芙蓉了。如果说是木芙蓉，怎么会长到"池上"呢？或曰，"池上"是"池边"之误，但这缺少版本上的依据，故不能令人信服。

显而易见，《红楼梦》本身的描写是有矛盾的，八月时节，荷花早已开过，而木芙蓉又不能开在"池上"。产生这种矛盾有两种可能：一是曹雪芹搞错了，将荷花和木芙蓉混为一谈；二是曹雪芹有意这样写。在笔者看来，第一种情况是不可能存在的，曹雪芹不至于粗忽到这种程度。而第二种情况却极有可能，这也正是《红楼梦》中惯用的笔法。

有一种意见认为，《红楼梦》书中，凡提到"芙蓉"处皆为木芙蓉，只有明确写为"莲""荷""菱荷"时才指的是荷花。实际情况并非如此。不错，《红楼梦》中写到荷花时大多都使用的是"荷""莲"的叫法，特别是在第七回宝

南宋 李迪《红白芙蓉图》(局部)

南宋 吴炳《出水芙蓉图》

解味红楼：
曹雪芹的旧梦与悲歌

钗冷香丸的方子中，白芙蓉蕊与白荷花蕊分得很清楚。尽管如此，也不能说"荷花"与"芙蓉"的概念从来就是极其分明的，也有不"分明"的时候。如第三十八回，藕香榭柱上挂的对子"芙蓉影破归兰桨，菱藕香深写竹桥"就是一例，这里的"芙蓉"无疑是指水芙蓉即荷花。这证明在《红楼梦》中，芙蓉有时也指荷花，我们应该具体分析，不能一概而论。

我们先来分析黛玉掣的签上的芙蓉。第六十三回中写道，黛玉"伸手取了一根，只见上面画着一枝芙蓉，题着'风露清愁'四字，那面一句旧诗，道是：'莫怨东风当自嗟。'注云：'自饮一杯，牡丹陪饮一杯。'众人笑说：'这个好极。除了他，别人不配作芙蓉。'黛玉也自笑了。"这里并没有说明签上的芙蓉是指荷花还是指木芙蓉，但从上下文看，这里的芙蓉指的就是荷花。在我国古典诗词中，荷花常用来形容美貌的女子，荷花又被认为是"花、叶、香"三美的名花，有六月花神之称。用荷花比喻由绛珠仙草转世的林黛玉，显然比木芙蓉更合适，荷花也完全有条件同牡丹比美，因此黛玉对自己掣着一枝芙蓉花是满意的。周敦颐著名的《爱莲说》中形容荷花"出淤泥而不染，濯清涟而不妖"，黛玉《葬花词》中则说："质本洁来还洁去，强于污淖陷渠沟。"荷花"出淤泥而不染"不正是林黛玉高洁形象的生动写照吗？品格高尚和形象圣洁的荷花，确实也只有林黛玉才配。荷花喻黛玉，既是写她的圣洁，又是写她的性格和隐寓她结局的不幸。《红楼梦》第四十回就直接写到黛玉与荷花的关系，很值得人们注意。书中写贾母等人游大观园，乘船时，宝玉道："这些破荷叶可恨，怎么还不叫人来拔去。"林黛玉道："我最不喜欢李义山的诗，只喜他这一句：'留得残荷听雨声。'偏你们又不留着残荷了。"宝玉道："果然好句，以后咱们就别叫人拔去了。"这一段描写令人玩味。黛玉为什么单单喜欢这一句诗，残荷在这里是否也是黛玉不幸结局的某种隐喻呢？

现在再来谈谈晴雯的芙蓉。首先我们不能认为黛玉签上的芙蓉是指荷花，就断定晴雯主管的芙蓉也是指荷花。黛玉和晴雯这样两个十分重要的人物，不应该也不可能用一种花来比拟，这不符合《红楼梦》的艺术手法。可以肯定地说，喻指黛玉的芙蓉是荷花，而诔晴雯所说的芙蓉则是指木芙蓉，二者是不同的。何以见得？其一，把黛玉比喻水芙蓉的时候，作者通过众人的嘴说得很清楚："除了他，别人不配作芙蓉。"既然别人不配作芙蓉，晴雯也不能例外，也应该包括在这个"别人"之内。或者说，晴雯是黛玉的影子，但影子也仅是影子而已。晴雯不能取代林黛玉，林黛玉也不能取代晴雯。她们之间既有关系（影子），又有区别。其二，关于晴雯主管的是木芙蓉，这在书中写得很清楚，即"秋艳芙蓉"，而不是"六月花神"。那么，应该怎样来解释

"池上芙蓉"这个矛盾呢？我们前面说过，出现这种矛盾是作者有意为之。人们早就指出，晴雯是黛玉的影子，《芙蓉女儿诔》是诔黛玉。这话有道理，但有片面性。准确地说，诔文是诔晴雯，而"影"黛玉。晴雯死于秋天，此时木芙蓉正开，而荷花早谢，作者为了暗寓黛玉命运与诔文的关系，故意两次提到"池上芙蓉"，给人一种错觉，此处的芙蓉像是荷花又像是木芙蓉，诔文是诔晴雯又是诔黛玉。为了加强这种暗示，作者甚至让黛玉"从芙蓉花里走出来"。正如清人陈其泰评点说："晴雯、黛玉，是一是二，正不必深别也。"这种真真假假、虚虚实实的写法，用意很深。出于整体艺术构思需要，曹雪芹让晴雯做了主管木芙蓉的花神，既区别于黛玉的芙蓉，又"影"黛玉的芙蓉，隐寓着"芙蓉诔是黛玉祭文"，这是十分巧妙的。

这"香袋"不是那"春囊"

《白先勇细说红楼梦》"细说"到第七十四回，不仅多次批评庚辰本不好，赞美程乙本如何好，更重要的是他还找出庚辰本一个"离谱的错"。糟糕的是，如同他对庚辰本的许多批评都批错了一样，他发现的庚辰本"离谱的错"，其实根本就不是"错"，恰恰相反是白先勇先生的"细说"错得"离谱"。

白先勇先生发现庚辰本"离谱的错"具体是指什么呢？指的是王熙凤带人抄检大观园，来到迎春的住处搜检的一段描写。庚辰本中是这样描写的：

> 因司棋是王善保的外孙女儿，凤姐倒要看看王家的可藏私不藏，遂留神看他搜检。先从别人箱子搜起，皆无别物。及到了司棋箱子中搜了一回，王善保家的说："也没有什么东西。"
>
> 才要盖箱时，周瑞家的道："且住，这是什么？"

说着,便伸手掣出一双男子的锦带袜并一双缎鞋来,又有一个小包袱。打开看时,里面有一个同心如意并一个字帖儿。一总递与凤姐。凤姐因当家理事,每每看开帖并帐目,也颇识得几个字了。便看那帖子是大红双喜笺帖,上面写道:

> 上月你来家后,父母已觉察你我之意。但姑娘未出阁,尚不能完你我之心愿。若园内可以相见,你可托张妈给一信息。若得在园内一见,倒比来家得说话。千万,千万。再所赐香袋二个,今已查收外,特寄香珠一串,略表我心。千万收好。表弟潘又安拜具。(庚辰本第七十四回)

程乙本这一段的描写是:

> 因司棋是王善保家的外孙女儿,凤姐要看王家的可藏私不藏,遂留神看他搜检。先从别人箱子搜起,皆无别物;及到了司棋箱中,随意掏了一回,王善保家的说:"也没有什么东西。"才要关箱时,周瑞家的道:"这是什么话?有没有,总要一样看看才公道。"说着,便伸手掣出一双男子的锦袜并一双缎鞋,又有一个小包袱,打开看时,里面是一个同心如意并一个字帖儿。一总递给凤姐。凤姐因理家久了,每每看帖看账,也颇识

得几个字了。那帖子是大红双喜笺,便看上面写道:

  上月你来家后,父母已觉察了。但姑娘未出阁,尚不能完你我心愿。若园内可以相见,你可托张妈给一信。若得在园内一见,倒比来家好说话。千万,千万!再所赐香珠二串,今已查收外,特寄香袋一个,略表我心。千万收好!表弟潘又安具。

(程乙本第七十四回)

庚辰本与程乙本文字上的差异、优劣这里暂且不谈,只谈谈白先勇先生所说的"离谱的错"。且说白先勇先生在将庚辰本与程乙本对比以后,说"庚辰本有点别扭",我没看明白白先勇先生这里说庚辰本"有点别扭"是什么意思,而白先勇先生下面说的话,更是把我们说糊涂了:

  庚辰本讲,你给我两个香袋,说绣春囊是司棋给他的,而且是两个,我回赠给你一串香珠请收下。这错得离谱,完全倒过来了。程乙本是再所赐香珠两串,今已查收。外特寄香袋一个,略表我心。你给我两串香珠我收到了,我给你一个香袋,算是我一番心意。看起来潘又安很诚心的,给司棋一个香袋做纪念。他俩一个小佣人,一个小丫头,也没有什么知识的,大概绣春囊在他们心中,也不是个淫画什么的,他觉得这是他表示情意

的，没想到闯大祸了。(《白先勇细说红楼梦》，638 页，广西师范大学出版社 2017 年 2 月版)

绣春囊本是潘又安赠给司棋的定情物，庚辰本的字帖写反了，写成是司棋赠送给潘又安的，而且变成两个。……司棋赠送给潘又安的则是两串香珠。(《白先勇细说红楼梦》，15 页)

我将庚辰本、程乙本的描写反复对照，庚辰本中说司棋送给潘又安两个香袋，并没有说这两个香袋就是傻大姐拾到的绣春囊啊！白先勇先生把香袋当成了绣春囊了。其实，不是庚辰本写反了，而是程乙本搞错了，白先勇先生的"细说"更是"错得离谱"。根据庚辰本的描写，潘又安在帖子里说的是司棋送给他的两个香袋已经收到了，他送给司棋香珠略表心意。这怎么就错了？蔡义江先生说："原作构思，一丝不乱；女赠香袋，男赠香珠，也合情理。程甲本调换一下，反而与前两回所写没有联系了。"(《蔡义江新评红楼梦》，847 页，第七十四回侧批，龙门书局 2017 年 7 月版)确如蔡义江先生所说，"女赠香袋，男赠香珠，也合情理。"在《红楼梦》中女孩子送香袋是很常见的，林黛玉不是也送香袋给宝玉了吗？《红楼梦》第十七、十八回写道："至院外，就有跟贾政的几个小厮上来拦腰抱住……一个上来解荷包，那一

405

个就解扇囊……林黛玉听说,走来瞧瞧,果然一件无存,因向宝玉道:'我给的那个荷包也给他们了?你明儿再想我的东西,可不能够了!'说毕,赌气回房,将前日宝玉所烦他作的那个香袋儿——才做了一半——赌气拿过来就铰。……宝玉已见过这香囊,虽尚未完,却十分精巧……因忙把衣领解了,从里面红袄襟上将黛玉所给的那荷包解了下来,递与黛玉瞧道……"在《红楼梦》的世界里,女孩子送男人香袋是合乎情理的,谁见女孩子送香珠给男人做定情物了,显然庚辰本不错。庚辰本中说司棋送给潘又安是两个香袋,程乙本的整理者(其实是梦觉本的整理者,程本是沿袭梦觉本的文字)认为,傻大姐拾到的绣春囊一定是潘又安送给司棋的,怎么能说送了两个香袋呢?这里的误读是显而易见的,他们把司棋送给潘又安的两个香袋与傻大姐拾到的绣春囊当作一回事了,因此把司棋送给潘又安的礼物改为香珠。

司棋不可能送香珠给潘又安,女孩子送香袋给心仪的男人,而且这个香袋一定是女孩子自己绣的,才能表达爱慕之情,这在中国古代社会是很常见的。因此庚辰本写司棋送给潘又安是香袋,一点都不错。而傻大姐捡到的绣春囊,则可能是潘又安在外面买到的"春物",王熙凤就对王夫人说:"但其中还要求太太细详其理:那香袋是外头雇工仿着内工绣的,带这穗子一概是市卖货。"这里说得明明白白,二者不是一回事。按照庚辰本的描写,司棋送给潘又安的定情物是两个香袋，这是她一针一线绣的；而绣春囊则是潘又安在外面买的，他与司棋在大观园里私会时带了去，后被鸳鸯惊散，慌乱中遗落在园子里，又被傻大姐拾到了。如果按照程乙本的描写，潘又安让张妈带给司棋的定情物是绣春囊，两人幽会时司棋带在身上，惊散时遗落，这可能吗？司棋敢带着绣春囊在大观园里逛吗？王熙凤对王夫人说："这东西也不是常带着的，我纵有，也只好在家里，焉肯带在身上各处去？况且又在园里去，个个姊妹我们都肯拉拉扯扯，倘或露出来，不但在姊妹前，就是奴才看见，我有什么意思？我虽年轻不尊重，亦不能糊涂至此。"王熙凤尚且如此，不敢带着这样的东西在身上，作为迎春大丫鬟的司棋就敢吗？丫鬟们打打闹闹、拉拉扯扯就更随便了，一旦让人看见还得了。白先勇先生说："他俩一个小佣人，一个小丫头，也没有什么知识的，大概绣春囊在他们心中，也不是个淫画什么的。"这太想当然了，他把司棋当成了傻大姐了，傻大姐把"两个人赤条条的盘踞相抱"当作两个妖怪打架，如果司棋是傻大姐一样的"傻丫头"，她和潘又安也没有把这些看作是"淫画"，那他俩还偷偷摸摸地幽会干什么？显然庚辰本的描写是对的，程乙本把庚辰本的描写改了，是改错了，是"妄改"。

刘世德先生早就指出："庚辰等本的物品名称的顺序和件数，反映了曹雪芹原稿的面貌；梦、程等本的物品名称的顺序和件数，则出于后人的妄改。"（刘世德《〈红楼梦〉版本探微》卷下第六十六节《香袋与香珠》，423页，华东师范大学出版社2003年3月版）刘先生认为庚辰本等本的描写是正确的，而梦觉本、程甲本、程乙本的描写是错误的，是"妄改"。原因是"妄改者"的误读。刘先生进一步指出：

> 我认为，他（或他们）无非是想给予读者某种暗示。
> 抄捡大观园是因傻大姐在山石背后拾到的那个"绣春囊"引起的。但，抄检大观园的结果，并没有清查出那个"绣春囊"究竟是谁人遗失在那里的。这恐怕是曹雪芹的一种故意的、巧妙的安排。……
> 它们的整理者是想向读者暗示，潘又安帖上所说的"香袋"即是傻大姐所拾到的那个"绣春囊"。而要这样做，就必须调换原文中的物品名称的顺序。
> 因为在原文中，香袋是司棋送给潘又安的，香串则是潘又安回赠司棋的。……
> 所以，香袋必须变成潘又安回赠司棋的礼物，香串则改由司棋送给潘又安。——这就是梦本以及程本整理者们的思路。
> 问题在于，作这样的改动，既违背了曹雪芹的创作意图，本身也存在着明显的不合理性。
> 试想，像司棋这样的大丫鬟，平日伺候在二小姐迎

春的身边，须臾不可离，她怎么会在自己的身上随便地携带着"绣春囊"这种东西呢？（刘世德《〈红楼梦〉版本探微》卷下第六十六节《香袋与香珠》，423—424页）

我认为刘先生的分析是非常有道理的，傻大姐捡到的绣春囊就是潘又安带到大观园里的，两人私会时不小心遗落掉，不可能是潘又安"特寄"给司棋的，司棋也不可能把这种东西带在身边去幽会。司棋不是小丫鬟，更不是傻大姐，是已懂男女情事的大丫鬟了，她能不懂绣着"两个人赤条条的盘踞相抱"的绣春囊是什么东西吗？另外，我还有一点与刘先生不同的看法，即梦觉本的整理者未必就是要"给予读者某种暗示"，实际情况很可能是这位整理者没看明白这一段描写，以为是庚辰本等本抄写错了，因此他要改过来，结果是"妄改"。程甲本、程乙本的整理者同样看错了，所以沿袭了这个错误。而白先勇先生的"细说"则放大了梦觉本、程甲本、程乙本的"妄改"，错得就更离谱了。

我们前面说过，程乙本出现的错误不少是梦觉本造成的。程甲本、程乙本不过是承袭了梦觉本的文字。林冠夫先生指出："梦觉本作为一个早期抄本，与他本最突出的不同，就是它的正文下过大规模的改笔。这种改笔不属于作者对稿本的修改，而是后来藏书家的整理……从这个意义上说，梦觉本是与原著相去最远的一个本子。"（林冠夫《红楼

梦版本论》，197页）林先生还指出："梦觉本曾经作过大规模改动的文字特点，后来为程本全面承袭。"（同上，172页）

原来，这"香袋"不是那"春囊"，是程乙本错得离谱，是白先勇先生"细说"错得更离谱，庚辰本没有错。

三次葬花

如果要问《红楼梦》中描写过几次葬花，人们通常都认为两次，即第二十三回"西厢记妙词通戏语，牡丹亭艳曲警芳心"中的宝玉黛玉葬花，还有第二十七回"滴翠亭杨妃戏彩蝶，埋香冢飞燕泣残红"中的黛玉葬花，也就是黛玉吟《葬花词》的那一次。其实，在这两次之后书中还有一次葬花却被人们所忽略了，这就是第六十二回"憨湘云醉眠芍药裀，呆香菱情解石榴裙"中的宝玉葬花。

第一次葬花发生在宝玉等搬进大观园后不久，时间是"三月中浣"，主角是宝玉黛玉，葬的是桃花。正如舒芜先生所说："这次葬花，是浓郁的春光，纯洁的爱情，诗意的戏曲，三者的交织。"这一次葬花多少带有些喜剧的色彩，宝玉与黛玉虽有些小小的口角，但却从《西厢记》的妙词戏语中得到了爱情的启示，相互间第一次大胆地表白了爱慕之情。而第二次葬花的情景与第一次则大不相同了。时间是"四月二十六日，原来这日未时交芒种节。尚古风俗：凡交芒种节的这日，都要设摆各色礼物，祭饯花神，言芒种一过，便是夏日了，众花皆卸，花神退位，须要饯行"。这一次是黛玉独自葬花，葬的落花不止一种，有"许多凤仙石榴等各色落花"。黛玉的一首悲伤欲绝的《葬花吟》使得这一次葬花充满了悲剧的气氛，宝玉听到"侬今葬花人笑痴，他年葬侬知是谁"，"一朝春尽红颜老，花落人亡两不知"等句，不觉恸倒山坡之上。这种情景同第一次葬花那种"优美的爱情小喜剧"（舒芜语）形成了强烈的对比。两次葬花的描写，都有着深刻的隐寓，它不只是宝黛爱情悲剧及黛玉命运的不祥预兆，同时更是众多女儿命运悲剧的预兆，正如脂评所说："《葬花吟》是大观园诸艳之归小引，故用在饯花日诸艳毕集之期。"

对这两次葬花人们都比较熟悉，或许是这两次葬花的描写太精彩了，特别是第二次葬花感人至深，以至于人们一提到葬花就想到林黛玉，而很少提及《红楼梦》中的第三次葬花——宝玉葬花。

宝玉葬花恰恰发生在他过生日的这一天。这是清明节后不久的一天，同日过生日的还有宝琴、岫烟、平儿。事情的起因是，在红香圃宝玉与众多姑娘们划拳喝酒之后，香菱、芳官等一些人在园里斗草，这一个说："我有观音柳。"那一个说："我有罗汉松。"那一个又说："我有君子竹。"这一个又说："我有美人蕉。"这个又说："我有星星翠。"那个又说:"我有月月红。"这个又说:"我有《牡丹亭》上的牡丹花。"那个又说:"我有《琵琶记》里的枇杷果。"荳官便说:"我有姐妹花。"众人没了,香菱便说:"我有夫妻蕙。"荳官说:"从没听见有个夫妻蕙。"香菱告诉她道:"一箭一花为兰,一箭数花为蕙。凡蕙有两枝,上下结花者为兄弟蕙,有并头结花者为夫妻蕙。我这枝并头的,怎么不是夫妻蕙。"老实的香菱一番解释不仅没能说服荳官,倒惹来她一顿取笑:"依你说,若是这两枝一大一小,就是老子儿子蕙了。若两枝背面开的,就是仇人蕙了。你汉子去了大半年,你想夫妻了?便扯上蕙也有夫妻,好不害羞!"两人从斗嘴发展到滚到草地上打闹,并污湿了香菱的新裙子。后来宝玉拿了一枝并蒂菱来对香菱的夫妻蕙,见香菱裙子污湿了,又出主意让袭人拿来自己的新裙子给香菱换上。接着书中写道:"香菱见宝玉蹲在地下,将方才的夫妻蕙与并蒂菱用树枝儿抠了一个坑,先抓些落花来铺垫了,将这菱蕙安放好,又将些落花来掩了,方撮土掩埋平服。香菱拉他的手,笑道:'这又叫做什么?怪道人人说你惯会鬼鬼祟祟使人肉麻的事。你瞧瞧,你这手弄的泥乌苔滑的,还不快洗去。'宝玉笑着,方起身走了去洗手,香菱也自走开。"值得一提的是,前两次葬花并没有描写如何"葬",唯独这一次把葬花的过程写得十分具体。在这一次葬花中,不仅写出了香菱的"呆",正是"呆香菱情解石榴裙",而且又惟妙惟肖地写出了宝玉的"痴"。护花主人在此处评道："宝玉埋夫妻蕙、并蒂莲及看平儿鸳鸯梳妆等事是描写'意淫'二字。"这话说得不错。

然而宝玉葬花恐怕不仅仅是要写出"意淫"二字，如同前两次葬花一样，它同样有着很深的寓意。香菱斗草时拿的夫妻蕙与宝玉的并蒂菱正是一对，在紧挨着的第六十三回"寿怡红群芳开夜宴"里，香菱掣的花签上就是一枝并蒂花，上题着"联春绕瑞"，花签上的诗句是："连理枝头花正开。"此句出自宋代朱淑贞《落花》诗："连理枝头花正开，妒花风雨便相摧。愿教青帝长为主，莫遣纷纷落翠苔。"从全诗看，虽然香菱有"连理枝头"的喜事，但又是"妒花风雨便相摧"，正点出香菱在遭受妒妇夏金桂摧残下的悲惨命运。这同第五回香菱的判词中所说的"自从两地生孤木，致使香魂返故乡"是一致的。所以宝玉葬夫妻蕙、并蒂菱正暗寓了香菱最后的不幸结局。

令人感到意味深长的是，紧接着宝玉葬花的，就是"寿怡红群芳开夜宴"，这都发生在宝玉过生日的这一天里。正是在这一次夜宴上，在行酒令时每位姑娘掣花签，宝钗掣的是牡丹花、探春是杏花、李纨是老梅、黛玉是芙蓉、湘云是海棠、袭人是桃花、麝月是荼蘼花……而每一种花正隐喻了每个人的性格和命运。这一晚上姑娘们玩得十分尽兴，又是喝酒，又是唱歌，玩得出了"格"，忘了形，用袭人的话说:"连臊也忘了。"这真是大观园中从未有过的一个欢乐而自由的夜晚。但从此之后,大观园中再也见不到这种情景了,"寿怡红群芳开夜宴"竟成了大观园女儿们青春欢乐的绝响。从这个意义上讲,宝玉在自己生日的这一天"葬花",所隐寓的又绝不仅仅是香菱一个人。

漫谈大观园

有人说大观园是贾宝玉和姐姐妹妹们的理想世界，他们如果能在大观园里生活一辈子该有多好。但实际上，在《红楼梦》中，"天上人间诸景备"的大观园，虽然在一段时间里给宝玉和姐妹们带来了一些欢乐，但似乎并不长久，也不那么"理想"，在大观园里常常发生一些令人沮丧的事情，有矛盾，有冲突，有风波，总是给生活在这里的宝哥哥、林妹妹以及其他的姐姐妹妹带来困扰。而这个"理想世界"伴随着荣国府的衰落，最后也走向了毁灭，"理想世界"变成了"悲惨世界"。大观园的兴衰正是一个贵族家庭衰落的缩影，具有很大的象征意义。

说到大观园，一个不能回避的问题是，人世间有这样一座大观园吗？它在哪里？自《红楼梦》问世以来，大观园在哪里，就引起了人们的关注和兴趣，在南方还是在北方？是南京的随园，还是北京恭王府的翠锦园？一九六二年四月二十九日，上海《文汇报》发表了署名吴柳的文章：《京华何处大观园?》,可谓一石激起万重浪,很快就有了热烈反响:"《红楼梦》中的大观园在北京""大观园找到了"……"京华何处大观园"也几乎成了专用词汇,大观园也几乎与北京恭王府画上了等号。

吴柳其实是笔名,实际是上海《文汇报》驻北京记者站的记者刘群先生。当年支持吴柳文章观点的大有人在,人们更愿意相信,"天上人间诸景备"的大观园真的存在。当然,反对的意见也不少,主要是认为《红楼梦》是小说,是文学作品,大观园是曹雪芹的艺术创作,人世间哪能有《红楼梦》中那样的大观园呢?

不过,也有学者认为曹雪芹笔下的大观园不可能完全是凭空想象、向壁虚造,必然有一定的生活基础和素材,它可能是以一个园林为蓝图,但也可能不一定是一个园林,很可能是既有南方园林也有北方园林的影子,既有私家园林也包括北京皇家园林的参考,再加上曹雪芹天才的艺术虚构,从而造就了大观园。

在讨论大观园在南还是在北的问题上,似乎两方都有难以解释的问题。若说大观园在南京,可《红楼梦》中多次说到金陵老家,第三十三回宝玉挨打后,贾母就说"我和你太太宝玉立刻回南京去"。这明明说贾府、荣国府、大观园不是在江南。林黛玉抛父进京都,似乎也不像从扬州到南京,更像是从扬州到北京,这些都加强了大观园在北方的观点。

但要说大观园在北京,早有人指出,妙玉住的栊翠庵的红梅映雪、林黛玉住的潇湘馆中"凤尾森森,龙吟细细"的翠竹,都很像江南景色。《红楼梦》第四十九回写道:"妙玉门前栊翠庵中有十数枝红梅如胭脂一般,映着雪色,分外显得精神。"俞平伯先生就不赞成把恭王府的后花园看作是大观园。他认为大观园的地点问题,有三种因素,一是回忆,二是理想,三是现实。(俞平伯《大观园地点问题》,下同。转引自《读〈红楼梦〉随笔》,《俞平伯论〈红楼梦〉》,上海古籍出版社1988年3月版)俞老认为在三种成分中,哪一种占优势,很难说。他认为:"依我看来,现实的成分固然有,回忆想象的却亦不少。"他以第四十九回的"琉璃世界白雪红梅"为例,说十数株的红梅映雪而开,久住北京的恐谁都没有见过这样的境界,就是说北京是不可能有这样的红梅盛开的。所以俞平伯先生的观点是:"反正大观园在当时事实上确有过一个影子,我们可以这样说,作者把这一点点的影踪,扩大了多少倍,用笔墨渲染,幻出一个天上人间的蜃楼乐园来。"俞先生的观点很有影响,也很有代表性。这实际上等于说,大观园是文学创作,现实中不可能有这样的大观园。著名红学家宋淇先生也认为大观园"终究是空中楼阁,纸上园林",是曹雪芹的创作。宋淇先生还说:"曹雪芹在栊翠庵中种了梅花,主要目的是用梅花来衬托妙玉的性格，甚至可以说用梅花来象征妙玉都无不可。至于梅花应在南方或在北方，根本不在他考虑之中。"（宋淇《论大观园》，载《红楼梦识要——宋淇红学论集》，中国书店2000年12月版）

在我看来，把大观园移植到《红楼梦》之外，几乎是不可能的事情，有谁能再建一座"天上人间诸景备"的大观园呢？因为天底下只有一座真正的大观园，就在《红楼梦》中。清代二知道人在《红楼梦说梦》中说："大观园之结构，即雪芹胸中丘壑也；壮年吞之于胸，老去吐之于笔。……雪芹所记大观园，恍然一五柳先生所记之桃花源也。"（二知道人《红楼梦说梦》，嘉庆十七年刻本，转引自顾平旦编《大观园》，文化艺术出版1981年1月版）的确，大观园只能存在于"曹雪芹的方寸之间"。

那为什么多少年来，人们不断地在寻找现实中的大观园呢？我想主要是这样的几个原因：一是把《红楼梦》看作是作者曹雪芹的自传了；二是《红楼梦》大观园写得太细太真了；三是人们太喜欢大观园了，大观园中的人物和故事太吸引人了，人们特别需要一睹为快、眼见为实的满足，这是完全可以理解的。有谁不想走进《红楼梦》中的大观园呢？特别是年轻人。

《红楼梦》中的大观园，毫无疑问是曹雪芹伟大的艺术创造，是曹雪芹用文字和智慧建立起来的一座园林。曹雪芹在创造这座园林的时候，心中肯定有多个园林为他提供创作的素材，但他不可能被某一个园林所束缚，因为他原本不是为建造一个园林画设计图纸，而是为《红楼梦》中的人物和故事建造一个合适的舞台，因此大观园的设计都是围绕着塑造人物和推动情节服务的，它是专门为贾宝玉、林黛玉、薛宝钗等等人物设计的活动舞台，是一个前所未有的艺术典型环境。

说大观园是作者曹雪芹专门为贾宝玉等人物设计的活动舞台，这自然是不错的。然而，当我们细细地阅读《红楼梦》，深深地琢磨《红楼梦》关于大观园的文字，又觉得曹雪芹设计大观园，绝不仅仅是为贾宝玉与姐姐妹妹提供一个舒适的生活环境，而是有着缜密的艺术构思，蕴藏着深刻的含义。

曹雪芹设计大观园的艺术构思和深刻含义，我以为至少有以下几点：（1）大观园是为元春省亲建造的，但《红楼梦》是明写省亲，暗写康熙南巡。如脂批所说，借省亲写南巡事，出脱心中的忆昔感今；（2）大观园建造的豪华及省亲的奢费过度，既是作者的一把辛酸泪，又深刻地揭示了一个贵族之家衰败的内在原因；（3）借元春省亲之名建大观园，为贾宝玉及姐姐妹妹生活在这里找了一个非常合适的理由。（4）大观园原本是省亲别墅，贾宝玉和姐姐妹妹能住在这里，是元妃的恩赐，是借住。"金门玉户神仙府，桂殿兰宫妃子家"，大观园是"妃子家"，并不是贾宝玉和姐妹们真正的"家"；（5）虽然一般的男人不能随便走进大观园，但大观园从来也没有脱离外面世界的管束和侵蚀。宝玉和女儿们的欢乐是短暂的，他们自由自在的生活基础是非常脆弱的，大观园不可能成为他们的理想国；（6）大观园里有一个栊翠庵，住着一个带发修行的尼姑，作为省亲别墅的组成部分，自然有其存在的合适理由，但置之一个女儿国中，栊翠庵的存在就是别有意蕴，而且是不吉祥的意蕴。

《红楼梦》第十七、十八回，写贾政、贾宝玉等游大观园，给各处景点题匾额对联，有几处描写很值得细细品味琢磨。如：

> 说着，大家出来，行不多远，则见崇阁巍峨，层楼高起，面面琳宫合抱，迢迢复道萦纡……贾政道："这是正殿了，只是太富丽了些。"……一面说，一面走，只见正面现出一座玉石牌坊来，上面龙蟠螭护，玲珑凿就。贾政道："此处书以何文？"众人道："必是'蓬莱仙境'方妙。"贾政摇头不语。宝玉见了这个所在，心中忽有所动，倒像那里曾见过的一般，却一时想不起那年月日的事了。

贾政为什么"摇头不语",贾宝玉为什么"心中忽有所动",这其中确实大有文章。先说贾宝玉的"心中忽有所动,倒像那里曾见过的一般",因为这个地方,他在第五回梦游太虚幻境时已经见过了,书中写到贾宝玉随了警幻仙姑"至一所在,有石牌横建,上书'太虚幻境'四个大字,两边一副对联,乃是:假作真来真亦假,无为有处有还无。"贾宝玉的心有所动原因就在这里。问题在于贾宝玉是"梦游太虚幻境",又是"梦"又是"太虚",大观园的主要地方竟是隐寓着一种"虚幻",这是深有寓意的。后来元春省亲时来到这里,见石牌上写着"天仙宝境",忙命换"省亲别墅"四字。为什么要换?因为这里毕竟不是皇帝亲自来的地方,而是皇帝的妃子回来省亲临幸的地方,把妃子的省亲别墅说成"蓬莱仙阁"或是"天仙宝境",都有"过分"的嫌疑,因此不合适。所以贾政当时是"摇头不语",元春则是赶紧换掉。而作者在这里的描写,更是一种暗示和隐寓,就是这种奢侈过度的大观园,无论如何富丽堂皇,也不过是"太虚幻境",是梦幻,是过眼烟云,最终会破灭的。

我们看《红楼梦》,会发现它的故事实际上是有两条线索在交织地发展,一条是家族的衰落,一条是年轻人的悲剧,这二者并不是截然分开的,而是有机地交织在一起。如果说家族的衰落主要表现在宁荣二府之中的话,那么贾宝玉和女儿们的悲剧则主要发生在大观园中，这座看似宝玉与女儿们的理想世界，也没有摆脱幻灭的悲惨命运。

在第二回冷子兴演说荣国府衰落的原因时，第一条就是经济的入不敷出，而这在修建大观园后就更突出，因为建大观园，几乎花光了贾府的钱财。

《红楼梦》第五十三回，写到乌进孝来宁国府缴租，贾珍嫌他缴来的租金太少了，乌进孝说，贾府里有皇妃，那还不是要多少钱就有多少钱？贾蓉嘲笑乌进孝的无知，他说："这二年那一年不多赔出几千两银子来！头一年省亲连盖花园子，你算算那一注共花了多少，就知道了。再两年再一回省亲，只怕就精穷了。"

《红楼梦》第十七、十八回写元妃省亲，当贾府的大小姐元春在轿内看到大观园如此豪华，也不禁默默叹息"奢华过费"。她对家里人说："以后不可太奢，此皆过分之极。"连元妃都感到"奢华过费""过分之极"，可见大观园的奢华确实太过度了，它也给贾府的败落留下了伏笔。

曹雪芹这样写大观园，写大观园的奢费过费，是有其现实依据的。无论是贾珍的担忧，还是元春的叹息，其实正是作者曹雪芹的"一把辛酸泪"，这都来自历史上曹雪芹的爷爷曹寅接驾康熙南巡这件事。说大观园，不能不说康熙南巡，因为元春省亲的故事正是从康熙南巡化出来的。

关于曹寅及江南曹家在康熙南巡时四次接驾及后来曹家败落的历史，我在前文《〈红楼梦〉：曹雪芹的"乡愁"》中已详细叙述，这里不再重复。我们了解了曹家的历史，特别是康熙南巡与曹家接驾，再看看秦可卿给王熙凤托梦时说的：接驾元妃省亲是"非常喜事"，"真是烈火烹油，鲜花着锦"，以及"常言'月满则亏，水满则溢'，又道是'登高必跌重'。如今我们家赫赫扬扬，已将百载，一日倘或乐极悲生，若应了那句'树倒猢狲散'的俗语，岂不虚称了一世的诗书旧族了！"再看看元春的叹息奢侈过费，再看看贾蓉"再两年再一回省亲，只怕就精穷了"的哀叹，再看看有关大观园的描写，你就会有更深切的感受。由此可见，写大观园，写大观园的奢侈过费，作者曹雪芹是有着深深的用意的。

当然，曹雪芹写大观园，也不仅仅是借省亲写南巡，出脱心中的忆昔感今，它确实为贾宝玉与众多女儿的生活搭建了一个典型环境，是为了演绎《红楼梦》的故事。试想，如果没有大观园，哪来那么多感人至深的《红楼梦》故事，黛玉葬花、宝钗扑蝶、晴雯撕扇、湘云醉卧、群芳开夜宴等等，如果没有这些故事，还有《红楼梦》吗？当然，曹雪芹建造大观园，绝不仅仅是为了给一群漂亮的少男少女造一个漂亮的花园和好玩的地方。宋淇说：大观园"是把女儿和外面的世界隔绝的一所园子，希望女儿们在里面，过无忧无虑的逍遥日子，以免染上男子的龌龊气味。最好女儿们永远保持她们的青春，不要嫁出去。"（宋淇《论大观园》）的确如此，宝玉和姑娘们刚搬进大观园的时候，他们确实快乐过。

元春省亲为建造大观园找到了一个非常好的理由，如果不是为了省亲，荣国府怎么敢建造这么大这么豪华的园子呢，如果不是这样一个大观园，又怎么会有怡红院、潇湘馆、蘅芜苑、秋爽斋、稻香村、紫菱洲……怎能演绎出那么多的精彩的故事呢？所以有脂批说："大观园原系十二钗栖止之所，然工程浩大，故借元春之名而起，而用元春之命以安诸艳，不见一丝扭捏。"

说到这里，我们自然就会想到余英时先生那篇有名的文章——《红楼梦的两个世界》。余先生认为："大观园不在人间，而在天上；不是现实，而是理想。更准确地说，大观园就是太虚幻境。"又说："曹雪芹在《红楼梦》里创造了两个鲜明而对比的世界。这两个世界，我想分别叫它们作'乌托邦的世界'和'现实的世界'。这两个世界，落实到《红楼梦》这部书中，便是大观园的世界和大观园以外的世界。"（载余英时《红楼梦的两个世界》，联经出版事业公司1996年2月版）

在《红楼梦》中，大观园就是太虚幻境吗？大观园和大观园以外是两个世界吗？我的看法：不是。大观园从一开始一直到它的毁灭，它都是那个被作者痛恨的世界的一部分，它从来就没有隔绝与外界的联系。

首先，大观园原本就不是为贾宝玉和众多女儿们建造的，它原本是为了元妃省亲而建造的"省亲别墅"。元妃省亲以后，"忽想起那大观园中景致，自己幸过之后，贾政必定敬谨封锁，不敢使人进去骚扰，岂不寥落。况家中现有几个能诗会赋的姊妹，何不命他们进去居住，也不使佳人落魄，花柳无颜。却又想到宝玉自幼在姊妹丛中长大，不比别的兄弟，若不命他进去，只怕他冷清了……须得也命他进园居住方妙。想毕，遂命太监夏守忠到荣国府来下一道谕，命宝钗等只管园中居住，不可禁约封锢，命宝玉仍随进去读书。"（第二十三回）

其次，大观园建筑的地方也无法脱离贾府。贾蓉说："……老爷们已经议定了，从东边一带，借着东府里花园起，转至北边，一共丈量准了，三里半大，可以盖造省亲别院了。"建造的时候，"先令匠人拆宁府会芳园墙垣楼阁，直接入荣府东大院中。荣府东边所有下人一带群房尽已拆去。当日宁荣二宅虽有一小巷界断不通，然这小巷亦系私地，并非官道，故可以连属。会芳园本是从北拐角墙下引来一股活水，今亦无烦再引。其山石树木虽不敷用，贾赦住的乃是荣府旧园。其中竹树山石以及亭榭栏杆等物，皆可挪就前来。如此两处又甚近，凑来一处，省得许多财力。"（第十六回）我们注意，会芳园的一部分也并入了大观园中。

会芳园是什么地方？它原本是宁国府的后花园，会芳园中有天香楼（原有"秦可卿淫丧天香楼"的情节，后曹雪芹遵照畸笏叟的要求改掉了）、有登仙阁（是秦可卿停灵的地方）。会芳园引的活水，也就是大观园中的水。在这样的基础之上建造的大观园，还能说是一个清洁的世界吗？

建造大观园当然主要是为了贾宝玉和众多女儿们，但它又告诉你这原来是省亲别墅，是为了接驾贵妃省亲。现在贾宝玉和其他姑娘住在这里，那是恩赐，是借住的性质。更重要的这是告诉你这所园子与皇家的关系，与外面世界的关系，它的本质是"妃子家"。

的确，大观园也曾给贾宝玉和女儿们带来了欢乐。贾宝玉刚住进大观园的时候，也是"心满意足，再无别项可生贪求之心。每日只和姊妹丫头们一处，或读书、或写字，或弹琴下棋，作画吟诗，以至于描鸾刺凤，斗草簪花，低吟悄唱，拆字猜枚，无所不至，倒也十分快乐。"但没多久贾宝玉就静中生烦恼，不自在起来。还是他的小厮茗烟从外面给他找了古今小说并那飞燕、合德、武则天、杨贵妃的外传等，贾宝玉才高兴起来。虽然一般的男人不能随便走进大观园，但大观园从来也没有脱离外面世界的管束。宝玉和女儿们的欢乐是短暂的，他们自由自在的生活基础是非常脆弱的。它不可能成为女儿们的理想国。

第二十三回有黛玉葬花，宝玉原要把落花撂在水里，林黛玉道："撂在水里不好。你看这里的水干净，只一流出去，有人家的地方脏的臭的混倒，仍旧把花遭塌了。那畸角上我有一个花冢，如今把他扫了，装在这绢袋里，拿土埋上，日久不过随土化了，岂不干净。"林黛玉的花冢，是有寓意的，大观园何尝不是女儿们的坟墓。以后，大观园中发生的一系列悲剧，也应验了这个预示。诸如马道婆子的魇魔法，傻大姐捡到绣春囊，导致王夫人抄检大观园，赶走了芳官、入画，抓走了司棋，逼死了晴雯，蕊官、藕官、芳官一同决定出家等等，这都发生在大观园之中。还有第五十五回至六十三回，贾母、王夫人等不在贾府，大观园接二连三出事故。如赵姨娘大闹怡红院、大观园厨房风波等等，无不清楚地表明大观园不是一个清净的女儿世界，不是一个理想国，不是女儿们的乐园。到最后迎春出嫁、宝钗搬走，更是预示着大观园末日的到来。

作者从一开始设计大观园，就清醒地知道大观园是不可能成为女儿们的乐园的，所以他无奈、无情地写出了种种矛盾、种种悲剧，写出了大观园的毁灭。

曹雪芹有本事造一个大观园，但他无法改变三个基本的东西，一是大观园与外界即世俗社会的联系，就如同贾宝玉无法剪断与贾府富裕的生活联系一样，大观园也无法离开贾府而存在；二是无法改变女孩子们一天一天要长大，女孩子大了要出嫁，要走出大观园；三是贾宝玉也要长大。这就是青春的失去，也就是青春的死亡，是美的死亡。因此大观园不可改变必然毁灭的命运。

著名红学家宋淇说："大观园本身代表一种理想，可是这个理想的现实依据是非常脆弱的。同一切理想一样，它早晚有幻灭的一天，不过它幻灭的来临，应该来自它内部发展的规律和逻辑。很多读者对贾家抄家一事发生兴趣，认为这是贾家一败涂地或贾家中落、大观园的悲惨下场的根源。其实，抄家只是一个外来因素，犹如地震、火灾、水灾等一样，带来极大的不幸，虽然令人惋惜，但并不能产生深刻的悲剧感。《红楼梦》的悲剧感，与其说来自抄家，不如说来自大观园理想的幻灭，后者才是基本的，前者只不过是雪上加霜而已。"（宋淇《论大观园》）

大观园里有个尼姑庵，也实在不吉祥。栊翠庵是否也是女儿们命运归宿的隐寓呢？

富有同情心的曹雪芹，原本想为贾宝玉和众多女儿建造一个世外桃源大观园，让他们一起过着无忧无虑的生活。然而，伴随着贵族家庭的衰落，伴随着诸多矛盾的爆发，伴随着大观园以外污浊气息的侵蚀，以及贾宝玉和众多女儿都要长大，都要走出大观园，他精心建造的女儿国，也必然走向幻灭。

鲁迅说："悲剧将人生的有价值的东西毁灭给人看。"

(《再论雷峰塔的倒掉》)曹雪芹不仅仅写出了一个"理想世界"大观园的衰落、幻灭,更是写出了美的毁灭,也是他的期待和理想的毁灭。

(根据 2020 年 10 月 25 日在北京大观园的讲座稿整理。)

清　费丹旭　《黛玉葬花》

解味红楼：
曹雪芹的旧梦与悲歌

附　录

人民文学出版社与《红楼梦》

——写在人民文学出版社建社七十周年之际

人民文学出版社建社七十周年了,是值得好好庆祝的大事。两年前,在庆祝人民文学出版社建社六十八周年的时候,我曾经对采访者说过,人民文学出版社建社庆祝活动不仅仅是出版界的大事,也是学术界和文化界的大事。在人民文学出版社建社七十周年的时候,我还要说这句话。有人可能感到我的表述不准确,人民文学出版社建社七十周年,可以说是中国出版界的大事,怎么是学术界、文化界的大事呢?我想我的表述没有问题,人民文学出版社建社七十周年确实不只是出版界的大事,也是学术界、文化界的大事,这是中华人民共和国成立以来,人民文学出版社对我国的出版、学术、文化的发展做出的重要贡献决定的。

一个出版社以出书为主,而人民文学出版社出版的书能对国家的学术、文化发展产生重要影响,这充分展现出它的作用和地位。多少年来人民文学出版社出版的古典文学名著、学术研究著作、现当代小说名篇、外国文学经典，还有鲁迅作品及其研究著作、新文学史料等等，其影响之大是有目共睹的。因此，朝内大街166号才被人们视为北京的文化地标，这也是学术界、文化界的共识。

人民文学出版社古典部自中华人民共和国成立以来，在古典文学的整理出版方面起到了巨大的作用，其中的代表就是四大名著的出版，尤其是《红楼梦》的整理出版，更是影响着我国的文化和学术研究，甚至成为红学发展不可或缺的重要组成部分。至今我还清楚地记得，在"文革"结束以后到20世纪80年代初，每当人民文学出版社推出现当代小说名作、外国文学经典、中国古典文学经典的时候，人们常常是排长队去买，那种情景至今历历在目。人民文学出版社出版的书影响的不只是一代人，而是影响了几代中国人。

人民文学出版社与《红楼梦》的出版有着不解之缘，也可以说人民文学出版社出版《红楼梦》及其研究著作，对新中国红学发展产生了重要影响。1952年人民文学出版社开始策划出版四大名著，1953年就出版了《红楼梦》。这是中华人民共和国成立以来出版的第一个《红楼梦》整理本。当时是以人民文学出版社的副牌作家出版社的名义出版的，由"湖畔诗人"汪静之整理，俞平伯、启功等都参与了注释，著名书法家沈尹默题写书名。它的底本是程乙本，严格地说是1927年亚东图书馆出版发行的程乙本标点本，通常称之为"亚东本"，与最早的"纯粹"的程乙本比较起来有不少改动。尽管这个本子的整理出版不是很理想，但它毕竟是中华人民共和国成立以来整理出版的第一个《红楼梦》本子，对《红楼梦》的普及传播及其研究，都有着重要的意义。

中华人民共和国成立以来，在《红楼梦》出版史上有两个本子发行量最大、影响最大，都是由人民文学出版社出版的。一个是1957年出版的周汝昌等校点整理、启功注释的《红楼梦》（通常称之为"启功注释本"），另一个是1982年出版的冯其庸等校点注释的《红楼梦》（通常称之为"新校注本"）。

1957年，人民文学出版社出版的《红楼梦》校点注释本，是中华人民共和国成立以来出版的第二个《红楼梦》整理本，也是1982年《红楼梦》"新校注本"出版之前，在全国发行量最大的通行本。据说前前后后印了几百万册，我们这一辈的人都是看这个本子而走进《红楼梦》的艺术世界的。参加这个本子整理注释的都是学问大家，阵容极为豪华，校订标点者是周汝昌、周绍良、李易三位先生，注释者是启功先生。由此可见，当时人民文学出版社对整理《红楼梦》的高度重视。虽然这一版还是一个程乙本，但其在《红楼梦》传播史上的独特作用和巨大贡献是不能否认的，尤其启功先生的注释更是这个本子的最大亮点。启功先生以其渊博的知识、严谨的治学态度，以及对满族历史文化、风俗掌故的熟悉，对《红楼梦》做了准确而又简明的注释，这无疑是读者之幸，是《红楼梦》传播之幸。

人民文学出版社 1957 年《红楼梦》校注整理本有一个最大的变化，就是书的封面赫然印着：曹雪芹、高鹗著——这是高鹗的名字第一次出现在《红楼梦》的封面上。高鹗的名字为什么能出现在《红楼梦》的封面上？这是当时学术研究结果的反映。这个整理本前面还有人民文学出版社编辑部"关于本书的作者"的说明：

> 雪芹逝世以后不久，他的未完成的杰作便以手抄本的形式流传开来了。到了乾隆五十六年（1791），即作者死后约三十年，活字排印本第一次出现了。这个排印本题为"红楼梦"，不再是八十回，而是百二十回。出版者程伟元的序，说后四十回是他"竭力搜罗"得来的。从此很长时间内，一般读者都以为这后四十回确是曹雪芹的作品。直到近代，经过研究者的考证，才知道其实是程伟元的朋友高鹗补完的。高鹗不但续作了后四十回，还把前八十回作了一些技术上的修订。由于百二十回的故事情节是完整的，受到读者的欢迎，一百多年来流传的就是这个本子。

现在问题清楚了，关于《红楼梦》作者的署名，是有一个过程的，高鹗作为续书作者的署名，是从1957年10月人民文学出版社出版的启功注释本时才有的。而《红楼梦》作者署名的变化，都是与一定时期关于《红楼梦》后四十回研究的成果联系在一起的。

最近几年，围绕人民文学出版社出版的由中国艺术研究院红楼梦研究所校勘整理的《红楼梦》封面署名问题颇有争议，新校注本《红楼梦》的署名，从"曹雪芹、高鹗著"改为"（前八十回）曹雪芹著，（后四十回）无名氏续，程伟元、高鹗整理"。有人就批评说，为什么把高鹗的名字取消了，为什么剥夺了高鹗续书的著作权，其实这都是不了解《红楼梦》出版史的误读误解。原本高鹗的名字就没有署在《红楼梦》的封面上，是1957年人民文学出版社出版启功注释本时，根据当时红学界对《红楼梦》后四十回作者的研究情况而署上的，是当时红学研究成果的客观反映。但在实际上，关于《红楼梦》后四十回续书作者是不是高鹗，一直有争议，并没有定论。1982年新校注本出版时，虽然在《红楼梦》的封面上还是署着"曹雪芹、高鹗著"，但在新校注本的前言中明确说："现存《红楼梦》的后四十回，是程伟元和高鹗在公元1791年即乾隆五十六年辛亥和公元1792年即乾隆五十七年壬子先后以木活字排印本行世的，其所据底本旧说以为是高鹗的续作，据近年来的研究，高续之说尚有可疑，要之非雪芹原著，而续作者为谁，则尚待探究。"而随着这些年关于《红楼梦》后四十回续作者研究的深入，绝大多数学者否定了"高续说"，但是谁尚不能确定，所以才选择了"无名氏续"这样一个说法，这是实事求是的学术态度。伴随着《红楼梦》研究的深入，特别是对高鹗及《红楼梦》后四十回作者问题研究的深入，高鹗不可能是后四十回续书的作者也得到了绝大多数学者的认可，这样在新校本上作者署名的改变，也就是自然而然的事情了，这也是学术研究成果的客观反映，也是人民文学出版社对社会、对读者负责的一种表现。

1982年3月由中国艺术研究院红楼梦研究所校勘注释的新的《红楼梦》整理本出版，这在《红楼梦》出版史上更是具有里程碑的意义。因为这是第一个以早期脂本为底本整理出版的《红楼梦》通行本，也是目前发行量最大最权威最受读者欢迎的通行本。为什么它能被称为"最权威"的通行本？（一）它选择了非常好的底本，它的前八十回是以《脂砚斋重评石头记》庚辰本为底本。早期脂本更多地保留了曹雪芹原著的面貌，它们在传抄过程中被后人修改得比较少，因此以早期脂本为底本整理出来的通行本，更为珍贵。（二）它是以红学大家冯其庸先生为首，聚集了来自全国的几十位著名的专家学者，历经七年时间，并参校了十一个早期抄本，一字一句校勘出来的，是历来整理《红楼梦》本子下的功夫最大的。(三)它的注释是许多位著名专家学者智慧和心血的结晶,参加注释的专家学者中,有著名的红学家,有著名的民俗学家,有著名的服饰专家,有著名的中医药专家等等。而注释内容对象适中,繁简得宜,通俗易懂,严谨准确,是当下红学最高水平的反映。(四)自1982年3月初版以来,它又经历了两次全面修订,包括正文的修订、校记的修订、注释的修订,无论是标点分段,还是一字一词都经过严谨的审核,可谓精益求精。

为了便于读者阅读,这套书的注释下了大功夫,注释大体上以具有中等文化水平的读者为对象,凡一应典章制度、名物典故以及难解的词语,包括诗、词、曲、赋、偈语、灯谜、酒令、职官名称、服饰陈设、古代建筑、琴棋书画、释道迷信、医药占卜、方言俗语等等,一般尽可能作出注释,这是非常难能可贵的。

新校注本对《红楼梦》的当代传播做出了重大的贡献,也催生了中国红楼梦学会的成立、中国艺术研究院红楼梦研究所的建立、《红楼梦学刊》的创立,开创了新时期红学发展的新时代。毫无疑问,人民文学出版社出版的由中国艺术研究院红楼梦研究所校勘注释的新校注本《红楼梦》,是新时期红学发展标志性的成果,为新时期红学的发展做出了重要的贡献。

人民文学出版社《红楼梦》新校注本的出版,是新时期红学发展的一个里程碑，1982年4月3日，人民文学出版社与中国艺术研究院在北京恭王府葆光室联合举办了《红楼梦》新校注本出版座谈会，那次出版座谈会可谓大家云集，盛况空前，参加那次出版座谈会的有：曾涛、赵守一、林默涵、严文井、苏一平、张庚、郭汉城、白鹰、端木蕻良、王利器、周汝昌、冯其庸、李希凡、蓝翎、郭预衡、廖仲安、蒋和森、邓魁英、林冠夫、吕启祥、胡文彬、周雷、刘梦溪、王思宇等等。这无疑是一次影响深远的红学盛会，是可以载入史册的红学盛会。

在与人民文学出版社合作的过程中，无论是出版社领导还是编辑表现出严谨的学术态度，他们对社会、对广大读者的责任心，为学术、为文化发展而担负的使命感，都给我留下极为深刻的印象。这里我想谈谈《红楼梦》新校注本的责任编辑王思宇先生。新校注本历经七年完成，中间经历了许许多多风风雨雨，王思宇先生也跟了七年。他不知跑了红楼梦研究所多少趟，他出于对出版古典名著的敬畏之心，对编辑工作一丝不苟，一字一字地抠。他的专业素养和认真负责的精神，都让人感动和敬佩。冯其庸先生曾多次说过，没有王思宇，《红楼梦》新校注本能否坚持下来都是一个问题。所以在1982年版的前言中，冯其庸先生特别写道："本书责任编辑、人民文学出版社古典文学编辑室的王思宇同志对本书的校和注，都提供了许多宝贵的修改意见，付出了不少精力。"这不是一般的客套话，是真实情况，我们永远不能忘记这位为《红楼梦》新校注本倾注了全部心血的王思宇先生。

人民文学出版社与《红楼梦》有着不解之缘，在《红楼梦》新校注本出版以后，中国艺术研究院红楼梦研究所又与人民文学出版社古典部合作，出版了《〈红楼梦〉研究稀见资料汇编》，这也是新时期红学的一个重要成果。新时期红学发展中有几个标志性的学术成果，一个是《红楼梦》新校注本，一个是冯其庸、李希凡主编的《红楼梦大辞典》，再一个就是《〈红楼梦〉研究稀见资料汇编》。《红楼梦大辞典》最初是在文化艺术出版社出版的，现在修订版也将在人民文学出版社出版。可以说新时期红学发展中最重要的标志性的学术成果都由人民文学出版社出版了，这无疑具有非同寻常的意义。我们期待着《红楼梦大辞典》修订版早日出版。

《红楼梦》校注组始末

关于中国艺术研究院红楼梦研究所整理本《红楼梦》校注组的情况,我知道得也不多,因为我没有参加《红楼梦》校注组的工作。不过我于1975年2月到北京参加全国文艺调研办公室工作的时候,校注组刚刚成立,我的老师应必诚、林冠夫都是第一批成员,我曾到地安门河北省驻京办事处和恭王府琴楼看望过他们。1979年7月我正式调到红楼梦研究所的时候,校注组还存在,一些红学前辈还在做"校注"《红楼梦》的工作。而在与许多前辈交往过程中,也听过他们谈到校注组的事情,所以多多少少我也知道一点校注组的情况。

校注组的成立对红楼梦研究所的成立、对新时期红学发展都是非常重要的。中国艺术研究院要求各所编写"所史",红楼梦研究所年轻的同事也向我了解当年的情况,这个时候我才发现红楼梦研究所建所的许多情况,不仅年轻人不知道了,我这个"老同志"有些事也说不清楚了,特别是《红楼梦》校注组的成立，就是一些亲身经历过的老先生也未必都能讲得清楚。我对所里的同志说，讲红楼梦研究所的历史，首先就要搞清楚《红楼梦》校注组成立这件事。

关于《红楼梦》校注组的成立，无论是在百年红学史上，还是在新时期红学发展史上，都是一件十分重要的事情。因为这是关系到新时期红学发展的大事，没有《红楼梦》校注组，就不会有后来的红楼梦研究所、《红楼梦学刊》、中国红楼梦学会。正如胡文彬先生在纪念袁水拍先生的文章中说的：

> 人们谈论起今日的《红楼梦学刊》、红楼梦研究所、中国红楼梦学会，谈起八十年代红学的黄金时代……请不要忘记，万事都有第一步，而在当代红学发展史上的第一步正是从这里开始的，《红楼梦》校注组是后来的红楼梦研究室的前身，红楼梦研究室又是今天红楼梦研究所的前身。至于成立《红楼梦学刊》，举行全国红学会，建立中国红学会，它的核心人物、中坚力量也正是来自于这个校注组。古人云"水有源，树有根"，回顾当代红学发展的历史，所建立的各种组织机构，我们没有理由忘记这个"源"和"根"，而袁水拍这个名字是同这一切分不开的。（《诗人，走向黎明静悄悄——怀念袁水拍同志》，胡文彬《红边漫笔》，华艺出版社 1994

年10月版）

的确是这样，这是在红学史上，特别是在新时期红学发展中具有重要意义的一件事。

关于《红楼梦》校注组的成立，几位红学前辈都有一些回忆，周汝昌、冯其庸、李希凡、吕启祥、胡文彬、林冠夫等先生都曾发表过一些关于《红楼梦》校注组的文字，但几位老先生所说的情况有些不同，特别是周汝昌先生的说法与其他几位差异比较大。

周汝昌先生在《红楼无限情——周汝昌自传》（北京十月文艺出版社2005年3月版）中说到倡导整理《红楼梦》的事：

> 1970年9月5日，回到了北京。……这之间，同事戴鸿森已由干校回京了。一日，他对我说：他原先以为《红楼梦》不就是《红楼梦》（按：指坊间流行本，包括上述"程乙本"等），还要搞什么版本？！这时他偶然看了影印的"庚辰本"（脂批抄本），拍案大惊，对我说："原来俗本子这么坏，与真本这么不同，一直被它骗了！"我见他悟了，遂有了"共同语言"，乘机与他商量：我们应出一部好本子了。
>
> 他很同意，且很积极，马上要与社科院文研所联系，要他们校注一个新本。当时社方临时领导人也点头

了。我自不便再提我的大汇校的事情。

文研所很高兴，很快由邓绍基等二人持函，到社办理手续。

但此事垂成之际，忽因社外某位同志得知后激烈反对所邀人，不容实行。……（《红楼无限情——周汝昌自传·倡导校印新本〈红楼梦〉纪实》）

据说这次"倡导校印新本"后来因种种原因，不了了之。周老在他的这本"自传"中还说到，他在这一次"倡导校印新本《红楼梦》"之后，还曾有过"二次上书"，"建议从速整校出一部近真的好版本"。可能由于过去了好多年，周老的回忆并没有说出具体的时间，不知道他所说的"倡印"与后来的《红楼梦》校注组是不是有关联？

一次，在讨论《红楼梦》新校本修订的会上，我听人民文学出版社古典部胡文骏说过一个情况，他说查人民文学出版社古典部的档案，查到一个材料，记载了1973年人民文学出版社曾计划出版新的《红楼梦》本子，还请中国社科院文学所的同志准备过开会的材料。人民文学出版社古典部周汝昌、戴鸿森先生都参与其事，后来因故讨论《红楼梦》新版本的会没有开成，此事也就不了了之了。我建议他把这件事写出来，这对探讨《红楼梦》新校本的来龙去脉是很重要的。后来胡文骏就写了《以庚辰本为底本整理〈红楼梦〉普及读本的首倡——1973年人民文学出版社新版〈红楼梦〉预案的意义》，发表在《红楼梦学刊》2021年第5辑上。胡文骏在文章中说，"文革"结束前几年，图书出版也在寻求恢复工作。根据人文社古典部保存图书档案显示，1971年11月，人文社起草了数份请示国务院出版口的报告，包括《关于开放几本中国古典文学书籍的报告》《关于重版四种中国古典小说的报告》等。《关于重版四种中国古典小说的报告》起草于1971年11月2日。这份"报告"的摘要如下：

出版口负责同志：

　　根据出版会议纪要的精神、周总理接见代表的指示，和广大读者的需要，我们准备在明年上半年内，将《红楼梦》《水浒》《三国演义》《西游记》四种古典小说，斟酌情况，有步骤地重版印行。

　　……

　　总理指示除强调序言的重要性外，还曾说到"版本也要注意"。这四种小说，《水浒》和《三国演义》的版本，尚未发现有什么问题；《西游记》的版本问题也比较简单，即或存在某些校勘疏漏，也不难检核纠正。只是《红楼梦》一书的版本相当复杂，国内外的研究者（所谓"红学"家）争论不已，我们现在勉力把《红楼梦》的版本情况作一概略说明，初步提出几种可能的办法，并

表示我们目前比较倾向于何种办法。(请参见附件)

从这份"报告"中，可以获悉，在1971年11月，人民文学出版社就根据周总理的指示计划再版四大名著，特别值得注意的是，那个时候周总理就提到了"版本也要注意"。毫无疑问，周总理之所以提出"版本"问题，这与各种《红楼梦》早期抄本的发现及其研究的成果，有很大的关系。胡文骏在文中还说道："由这份报告草案可见，对于《红楼梦》的版本问题，在人文社内部是有所考虑和讨论的。……虽然笔者并未找到上引报告中提及的附录'关于《红楼梦》版本问题的简略说明'，但在档案中保存了周汝昌看过该报告草案（包括附录《红楼梦》版本说明）后提出的修改意见。""从上文所举人文社向出版口的报告草案可见，在'文革'中后期恢复图书发行工作时，对于重新整理《红楼梦》，尤其是版本的改换，人文社已经有初步设想，而档案资料中1973年1月9日'召开关于《红楼梦》新版整理方案的座谈会节要'（下文简称"节要"），则表明这项工作列入了正式的出版计划。""节要"全文如下：

　　一、主要内容：听取与会者意见，集思广益，明确《红楼梦》新版整理的基本要求和工作方法、注意事宜。……

二、主持者：由我社负责同志主持会议；由文研所《红楼》整理小组的负责同志作一口头情况介绍。——由我社出面请人，实际上与文研所共同主持。

三、邀请对象：李希凡、袁鹰（以上人民日报），吴组缃、魏建功、赵齐平、费振刚（以上北京大学），沈从文（故宫历史博物院），吴恩裕（政法学院），陈仲箎、丁瑜（北图），启功（中华书局），杨宪益（外文出版社），邵宇（人美），冯其庸（人大）。此外，拟通知以下几个单位，由他们的组织指派人参加：北京师范大学、北京师范学院、光明日报、首都图书馆、中华书局、天津南开大学、文物出版社。……

七三，一，九

胡文骏在文章中指出："在人文社古典部推进《红楼梦》新整理版计划的主要是戴鸿森和周汝昌。在人文社古典部档案资料中存有一封周汝昌致时任编辑部主任的杜维沫的信件，也印证了这一点，信中提到：'老戴所拟座谈会方案十分周详妥善，再无其他意见了。望即照此报领导。至于会上除由文研的同志负责口头讲解之外，是否要预先寄发他们所拟的'整理方案'打印本，想来此事应由文研负责办理，可俟和他们联系时说定规了，我们的这份报告就不必提及了，但是不要忘记让文研尽早准备打印件。"由此可知，人民文学出版社在 1973 年 2 月已经有了一个"新版《红楼梦》整理方案（征求意见稿）"，预备召开座谈会讨论。据胡文骏文介绍，这个"新版《红楼梦》整理方案（征求意见稿）"全文如下：

一、目的：根据比较接近曹雪芹原著的几个早期抄本（旧称脂批系统本），整理出一部普及的《红楼梦》新版本。

二、任务：此次整理不是大规模的全面会校。现存抄本不下十来种，全面会校工程很大，旷日持久，不能适应当前需要。但也不是只取某一个抄本加以整理标点，因为现存诸抄本都有不少问题，或残缺不全，或虽全而实由拼凑而成，各有讹误凌乱之处。此次是利用几个主要的早期抄本来作会校，并参考现有其他的早期抄本，吸取诸本之长，以冀整理出一种较好的本子。整理工作包括校订、标点、注释等。

三、底本和校本：前八十回为整理重点。以《脂砚斋重评石头记》残存七十八回本（旧称庚辰本）作为底本；以《脂砚斋重评石头记》残存十六回本（旧称甲戌本）、《脂砚斋重评石头记》残存四十回本（旧称己卯本）、戚蓼生序《石头记》八十回本（旧称戚本，有正书局石印），作为校本；以梦觉主人序本《红楼梦》（旧称甲辰本，存八十回）、舒元炜序本《红楼梦》（残存四十回)、蒙古王府旧藏本《石头记》(前八十回为脂批系统抄本,存七十四回,另六回据程甲本抄配)、文学研究所藏《红楼梦稿》(前八十回的底本——即未经改动的正文部分——为脂批系统抄本,存七十回,另十回据程甲本抄配)等作为参考本。

四、校订:以校本校底本,凡有异文,均编写卡片,相当于校勘记。底本有讹误及文义不可通之处,得据校本改正。如校本文字较底本为好,可斟酌采用。校本之间有异文,择善而从。如底本及校本均不能解决的问题,可使用参考本。如诸本皆讹,须经过考订,慎重处理。凡属改动底本之处,均应作出校记(明显的讹字及异体字可不作校记),列明底本原文及改动根据。

五、后四十回:高鹗续著的后四十回,采用乾隆五十六年辛亥萃文书屋活字本《红楼梦》(旧称程甲本)作为底本,以《红楼梦稿》作为校本,选择程甲本系统的本子若干种,以及乾隆五十七年壬子萃文书屋活字本《红楼梦》(旧称程乙本),作为参考本。

六、注释:此次整理,作较详细的注释,特别注意有关政治、阶级关系及社会历史方面。其他凡有助于一般读者理解原著的地方,均酌量增加注释,如南北土语、古代名物制度及重要诗词(如《芙蓉诔》)的用典等,并从脂批中选取少数有助于了解作者思想和艺术的批语。

七、标点等：全书校订后加以标点，并附插图。为便于广大读者，注释附在每页底下。考虑到校记数量较多，可另行单印，供需要者参考。全书原则上采用简体字，横排。

八、前言：由整理小组集体撰写一前言。以毛主席思想为指导，贯串无产阶级的阶级观点，帮助读者了解原书的思想及艺术，并附必要的整理工作说明。

九、人员和时间：此次整理工作由中国科学院文学研究所《红楼梦》整理小组担任，实际工作时间暂定一年左右。

十、其他：《红楼梦》的早期抄本如：残存四十回本（旧称己卯本）、梦觉主人序本（旧称甲辰本）、蒙古王府旧藏本等均归北京图书馆收藏，需要取得他们的协助，解决调用书籍及拍摄显微影片等问题。插图请美术部门协作。

又据胡文骏文中披露："这份征求意见稿的手稿写于中国科学院文学研究所稿纸上，即如周汝昌所言由文研所拟定。随后手稿打印数十份，与'《红楼梦》新版整理座谈会'邀请函一起被陆续发送给参会人员。档案显示，此次会议最终邀请的名单与上文所引'节要'基本一致，而'节要'中提及的文研所《红楼梦》整理小组的负责同志具体为何其芳、吴世昌、俞平伯、邓绍基、陈毓罴等。""就在会议即将召开时，人文社紧急通知会议暂停。通知非常简短：'关于《红楼梦》新版整理座谈会，因故暂不召开，特此通知。'大部分已邀请参会学者，是由人文社编辑部人员电话通知或登门面告，少数京外的单位，如南开大学中文系，系发加急电报通知（2月26日）。"胡文骏认为：

回顾1973年人文社整理新版《红楼梦》的预案，对于新校本《红楼梦》应该是有一定影响的，或者说提前做了一些准备工作。首先，参与人员有所交集。李希凡、冯其庸由受邀参与讨论、提供建议的学者成为校注工作的具体组织者，吴恩裕、吴组缃、启功等学者均受邀作为指导工作的顾问专家。出版社方面基本是相承接的，均由编辑部主任杜维沫主导，只是具体工作编辑由戴鸿森、周汝昌（1979年调至中国艺术研究院工作）变为王思宇。参与人员的延续很可能使整理工作的理念与方法得到延续的讨论，乃至落实。

其次，整理的目的一致。1973人文社新版《红楼梦》整理方案"征求意见稿"第一条"目的"提出："根据比较接近曹雪芹原著的几个早期抄本（旧称脂批系统本），整理出一部普及的《红楼梦》新版本。""接近曹雪芹原著"这一理念，同样是新校本《红楼梦》整理工作的最重要的主旨和目标。……

再次，将"征求意见稿"与1982年初版新校本《红楼梦》的凡例对照来看，一些整理工作的具体原则是一致的。底本与校本方面，前八十回底本均选定庚辰本，参校本均包括甲戌、己卯、戚序、甲辰、舒序、蒙府、梦稿本；后四十回底本均选定程甲本，并以程甲本系统其他版本和程乙本参校。……

鉴于胡文骏这篇文章介绍的情况，对于了解当年为什么要整理一个新的《红楼梦》本子太重要了，所以我引用了这么大的篇幅，就是为了讲清楚这件事，也为后人进一步研究保留完整的资料。根据胡文骏对"档案"的梳理分析，以及董志新先生的《何其芳红楼梦研究述论》（安徽教育出版社出版）提供的相关资料，我们可以大致将1971年以来关于人民文学出版社出版四大古典名著与后来成立的《红楼梦》校注组的关系，做一个粗略的梳理：

1971年2月11日，周恩来总理接见国务院出版口领导小组，对出版工作作出了重要指示。其中提到：青少年没有书看，旧小说不能统统都作"四旧"嘛。《红楼梦》《水浒传》这些书也不能作"四旧"嘛！中学生都能看懂，你把它封存起来不让青年人看，他们就到处找书看。应该用历史唯物主义和辩证法来看问题。

1971年3月15日至7月29日，全国出版工作座谈会在北京举行。

1971年4月2日，周恩来总理就出版《二十四史》作出批示：《二十四史》除已有标点以外，再加《清史稿》，都请中华书局负责加以组织，请人标点，由顾颉刚先生总其成。并告，此事应提出版会议一议。（力平、马芷荪主编：《周恩来年谱》第三卷，中央文献出版社2020年版，第448页）

1971年4月12日，周恩来总理接见全国出版工作座谈会领导小组成员，就批判出版界的极左思潮问题发表意见。指出："现在书店里中国和外国的历史书都没有，不出历史、地理书籍，是个大缺点。马克思主义的三个组成部分都是从资产阶级的或受唯心史观限制的学说发展来的。不讲历史、割断历史怎么行呢？""应该选择一些旧的书籍给青少年批判地读，使他们知道历史是怎么发展来的。""否定一切，不一分为二，这是极左思潮，不是毛泽东思想。我们要用历史唯物主义的观点来看问题。"针对封存《鲁迅全集》的做法，批评道："一面说青年没书读，一面又不给他们书读，就是不相信青年人能判断。无怪现在没有书读了，这完全是思想垄断，不是社会主义民主。"强调："现在要出一批书，要广开言路。"（力平、马芷荪主编：《周恩来年谱》第三卷，第450—451页）。周恩来总理还指示：你们管出版社要印一些历史书……我们要用历史唯物主义来看问题。把《鲁迅全集》和《红楼梦》《水浒传》等古典名著封起来干什么？这不是很滑稽吗？

1971年8月13日，经毛泽东主席审阅同意，中共中央转发国务院《关于出版工作座谈会的报告》。报告说：毛泽东在会议期间批示同意出版口领导小组关于《整理出版二十四史及〈清史稿〉的请示报告》，会议据此提出：在继续重印出版马克思、恩格斯、列宁、毛泽东的著作和相关参考读物的同时，要出版一批中外历史书和科学方面的工具书，恢复和创办一些理论、文学艺术、科学技术、学术研究、文教卫生、体育等期刊。报告还提出恢复稿酬制度。（中共中央文献研究室编《毛泽东年谱（1949—1976）》第六卷，387页，中央文献出版社2013年12月版）

1971年11月，人民文学出版社根据全国出版工作座谈会会议精神和最高决策层领导指示，起草了数份请示国务院出版口的报告，包括《关于开放几本中国古典文学书籍的报告》《关于重版四种中国古典小说的报告》等。

1973年1月9日，人民文学出版社古典部编辑戴鸿森拟定了"《红楼梦》新版整理方案的座谈会节要"。提出座谈会"节要"与何其芳和文学所相关条款摘要如下："由我社负责同志主持会议；由文研所《红楼》整理小组的负责同志作一口头情况介绍。"

1973年2月初，文研所拟订了新版《红楼梦》整理方案（征求意见稿），并打印数十份发给预备参加座谈会的人讨论。就在新版《红楼梦》整理工作座谈会即将召开时，人文社紧急通知叫停。据说是一位"社外某同志"激烈反对所邀参会之人。此事给何其芳及其夫人牟决鸣造成了巨大的政治压力和内心伤害。几年后何夫人回忆：

> 一九七三年，他（指何其芳——引者注）负责的文学研究所整理《红楼梦》小组的工作被勒令停止，事态更明朗了。后来果然在"评红"问题上发生了一系列人所共知的事情。（牟决鸣《何其芳诗稿·后记》，《何其芳诗稿》，150页，上海文艺出版社1979年4月版）

据说，文研所"整理《红楼梦》小组的工作"虽然被摸不着头脑地"勒令停止"，但是，何其芳等人并不服气，没有停下整理工作。他们原计划从1973年春季开始，用"一年左右"时间整理完《红楼梦》新校本，他们首先尝试着整理了第四回。陈毓罴、刘世德在《红楼梦第四回校勘整理札记》中写道：

> 我们的校勘整理是以徐本（旧称"庚辰本"，即书中标明为"脂砚斋凡四阅评过，庚辰秋月定本"、现存

七十八回的乾隆年间抄本，徐祯祥旧藏）作为底本，并用刘本（旧称"甲戌本"，即刘铨福旧藏的《脂砚斋重评石头记》残存十六回本）、陶本（旧称"己卯本"，即陶洙旧藏的《脂砚斋重评石头记》残存四十回本）、杨本（杨继振旧藏的《红楼梦稿》抄本，前八十回是属于"脂评本"系统）、蒙本（旧称"王府本"，即清代蒙古王府旧藏的《石头记》抄本）、戚本（旧称"有正本"，即戚蓼生序的《石头记》）、舒本（舒元炜序的《红楼梦》抄本）、梦本（旧称"甲辰本"，即梦觉主人序的《红楼梦》八十回抄本）等七种本子（其中戚本为石印本，余六种系抄本）加以对校。诸本文字都有差异，而且各有讹误、凌乱和残阙之处。我们把校出的异文，对照各本，编成卡片，在这基础上进行整理。在整理的过程中，我们力求吸收诸本的长处，改正各种讹误，并且对直接有关《红楼梦》思想性的地方特别加以注意，试图整理出一种比较接近曹雪芹原著面貌的、比较充分反映出曹雪芹的进步思想和卓越艺术的本子，以贡献给广大的读者，作为阅读和研究之用。

第四回，我们将校出的异文编成卡片四百多张。经过整理，我们校正了底本（徐本，旧称"庚辰本"）约一百三十七处（不包括改正显误和当时的俗体字），每一个更动的地方都有参校的本子作为根据。比起现在的通行本（人民文学出版社本，即以旧称"程乙本"的高鹗、程伟元乾隆壬子活字本作为底本而加整理），面貌大为不同。……（陈毓罴、刘世德《红楼梦第四回校勘整理札记》，《红楼梦论丛》，221—222页、238页，上海古籍出版社1979年8月版）

1971年计划重新出版四大名著，周总理就提出注意版本问题。1973年1月，周汝昌、戴鸿森先生提出整理以脂本为底本的新的《红楼梦》本子。现在看来，当年人民文学出版社关于"倡印"《红楼梦》的事，与后来的《红楼梦》新校注的工作应该说是有关联的。但当时什么原因座谈会不开了，是谁不同意开的？这是一个谜。后来到1975年成立《红楼梦》校注出版小组的时候，为什么把这个任务交给了文化部？这其中有些问题还需要进一步调查研究。

据我所知，《红楼梦》校注组是在1974年底至1975年初根据××的指示酝酿筹备成立的。当时筹备《红楼梦》校注组有三个关键性人物：袁水拍、李希凡、冯其庸，之所以称之为"关键性人物"，是在于他们不仅最早参加了《红楼梦》校注组的筹备工作，还发挥了很重要的作用。当时袁水拍是文化部副部长兼任艺术研究机构负责人，艺术研究机构就是中国艺术研究院的前身。《红楼梦》校注组成立时，袁水拍任组长，李希凡、冯其庸任副组长，具体校注工作则由冯其庸负责。需要说明的是，这个组最初的名字是：《红楼梦》校订出版小组。

胡文彬先生也是最早参与《红楼梦》校注组筹备工作的人员之一，他当年的日记中有关于《红楼梦》校订出版小组的具体记录，极其珍贵，现摘录如下：

1974.11.3：

晚饭后去冯其庸老师家……冯告诉××同志召袁水拍、李希凡二人去，指示组织一个班子搞《红楼梦》新本，筹备工作在进行中。……

1974.11.8：

午后冯老师来电话，因希凡去了，叫去一起谈谈。见面后谈有关俞辑校八十回本存在的问题；另一是文学本存在的问题。但没有谈多少，商定由冯和我搞八十回本的问题，希凡写文学本的问题。大家先翻翻有关资料。

1975.3.6：

今天组内开第一次会，小组定名"《红楼梦》校订出版小组"，水拍同志传达了××同志74年10月28日关于《红楼梦》版本整理问题的指示："要重新出版《红楼梦》，目前人民文学出版社出的 120 回本削弱了曹雪芹原著的一些锋芒，批孔批儒、反封建的锋芒，应该重新校订出版。"

当水拍汇报到他自己承担不了此任务时，××同志又指示说："可以组织一些同志一起做。"

根据××同志指示，由水拍、希凡起草了报告，提出了设想及人员组织情况。水拍同志传达了小组成立经过，提出工作要求、希望等等。（以上胡文彬日记，转引自宋广波《魂牵梦系三十年——胡文彬先生红学学述》，《黑龙江社会科学》2002 年第 6 期）

胡文彬先生后来在回忆袁水拍先生的文章中，也有一段关于《红楼梦》校订出版小组的记录。他说：

> 1974 年 10 月初的一天，突然接到李希凡同志的一个电话，他要我去他家一趟，有事商量，我放下手边的工作去了。原来是袁水拍同志委托李希凡同志搞一份有关《红楼梦》通行本与早期抄本文字异同的文字材料。……所以从希凡同志那里回来很快就整理出一份材料。几天后，我们再次聚在希凡同志家里，将各自写的部分剪贴起来，并由希凡同志通改全文，形成一篇以"事实"为证的报告来。……不久，希凡同志告诉我

说：" 水拍同志受命组织一个班子，搞一部《红楼梦》新本子，文化部已抽调沈彭年等人在筹备中，现在正拟名单，要从全国选人。" ……大约是过了 1975 年春节不久，人民出版社人事处突然来通知我说："文化部来了借调令，让你三月十五日前去报到。……我拿着介绍信来到了地安门黄化门大街一号报到。这是一个门头有小院子、古色古香的四合院，传达室的人说它原是河北省驻京办事处，如今是北京市的一个招待所。"(《诗人，走向黎明静悄悄——怀念袁水拍同志》)

胡文彬先生这里讲的"10 月初的一天"，可能是记忆有误，参照他的日记，应该是"11 月初的一天"。因为××的指示是 1974 年 10 月 28 日，正是因为有了××的指示，才开始筹备《红楼梦》校订出版小组。××为什么有这么个指示？是根据什么人的或单位的什么报告作出的指示，问过几位老先生，都说不清楚。

综上所述，当时要出版一个"比较接近曹雪芹原著面貌"的《红楼梦》本子，已经提出好几年了，是有一个过程的，也是红学界对《红楼梦》版本研究成果的客观反映。××肯定是看过《红楼梦》早期抄本的，特别是庚辰本。1975 年或 1976 年我在文化部资料室里就看到××赠送给当时的文化部部长于会泳的人民文学出版社影印的庚辰本，我还把这套书借出来，拿回家里看了好几天。李希凡先生也曾谈到1974年××送给他庚辰本等，他在回忆录中说："延安没去成，我们只得从西安赶回北京，第二天我就见了鲁瑛。我一进门就看到他桌上摆着几套线装书。他说：'这是××同志送你的书，是各种版本的《红楼梦》，放在我这里好几天了。你赶紧写感谢信。'我一看有甲戌本，有庚辰本，有戚序本……能得到这几部珍贵的线装本，心里自然高兴，抱回家来，就写了信。"(《李希凡自述：往事回眸》，377—378页，东方出版中心2013年1月版)

李希凡先生在谈到《红楼梦》校订出版小组成立时是这样回忆的：

> 从西安回来不久，袁水拍同志就找我，和我谈起，要根据历来发现的八十回或少于八十回曹雪芹原作《石头记》，校订注释一个新版本，还曹雪芹原作的本来面貌，以飨读者。我认为，这是一项很有意义的文化工作，我愿参加。我高兴极了，而且其庸兄也参加。……我不知这件事最初是怎样决定的，只记得后来看过一个报告，是袁水拍提出的。……不久，《红楼梦》校订注释组成立了，我和其庸都做了袁水拍的助手，做了副组长。我到校注组报到时，第一个见到的是原来曲艺家协会的沈鹏年同志，那是在地安门总参宿舍大楼后面的一

条胡同的河北省驻京办事处，像个高级招待所，里面是酒店的设置，吃住都是饭店"待遇"，借调人员不断增加，我们都觉得，长期这样住下去，太浪费，也不是干这种工作的地方，就向袁水拍建议，找个有食堂的便宜的地方。后来水拍和我看了恭王府外原北京艺专的琴楼，正在闲置，而且刚成立的文化艺术机构已占据二、三楼办公，我们占据四楼，吃住就由文化艺术机构解决，可大大节约经费。我记得陆续来报到的，有北大的沈天佑、文化部的林冠夫、复旦大学的应必诚、上海师范学院的孙逊、中山大学的曾扬华、人民出版社的胡文彬、吉林社科院的周雷、山西的刘梦溪、北京师大的吕启祥。……最初校订的方法，就是上午校订，下午阅读，校订是大家在一起，读出各种版本的每一句话，斟酌取舍，这却是见仁见智，难得有统一的意见，有时甚至争得面红耳赤。……一开始校订工作进行得很慢，前五回的样本，大概用了半年的时间，排印出来，去各地主要是部分高校中文系老师中征求意见。这前五回征求意见稿，只是开头一段工作，实际上全部校订注释工作，是其庸兄在粉碎"四人帮"后领导第二拨人马完成的，那是一段艰难曲折的过程。（《李希凡自述：往事回眸》，379—380页）

冯其庸先生的回忆是：

1974年的下半年，我记得是10月份，著名诗人袁水拍……那个时候我们常来往，有一天他就来找我，因为他住得离我家很近。他来找我，可能我刚好不在，我就第二天就到他家里去了。……我就跟他说……毛主席不断地称赞《红楼梦》这部书，但是《红楼梦》一直没有好的校订本，你可以提出校订《红楼梦》。……他说，你的主意太好了，我要向国务院提出校订《红楼梦》，肯定会得到主席的首肯，那其他人更不会反对了，你赶快给我起草一个报告。……李希凡去西安了，还没有回来，所以袁水拍就让我先起草。我跟其他朋友一起商量以后，就起草了一个报告，建议中央重新校订《红楼梦》。后来过了几天，李希凡回来了……李希凡也看了我起草的报告，觉得比较合适，就由袁水拍送上去了。（冯其庸口述，宋本蓉记录整理《风雨平生》，商务印书馆2017年1月版）

一九七四年至一九七五年间，倡议对《红楼梦》作校注整理，是由袁水拍同志向上级提出的。一九七四年秋天，袁水拍同志到我住处看望我，并提出整理古籍的问题。当时我提及《红楼梦》的校注问题，水拍同志极为重视，不久就要我草拟一个报告。此事后经国务院有关部门正式批准，由水拍同志任校注组的组长，由我和李希凡任副组长。……所以《红楼梦》的新校注工作得以正式立项并由政府拨款，调集一批专家和研究人员来工作，水拍同志是起了倡导推动作用的。（冯其庸《〈红楼梦〉校注本再版序言》，中国艺术研究院红楼梦研究所校注《红楼梦》，人民文学出版社2008年7月第3版）

吕启祥先生的回忆是：

工作实际上分成了前后两段，前段为1975年至1976年10月，共调集了12人，至1976年秋冬几乎都回到了原单位，仅留几人留守。后期重又启动，人数较少，继续工作至完成，约在1980年交稿。……校注实际上是用不到七年之久的。（《感恩·忆旧·图新——写在〈红楼梦〉新校本出版二十五周年之际》，吕启祥《〈红楼梦〉校读文存》，北京时代华文书局2016年6月版）

以上各位的回忆，情况大致都差不多，但也有一些不同，主要是时间和一些具体的细节，譬如向上级写报告的具体情况似乎略有不同，显然是时间太久了，记忆有误。胡文彬先生有记日记的习惯，他的日记记录应该是比较准确的。但我一直有些疑问，如当年人民文学出版社准备开会研究整理新本子的会，是什么人因什么反对，而"突然"取消了座谈会？还有原来是打算让社科院文学研究所的专家学者承担《红楼梦》新校注本的任务，后来又怎么交给文化部了呢？前不久一个偶然的机会，看到孔网 2021 秋季拍卖会名人墨迹版画影像专场，有"×××关于《红楼梦》校订出版小组工作的交待"，已被人买走，标明"1977 年写本 9 页"，写在人民文学出版社 400 字规格的稿纸上。从字迹看，显然不是×××的，但根据内容，我比较相信这份"交待"是真实的。转录如下：

×××关于《红楼梦》校订出版工作的交待

(一) 关于《红楼梦》校订出版小组成立的情况：

我就拿事实来讲，一九七四年十月二十五日，28条于会泳那边的秘书来电话：要我去拿×妖婆送给我的脂本《红楼梦》影印本三种。并说："于会泳要你好好学习。"我拿到后，于十月二十七日就写信给××表示感谢。而且在信中提出建议：应对《红楼梦》流行本进行校订，恢复原著反孔精神。廿八日，××已准备了一个会，即北海仿膳宴会以前的那个小会。他要我去吃饭，并说《红楼梦》这个问题。××在会上说:"流行的《红楼梦》版本不好,现在已出了些影印本,从影印本中可以看出原著的战斗锋芒,要加以恢复。"我当时表示愿意做这个工作,但对《红楼梦》我缺乏研究,希望能调李希凡同志一起工作。××同意了。当时在场的有吴德、陈永贵、吴桂贤、乔冠华、王海蓉、王曼恬、浩亮、迟群、倪志福、谢静宜、萧牧等人。

这个"交待"中时间说得非常清楚、准确。"28条"即东四二十八条("文革"期间的叫法,文化部部长于会泳在那里办公)。有了×××这个"交待",校注组的成立基本就搞清楚了。综合各位先生的记录,我们大致可以理出一个脉络:

1974年10月25日,×××收到××送给他的《红楼梦》影印本(可能与××送给李希凡先生是一样的,即甲戌本、庚辰本、戚本),10月27日×××给××写信表示感谢,并提出"应对《红楼梦》流行本进行校订,恢复原著反孔精神"。10月28日××在北海仿膳对×××说:"流行的《红楼梦》版本不好,现在已出了些影印本,从影印本中可以看出原著的战斗锋芒,要加以恢复。"×××表示愿意做这个工作,并推荐李希凡先生参加。后来×××找了李希凡和冯其庸。当时李希凡先生在西安看群众文艺会演,他是接到人民日报的通知赶回北京的。

胡文彬先生日记中提到的"俞辑本",指的就是俞平伯先生校订、王惜时(王佩璋)参校的《红楼梦八十回校本》,人民文学出版社1958年2月出版,1963年6月出版了增订本。"文学本"指的则是1957年10月人民文学出版社出版的《红楼梦》整理注释本,由周汝昌、周绍良、李易校点,启功注释。这是新中国成立以来第二个整理注释本,以程乙本为底本,参校了其他七种本子。这个本子封面署名最大的变化,就是第一次署上了高鹗的名字,该书的"出版说明"对此作了"说明"。"文学本"于1959年10月出第2版时,把何其芳《论红楼梦》一文(节要)作为代序。这个本子是《红楼梦》新校注本出版以前,在国内发行量最大的一个本子,我们这一代人看的都是这个本子。

××为什么提出搞一个新的本子？第一,因为毛主席喜欢《红楼梦》,在"文化大革命"那个时代,许多名著都难以读到,但《红楼梦》却可以读,出版社还可以大量地出版发行。第二,国内已经能看到一些早期的脂砚斋抄本,当时已影印出版(包括内部发行)的早期抄本有：甲戌本、庚辰本、戚本序、梦稿本及俞平伯八十回校本。己卯本藏北京图书馆,也能看到复印本。那个时候,在学术界有一种观点,认为"程本"主要是程乙本,经过后人的修改,距离曹雪芹原著的面貌比较远,而脂评本比较接近曹雪芹原著的面貌。俞平伯先生在整理《红楼梦八十回校本》时，就有这样的观点，他的目标是"尽可能接近曹雪芹的本来面目"（俞平伯《红楼梦八十回校本》序言）。认为早期脂本更接近曹雪芹原著的面貌，已经成为红学界的主流观点。看来，这些观点对××是有影响的，因此××提出要整理一个比较接近曹雪芹原著面貌的新的本子，因此才成立了《红楼梦》校订出版小组（后来一般称之为"《红楼梦》校注组"）。

根据××指示，1974年11月14日，袁水拍和李希凡、冯其庸以及胡文彬准备了"上报"的材料，报告是写给吴德、于会泳、王曼恬、浩亮、刘庆棠并转××，据×××的"交待"，11月16日王曼恬要文化组（即国务院文化组）办公室根据这个报告，再向中央打个正式的报告。这个是以袁水拍、李希凡的名义上报的。后经于会泳批准正式成立了《红楼梦》校订出版小组。

1975年春节后（那年春节是2月11日）《红楼梦》校订出版小组成立，陆续从全国借调人，3月6日召开了第一次全组的工作会。第一批有12人，据吕启祥先生回忆是：李希凡、冯其庸、沈彭年、林冠夫、刘梦溪、沈天佑、曾扬华、应必诚、孙逊、周雷、胡文彬、吕启祥等，算上袁水拍先生，是13个人。第一个报到的是沈彭年，地点就在地安门总参宿舍大楼后面的原河北省驻京办事处。最后一个报到的是吕启祥，据吕先生说她是1975年6月报到的，那时校注组已经搬到了恭王府前面的琴楼。也就是说，校注组在地安门那里工作，大约是从3月初至4、5月，两三个月左右。我是1975年的2月（春节后）借调到北京参加全国文艺调演办公室工作，曾到地安门那里去过一次（看望林冠夫等老师），应该是3月上旬或中旬的样子，他们搬到琴楼的时候，我也去过几次。

1976年粉碎"四人帮"以后，校注组大多数人都回原单位了，只有冯其庸、林冠夫、吕启祥、应必诚等几个人留守。记得1978年8、9月以后我曾到恭王府天香庭院看望过我的老师应必诚先生。在2021年7月29日至31日在北京香山饭店举行的"纪念新红学100周年、中国红楼梦学会成立40周年暨2021年学术年会"上，我曾问过应老师，他说他离开校注组很晚，大约在1978年9、10月之后甚至年底的样子，是复旦大学中文系催着他回去开课才离开的。后又调来陶建基、徐贻庭、祝肇年、朱彤、张锦池、蔡义江、丁维忠等继续完成校订注释工作。记得丁维忠先生是第二批校注组中最晚来的一个。从1975年成立《红楼梦》校订出版小组以来，先后参加《红楼梦》校注工作的有：冯其庸、李希凡、刘梦溪、吕启祥、孙逊、沈天佑、沈彭年、应必诚、周雷、林冠夫、胡文彬、曾扬华、顾平旦、陶建基、徐贻庭、朱彤、张锦池、蔡义江、祝肇年、丁维忠。参加最后修改定稿的，校勘方面是：冯其庸、林冠夫、徐贻庭，由冯其庸负责；注释方面是：陶建基、吕启祥、朱彤、张锦池、丁维忠，由陶建基负责。全书的校注工作由冯其庸总负责。

《红楼梦》新校本于1980年交稿，到此时这个校注组就完成了历史使命，因为1979年中国艺术研究院红楼梦研究所已经成立了。1982年3月《红楼梦》新校本由人民文学出版社出版，校注者署名即"中国艺术研究院红楼梦研究所"。1982年4月3日，在中国艺术研究院葆光室召开了座谈会，成为红学盛事，为人们津津乐道。我非常荣幸也参加了那次出版座谈会，非常荣幸地成为红学新时期一个里程碑树立的见证者。

《红楼梦》校注组的成立及《红楼梦》新校注本的出版，成为新时期红学的奠基石，正是在《红楼梦》校注组的基础上，1979年红楼梦研究所成立，《红楼梦学刊》创刊。1980年7月首届全国《红楼梦》学术研讨会在哈尔滨师范大学举行，同时成立中国红楼梦学会。